»›Und wie geht es dir so?‹, fragt mich meine Freundin Alex. Was soll ich jetzt sagen? Es gibt zwei Möglichkeiten:

a) Es geht mir prima. Ich bin mit einem Transvestiten befreundet und habe einen Typen getroffen, der sich Pitbull Panther nennt und auch so aussieht, und werde mit ihm einen Swingerclub eröffnen. Mein letzter One-Night-Stand war Megascheiße und ich hatte ein peinliches Interview mit den ›Geladenen Bettnässern‹. Außerdem habe ich einen tollen Mann kennen gelernt, musste aber leider feststellen, dass er was mit Susanne hat, und die steht seit neuestem auf Callboys.

b) Ach, immer so weiter. Nichts Besonderes.

Dreimal dürfen Sie raten, was ich antworte.«

»Super witzig und abgefahren!« *Max*

Steffi von Wolff, geboren 1966, arbeitet als Redakteurin, Moderatorin, Sprecherin, freie Autorin und schreibt auch Comedy. Sie wuchs in Hessen auf und lebt heute mit Mann und Sohn in Hamburg. Im Fischer Taschenbuch Verlag erschien auch ihr zweiter Roman mit der wunderbaren Antiheldin Carolin: ›Glitzerbarbie‹ (Bd. 16077) sowie ihr herrlich schräger dritter Roman: ›ReeperWahn‹ (Bd. 16588).

Unsere Adresse im Internet: www.fischerverlage.de

Steffi von Wolff

Fremd küssen

Roman

Fischer Taschenbuch Verlag

Limitierte Sonderausgabe
Veröffentlicht im Fischer Taschenbuch Verlag,
einem Unternehmen der S. Fischer Verlag GmbH,
Frankfurt am Main, November 2005

Druck und Bindung: Clausen & Bosse, Leck
Printed in Germany
ISBN 3-596-50923-8

Für die zwei wichtigsten Fs in meinem Leben: Flippo und Fridtjof.

Für Karsten, Jan und Doktor Mösch. Die wissen schon, warum.

Für den besten Zlatin der Welt (Hooooon mir Sulunfeis un ganz viel anner Eis. Was issen d'accord?) und für meine Chaoten von hr-xxl.

Hat irgendjemand was zu essen?

Wärt ihr traurig, wenn ich weggehen würde? Nein? Eine Frechheit!

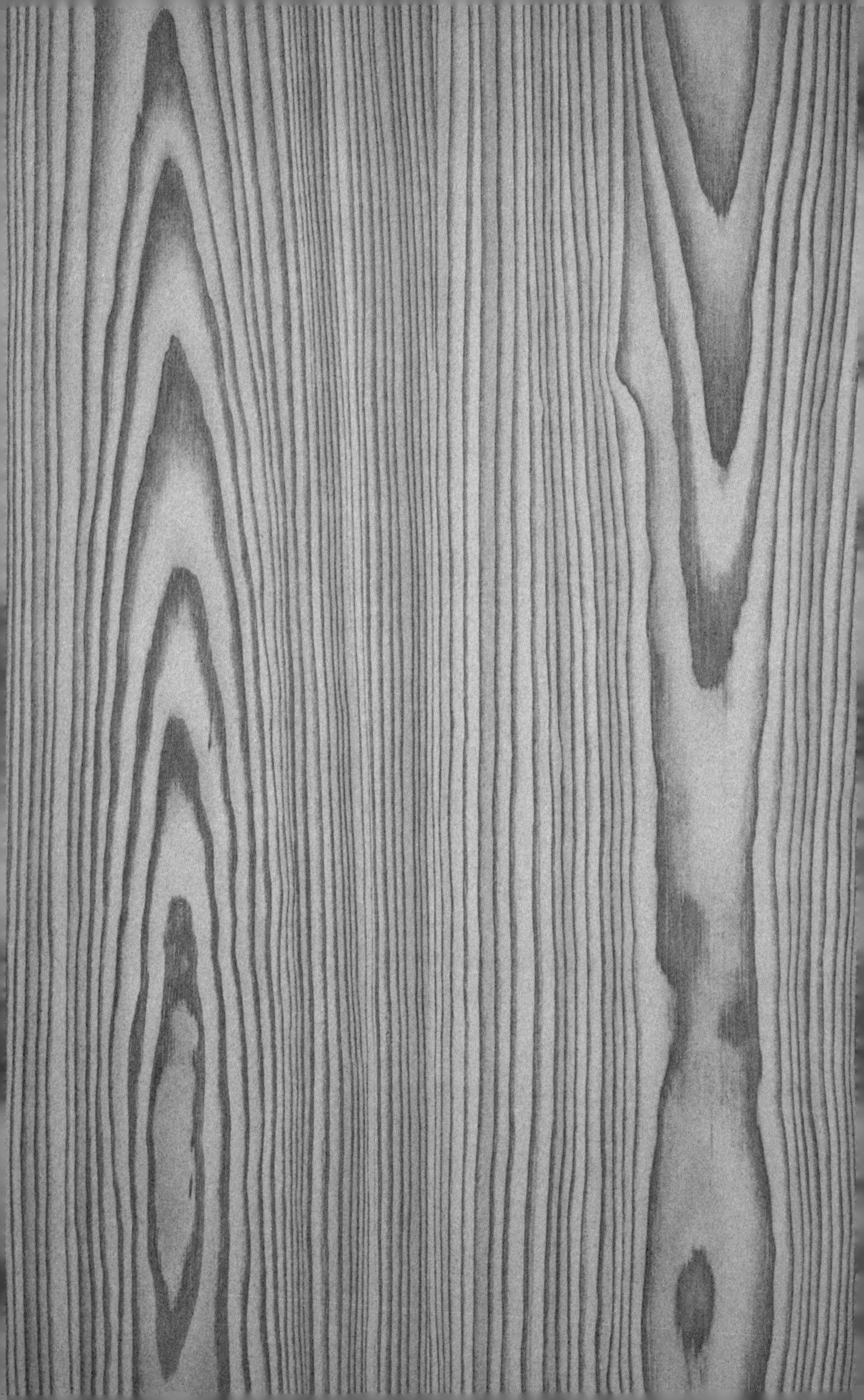

1

»Nimm du Sraup in regt Hand und dann dreh link. Vorsigt mit Kabel und andere Strom. Wenn gesraupt, dann gud. Wenn nigt, dann du Fehler gemagt«, steht in der Gebrauchsanweisung.
Also nehme ich die Schraube in die rechte Hand und drehe nach links. Die Schraube dreht durch. Es steht nichts von einem Dübel in der Gebrauchsanweisung und es steht auch nichts darüber, was man tun muss, wenn die Schraube durchdreht. Ich fange an zu schwitzen. Einmal nur in meinem Leben möchte ich etwas richtig zu Ende bringen, ohne jemanden um Hilfe bitten zu müssen. Also, alles noch mal von vorne. *Sraup in regt Hand.* Bitte sehr. Die Schraube dreht durch. Und ich drehe auch gleich durch.

Ich muss also mal wieder zu Richard und ihn um Hilfe bitten. Richard wohnt ein Stockwerk über mir und hat eine Wohnung, vor der ich einfach nur Angst habe. Sämtliche Wände sind schwarz gestrichen, damit bloß kein Sonnenlicht reflektiert. Obwohl das gar nicht möglich wäre, denn Richards Fenster sind immer geschlossen und die Klappläden wurden wohl in den fünf Jahren, in denen er hier wohnt, noch nie geöffnet. Wahrscheinlich würden sie sich jetzt auch gar nicht mehr öffnen lassen, weil sie völlig eingerostet sind.
Richard ist ein Albino mit großen roten Augen, weißen Haaren und einer derart durchsichtigen Haut, dass man meint, die Blutzirkulation durch seinen Körper mit bloßem Auge erkennen zu können. Als Richard mir einmal einen Toilettendeckel montierte – es war Sommer und sein Oberkörper ausnahmsweise frei –, lag er halb unter dem Klosett und ich schwöre, dass ich seinen Zwölffingerdarm gesehen habe. Wenn Richard aus dem Haus geht, trägt er, auch bei vierzig Grad im Schatten, grundsätzlich einen hochgeschlossenen Parka, lange Hosen, Stiefel und eine Skibrille. Er hat eine derart panische Angst davor, dass er einen Sonnenbrand bekommen könnte, dass es schon fast krankhaft ist.
Ein einziges Mal waren wir im Sommer zusammen einkaufen, da trug er eine Mütze, die nur an den Augen schmale Schlitze hatte. Frau Ger-

ber an der Kasse vom AKTIV-Markt hat sofort den Alarmknopf gedrückt, weil sie der Meinung war, Richard wolle die Bareinnahmen aus ihrer Kasse und hielte mich als Geisel. Dabei hat sich Richard nur an mir festgehalten, weil die Mütze verrutscht war und er nichts mehr sehen konnte.
Sämtliche Kunden liefen auf die Straße und schrien, und Frau Gerber bedrohte Richard mit dem Scannerleser ihrer Kasse, in der Hoffnung, er würde annehmen, es handele sich dabei um ein Elektroschockgerät. Die Polizei kam und umstellte den Markt. Ich versuchte, das Missverständnis aufzuklären, aber wie immer hörte mir keiner zu. Richard war verwirrt und brachte es irgendwann fertig, den Sehschlitz seiner Mütze wieder vor seine Augen zu platzieren, was mit entsetzten Schreien der Angestellten honoriert wurde, vermutlich, weil seine Augen vor Panik noch röter waren als sonst.
»Geben Sie auf. Verlassen Sie mit erhobenen Händen das Gebäude!«, quakte das Überfallkommando von draußen.
Ich fing an, laut zu heulen, Richard begriff gar nichts mehr und wollte mich in den Arm nehmen.
»Lass mich«, schniefte ich und schubste ihn weg. »Wo ich hinkomme, passiert irgendwas Schlimmes.«
Richard strauchelte, verlor das Gleichgewicht und stürzte mit dem Süßwarendrehständer auf den Boden. Diesen Moment nutzte Werner Pluntke, der Marktleiter, um sich mit Todesverachtung auf Richard zu werfen. Hektisch riss er einen Beutel mit Lakritze auf, rollte die Schnecken auseinander und versuchte, Richard damit zu fesseln und somit dingfest zu machen. Frau Gerber, eine geborene Stuttgarterin, lief an die Ladentür, gestikulierte und ging dann, als die Polizisten die Waffen sinken ließen, vors Haus.
»De Schef hot den Monn gschwind überwäldigt!«, schwäbelte sie erleichtert. »Heiligs Blechle, un des om frühe Morge!«
Richard und ich wurden in eine Ecke gedrängt und festgehalten, und endlich konnte ich alles erklären. Richard sagte gar nichts mehr. Er ist seitdem nie mehr mit mir einkaufen gegangen.

Ich heiße Carolin. Nein, nennen Sie mich bitte Caro. Obwohl ich Carolin sehr schön finde. Die Prinzessin von Monaco heißt auch so und sie hat auch so viel Pech wie ich und knabbert bestimmt wie ihre Schwester Stéphanie an den Fingernägeln. Ich habe das mal in einer Klatschzeitung gelesen und habe dann auch angefangen, an den Fingernägeln zu knabbern. Ich dachte, wenn eine Prinzessin das tut, ist das bestimmt sehr chic. Ich versuche heute ständig, es mir wieder abzugewöhnen, und schaffe es auch immer für ein paar Monate. Und dann fange ich wieder damit an. Mein Freund Gero behauptet, ich würde das unterbewusst machen, um mich selbst zu quälen. Psychotherapeuten nennen es sogar »Selbstverstümmelung«. Haha.

Als hätte ich so nicht schon Ärger und Chaos genug. Ich bin jetzt 34 Jahre alt und habe das Gefühl, noch keine 20 zu sein. Aber dazu später mehr.

Jetzt muss ich also erst mal zu Richard. Ich lasse den ganzen Kram liegen und gehe ein Stockwerk höher. Richard hat keine Klingel und möchte auch nicht, dass man bei ihm klopft. Seitdem er einen Volkshochschulkurs besucht hat, der sich mit übersinnlicher Wahrnehmung beschäftigte, glaubt er, Menschen vor seiner Tür spüren zu können. Selbstverständlich fand dieser Kurs abends im Winter statt. Um Richard also ernst zu nehmen, habe ich es mir angewöhnt, vor seiner Tür entweder ganz laut zu hyperventilieren oder aber einen Hustenanfall zu bekommen. Er öffnet dann immer sofort und sagt: »Ich habe gewusst, dass du vor der Tür stehst!«

Ich huste laut. Die Tür geht auf und Richard sagt: »Ich habe gewusst, dass du vor der Tür stehst!« und lässt mich rein.

»Richard«, sage ich, »könntest du eben mit runterkommen und mir ein bekloptes Regal zusammenbauen? Ich kriege sonst einen Nervenzusammenbruch.«

Richard schaut auf seine geschlossenen Klappläden. Die Schlitze reflektieren nichts. Keine Sonne. Fast schon dunkel. Er kann also ohne Mantel und Mütze die zwei Treppen runter in meine Wohnung laufen, ohne durch den Lichteinfall im Treppenhaus eine UV-Vergiftung zu bekommen.

»Okay«, sagt er und kommt mit. Bei mir angekommen, kickt er die Gebrauchsanweisung mit dem Fuß zur Seite, nimmt einen meiner Kreuzschlitzschraubenzieher und baut das Regal in genau 27 Sekun-

den zusammen, ohne es sich dabei auch nur einmal genau ANZUSCHAUEN! Ich komme mir vor wie der letzte Depp.
»Du denkst auch, ich bin total blöd, oder?«, frage ich.
»Nein nein«, sagt Richard. »Es muss doch nicht jeder alles können. Dafür kannst du andere Sachen ganz prima!«
Ich bin erleichtert. »Was denn?«, frage ich erwartungsvoll.
Richard öffnet den Mund und schließt ihn nach einer Weile wieder. Ihm fällt offensichtlich nichts ein. Ich frage auch nicht noch mal.
»Wo willst du das Regal denn hinstellen?«, will Richard stattdessen wissen und schaut sich um.
»In den Flur«, sage ich, »genau neben die antike Garderobe. Es passt genau hin. Auch von der Holzmaserung her. Und ich habe alles genau ausgemessen!« Ich berste vor Stolz.
Wir gehen in die Diele und ich zeige Richard die Stelle, wo ich das Regal hinstellen möchte. Richard schaut mich nur an.
»Was ist?«, frage ich. »Schau doch!« Ich ziehe das Regal vom Wohnzimmer in den Flur und rücke es genau neben die Garderobe. Richard schaut mich immer noch an. Was ist denn? Sitzt eine Spinne auf meiner Nase? Habe ich vielleicht ein Loch in der Backe, ohne dass ich es weiß? Blute ich aus den Augen?
Richard fragt: »Und wenn ich jetzt gehen möchte?«
Was ist los mit ihm? »Dann geh doch«, sage ich.
Richard greift an die Türklinke und will die Tür öffnen. Die Tür lässt sich nicht öffnen, weil das Regal direkt davor steht. Ich renne ins Wohnzimmer, werfe mich auf die Couch und fange laut an zu heulen. Richard sucht währenddessen einen geeigneteren Platz für das Regal.

Zwei Stunden später haben wir die dritte und letzte Flasche Prosecco geleert und streiten darüber, ob wir mit Amaretto oder Sherry weitermachen sollen. Wir spielen »Wer zuletzt keine Antwort mehr auf eine Frage weiß, hat verloren« und Richard lässt mich gewinnen (ich weiß, dass er weiß, dass Mozart die Zauberflöte komponiert hat, ich habe die CD bei ihm gesehen), wahrscheinlich, um mir einmal ein Erfolgserlebnis zu gönnen. Ich wanke in die Küche, um die Sherryflasche zu holen. Wo ist sie nur? Da höre ich aus dem Wohnzimmer ein ohrenbetäubendes Geschmetter. Ich rase zurück. Richard ist panisch dabei, die

Fensterläden zu schließen, obwohl um 23 Uhr auch nicht mehr nur ein Rest Sonne zu sehen ist.

»Was machs'n du?«, lalle ich, während ich sehe, dass sämtliche Gläser aus meiner Vitrine kaputt auf dem Boden liegen. »Spinns du oda was?« Richard ist völlig aufgebracht. Stammelnd versucht er mir zu erklären, dass eine Straßenlaterne, die direkt in das Fenster leuchtet, zu allem Unglück auch noch in die Vitrine gestrahlt hätte. Das wiederum hätte zur Folge gehabt, dass das Licht von den Gläsern der Vitrine aus ganz plötzlich direkt mitten in Richards Gesicht gestrahlt hätte. Er habe gespürt, wie sich in Sekundenschnelle eine Brandblase auf seiner linken Wange gebildet hätte, und habe dann, um größeres Unheil zu verhindern, schnell auf sichtbare Art und Weise für Abhilfe gesorgt. Es ist zwar keine Brandblase zu sehen, aber ich gehe nicht weiter auf das Thema ein. Meine schönen Gläser.

»'ch kauf dir neue. Vers-prech's dir«, lallt Richard.

Egal. Ich will nur saufen.

Ich weiß ja auch nicht, was mit mir los ist. Alles geht schief. Ich komme mir wie eine Versagerin vor, seit ich denken kann. Das Sprichwort »zwei linke Hände haben« passt zu mir wie der Deckel auf den Topf. Mein erstes bewusstes traumatisches Erlebnis hatte ich mit sechs Jahren. Es waren die letzten Sommerferien vor Schulbeginn, ich war bei meinen Großeltern, und vor mir und den Nachbarskindern lag ein traumhaft langes Wochenende. Wir wollten zelten und ein Baumhaus bauen. Wir bauten erst die Zelte auf und dann das Baumhaus. Da ja alles geheim war, durfte niemand außer uns wissen, wo sich das Baumhaus befand. Stundenlang kletterten wir die Holzleiter von Holgers Vater rauf und runter, um Bretter und Decken zu transportieren. Die Jungs nagelten unbeholfen alles in der Krone einer ungefähr siebenhundert Jahre alten und acht Meter hohen Linde fest und wir Mädels versuchten, mehr schlecht als recht ein Heim zu schaffen. Es war ein herrlicher Samstagnachmittag, die Sonne brannte heiß und wir waren einfach nur glücklich. Und als wir dann endlich die letzten Bretter festgenagelt hatten und alle Decken und Kissen oben waren, jubilierten wir, denn wir mussten jetzt nur noch einmal runter, um die Wasserflaschen und die von den Eltern liebevoll gepackten Picknickkörbe hochzuholen. Ich hatte, wie alle anderen auch, schrecklichen Durst und wollte unbedingt als Erste die Leiter runterklettern. Dummerweise verhakte sich mein linker Fuß an einer Sprosse, die Leiter rutschte weg, kippte nach hinten um und landete auf dem Boden, direkt neben unseren Wasserflaschen und Picknickkörben. Da saßen wir dann in unserem selbst gebauten Baumhaus in der Mittagshitze und heulten und hatten Durst und Hunger und kein Erwachsener wusste, wo wir waren. Die anderen gaben mir natürlich die Schuld und behaupteten, dass wir nun wegen mir alle sterben müssten. Die 12-jährige Veronika aus der Bodestraße 12 beschrieb uns detailgetreu, wie man nach hundert Jahren unsere ineinander verkeilten Skelette in dem heruntergekommenen, vermoderten Baumhaus finden würde, was wir alle mit entsetztem Aufheulen quittierten. Jahre später wurde mir klar, dass sie schlicht aus dem »Glöckner von Notre-Dame« zitiert hat. Seitdem habe ich Angst vor der Szene, in der Gina Lollobrigida und Anthony Quinn skelettiert vor der Kamera liegen, und schalte immer vorher aus. Wie dem auch sei, wir sind nicht gestorben, gegen 21 Uhr fanden uns die Väter von Rolf und Jan und mein Opa, und ich war schrecklich froh, dass sie nicht erst um 22 Uhr gekommen waren, denn es bildete sich in dem Baumhaus eine Art Ku-Klux-Klan gegen mich, in dem beschlossen wurde, dass ich genau um diese Zeit aus dem Baumhaus gestoßen werden sollte, wenn bis dahin keine Hilfe in Sicht war. Wir bekamen alle großen Ärger und durften keine Baumhäuser mehr bauen. Und kein Nachbarskind wollte an diesem Wochenende mehr mit mir spielen. Tja, so sind die Geschichten aus meinem Leben.

Gegen drei Uhr morgens bitte ich Richard zu gehen. Wir haben allen Alkohol getrunken, der in meiner und in Richards Wohnung zu finden war. Richard will nicht gehen. Dauernd behauptet er, mir unbedingt etwas sagen zu müssen. Er kann es mir aber angeblich nur sagen, wenn er eine bestimmte Promillegrenze überschritten hat. Ich frage mich, welche Grenze wir noch überschreiten könnten, und werde langsam wirklich müde. Außerdem muss ich in genau sechs Stunden in der Redaktion sein und weiß nicht, wie ich das alles packen soll. Richard hat gut reden. Er ist Krankenpfleger und hat, weil er nur nachts arbeitet (die Sonne, die Sonne), immer mal wieder »sonderfrei«. So auch heute und die nächsten drei Tage.

»Rischard«, nuschle ich, »ich muss ins Bedd. Bidde geh. Wir könn doch ein andermal weidermachn!«

Richard steht auf und torkelt in mein Schlafzimmer. Ich bin schlagartig nüchtern. Ist es das, was er mir sagen muss? Findet er mich sexuell attraktiv und möchte einmal in seinem Leben eine heiße Nacht mit mir verbringen? Braucht er dazu einen »bestimmten Alkoholpegel«?

Ich setze mich auf und trinke die Reste aus unseren beiden Batida-de-Coco-Gläsern.

Sex mit Richard? Eine Vorstellung, die ich noch nie hatte. Man kann sagen, was man will, unattraktiv ist er nicht, wären da nicht die knallroten Augen, die weißen Haare und die transparentpapierige Haut. Wie groß seiner wohl ist? Ist er beschnitten? Ist er Rechts- oder Linksträger? Breite Schultern hat er und auch eine sehr angenehme Stimme. Außerdem ist er immer für mich da. Ich brauche noch was zu trinken. Nichts mehr da. Ich lecke mit der Zunge über den Couchtisch, Richard hat vorhin ein Glas Portwein umgeschüttet, die eingetrockneten Reste schmecken auch so. Was soll ich tun? Ihm ins Schlafzimmer nachgehen und mich lasziv vor ihm aufs Bett legen, wenn er nicht schon längst drinliegt?

Plötzlich bin ich richtig wild auf Richard. Ich stelle mir vor, wie er mir die Unterwäsche zerreißt und behauptet, ich wäre das Geilste, was ihm je untergekommen wäre. Das sagte er nämlich letztens über seine neue Bohrmaschine, die er bei »Klugkauf« im Sonderangebot ergattert hatte. So einen Enthusiasmus hatte ich noch nie in seiner Stimme gehört! An diesem Tag ist er durchs ganze Haus gelaufen und hat alle Nachbarn gefragt, ob sie Einbauküchen hätten, die noch montiert werden müssen. Leider hatte kein Nachbar eine noch zu montierende Einbauküche parat. Schließlich kam er zu mir. Ich hatte auch keine Einbauküche, aber Richard tat mir so Leid, dass ich mit ihm in den Keller gegangen bin und er mir Vorratsregale zusammenschrauben durfte, die seit sieben Jahren unmontiert herumlagen. Danach haben wir uns eine Pizza bestellt und hatten es riesig gemütlich.

Ich stehe auf. Kann ich stehen? Ich kann stehen. Soll ich einfach ins Schlafzimmer gehen? Trägt Richard wohl Calvin-Klein-Slips, aus denen sein Teil fast herausspringt? Ich will es wissen. Zu gern hätte ich vorher meine Straps-Korsage angezogen, aber die befindet sich leider im Schlafzimmer, in dem Zimmer, in dem Richard sich gerade befindet, lüstern, geil, unvorbereitet auf das, was ich ihm jetzt bieten werde! Ich torkele ins Bad und mache die »Entsetzlich«-Beleuchtung an. Soll heißen, dass hier eventuelle Orangenhaut unbarmherzig zum Vorschein kommt. Soll auch heißen, dass hier eventuell entstandene Falten krass ins Auge fallen. Na ja, es geht. Im Schlafzimmer ist es eh dunkel, und Richard ist wahrscheinlich so geil, dass er auf so was wie Falten oder Dellen im Oberschenkel nicht mehr achten wird. Ich schaue in den Spiegel. »Willst du's wirklich?«, frage ich mich selbst. »Ja, ich will!«, antworte ich mir. Also denn. Raus aus dem Bad, nochmal über den Couchtisch geleckt – jetzt ist aber wirklich nichts mehr da –, und dann stehe ich vor der Schlafzimmertür. Eins, zwei, drei. Soll ich anklopfen, damit er Zeit hat, sich in Positur zu werfen? Soll ich ihm so eventuell die peinliche Situation ersparen, vor meinen Augen seine Zehenzwischenräume mit dem Daumennagel zu reinigen? Möchte ich nach dem Anklopfen einfach hören: »Komm rein, Baby, und mach die Beine breit …«?

Ich atme durch. Ich bin bereit. Ich öffne die Schlafzimmertür. Es quietscht. Natürlich, warum sollte ich die Tür auch ölen. Mich stört es ja nicht. Plötzlich kriege ich schreckliches Herzklopfen. Was ist, wenn ich ihm nicht genug Zeit gelassen habe? Was ist, wenn er einfach nur auf meinem Bett liegt und schläft? Vorsichtig versuche ich, den Kopf unbemerkt in das Zimmer zu stecken, knalle aber natürlich mit der Stirn gegen das Holz. Mein Gott, was soll's, denke ich, schließe die Augen und stoße die Tür auf. Niemand von uns sagt etwas. Ob ich wohl blind den Weg zum Bett finde? Nein, nein, Carolin, lieber nicht ausprobieren, womöglich brichst du dir auf den zwei Metern das Schlüsselbein. Was tun?
»Richard«, sage ich leise. »Ich bin hier. Wo bist du?«
»Hier, direkt vor deinem Bett!«, kommt es heiser zurück. Ich jubiliere innerlich.
»Ich komme jetzt zu dir«, stammele ich und taste mich langsam vor. Es ist eine unglaublich erotische Situation.

»Nein«, hält mich Richard auf. »Warte!«
Ich höre ihn zur Tür laufen und den Lichtschalter anknipsen. »Du sollst es im Licht sehen!«
Es? Er meint ja wohl *ihn*! Umso besser. Das Licht können wir von mir aus anlassen. »Dreh dich um!«, kommt es laut und bestimmt von Richard. »Du sollst es jetzt wissen!« Mein lieber Schwan, der geht ja ganz schön ran. Aber gerne doch, gerne doch drehe ich mich um. »Öffne die Augen!« Auch gut. Vielleicht ist es gar nicht so schlecht, vorher zu sehen, was auf einen zukommt. Langsam halte ich es vor Erregung nicht mehr aus. Ich öffne die Augen. Schreiend taumle ich zurück. Vor mir steht eine Frau mit meinen Kleidungsstücken und meinen hohen Pumps. Die Frau ist stark geschminkt und hat unverschämterweise auch noch meinen Schmuck an. Ihr Busen hängt ziemlich tief und an zwei völlig verschiedenen Stellen. Ich bin fassungslos. Wo ist Richard?
»So, Carolin!«, sagt die Frau. »Jetzt ist es raus. Ich fühle mich als Frau. Ich möchte eine Frau sein. Ich werde mich auch operieren lassen. Bleiben wir trotzdem Freunde!«
Wir sehen uns ungefähr eine Minute schweigend an. Dann fange ich hysterisch an zu lachen.

Jaja. Ich hatte noch nie Glück mit Männern. Meinen ersten Freund hatte ich mit vierzehn. Er hieß Thorsten und ich habe ihn angebetet wie ein Depp. Hätte Thorsten mir befohlen, als Beweis meiner Liebe zu ihm einen Liter Salzsäure zu trinken – ich hätte es getan. Er merkte natürlich schnell, dass er mit mir machen konnte, was er wollte, und nutzte es schamlos aus. Nach einem guten Jahr verließ er mich dann wegen meiner besten Freundin Babsi und ich redete mir ein, an allem schuld zu sein. Florian, meine nächste große Liebe, hatte wie ein Pascha immer drei Freundinnen gleichzeitig und trug unglaublich viele Goldkettchen an Hals und Armen. Außerdem hatte er sich die Namen aller Exfreundinnen eintätowieren lassen. Es waren sehr viele Tätowierungen. Ich trennte mich von ihm, als er von mir verlangte, mit anderen Männern zu schlafen, bei denen er Schulden hatte. Dass ich das nicht toll fand, konnte er nicht verstehen. Er meinte, das hätte doch mit unserer Beziehung nichts zu tun.

LIED.
cresc.

2

Am nächsten Tag melde ich mich krank. Mein Schädel dröhnt, und außerdem muss ich erst mal alles verkraften. Richard hat bei mir übernachtet und schläft noch. Ich habe ihm einige Kleider von mir geschenkt, er hat sich sehr darüber gefreut. Erst mal Kaffee machen. Und Aspirin nehmen.

»Männer sind Schweine, dadada«, summe ich vor mich hin. »Sie wollen alle nur das eine ... dadada, und am nächsten Morgen sind sie fort!« Na, da hab ich ja noch mal Glück gehabt, bei mir ist einer geblieben. Welch absurde Situation. Wieso ziehe ich solche Dinge immer magisch an? Das Telefon klingelt. Wahrscheinlich mein Kollege Henning, der mir nicht glaubt, dass ich wirklich krank bin. Ich verstelle meine Stimme. »Hallo!«, krächze ich in den Hörer.

»Gott sei Dank, du bist zu Hause!«, schreit es. »Du musst sofort kommen. Sofort!«

Es ist Susanne. Wenn Susanne anruft, ist immer etwas passiert. Entweder hat sie sich aus Versehen schmutzig gemacht, was für Susanne eine Katastrophe ist, sie hat eine Schmutz-Phobie, oder aber Michael ist mal wieder spurlos verschwunden.

Michael ist Susannes Mann. Ich habe noch nie einen orientierungsloseren Menschen kennen gelernt. Einmal waren wir zusammen in der Oper und er musste in der Pause zur Toilette. Die Pause war vorbei, Michael kam und kam nicht wieder. Susanne hatte schon fast einen Nervenzusammenbruch und wollte aus der Oper rauslaufen, um ihn zu suchen, wir aber waren der Meinung, dass Michael alt genug wäre, um seinen Platz in der siebten Reihe alleine wiederzufinden. Also setzten wir uns alle wieder auf unsere Plätze. Die Oper begann und Michael war immer noch nicht da. Susanne rutschte hektisch auf ihrem Sitz hin und her. Der Vorhang ging auf und eine Frau im barocken Gewand begann zu singen. Sie trällerte, dass ihr Geliebter sie verlassen hätte und sie den Geliebten auf jeden Fall zurücknehmen würde, was immer auch geschehen möge. »Kohohohomm, kohohohomm zuuuuuuuuu miiiiiiiir, ihihihich verherzeiheihe dihihir ...«, sopranierte die Dame.

Offenbar war nun geplant, dass der Geliebte aus einem Holztor hervortreten und reumütig vor ihr auf die Knie fallen sollte. Stattdessen kam plötzlich Michael aus einer improvisierten Rosenhecke und fragte verwirrt: »Wo ist das Parkett?«
Ein erstauntes Raunen ging durch den Saal. Die Dame hörte auf zu singen, der zurückzunehmende Liebhaber trat nun auch auf die Bühne. Höflich schüttelte Michael ihm die Hand und stellte sich vor. Der Liebhaber war überfordert mit der Situation und sang: »Nur mit diiir alleiheihein kann ich glücklich seiheihein …«
Michael wich entsetzt vor ihm zurück und hob abwehrend beide Hände. »Nicht!«, rief der Liebhaber. Michael lief desorientiert weiter rückwärts.
»Halt!«, kam es nun auch von der Sopranistin. Michael hörte auf niemanden, stürzte rückwärts in den Orchestergraben und begrub drei Cellospieler unter sich. Wir saßen mit offenen Mündern in unserer Reihe sieben. Michael schrie laut auf, offensichtlich hatte er sich verletzt. Gero und ich stürzten nach vorne, Susanne fing laut an zu heulen. Den Rest des Abends verbrachten wir dann alle im Krankenhaus. Michael musste operiert werden, er hatte sich das Wadenbein gebrochen. Seitdem waren wir nie mehr zusammen in der Oper.

»Was ist?«, frage ich Susanne mit normaler Stimme.
»Bitte, Carolin«, sagt sie. »Michael fliegt morgen zu einem Kongress nach London und hat keinen einzigen Anzug mehr. Er behauptet, ICH hätte sie weggeworfen, ja als ob ich Anzüge wegwerfen würde! Ich glaube eher, dass er sie mal in einer klaren Minute in die Reinigung gebracht hat und den Zettel verschlampt hat. Natürlich weiß Michael heute nicht mehr, in WELCHE Reinigung er sie gebracht hat, ganz zu schweigen davon, dass er nie zugeben würde, sie jemals in eine Reinigung gebracht zu haben. Ich weiß ja auch nicht. Ich mache den Schrank auf und kein Anzug hängt darin. Vielleicht hat er sie ja auch jemandem geschenkt, der geklingelt und nach dem Weg gefragt hat!«
Ich seufze. »Und ich soll jetzt mit Michael einen Anzug kaufen gehen oder was?«, nehme ich Susanne die Frage vorweg.
»Danke!«, sagt sie erleichtert. »Du bist wie immer ein Schatz! Kannst du um drei hier sein?«

Na klar bin ich um drei Uhr da. Mit Michael einen Anzug kaufen gehen. Toll. Das kann was geben. Lieber würde ich mit hyperaktiven Drillingen alleine ins Phantasialand fahren. Oder eine Woche lang freiwillig öffentliche Toiletten putzen. Um zwei ruft Susanne mich wieder an, um mir zu sagen, dass ich Michael in der Klinik abholen soll. Das wird ja immer schöner. Michael ist Pathologe. Ich habe ihn schon mal mit Susanne abgeholt, da hat er mir unbedingt seinen Arbeitsplatz zeigen wollen. Wir fuhren mit dem Aufzug ins Kellergeschoss, und als die Tür des Fahrstuhls aufging, schlug mir ein entsetzlicher Geruch von Verwesung und Formaldehyd entgegen. Wir gingen in einen Raum, in dem ungefähr 50 Studenten an 50 nackten Leichen herumschnippelten. Mir wurde schlecht, aber Michael zwang mich, zu »seiner Leiche« zu gehen, auf die er ganz besonders stolz war. Er zeigte mir die Leber und die Milz und hielt mir zur Krönung wie Hannibal Lecter das Herz des Mannes unter die Nase.

»Infarkt!«, sagte er theatralisch. »Sehe ich auf einen Blick. Hier, die geplatzten Arterien. Ging ganz schnell!«
»Toll!«, würgte ich hervor.
»Interessiert es dich?« Michael war ganz aufgeregt. »Ich kann dir auch noch Nummer 24 zeigen, die hat ein Raucherbein!«
»Nein danke!«, brachte ich nur noch hervor. Seitdem habe ich bei jeder Zigarette Leichen vor den Augen.

Punkt 15 Uhr stehe ich, immer noch verkatert, vor dem Kiosk im Krankenhaus, in dem Michael arbeitet. Er kommt um halb vier. Ich winke, aber er rennt an mir vorbei. Was sonst. Ich laufe ihm hinterher, rufe »Michael, Michael«, und endlich bleibt er stehen.
»Carolin! Was machst du denn hier?«
Ich erkläre ihm, dass wir jetzt zusammen zu Hertelhuber gehen und einen Anzug kaufen, da er ja zu einem Kongress muss. Verwirrt blickt er mich an, folgt mir aber brav zum Auto. Innerlich verfluche ich Susanne. *»Das kostet dich zwei Essen im Rimini«*, denke ich grimmig. Wir fahren los und kaufen den Anzug. Es ist eine Katastrophe. Man könnte meinen, Michael sei farbenblind. Er besteht darauf, eine nachtblaue Satinhose zu einem karierten Oxfordsakko mit Lederflicken an den

Ellbogen anzuziehen. Der Verkäufer und ich reden mit Engelszungen auf ihn ein, aber er stampft wie ein trotziger Junge mit dem Fuß auf und behauptet, wir hätten keinen Geschmack. Um 18 Uhr verlassen wir das Geschäft. Ich bin fix und fertig, habe Michael aber dazu bringen können, eine zweiteilige Kombination zu kaufen. Dafür muss ich ihm versprechen, Susanne nicht zu erzählen, dass er seine Kreditkarte verschlampt hat. Das stellten wir nämlich gegen Ladenschluss fest, als der Verkäufer entnervt fragte, ob wir bar oder mit Karte oder überhaupt zu zahlen gedenken. Ich musste den Zweiteiler letztendlich bezahlen und bin total wütend. Michael behauptet auf der ganzen Heimfahrt, dass Susanne oder einer seiner Studenten ihm die Karte gestohlen hätten. Aber sicher doch! Ich setze Michael zu Hause ab und brause wütend heim.

Leise schleiche ich die Treppen hoch, in der Hoffnung, dass Richard mich nicht hört. Ich kann mich nicht schon wieder betrinken. Soll er doch heute Abend meine ausrangierten Kleider anprobieren und sich schminken. Aber bitte ohne mich! Fast lautlos schließe ich meine Wohnungstür auf. In diesem Moment geht das Licht im Korridor an.
»Frau Carolin, Frau Carolin!«
Ich sinke in mich zusammen. Frau Eichner hat mir gerade noch gefehlt. Magdalena Eichner ist 74, logischerweise Rentnerin, und bekommt alles mit, was in unserem Hause so abgeht. Bei ihr in der Wohnung sitzt angeblich der Schwamm und manchmal denkt sie, Geister würden in ihren vier Wänden wohnen. Außerdem hat sie schon ungefähr fünfzigtausend Außerirdische von ihrem Küchenfenster aus beobachtet. Einmal klingelte sie mich nachts aus dem Bett, weil Ufos auf ihrem Fensterbrett landen wollten. Nachdem ich schlaftrunken in ihre Wohnung getaumelt war, stellte sich heraus, dass es sich bei den vermeintlichen Ufos um einen vom Licht irritierten Mückenschwarm handelte. Andererseits ist Frau Eichner unglaublich hilfsbereit und putzt einmal in der Woche meine Wohnung. Ich mag sie sehr, obwohl sie eine Nervensäge ist.
»Was ist denn?«, frage ich lustlos.
Frau Eichner kommt mit Hausschlappen und Lockenwicklern die Treppe hoch. »Frau Carolin, Sie glaubes net!«, legt sie los. »Heut war

en Mann da, der hat behauptet, er käm von de Stadt und müsst bei mir die Zähler ablese, dabei war im letzte Jahr doch schon einer da!«
»Aber die kommen doch immer einmal im Jahr«, sage ich, »das ist doch ganz normal!«
Frau Eichner wird rot. Sie wird immer rot, wenn sie sich aufregt.
»Aber der Mann heut war so komisch. Isch mein, der hätt noch e anner Person in sisch gehabt. Der war so genervt un hat als gesacht, isch tät misch anstelle!«
Das glaube ich wiederum gern, weil Frau Eichner sich immer anstellt.
»Was ist denn jetzt das Problem?«, will ich wissen.
»DER MANN HAT GESACHT, ER WILL WAS ZU TRINKE!!!«, brüllt Frau Eichner im Hausflur los.
Erschrocken zerre ich sie in meine Wohnung und schließe die Tür.

»Isch han em was zu trinke gebbe, dann hat er die Zähler abgelese und hat gesacht, des wird en deure Spaß! Des wor mer zu viel, Frau Carolin, da han isch gesacht, des sehn mer dann. Da sacht er, er müsst auf die Toilette!«
»Ja und?« Bitte, bitte, geh doch endlich!
»Isch han gesacht, das gäht nett. Da hat er gesacht, jeder Bürger wär verpflichtet, en annere uff die Toilett gehe zu lasse. Un da geht der Mann einfach uffs Klo.«
Frau Eichner führt wirklich ein ungemein aufregendes Leben.
»Ich bin müde, Frau Eichner«, sage ich und will sie zur Tür hinausschieben, aber sie schüttelt mich ab.
»Es Schlimmste kommt ja noch!«, schreit sie.
»Ja, was denn noch?«
Frau Eichner, Frau Eichner, wenn ich Sie nicht hätte. Wahrscheinlich hat sie den armen Stadtwerkemenschen von hinten erschlagen, weil er ihre Toilette benutzt hat, ohne auf ihr Nein zu hören. Frau Eichner hält die Hände vor ihr Gesicht und fängt laut an zu heulen. Schnell schließe ich die Tür wieder. Sie wirft sich in meine Arme.
»Ich han de Mann erschlache!«, schreit sie. »Von hinne! Mit erer Milschkann!«
Mir wird schwarz vor Augen.
»Des ganze Blut. So e Sauerei! Frau Carolin, komme Se, komme Se

mit, ich hab schon en Schlachtplan endworfe. Mir mache des wie im Tatort. Mer lasse die Leische verschwinne. Oder mer friern se ein. Oder mer verbrenne se im Ofen. Oder mer ziehn ihn runner in die Waschküsch un betoniern ihn da ein. Isch han Werkzeusch da, isch han alles da! Bitte! Isch trau misch auch alleine net mer in mei Wohnung. Isch han im Keller gewort, bis Sie gekomme sin!«
Frau Eichner springt im Kreis um mich herum wie ein aufgescheuchter Truthahn. Ich kann sie kaum beruhigen. Ein Toter, denke ich nur. Was kann denn in dieser Woche noch alles passieren? Was soll ich nur tun? Susanne anrufen? Bloß nicht, die ist mit solch einer Situation mit Sicherheit überfordert. Die Polizei? Natürlich, was denn sonst. Ich sage: »Wir rufen die Polizei an!«
»Nein!«, kreischt Frau Eichner. »Wolle Se misch dann besuche un durch e Glasscheib mit mer schpresche, un wolle Se sisch angugge, wie isch von Woch zu Woch mehr zugrunde geh?« Sie fällt vor mir auf die Knie. »Bitte, bitte. Isch bin 74 Jahrn, isch han in meim Lebe keim Mensche was zuleid getan. Isch war nur für annere da. Isch han geputzt, gewasche, gekocht un war a gut Mutter! ISCH WILL NET IN DE KNAST!!!«
Ihre Stimme überschlägt sich. Ich bekomme es mit der Angst zu tun. Wir stehen im Flur, im Prinzip kann uns jeder Nachbar hören.
»Schsch!«, mache ich und halte den Finger vor den Mund. Frau Eichner wird leiser und weint vor sich hin. Ich ziehe sie hoch und verfrachte sie erst mal in meine Küche. Ein Schnaps. Ich brauche einen Schnaps, obwohl ich immer noch Kopfweh von der vergangenen Nacht habe. Panisch renne ich ins Wohnzimmer. Leere Flaschen und kaputte Gläser liegen verstreut im ganzen Raum herum. Natürlich, Richard und ich haben ja gesoffen wie die Haubitzen. Und aufgeräumt ist auch noch nicht. Das ist jetzt auch egal. Mist. Kein Alkohol im Haus. Dann koche ich halt Kaffee. Oder Tee. Als ich zurück in die Küche komme, sitzt Frau Eichner auf meinem Küchentisch und macht »Ommmm, ommmm«.
»Was soll das denn?«, frage ich verwirrt.
»Des is gud für mei Nerve!«, sagt sie. »Isch tu in de Bauch atme, da gehen die Verspannungen weg und da komm isch wieder zu mer … Ommm, ommm!«

Gleichmäßig wiegt sie ihren Oberkörper hin und her. »Des han isch von meiner Enkelin gelernt. Die geht nämmlisch in Esoterik-Kurse … ommm!«
Wie schön, dass Frau Eichner sonst keine Probleme hat.
»Wir müssen jetzt mal in Ihre Wohnung gehen und nachsehen«, sage ich barsch. »Der Tote verschwindet bestimmt nicht von selbst!«
»Gehen Sie gugge, Frau Carolin, bidde!«, fleht Frau Eichner. »Isch tu des net verkrafte!«
Ach, das ist ja interessant, aber ich soll das verkraften. Was soll ich denn heute noch alles verkraften?

»Sie kommen mit!«, befehle ich und ziehe sie vom Küchentisch runter. Sofort fängt sie wieder an, laut zu heulen.
»Isch kann nett. Isch muss erst ferdisch atme, sonst nutzt mer die ganz Übung nix!«
»Frau Eichner, wir gehen jetzt runter in Ihre Wohnung und schauen nach dem Toten. Sie können nicht erst jemanden erschlagen und danach Entspannungsübungen machen!« Jetzt bin ich wütend. Und müde. Und verzweifelt. »Wir schauen jetzt unten bei Ihnen, was wir mit dem Toten machen!«
»Mit welchem Toten?«
Entsetzt drehe ich mich um. Vor mir steht Gero. Gero Krauss. Mein allerbester Freund. Gero ist schwul und dafür liebe ich ihn. Wir kennen uns seit 10 Jahren, er hat mich damals von der Straße aufgelesen, nachdem ich mit dem Fahrrad gestürzt war. Quasi hat er mir damals das Leben gerettet, denn direkt nach ihm kam ein 12-Tonner mit überhöhter Geschwindigkeit die Bundesstraße entlanggerast. Er fuhr mich ins Krankenhaus und kollabierte im Behandlungsraum, als meine Jeans vom Arzt aufgeschnitten wurde und darunter eine riesige Platzwunde am Knie zum Vorschein kam. Gero kann nämlich kein Blut sehen. Ich wartete dann, bis *er* verarztet war, und wir fuhren gemeinsam eine Pizza essen und sind seitdem die dicksten Freunde.
Aber was tut Gero hier und vor allem, wie kommt er in die Küche?
»Die Tür war offen«, sagt Gero. »Habe ich irgendwas verpasst? Haben wir eine Leiche im Keller? Ha!«, lacht er ob dieses Wortwitzes.
Er stellt zwei Taschen ab. Ich sehe frisches Gemüse, Nudeln und allerhand anderes Zeug. Richtig! Wir wollten ja heute zusammen kochen

und dann zum vierzigsten Mal »Titanic« schauen. Wir können beide ganze Passagen synchron mitspielen und -sprechen. Ich bin Rose de Witt Bukater, er ist Jack Dawson oder manchmal auch Caldon Hockley, Roses Verlobter. Am ergreifendsten ist für uns die Szene, in der Jack und Rose, nachdem die Titanic untergegangen ist, im Wasser vor sich hin dümpeln, sie auf einer nicht versunkenen Holztür der ersten Klasse liegend, er im Atlantik treibend vor ihr. Sie schläft oder ist im Halbkoma wegen der Kälte oder was auch immer, kriegt jedenfalls nichts mit, und er stirbt währenddessen. Sie wacht auf, weil ein Offizier aus einem Rettungsboot ruft: »Ist da wer?« Sie sieht, dass Hilfe naht, Jack aber tot ist und seine Hände wegen der Minustemperaturen an der Holztür festkleben. Sie sagt zu Jack: »Ich werd es nie vergessen. Ich versprech's dir«, löst seine Hände und lässt den armen Leonardo di Caprio zu den Fischen tauchen. Da müssen wir beide immer heulen. Einmal sagte Gero zu mir während dieser Szene: »Ich wäre auch für dich gestorben!«
Grundgütiger! (Das sagte Rose, als sie von Mr. Andrews, dem Schiffsbauingenieur, erfuhr, dass die Titanic in spätestens zwei Stunden auf dem Grund des Ozeans liegen würde.) Aber so ist Gero eben. Ein Freund auf ewig. Hoffentlich.

Meine Kontaktlinsen brennen in den Augen. Hektisch blicke ich zu Frau Eichner. Die heult immer noch.
»Was ist denn hier los?«, fragt Gero. »Klärt mich mal einer auf? Ich habe Hunger.« Nicht für tausend Euro könnte ich jetzt einen Bissen essen.
»Hast du Wein dabei?«
»Klar!« Gero packt vier Flaschen Bordeaux aus, eine reiße ich ihm sofort aus der Hand. Zwei Minuten später trinken wir das erste Glas. Dann finde ich den Mut, Gero zu erzählen, welches Problem Frau Eichner hat. Er steht auf. »Kommt mit!«
»Ei, wo wolle Se dann hin, Herr Krauss, was wolle Se dann mache?«, lamentiert Frau Eichner.
»Wir werden jetzt in Ihre Wohnung gehen und nachsehen!«
»Geht ihr zwei, isch net. Isch bleib hier und tu putze. Gell, Frau Carolin!«

Von mir aus. Aber erst noch ein Glas Wein. Auf ex. Gero und ich gehen Hand in Hand ein Stockwerk tiefer und schließen Frau Eichners Wohnungstür auf. Plötzlich finde ich das alles total aufregend und bekomme schreckliches Herzklopfen. Aus der Wohnung dringt ohrenbetäubender Lärm. Natürlich, Frau Eichner hat ja immer den Fernseher laufen. Wir gehen ins Bad. Nichts außer Blut. Hat sich der Tote noch ein paar Meter weit schleppen können? Wo könnte er sein? Wir schauen ins Schlafzimmer und in die Küche. Kein Toter zu sehen. Dann öffnet Gero die Wohnzimmertür. Der Tote sitzt auf dem Sofa und hat vor sich auf dem gekachelten Couchtisch Bierdosen stehen. Im Fernsehen läuft Fußball. Irgendjemand schießt ein Tor, was der Tote zum Anlass nimmt, aufzuspringen und laut zu schreien. Da erblickt er uns.

»'n Abend!«, sagt er. »War das Ihre Oma, die mir mit der Kanne einen übergebraten hat? Mit der ist nicht gut Kirschen essen!«
Drehen jetzt hier alle durch?
»Warum sind Sie denn überhaupt noch hier?« Gero ist fassungslos.
»Weil mich hier keiner beim Fernsehgucken stört!«, grölt der Tote. »Und die Alte ist ja abgezischt. Mein lieber Schwan!«
Er greift sich an den Kopf. Irgendwie hat er ein Handtuch um seine Wunde gewickelt. Ich schaue mir die ganze Sache näher an. Frau Eichner hat wirklich ganz schön zugeschlagen. Aber allzu schlimm scheint es ja dann trotzdem nicht zu sein. Langsam beruhige ich mich wieder.
»Dann können wir ja jetzt kochen«, beschließe ich.
»Ich könnte auch was vertragen«, meint der Tote und macht den Fernseher aus. »Hab zuletzt zum Frühstück eine Fleischwurst gegessen!«
Eine halbe Stunde später sitzen Gero, Frau Eichner, der Tote und ich an meinem Küchentisch und essen Gemüsespaghetti mit Kalbfleisch. Die vier Flaschen Bordeaux werden auch leer und dann geht Frau Eichner noch einmal in ihre Wohnung und holt Nachschub.
Der Tote entpuppt sich als ein genialer Stepptänzer und plättelt in meiner Küche »I'm singing in the rain«. Wir singen alle mit und haben eine Menge Spaß. Gegen halb drei ruft der Tote sich ein Taxi, Frau Eichner schläft am Küchentisch ein, und Gero und ich fallen todmüde ins Bett.

3

Ich hasse nichts mehr als einen Kater. Dagegen sind meine Migräneanfälle ein Witz. Am nächsten Morgen habe ich das Gefühl, dass mein Kopf in tausend Stücke zerspringt. Ich setze mich auf und spüre tausend Messer, die sich in meine Hirnmasse bohren.
Gero schläft neben mir mit offenem Mund, aus dem er auf mein Spannbetttuch sabbert. Eklig. Kein Wunder, dass er keinen anständigen Mann abkriegt. Geros Freunde beziehungsweise Bettpartner waren bis jetzt der absolute Horror. Einer war der völlige Sadomasotyp und fesselte Gero in dessen Wohnung auf den Küchentisch, um dann nach Hause zu gehen. Der arme Gero lag einen ganzen Tag lang bäuchlings und schrie um Hilfe, die aber erst abends nahte, als die Nachbarn von der Arbeit heimkamen. Es war eine sehr peinliche Situation für Gero. Nach dieser Geschichte kündigte Gero die Wohnung und zog in einen anderen Stadtteil.
Ich schüttle ihn. »Hmmmpf!« Er zieht sich die Bettdecke über den Kopf. Von mir aus. Soll er krankmachen, ICH muss arbeiten. Wenn ich heute nicht in die Redaktion gehe, kann ich das ganze Wochenende arbeiten. Aus der Küche kommt der Geruch von frischem Kaffee. Herrlich. Frau Eichner ist also entweder noch oder schon wieder da. Sie hat ja einen Schlüssel, weil sie bei mir sauber macht. Ich versuche, aus dem Bett zu steigen, ohne mich zu übergeben. Erst mal eine Tasse Kaffee.
»Guten Morgen!!!«, trällert mir Frau Eichner entgegen. »De Disch is gedeckt. Ich han aaach schon Brötscher g'holt! Des war e Nacht!«
Allerdings. Ich setze mich erst mal. Halb acht. Noch Zeit. Zeitung. Kaffee. Kein Brötchen. Ich kann nicht mehr. Noch so eine Nacht mit so wenig Schlaf werde ich AUF GAR KEINEN FALL mehr verkraften. Heute Abend liege ich um sieben im Bett. Nein, um sechs. Ich werde auf der Arbeit behaupten, dass wir einen Wasserrohrbruch hatten und um sechs der Klempner kommt. Wenn ich dann noch lebe. Frau Eichner springt herum wie ein Wiesel. Sie scheint keine Kopfschmerzen zu haben. Vielleicht ist es ja so, dass man, je älter man wird, umso mehr verträgt. Nee. Ich vertrage ja immer weniger, das kann nicht stimmen.

»Wo is dann de Herrn Krauss? Dud er noch schlaafe?«, fragt sie.
»Nein!«, brummelt Gero. Er steht mit zerzaustem Haar in der Tür. »Aber ich will gleich weiterschlafen! Tust du mir einen Gefallen, Carolin, Liebste?«
Ich verdrehe die Augen und äffe ihn innerlich nach: ›Kannst du auf der Baustelle anrufen, dass ich krank bin? Bitte! Mir glauben die nichts!‹ Und wenn ich dann sage, ruf doch selber an, ist er tödlich beleidigt und sagt: ›Ist gut, ist gut, aber *du* willst noch mal was von mir …‹ Da ich aber letztendlich doch auf der Baustelle anrufen werde, spare ich mir das gewohnte Procedere. »Gib's Telefon!«
Gero hat es natürlich gleich mitgebracht. »Ich will aber mithören!« Das kann ich nicht ausstehen, und das weiß er. Er presst sein Ohr immer so fest an den Hörer, dass ich kaum mehr was verstehe. Ich wähle die Nummer von seinem Chef. »Höbau Müller!!!«, brüllt es. Warum können diese Menschen nicht normal sprechen? Warum müssen sie schreien?
»Guten Morgen, Schatz hier. Ich bin die Nachbarin vom Herrn Krauss und wollte nur Bescheid geben, dass er heute leider nicht kommen kann. Er ist sehr erkältet und …« Am anderen Ende der Leitung schnaubt es. Stille. »Hallo!«, sage ich.
Der Mann von Höbau mit dem Namen Müller holt Luft. »Wenn isch des dem Scheff sach, dreht er dursch!«, brüllt er. »Die Schwuchtel is jetzt schon des dritte Mal krank innerhalb von zwei Woche!«
Entsetzt starre ich Gero an. Woher wissen sie, dass er schwul ist? Er gestikuliert mit beiden Händen, aber ich verstehe nicht, was er meint.
»Isch hol de Scheff!«, meint Höbau-Müller. »Des kann so net weidergehe! SCHEFF!!!«, schreit er, wahrscheinlich über den Hof. »Unser Tucke Geraldine hat sisch mal wieder zu oft de Nickel verchrome lasse!«
Geraldine? Verstehe. Sie wollen Gero fertig machen. Der ist mittlerweile aufgesprungen und schreibt hektisch etwas auf ein Blatt Papier. Ich reiße es ihm aus der Hand. HABEN MICH AUF PARKPL GES steht da. Auf dem Parkplatz gesehen? Ja und? Ich blicke ihn verständnislos an. Was soll denn daran so schlimm sein? Verzweifelt macht Gero eine eindeutige Handbewegung. Alles klar. Ich konzentriere mich wieder auf den Höbau-Müller.

»Hallo?«, frage ich.

Bei Höbau-Müller ist inzwischen die Hölle los. Ich höre ungefähr siebzehntausend Stimmen im Hintergrund diskutieren. Ist da vielleicht ein Streik im Anmarsch? »Ich lege auf!«, sage ich zu Gero.

Der sinkt auf die Knie. »Bitte nicht!«, formen seine Lippen. Meine Güte!

»Hallo!!! Hallo!!! Wo is de Bengel???«

Das muss der Chef sein.

»Ja, guten Morgen, mein Name ist Carolin Schatz, ich bin die Nachbarin von …«

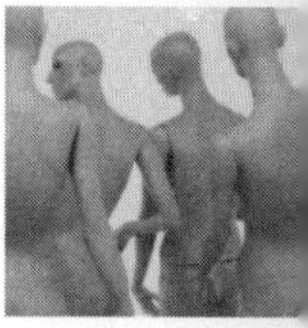

»Hörn Se uff mit dem Quatsch!«, schreit der Mensch. »Sie sin im Leebe net die Nachbarin. Wo issen unser Mädsche?«

»Welches Mädchen?« Ich bin irritiert.

»Ei, unsern Schwule! Hat er wieder zu viel Vaseline verbraucht oder was?«

Wie asozial. Ich sage kalt: »Hören Sie, Herr Krauss ist krank. Er wird heute nicht kommen. Ich verbitte mir diese Unterstellungen und vor allen Dingen diesen Ton!«

Brüllendes Gelächter bei Höbau. »Einer geht noch, einer geht noch rein!«, singt man dort gruppendynamisch im Chor. Der arme Gero. Er hat bestimmt kein einfaches Leben dort. Ich lege den Hörer auf. In diesem Moment fängt Gero lautlos an zu weinen. Ich brauche erst mal noch einen Kaffee.

»Was ist denn bei dir auf der Arbeit los?«, frage ich. »Woher wissen die denn, dass du schwul bist?«

»Die haben mich auf dem Parkplatz hinter dem Wiesental gesehen. Also zwei von denen. Du erinnerst dich doch bestimmt noch an Hektor.« Verheult blickt er mich an. Ich überlege. Hektor. War das nicht dieser entsetzliche Brummifahrer, der siebenhundert Kilo wog?

»Der Dicke?«, frage ich.

»Genau«, heult Gero, »und der hat auf Outdoorsex gestanden. Und da wollte er eine Nummer am Auto schieben. Und ich hab ja gesagt. Und dann kamen zwei von der Baustelle vorbei, haben angehalten und uns gesehen, und was glaubst du, was da los ist seitdem bei mir in der Firma!!!« Ich kann es mir lebhaft vorstellen. »Ich werde gemobbt!«, weint er. »Letztens haben die mir einen Dildo hingestellt und eine

Ölflasche daneben, und alle haben gelacht. Dann haben sie auch mal versucht, mir die Hose runterzuziehen!«

Er heult immer lauter. Ich bin entsetzt. Das ist ja furchtbar. »Deswegen hast du so oft krankgemacht in letzter Zeit, stimmt's?« Gero nickt. Gott, wie tut er mir Leid. »Jetzt geh erst mal schlafen und kurier dich aus. Ich muss in die Redaktion. Heute Abend reden wir weiter.« Ich lege Gero in mein Bett und decke ihn zu.

»Kussi!«, sagt er. »Zwei Kussis!«

Ich küsse ihn rechts und links auf die Backen und gehe wieder in die Küche.

Frau Eichner ist auch wieder aufgetaucht und legt Wäsche zusammen. Sie verspricht mir, Gero was Leckeres zum Essen zu kochen, wenn er wach wird. Jetzt muss ich mich total beeilen. Natürlich komme ich trotzdem zu spät.

Ich arbeite beim Radio. Hört sich toll an, was? Soll ich Ihnen was sagen? Es ist auch toll. Meistens jedenfalls. Wir sind ein tolles Team, wer bei uns arbeiten darf, bestimmen wir alle zusammen, und wir unternehmen auch alle miteinander privat ziemlich viel. Dann trinken wir alle miteinander ziemlich viel. Manchmal habe ich Angst, schon eine Halbalkoholikerin zu sein, und sehe mich in einer Selbsthilfegruppe mit lauter rotnasigen Mittfünfzigern mit karierten Hemden und gelben Augäpfeln sitzen, um dann aufzustehen und zu sagen: »Ich heiße Carolin und bin Alkoholikerin!« Aber ich tröste mich immer wieder damit, dass ich mir sage, dass es auch Tage gibt, an denen ich überhaupt keinen Alkohol zu mir nehme. Und richtige Alkoholiker trinken ja angeblich schon morgens Parfümflaschen leer, wenn nichts Trinkbares mehr im Hause ist. Das ist mir noch nie passiert.

Der Hauptpförtner scheint eine schlechte Nacht gehabt zu haben; er blickt extra nicht von der Bildzeitung auf, als ich vor der Tür stehe. Mein Klopfen und Rufen ignoriert er. Schließlich werde ich böse und kratze mit meinem Autoschlüssel an die Scheibe, woraufhin er »Ei, sehn Se dann net, dass die Dür offe is?« durch den kleinen Lautsprecher brüllt.

Entschuldigungen murmelnd haste ich durch die Eingangshalle. Alle sind schon da. Hoffentlich sieht mich keiner, was aber quasi unmöglich ist, da alle Büros verglast sind. Natürlich erblickt Henning mich sofort und kommt mir schnurstracks entgegen.

»Mit wem hast du geschlafen?«, fragt er gierig.

»Wie kommst du denn darauf?«, frage ich zurück.

»A warst du gestern krank und b hat der Ben vor einer Viertelstunde bei dir zu Hause angerufen und DA GING EIN TYP ANS TELEFON!!!«

Ben schießt um die Ecke. »Der war noch ganz verpennt!«, ruft er.

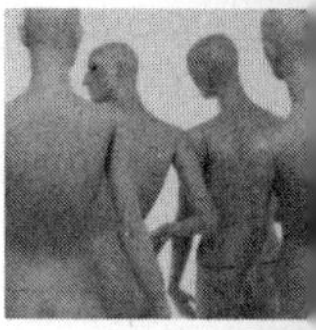

Ja, ist denn das zu fassen! Hat man denn in diesem Saftladen überhaupt keine Privatsphäre mehr? Müssen alle darüber informiert werden, dass man seit einer Woche auf seine Tage wartet, wann wo ein Muttermal wegoperiert wird und wie der letzte One-Night-Stand sich angestellt hat (»Stellt euch vor, Gaby hat im ›Living‹ einen abgeschleppt und hat die ganze Nacht mit ihm gebumst. Der konnte zwölf Mal hintereinander! Gaby hat gesagt, so gut hat es ihr lange keiner mehr besorgt!« »Nein, wer war das denn?« »Irgendein Christoph. Von Klöthe und Schramm, so ein Werbefuzzi!« »Mit dem hatte Ina auch schon was!« »Was? Du erzählst mir SOFORT, wann das war!«)? Und so weiter. Ich gebe es auf. Es ist sowieso sinnlos. Ben und Henning stehen vor mir wie Schießhunde.

»Kann ich mich vielleicht erst mal setzen?«

Sie nicken gnädig.

»Ohne Kaffee kann ich gar nichts erzählen«, sage ich entnervt.

Sofort stürzt Ben zur Kaffeemaschine. »Wehe, du fängst an zu erzählen, bevor ich wieder da bin!«, droht er mir im Laufen. »Carolin hatte Sex!«, brüllt er durch die Redaktion. Alles schießt von seinen Sitzen hoch. Ich bin verzweifelt. Sie erwarten natürlich jetzt alle die Riesenstory. Und wenn ich was von Richard und Transvestit und einem vermeintlichen Toten und dem schwulen Gero und Höbau Müller erzähle, glaubt es mir eh keiner. Ich entschließe mich, etwas von einer heißen Nacht zu schwafeln. So was wird immer gerne gehört und geglaubt. (»48 Zentimeter. Ich werde verrückt!« »Er hat tatsächlich deine Beine an der Küchenlampe festgebunden und dann Geflügelwurst von deinem Körper geschleckt?« »Er hat so laut gestöhnt, dass die Pfandflaschen von der Spüle gefallen sind?«) Da kommt Ben mit dem Kaffee. Entspannt lehne ich mich zurück und lege los.

Um 18 Uhr habe ich alles weggewurstelt, was ich mir für heute vorgenommen habe. Gero hat zwischenzeitlich angerufen und gefragt, was ich heute Abend mache. Schlafen, Gero, schlafen. Ich räume meinen Schreibtisch auf und möchte gehen, aber Henning kommt gerade von einem Außentermin und fuchtelt mit den Händen herum. »Was ist heute?«, fragt er beleidigt.
»Was soll heute sein? Heute ist Freitag«, sage ich mürrisch.
Henning verschränkt die Arme. »Du hast mir VERSPROCHEN, dass du heute Abend mit mir zu der Vernissage von Kalodiri Monasidumo Schmidt kommst!«, sagt er herrisch.
Wer ist Kalodiri Monasidumo Schmidt? Dunkel erinnere ich mich an eine entsetzlich aufgemachte Einladungskarte, auf der keine Buchstaben standen, sondern auf der in Zeichnungen erklärt wurde, welche Ausstellung einen wann und wo erwarten würde. Ich hasse Vernissagen, habe Henning damals aber wirklich versprochen, mit ihm dort hinzugehen. Henning liebt alles, was irgendwie »trash« und »hip« und »in« ist. Er verbringt sein halbes Leben damit, Abende mit arroganten Menschen zuzubringen, die glauben, die Schöpfer des Universums zu sein. Ich hingegen hasse solche Typen. Vielleicht liegt es daran, dass ich mich selber ganz und gar nicht »trash« und »hip« finde. Aber ich kann Menschen nun mal nicht ausstehen, die ihre Sektgläser kaum in der Hand halten können, weil so viele Cartier-Armbänder dranhängen. Wie dem auch sei. Versprochen ist versprochen. Wieder kein ruhiger Abend. Ich habe Hunger. »Da gibt es mit Sicherheit genug zu essen«, beruhigt mich Henning. Das will ich hoffen, mir hängt der Magen in den Kniekehlen.
Als wir in der Galerie »Geschwader« ankommen, könnte ich kotzen. Eine Million dünne Models in schwarzen hautengen Dolce & Gabbana-Kleidern und – hahaha, hab ich's nicht gesagt – mit kiloweise Schmuck. Und lauter Kerle mit zurückgekämmten Haaren und Handys, in die sie ununterbrochen reinschreien: »Nein, wir verkaufen erst ab drei Millionen!!!« »Wir versuchen, die Fusion mit Schreier und Partner morgen hinzukriegen!!!« Derweil stehen die Damen gelangweilt herum und starren mit ihren perfekt geschminkten Augen auf ihre perfekt manikürten Fingernägel. Natürlich schauen alle auf uns, als wir zur Tür hereinkommen. Ich fühle mich entsetzlich deplatziert.

Dieses Gefühl wird noch verstärkt, als drei Magersüchtige mich mit hochgezogenen Augenbrauen von oben bis unten mustern. Ich konnte mich noch nie gut anziehen. Hauptsache bequem – und das sieht man auch heute. Jeans passen immer, denke ich jeden Tag. Außerdem habe ich nicht das Geld für Designerklamotten. Leider habe ich aber auch nicht genug Selbstbewusstsein, um dazu zu stehen! Sofort fühle ich mich unwohl und fange an zu schwitzen. Da fällt mir ein, dass ich heute Morgen noch nicht mal Deo benutzt habe. Und geschminkt bin ich auch nicht. Wo ist eigentlich Henning? Er hat sich natürlich sofort unter die »wichtigen« Leute gemischt und beachtet mich nicht mehr. Dann suche ich eben alleine das Büfett. Ich könnte sterben für kleine Frikadellchen und Nudelsalat. Nachdem ich mich durch die Models gezwängt habe, finde ich es schließlich. Und das soll Essen sein? Verwirrt blicke ich auf mehrere schwarze Röllchen, die mit Bindfäden zusammengehalten werden.

Dazu gibt es schwarzes Kraut mit schwarzen Bällchen, die beim ersten Hinsehen als verkohlte Fleischklopse durchgehen könnten. Ein überforderter Asiate steht hinter den Tischen und fragt nach meinen Wünschen.
»Was ist das?«, frage ich auf die Röllchen deutend.
»Oooooh. Is Sin-Hei-Song. Ist gekogt Fiss mit Ingwerwurzel und swarz Pfeff. Un hiiiier mir han Wodu-Ka-Mosa, is Niere von Sildkrot mit Safran!«, teilt er mir mit. Stehen Schildkröten nicht unter Naturschutz?
»Dann bitte einen Teller mit Sin-Hei-nochwas!«
Auf einen Unterteller bekomme ich ein einziges Röllchen gelegt, makabrerweise wünscht der Asiate mir noch einen guten Appetit. Das Röllchen schmeckt nach nassem Zewa-Wisch-und-Weg und ich bin noch hungriger als vorher. Ich will SOFORT zu McDonald's! Wo ist nur Henning? Ich brauche jetzt erst mal Sekt. Mit einem Puppenglas in der Hand wühle ich mich wieder durch die Menge zurück. Da sehe ich ihn. Er lehnt lässig an einer Säule und hört zwei Schickimickischicksen zu, die ihm wahrscheinlich etwas über ihren letzten Urlaub auf den Cayman Islands erzählen. Oder darüber, wie ihr Privatjet über Trinidad plötzlich Turbulenzen ausgesetzt war und der 78er Veuve Cliquot sich über den Jil-Sander-Blazer ergossen hat. Viel-

leicht sind sie auch ganz einfach verzweifelt darüber, dass sie zu viel Geld haben und nicht wissen, was sie sich denn jetzt noch kaufen könnten.
Ach ja. Ach ja. Bei solchen Weibern tröste ich mich immer mit der Feststellung, dass eigentlich nur die inneren Werte zählen. Außerdem kann jeder so tun, als ob er Kohle ohne Ende hat. Meine Kollegin Britt kannte mal eine, die hat immer Gott weiß was erzählt und so getan, als ob sie hundert Millionen auf dem Konto hätte, und dann stellte sich heraus, dass die Sachen, die sie getragen hat, von C&A waren. Sie hatte sich irgendwoher die Label-Schildchen von Designern besorgt und die dann in die C&A-Klamotten reingenäht. Und die Rolex war ein Blender. Die Dame wohnte in einem Ein-Zimmer-Appartement direkt an der Straße und war keine Investmentfonds-Beraterin, sondern arbeitete beim Bäcker ›Rosenfelder‹.

Jedenfalls steht *er* da. Ein Bild von einem Mann. Ich glaube, ich habe noch nie vorher so etwas Attraktives gesehen. Er ist groß, über eins achtzig würde ich jetzt mal sagen, und er trägt nicht das übliche Schwarz wie alle anderen, sondern eine helle, sandfarbene Kombination und ein weißes Leinenhemd dazu. Unverschämt braun ist dieser Typ. Und hat braune Haare und grüne Augen. Die leuchten so sehr, diese Augen, dass ich auf Meter entfernt sehe, welche Farbe sie haben. Ich muss diesen Mann kennen lernen.
Betont desinteressiert gehe ich in die Richtung des Prinzen. Noch ein Schluck Sekt. Zum Glück ist direkt neben der Säule, an der er lehnt, eine Wand, an der ein Werk des Künstlers – wie hieß er doch gleich? – zu begutachten ist. Drei schwarze Kreuze. Sonst nichts. »17 000 €«, steht auf einem kleinen Schildchen darunter und das Unfassbare: »Verkauft.« Fassungslos starre ich das Bild an. Wer zahlt denn so viel Geld für drei Kreuze? Egal. Langsam drehe ich mich in seine Richtung. Er sieht mich an. Er hat mich wahrgenommen. Er winkt mich zu sich. Langsam gehe ich auf ihn zu.
»Hallo!«, strahlt er mich an.
»Hallo!«, bringe ich heraus. Er drückt mir seinen leeren Teller und sein Sektglas in die Hand. »Würden Sie uns noch drei Sekt bringen, bitte?«, fragt er und dreht sich zu zwei Ladys um. »Ihr trinkt doch noch was,

oder?« Gnädiges Nicken. »Also dann dreimal Sekt bitte. Und nehmen Sie doch ein Tablett. Das macht das Servieren einfacher!«, belehrt er mich und zwinkert mir kurz zu, bevor er sich wieder den Ladys zuwendet.

Habe ich richtig gehört? Er hält mich für die Bedienung? Eine Frechheit. Steche ich hier so hervor, dass man zwanghaft annehmen muss, ich gehörte zum Personal? Offensichtlich schon. Beleidigt ziehe ich mich zurück. Da kommt endlich Henning.

»Wo bleibst du denn?«, frage ich sauer.

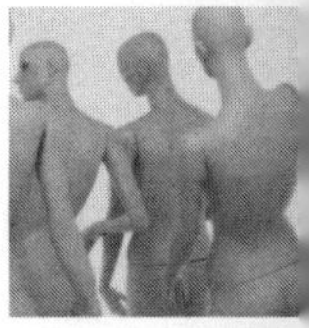

»Ich gehe!«, ruft er euphorisch.

»Ich gehe mit!«, rufe ich zurück.

Er zieht mich in eine Ecke. »Das geht nicht«, flüstert er. »Ich gehe mit Naomi!« Er deutet verstohlen auf eine fünf Kilo leichte Rothaarige, die mir mit blütenweißem Gebiss ein berauschendes Lächeln schenkt. Nie im Leben heißt die Naomi. Mit Sicherheit heißt sie Marte oder Dörte.

»Und ich?«, zische ich wütend zurück und schüttle seinen Arm ab.

»Mach jetzt hier keine Szene!«, ruft Henning so laut, dass Naomi-Dörte es hören *muss*. »Wir reden morgen in aller Ruhe darüber. Ich ruf dich an. Nichts für ungut!« Spricht's und geht.

Wie ein begossener Pudel stehe ich da. Das ist wieder typisch Henning. Sobald er irgendeine Trulla gefunden hat, lässt er mich links liegen. Frustriert kippe ich noch einen Sekt auf ex hinunter.

»Na, na, na!«, tadelt mich jemand spöttisch. Ich drehe mich zur Seite. Es ist der sandfarbene Robert Redford für Arme.

»Noch einen Sekt?«, frage ich hämisch.

»Aber immer doch«, gibt er zurück und zieht mich an die Bar. »Hat Ihnen eigentlich schon mal jemand gesagt, dass gewaschenes Haar überhaupt nicht zu Ihnen passen würde?«, fragt er.

Ich hole tief Luft. Dann hole ich aus und knalle ihm eine, dass er gegen die Wand fliegt. Drei Werke von Kalodiri Monasidumo Schmidt fliegen mit ihm, sie landen alle vier gleichzeitig auf dem Boden. Dem Robert Redford springt die Lippe auf, den Werken das Glas raus und eine geöffnete Sektflasche ergießt sich über alle zusammen. Ich stehe da wie mit einer Gesichtslähmung. Und Hunger habe ich immer noch.

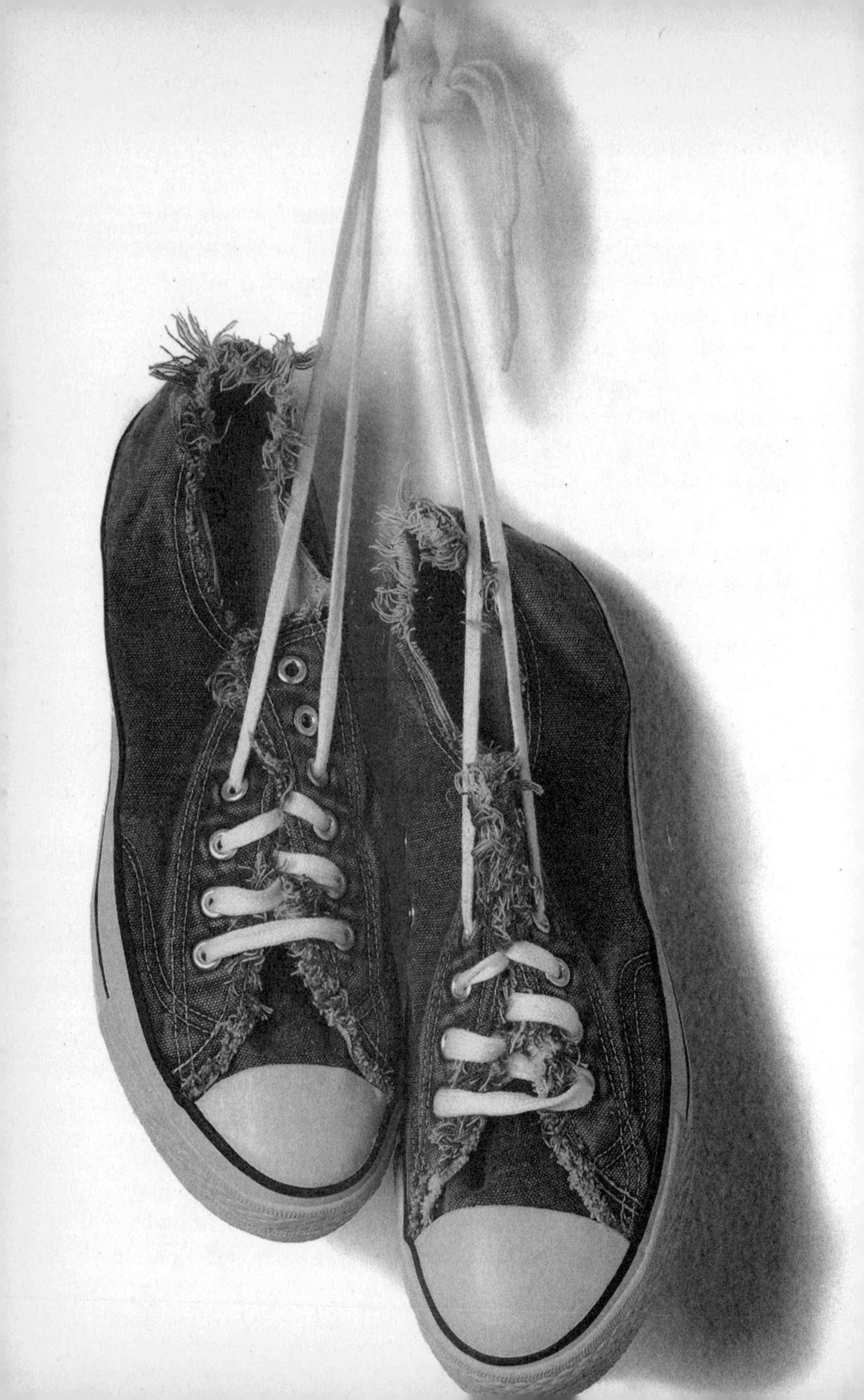

4

Ich wache auf, weil es bummert. Verwirrt setze ich mich auf, um mit einem Aufschrei wieder in die Waagerechte zu knallen. Seit wann habe ich eine schräge Wand über meinem Bett? Die Augen noch mal aufmachen, aber langsam bitte! Es bummert weiter. Kein Wunder. Ohrenbetäubende Musik dröhnt durch das Zimmer, in dem ich mich befinde. Wo bin ich? Langsam gewöhnen sich meine Augen an das Dämmerlicht und ich steige aus dem Bett. Neben mir ekelhaftes Schnarchen. Wer ist das? Richard? Gero? Henning? Vor Entsetzen gelähmt, taste ich mich zum Fenster vor. Vorsichtig ziehe ich das Rollo hoch. Ich erkenne den Menschen im Bett. Es ist der Robert Redford für Arme. O Gott. Ich kann mich an nichts erinnern. An rein gar nichts. Nur noch daran, dass ich, nachdem ich dem Typ eine geknallt habe, von zwei besorgten Lesben einen Caipirinha nach dem anderen eingeflößt bekommen habe. Vage erscheint es mir, als ob der Typ dann irgendwann mit einem Handtuch um den Mund wieder vor mir gestanden hat. Offensichtlich hat ihm mein Verhalten imponiert, wer sonst würde sich erst die Zähne einschlagen lassen und dann jemanden zum Poppen auffordern? Höchstens ein Masochist. Aber vielleicht ist er ja einer. Ich scheine auf jeden Fall einer zu sein. Was konnte ich nur an diesem Menschen jemals gefunden haben? Seine Backe ist von meinem Schlag immer noch völlig geschwollen, seine Haare lichten sich und er ist kein bisschen behaart. Ich hasse unbehaarte Männer. Männer sind nur richtige Männer, wenn sie wenigstens ein bisschen einem Gorilla ähneln. Dazu gehören auch breite Schultern. Und von der Figur her bitte lieber ein bisschen zu dick als zu dünn. Wenn es etwas Schlimmes gibt, dann sind es Männer mit *dünnen Beinen.* Womöglich noch mit Waden, die man für Mittelfinger halten könnte. Mein Blick schweift durch das Schlafzimmer. Hellgrüne Tapete mit dunkelbraunen Kringeln und orangen Tupfen in der Mitte. Ein ovales Bett mit einem Digitalradio an der Kopfstütze in der Mitte, auf dem die Ziffern nur noch zu einem Drittel korrekt leuchten. Zwei Porzellan-Tigerköpfe sollen die Nachttischlampen darstellen, aus den hungrig geöffneten Mäulern ragt je eine Glühbirne. Die Zähne fehlen.

An den Wänden drei Poster schief in randlose Rahmen gepfercht. Auf Poster eins ein muskulöser Mittzwanziger, der mit freiem Oberkörper lässig an einer Harley-Davidson lehnt – die er, der Ölschmiere auf Brust und Armen nach zu urteilen, gerade am Reparieren ist –, ein nacktes Neugeborenes zärtlich in seinen Armen wiegend. Auf Poster zwei die Fratze eines Harlekins, der aus einem Auge auf eine zerbombte Landschaft weint. Auf Poster drei ungefähr vierzehn Bauarbeiter, die ungesichert auf einer siebenhundert Meter hohen Metallstange in Latzhosen frühstücken. Dieses Bild kenne ich, und ich frage mich immer wieder, was aus diesen Männern geworden ist. Sind sie, kurz nachdem der Auslöser der Kamera gedrückt wurde, aus Gleichgewichtsmangel in die Tiefe gestürzt oder vielleicht Tage später auf der gleichen Metallstange vom Blitz getroffen worden? Ich habe sogar mal in einem Geschäft, in dem dieses Poster zu kaufen war, deswegen nachgefragt, erntete aber nur ein verständnisloses Kopfschütteln.
Ich sehe mich weiter um. Ein Gobelin-Stickbild, farblich passend zur Tapete, auf dem sich die Vorderhufe zweier brauner Pferde in der Silhouette eines knallorangen Sonnenunterganges hoffnungslos ineinander verkeilen. Direkt daneben ein vergilbter Bravo-Starschnitt, auf dem John Travolta in »Stayin' alive«-Pose breitbeinig dasteht, die Hand senkrecht nach oben haltend. Die Hälfte von Olivia Newton-John klebt daneben.
Habe ich die Kraft für noch mehr? Ich versuche es. An der Wand eine schwarze Schrank-Vitrinen-Kombination mit Spiegelapplikationen, oben dreieckig zulaufend, mit integrierter Beleuchtung, die zu allem Unglück auch noch angeschaltet ist. Ich erblicke ein beige-braun gepunktetes Teeservice mit Stövchen, daneben vier Sektgläser mit dem Aufdruck »Welcome«. Weiter unten fristet gebeugt ein Wurzelsepp sein Dasein, der in seinen gebeutelten Händen einen verstaubten Bergkristall hält. Rechts daneben ein Nussknacker, der den Wurzelsepp verständnislos mit geöffnetem Mund und rotem Filzhut anstarrt.
Plötzlich merke ich, wie mein Magen rebelliert. Sollte ich tatsächlich in diesem Horrorkabinett die Nacht verbracht haben? Ein Blick auf meine Armbanduhr sagt mir, dass es 6 Uhr 30 ist. Und Robert Redford schläft noch immer. Ich muss machen, dass ich hier rauskomme.

Endlich stehe ich auf der Straße. Warum nur passieren immer mir so furchtbare Dinge? Was habe ich nur an diesem Kerl gefunden? Er ist doch gar nicht mein Typ! Es handelt sich bei ihm um einen Menschen, über den ich mit meinen Kolleginnen stundenlang lästern würde. Ich würde ihm noch nicht mal nach dem Einkaufen meinen leeren Einkaufswagen gegen ein Eurostück überlassen. Lieber würde ich vier Kilometer zu dem blöden Wagenpark bergauf mit hundert Kilo Gepäck laufen. Bei glühender Hitze mit einem zwei Nummern zu kleinen Polyacrylpullover mit Rollkragen. Nur Henning ist an allem schuld. Wie immer, denke ich, als ich morgens um Viertel vor sieben die menschenleere Straße entlanglaufe. Außerdem weiß ich nicht, wo ich mich hier befinde. Ich kenne diesen Stadtteil nicht. Ich möchte mir ein Taxi rufen. Sofort. Ausnahmsweise habe ich mein Handy dabei. Und der Akku ist noch voll. Ich scheine ja ein Glückskind zu sein heute!

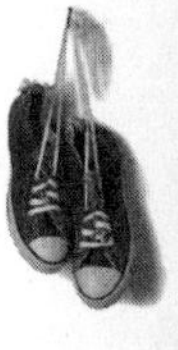

Ich bin so froh, endlich zu Hause zu sein. Noch nie hatte ich das Gefühl, dass es in meiner Wohnung SO gemütlich ist. Manchmal kriege ich einen Raster und denke, dass ich all den überflüssigen Krimskrams wegschmeißen sollte und meine Wohnung so einrichten sollte, dass sie »trendy« wirkt. So wie in »Living at Home« oder »Schöner Wohnen« oder sonst wie.
Klare Linie, kein Schnickschnack und zwei, drei erlesene Bilder. Einen Renoir. Weniger ist mehr. Susanne und Michael sind so eingerichtet. Alles Eierschale und ein Hauch Mint. Im Wohnzimmer hat man das Gefühl, »hallo« schreien zu können und es antwortet ein Echo, so spartanisch ist das möbliert. Als ich mich das erste Mal auf das neue Sofa setzte, wurde diese Missetat mit einem entsetzten Aufschrei von Susanne quittiert. »Nicht! Bist du verrückt! Erst den Staub vom Hintern wegmachen!« Woraufhin sie mit einer Flusenrolle angerannt kam und mir Rücken und Hinterteil abfluste, um mir das Ding dann besserwisserisch unter die Nase zu halten: »Siehst du das?« Drei Fasern meines Blazers klebten an der Rolle. »Das setzt sich im Sofa fest und verändert mit der Zeit die Farbe vom Bezug!« Ich bin dann lieber gleich stehen geblieben, hatte aber auch dabei ein schlechtes Gewissen, weil sich meine Schuhe dann ja dauerhaft in den Teppichläufer bohr-

ten, was mit der Zeit bestimmt konstante Spuren hinterlässt. Also bin ich dann immer hin und her gelaufen.
Susanne hat es immer »mit der Zeit«. Mit der Zeit werden Fensterscheiben milchig, egal, wie oft man sie putzt, mit der Zeit setzt sich ein Fettfilm an den Küchenschränken fest, egal, wie oft man die dampfstrahlt, mit der Zeit kann man das Waschbecken vergessen und auch die Armaturen, wegen dem Kalk, wegen dem Kalk. Sie hat halt einen unverbesserlichen Putzfimmel. Susanne steht auch nachts auf, wenn sie hört, dass Michael auf dem Klo war, um dasselbe zu putzen, weil mit der Zeit der Urinstein sonst vollends Besitz nimmt von der Schüssel.
Meine Wohnung ist ganz anders. Meine Wohnung ist voll gestopft bis oben hin mit antiken und halb antiken und nicht antiken Möbeln, Teppichen und Bilderrahmen. Meine Töpfe und Pfannen hängen in der Küche lose an Haken, weil das einen Touch von Landhausstil hat, ich habe Gewürze in Terrakottakästen angepflanzt und überall irgendwelche Sachen rumstehen, die ich von irgendwelchen Pressereisen und Urlauben mitgebracht habe. Ich liebe den alten Küchenschrank aus Weichholz von meiner Oma, auch wenn er ein Staubfänger ist, und ich finde es herrlich, sieben Tischdecken übereinander auf meinem alten Esstisch liegen zu haben. Und ich liebe meine Schneekugeln, meine Spieluhren und die alten Familienfotos in den Silberrahmen, die ich nie putze. Dann sähen sie nicht mehr so antik aus. Meine Lieblingswerbung ist die von der Landliebe, in der eine Frau in einer Landhausküche Brot backt, der Mehlstaub fliegt durch die ganze Küche, aber trotzdem wird nichts schmutzig, und die Frau lächelt und blickt durch ein blank geputztes Sprossenfenster und sieht ihren Kindern im Garten zu, die mit roten Backen einen putzigen Golden Retriever jagen oder auf einer efeuumrankten Schaukel hin und her gondeln. Hach, wie schön! Genauso will ich's haben.
Susanne fühlt sich nicht wohl bei mir. Sie behauptet, wenn man an alle Einrichtungsgegenstände von mir noch Preisschildchen kleben würde, käme man sich authentisch vor wie auf dem Flohmarkt.

Erst einmal baden. Und den ganzen Schmutz der vergangenen Nacht rauswaschen. Huah. Während das Badewasser einläuft, schaue ich mich im Spiegel an. Die Aktion hat ihre Spuren hinterlassen. Ich bin blass, habe Ringe unter den Augen und sehe aus wie gespuckt. Ich müsste dringend mal Solarium machen und überhaupt mal wieder das ganze Kosmetikprogramm, Maniküre, Pediküre, Gesicht und so weiter. Spontan beschließe ich, nach dem Baden in irgendeinem Kosmetikstudio anzurufen.

Es gibt nichts Schöneres, als in der Wanne zu liegen. Ich kann Menschen nicht verstehen, die sich nur zum Reinigen baden. Ich liebe es, bei ungefähr 80 °C mehrere Stunden im Wasser vor mich hin zu träumen oder Zeitschriften zu lesen. Dummerweise klingelt nur grundsätzlich das Telefon, wenn ich bade, und dummerweise habe ich es dann nie neben der Badewanne liegen. So wie jetzt. Bitte, bitte, wenn es wichtig ist, sprecht auf den Anrufbeantworter. Ich will jetzt nicht hier raus! Offenbar scheint es wichtig zu sein, denn man hört tatsächlich eine Stimme. »Ich bin's, der Gregor!«, höre ich jemanden quaken.

»Du weißt schon, der von heute Nacht! Na ja. Ich wollte mich mal melden. Du hast ja gesagt, dass wir das Wochenende zusammen verbringen könnten. Na ja. Jetzt bist du nicht da. Na ja. Oder schläfst du? Na ja. Vielleicht komm ich jetzt einfach mal vorbei. Hast mir deine Adresse ja gegeben. Na ja. War echt geil mit dir. Höhöhö. Na ja. Also, bis denne, tschau!«

Ich schieße aus der Wanne wie ein ausgehungerter Koala, der mit letzter Kraft nach einem Eukalyptusblättchen schnappt. Der Robert Redford für Arme! Wie entsetzlich! Womöglich steht er schon vor der Tür und wartet nur darauf, dass ich sie öffne, um wieder in den Flur zurückgestoßen und im Anschluss daran durchgepoppt zu werden. Was habe ich dem bloß alles von mir erzählt? Hilf Himmel. Nie wieder Alkohol! Bitte, bitte, lieber Gott, lass ihn nicht mit dem Handy im Hauseingang stehen. Nass und nackt schleiche ich mich zu meiner Wohnungstür. Leider habe ich keinen Spion. Ich lausche. Frau Ronneburger von nebenan knallt gerade die Tür zu und geht zum Einkaufen. Ich erkenne sie an ihren herrischen Schritten. Stille. Stille. Leise flüstere ich »Hallo …«

»Hallo!«, flüstert es zurück. Meine Gänsehaut ist sehenswert! Hat jemand Lust auf kross gebratene mittelalte Gans? Bitte. Bitte. Nehmen Sie mich! Er steht vor der Tür. Was mache ich bloß? Das Wasser tropft auf meinen schönen Dielenboden. Ich fange an zu frieren.

»Hallo! Mach doch auf. Ich bin's«, flüstert es. Der spinnt ja wohl völlig. Eine Frechheit, hier einfach aufzutauchen. Wie hat meine Oma immer gesagt? Gib ihm Saures! Irgendwo muss ich doch noch Tränengas haben. Ich schleiche auf Zehenspitzen zu meiner Handtasche. Jepp. Da ist es. Ich reiße die Tür auf, schreie: »Du blödes Arschloch, verpiss dich!«, und sprühe ihm mitten ins Gesicht.

Der Robert Redford für Arme taumelt nach vorne und krallt sich in meinen Haaren fest. Dabei schreit er wie ein Irrer: »Au, aua, meine Au-gen, o Gooott!!!«

Ich versuche, ihn wegzuschubsen, um noch einmal sprühen zu können, aber da er viel schwerer ist als ich, reißt er mich mit sich nach hinten und wir knallen beide auf den Boden des Treppenhauses. Meine Wohnungstür schlägt zu. Ich kämpfe verzweifelt und kratze und beiße und trete.

»Hör auf!«, brüllt Redford. »Hör auf! Ich bin's doch nur!«

Ich schaue genauer hin und sehe, dass der Mensch, mit dem ich mich im Hausflur herumwälze, genauso nackt ist wie ich. Und es ist gar nicht mein One-Night-Stand, sondern Henning.

»Was machst du denn hier?«, frage ich verwirrt.

Henning sieht entsetzlich aus. Sein Gesicht, insbesondere die Augenpartie, ist vom Tränengas gezeichnet. Dick verquollen und rot. Seine rechte Wange ist von meinen Fingernägeln aufgekratzt und am Arm blutet er. Aber das Allerschlimmste ist, dass wir nicht zurück in meine Wohnung können. Wenn jetzt jemand kommt, wenn jetzt jemand kommt und mich und Henning nackt im Flur sieht. Wie furchtbar. Wie unmöglich. Henning heult. Ich weiß nicht, ob das am Tränengas oder an der Situation liegt, die er mir hoffentlich gleich erklären wird. Unten geht die Haustür auf. Eine Katastrophe.

»Schnell, schnell. Weg hier«, flüstere ich und zerre Henning die Treppen rauf. Bitte, lieber Gott, lass Richard zu Hause sein. Ich hämmere wie bekloppt an seine Tür. Nichts. Frau Eichner ist auch nicht da, das weiß ich, die ist übers Wochenende zu ihrer Schwester gefahren. Eine gute Idee, Frau Eichner, Sie müssen ja auch mal rauskommen!

Henning fängt laut an zu heulen.
»Wenn mich jemand sieht, ich bin erledigt!«, jammert er.
»Halt die Klappe!«, fahre ich ihn an. »Ich hab auch nichts an!«
Henning versucht, die Augen zu öffnen, was ein relativ schwieriges Unterfangen zu sein scheint. Aber was tut man nicht alles, um samstagsmorgens um neun seine Kollegin in deren Treppenhaus mal nackt und frisch gebadet zu sehen. Jemand kommt die Treppen rauf. Ich flippe gleich aus. Wir müssen uns erst mal auf dem Dachboden verstecken. Und da warten wir, bis Richard nach Hause kommt. Sein Wohnzimmer liegt direkt unter dem Dachboden. Wir müssen halt ab und an mit den Füßen aufstampfen, damit er uns hört. Bitte, bitte, lass niemanden die Tür abgeschlossen haben! Wir scheinen Glück zu haben.

Der Dachboden unseres 8-Parteien-Hauses ist ein Dachboden, wie man ihn aus Spielfilmen kennt. Das Haus ist 1871 gebaut worden und seitdem haben schon eine Menge Leute hier gewohnt. Und jeder hat irgendwas auf dem Dachboden vergessen. Hier stapeln sich alte Zeitungen, Flaschen, Decken, Seile und ausrangiertes Spielzeug, das irgendwann mal auf dem Flohmarkt verkauft werden sollte, aber dann doch hier oben liegen gelassen wurde. Auf einer gespannten Wäscheleine hängt, seitdem ich hier wohne und wahrscheinlich noch länger, ein mottenzerfressenes Twinset. Sandfarben mit orange-blauen Applikationen. Aber wenigstens ist es warm hier. Henning und ich setzen uns auf umgedrehte Holzkisten, auf denen steht: »Achtung Glas. Nicht werfen. Nicht auf den Kopf stellen.« Ich versuche, mich erst mal zu beruhigen. Was für eine Situation! Erst gehen wir zusammen auf eine Vernissage, ich blamiere mich dort zu Tode, verbringe die Nacht, an die ich mich im Übrigen immer noch nicht erinnern kann, mit einem geschmacksverirrten Vollidioten, und ein paar Stunden später sitzen mein engster Arbeitskollege und ich nackt auf meinem Dachboden, ich frisch gebadet, er mit tränengasgeschwollenen Augen!
Jetzt will ich endlich wissen, warum Henning morgens nackt vor meiner Tür steht.
»Lass mich!«, motzt er, als ich ihn frage.
»Du sagst mir das jetzt sofort!«, nerve ich. »Ich erzähl dir auch immer alles!«

Nach langem Hin und Her erklärt sich Henning bereit, mir seine Katastrophennacht zu schildern. Er ist mit dem magersüchtigen Dörte-Naomi-Model von dannen gezogen, nachdem sie ihm ins Ohr geflüstert hat, dass sie eine heiße Nacht ohne Tabus mit ihm zu verbringen gedenke. Henning habe sich erst geziert, aber Naomi-Dörte habe nicht lockergelassen. Sie habe ihn sogar gezwungen, mit ihm auf die Damentoilette zu gehen, auf der sie ihr Oberteil hochzog, um ihm ihre gepiercten Brustwarzen zu zeigen. Dann leckte sie sich die Lippen und behauptete, eine bestimmte Sextechnik draufzuhaben, die es ihr ermögliche, ihn innerhalb von sieben Minuten zu zehn Mega-Orgasmen zu bringen! Außerdem sei sie »am ganzen Körper und nicht nur an den Titten« gepierct und hätte schon zehn Monate lang keinen Sex mehr gehabt. Als Henning mir klar zu machen versucht, dass er sich auch zu diesem Zeitpunkt noch nicht sicher war, ob er mit ihr mitgehen soll, glaube ich ihm nicht mehr.
Jedenfalls haben die beiden noch ein schwarzes Seetangröllchen gegessen, mich nett abserviert und sich dann ein Taxi gerufen.
In Naomi-Dörtes Wohnung angekommen, hatte Henning nur noch eines im Sinn: Poppen! Poppen! Poppen! Komischerweise aber war Naomi-Dörte gar nicht mehr so angetan von der Aussicht, jetzt mit Henning heiße Nummern zu schieben, sondern sagte ihm, sie würde erst mal einen Tee kochen. Henning wartete steif auf dem Sofa und stellte sich, immer geiler werdend, vor, wie und wo und wie oft er Naomi-Dörte gleich vernaschen würde. Um das Ganze einfacher zu gestalten, zog er sich schon mal die Hose aus. Da ging die Tür auf und Henning stellte sich hin, um Naomi-Dörte zu zeigen, dass er bereit wäre. Naomi-Dörte stand wohl in der Tür, aber dummerweise nicht allein. Neben ihr stand ein Wesen, das schwach an einen Menschen erinnerte. Henning sagte, so etwas Hässliches habe er in seinem ganzen Leben noch nicht gesehen. Das Wesen war ungefähr 1,50 m groß, hatte schwarze Zähne, fettige Haare und waagerecht abstehende Ohren. Es war nackt, die Brüste hingen bis zum Bauchnabel, in dem dunkle Flusen klebten. Ganzkörperakne überwucherte die gesamte Gestalt! Henning sagte »Äh!«, das Wesen antwortete nicht, sondern stürzte sich mit einem Enthusiasmus auf ihn, der an Franka Potente in »Lola rennt« erinnerte.

»Mei Schwester had gesacht, du dädst es mit mir mache!«, kreischte die Gestalt. Naomi-Dörte lehnte lasziv lächelnd an der Wohnzimmertür. »Mach's mir. Bidde!« Henning versuchte wohl, die Situation zu klären, aber das Wesen war schon dabei, ihm alle weiteren Kleidungsstücke vom Leib zu reißen.
»Wenn du mit ihr schläfst, würdest du mir einen riesigen Gefallen tun! Sie kriegt nie einen Mann ab, und weil sie heute Geburtstag hat, habe ich ihr einen versprochen!«, sülzte es von der Türschwelle her. »Und ich würde mich sehr erkenntlich zeigen dafür!«
Um es kurz zu machen: Henning weigerte sich, mit dem Alien zu schlafen, das Alien und Naomi-Dörte waren darüber gar nicht entzückt und gingen wie die Hyänen auf ihn los. Naomi-Dörte schrie: »Du wirst schon sehen, was du davon hast!«, und gemeinsam warfen sie sich auf Henning, zerrissen seine Kleidungsstücke und metzelten ihn nicht nur verbal nieder. Er versuchte sich zu wehren, aber offensichtlich hatten beide den schwarzen Gurt in Judo und warfen sich Henning in der Wohnung zu wie einen Tischtennisball. Irgendwann hatten sie dann genug und schubsten Henning aus der Wohnung, jagten ihn bis auf die Straße und brüllten: »Du Versager!!!«

Da stand Henning nun nackt in Friedehügel – das ist der Ort neben Watzelborn – auf der Kaiserstraße, ohne Geld, ohne alles und wusste nicht, wohin. Zu allem Unglück wurde es langsam schon hell. Also versuchte Henning, erst einmal bei einem vorbeikommenden Obdachlosen Kleidung zu bekommen. Der gab ihm auch netterweise den Ärmel seines aus den fünfziger Jahren stammenden Trenchcoats, den Henning sich hektisch tarzangleich um die Lenden wickelte. Dann überlegte der Obdachlose es sich wieder anders und entriss Henning den Ärmel, während er laut »Hoch auf dem gelben Wagen« sang. In diesem Moment kam eine Nonne auf einem Fahrrad angefahren. Sie hielt an und fragte selig lächelnd, ob sie helfen könne. O ja, das konnte sie. Gerne war sie bereit, ihn auf dem Gepäckträger mitzunehmen. Henning nahm sich daraufhin fest vor, wieder in die Kirche einzutreten und tausend Euro an »Brot für die Welt« zu spenden. Oder an die »SOS Kinderdörfer«. So fuhren also Henning und die Nonne, die sich als Schwester Euresia vorstellte, in der Morgendämmerung Richtung Watzelborn. Und der Rest der Geschichte ist ja bekannt.

GERMANY
Germany

5

Also, dass Richard nicht zu Hause ist! Er hat doch frei. Erneut stampfen wir mit den Füßen auf. Ich habe keine Lust, den ganzen Samstag hier oben nackt zu verbringen. Und Henning auch nicht. In unserer Verzweiflung spielen wir »Ich sehe was, was du nicht siehst«, hören aber nach kurzer Zeit wieder auf, weil wir uns darüber streiten, ob die Farbe eines kaputten Plastikautos als Orange oder Apricot zu bezeichnen ist. Irgendwann komme ich auf die geniale Idee, in herumstehenden Kartons und Kisten nach Kleidungsstücken zu suchen. Henning ist begeistert.

Wir finden sogar einen alten Koffer, der mit einer Million Klebeschildchen verziert ist.

Sofort werde ich nostalgisch. Der ehemalige Besitzer muss die ganze Welt viermal bereist haben und sechsmal in allen Hotels derselben gewohnt haben. Ich finde das Carlton in Cannes, das Ritz in Paris und viele mehr. Bestimmt birgt dieser Koffer ein tiefes Geheimnis. Bestimmt hat er einen doppelten Boden, in dem verzweifelte Briefe und Geldscheine liegen, die von Gefallenen aus dem amerikanischen Bürgerkrieg stammen. Sofort denke ich an »Fackeln im Sturm«, diesen herzzerreißenden Zwölfteiler aus den Achtzigern, in dem es so schöne Namen für Plantagen gab. Wie hieß die von Orry Main? »Twelve Oaks«? Nein. Das war die von Ashley aus »Vom Winde verweht«. Oder? Das macht mich jetzt ganz verrückt, dass ich nicht auf den Namen von Orrys Plantage komme. Henning versucht unterdessen, den Koffer zu öffnen. Es geht leicht, denn er ist schon offen, was mich irgendwie enttäuscht. Und es liegen tatsächlich Kleidungsstücke darin. Aber keine Seidenstoffe aus dem 19. Jahrhundert, sondern vergilbte Frottéwaschlappen und -handtücher. Leider kein vergilbter Bademantel, den einer von uns anziehen könnte. O nein, ich glaube, ich hätte den Bademantel auch nicht angezogen, wenn er in diesem Koffer gelegen hätte, muss ich angewidert feststellen, als ich zwischen dem Frottékram eine mumifizierte Ratte entdecke. Ihr vierzig Zentimeter langer behaarter Schwanz ist gut erhalten und ragt uns freundlich entgegen.

Angeekelt schließt Henning den Koffer wieder. Es muss inzwischen mindestens 11 Uhr sein. Verstohlen betrachte ich Henning. Eines muss man ihm lassen, er hat eine gute Figur, und behaart ist er auch. Und schlecht gebaut untenrum ist er auch nicht. Vielleicht sollten wir ein bisschen poppen, um die Zeit hier oben besser rumzukriegen. Aber dazu fehlen mir einfach die Nerven jetzt. Und Henning hat mit Sicherheit für die nächste Zukunft die Nase voll von vermeintlich gutem Sex. Was ich nachvollziehen kann. Also setze ich mich wieder auf eine der Kisten, und Henning und ich reden darüber, welche große Sommeraktion wir im Sender machen können. Vielleicht mit dem Übertragungswagen drei Tage nach Nordhessen und da für die Zielgruppe ein Riesenprogramm mit DJs und allem Pipapo an irgendeinem Badesee mit Zelten und Schlagmichtot. Oder wir fahren mit einem Partyzug quer durch Hessen und lassen verschiedene DJs auflegen, und im Zug geht die Hölle ab. Das wäre doch geil. Zur Abwechslung stampfen wir mal wieder auf den Boden. Da! Es klopft zurück. Sofort legen wir uns beide auf den Boden und schreien: »Hallo!« Irgendjemand schreit zurück. Das MUSS Richard sein. Jemand kommt die Treppe hoch. Wenn es nicht Richard ist, sterbe ich. Zum Glück ist es Richard.

Wenn Richard irritiert ist oder eine Situation ihn überfordert, merkt man es ihm nicht an. Richard kennt keine Gefühlsausbrüche. Als er uns nackt auf dem Dachboden stehen sieht, sagt er nur »Guten Morgen. Wollt ihr euch nicht anziehen?« und geht, unsere geöffneten Münder ignorierend, wieder in seine Wohnung, um uns Jogginganzüge zu holen. Eine Minute später sitzen wir in seiner Wohnung im Dunkeln (die Sonne, die Sonne) und beratschlagen, wie wir ohne Schlüssel in meine Wohnung kommen. Ich will einen Schlüsseldienst anrufen, aber Richard rechnet mir vor, dass mich das mit Wochenendzulage und Anfahrtszeit um die zweihundert Euro kosten würde. Es ist mir egal, aber Richard hat schon die optimale Lösung parat. Er fragt mich, ob mein Badezimmerfenster offen steht, und als ich nicke, beginnt er wortlos, Küchenhandtücher aneinander zu knoten. Ich sehe ihm zu und komme mir vor wie in »Alcatraz«. Henning sagt gar nichts. »Mont Royal!«, rufe ich plötzlich. Beide glotzen mich an. »So heißt die Plantage von Orry Main«, rechtfertige ich mich.

Henning und Richard schauen sich an und dann auf den Boden. Richard ist mit dem Knoten fertig. Das sind ungefähr fünfzig Handtücher, die er aneinander gereiht hat. Will er sich tatsächlich vom vierten in den dritten Stock abseilen, um bei mir durchs Badezimmerfenster zu klettern? Er verlässt den Raum und kommt in einem Taucheranzug zurück. Eine Taucherbrille mit Schnorchel befindet sich auf seinem Gesicht. Will er sich bei mir in die Wanne legen? Ach so, nein, die Sonne. Ich vergaß! Richard geht in sein Badezimmer, befestigt die Handtücher an einem Heizungsrohr und überwindet sich tatsächlich, die Klappläden zu öffnen. Es scheint ihm nicht recht zu sein, aber er tut es. Plötzlich bekomme ich Angst.

»Nicht, Richard!«, sage ich. »Wenn die Handtücher reißen, bist du tot!«
Er starrt mich aus seinen roten Augen durch die Taucherbrille blicklos an und sagt: »Grrrmpfhblgrrrs. Nrrrrdjhiiigl.« Man kann wegen dem Schnorchel nichts verstehen. Schon klettert er aufs Fensterbrett. Das geht doch nicht! Warum verhindert Henning das denn nicht? Wo ist der überhaupt? Ich laufe in die Küche. Dort sitzt Henning auf einem Stuhl und löst ein Kreuzworträtsel. Im Dunklen.
»Sag mal, spinnst du?«, echauffiere ich mich. »Richard stürzt vielleicht in diesem Moment in den sicheren Tod und du kritzelst in einem Rätselheftchen rum!«
Henning schaut mich müde an. »Ich habe keine Kraft mehr, irgendwas zu verhindern«, jammert er. »Ich bin todmüde.«
Ich zerre ihn mit ins Badezimmer, in dem Richard leider nicht mehr steht. An den gespannten Geschirrtüchern, die sich hin und her bewegen, erkennen wir, dass Richard offensichtlich die geplante Aktion schon in die Tat umsetzt. Durch das geöffnete Fenster hören wir ninjakampfartige Schlachtrufe: »Haja, uuuiih! Assam. Begidabo!«
Ich schaue nach unten. Richard hangelt sich gerade zwei Meter unter mir dem Zielobjekt entgegen. In meinem Hals sitzt ein Kloß. Wie furchtbar, wenn ihm jetzt etwas passiert. Dann bin ich schuld. Ich bin immer schuld. An allem. Aber zum Glück stürzt Richard nicht ab. Er schafft es tatsächlich, in mein offenes Badezimmerfenster zu klettern. Die aneinander geknoteten Handtücher ziehe ich wieder nach oben. Zum Glück fallen mir die ungefähr siebentausendzweihundert Mieter

aus dem gegenüberliegenden Haus nicht auf, die unser Tun mit weit geöffneten Mündern verfolgen.

Nachdem wir endlich in meiner Wohnung sind, brauchen wir erst mal einen Kaffee. Richard erzählt, dass er sich im ABSOLUT-Baumarkt Knieschoner gekauft hat. Sehr günstig waren die. Auf meine Frage, für was er denn Knieschoner braucht, meint er, es könnte ja sein, dass ihn irgendwann mal irgendjemand bittet, beim Teppichverlegen zu helfen, und da bräuchte er Knieschoner. So ist Richard. Im Stillen beschließe ich, Richard einen Lippenstift und Rouge zu kaufen, da freut er sich sicher. Henning ist sehr still, trinkt seinen Kaffee und starrt auf den Boden. Ich frage ihn, ob er nicht mal nach Hause gehen will, was er mit einem anklagenden Blick honoriert. O Gott. Ich habe vergessen, dass sein Schlüssel ja noch bei Naomi-Dörte und deren kampfeslustiger Schwester ist.

Henning nimmt seine Kaffeetasse und schaut mich an wie ein angeschossenes Reh. Nein, denke ich, bitte lass ihn jetzt nicht fragen, ob ICH zu Naomi-Dörte fahren und den Schlüssel und alles andere holen kann. Aber Henning sagt nichts. Er schaut mich nur an.

Dann fragt er, ob er sich für eine Weile bei mir hinlegen kann. Dagegen habe ich nichts. Er ist ja nur der dritte Mann, der innerhalb von drei Tagen bei mir im Bett liegt. Und von dem ich nichts habe. Außer Ärger. Aber bitte.

Richard fragt, ob wir abends zusammen einen Film schauen und dabei ungesund leben wollen. Damit meint er Chips, Flips und eine Menge Alkohol. Ich mag aber noch gar nichts für den Abend planen. Schließlich ist Samstag, vielleicht gehe ich weg. Und einen Termin im Kosmetik- und Sonnenstudio wollte ich auch noch machen. Das tue ich jetzt auch. Ich bedanke mich also erst mal bei Richard, der daraufhin ein Stockwerk höher trottelt. Dann suche ich im Telefonbuch unter Sonnenstudios, die auch Kosmetik im Angebot haben.

Bei den ersten beiden ist besetzt, beim dritten geht ein Mann dran, der seine Frau holen will, die nämlich die Besitzerin ist. Dann kommt er wieder an den Apparat und sagt, er fände seine Frau gerade nicht. Ob er seine Tochter suchen sollte, die würde sich auch auskennen. Ich sage, dass ich das sehr nett fände, und warte weitere drei Stunden. Der

Mann kommt zurück, um mir mitzuteilen, dass seine Tochter gerade Wäsche aufhängt, und fragt, was es denn gäbe.
Ich trage mein Anliegen vor, woraufhin der Mann wieder zu seiner Tochter geht. In der Zwischenzeit kommt Ulf an den Apparat. Er fragt mich, ob ich wüsste, wo der Papa wäre. Ich sage ihm, der Papa sei bei der Schwester und die würde gerade Wäsche aufhängen.
Ulf erzählt mir, dass er seine Schwester doof fände und auch das uneheliche Kind von seiner Schwester. Und der Papa hätte die Mama mit der Freundin von der Mama betrogen und die Mama wollte sich scheiden lassen, und der Freund von der Schwester würde dauernd abends in die Kneipen gehen, anstatt sich um die Schwester und das Kind zu kümmern. Ich versichere Ulf, dass mir das sehr Leid tut. Ulf geht seines Weges, der Mann kommt wieder und sagt, gleich wäre die Tochter fertig.

Endlich kommt die Tochter. Ich trage zum hundertsten Mal mein Anliegen vor, um mir von der Tochter sagen zu lassen, dass nur die Mutter sich auskennt.
Ich lege einfach auf. Beim vierten Anruf scheine ich Glück zu haben. Schon beim ersten Klingeln reißt jemand den Hörer von der Gabel: »Happy-Sun-Sonnenstudio, Hand- und Fußpflege, Kosmetik Hartenstein, schönen guten Tag!«, trällert es.
Ich nenne meinen Namen und frage, ob ich kurzfristig heute noch einen Termin bekommen kann. Die Dame bejaht jubilierend. Ob's um 14 Uhr passen würde? Das passt. »Sssie sssind dann die Letzte für heute! Frrreu mich!« Ich freue mich auch.

Nachdem ich nochmals kurz geduscht habe, mache ich mich auf zu Happy Sun. Derweil schläft Henning selig in meinem Bett. Um den muss ich mich später auch noch kümmern.
Aber jetzt denke ich erst mal nur an mich!!! Während ich so die Straßen entlanglaufe, merke ich, dass Samstage eine ganz besondere Aura haben. Irgendwie ist alles in so einer gelösten Wochenendstimmung. Rasenmäher brummen, Kuchen werden gebacken und Kinder spielen fröhlich Hickelkästchen auf dem Gehweg. Das Wochenende hat gerade erst angefangen und ein langer erholsamer Tag liegt vor einem. Der Sonntag ist ab mittags eher schrecklich. Man

denkt schon wieder an den Montag und daran, dass man fünf Tage arbeiten muss.
Es sei denn, man ist arbeitslos. Dann ist jeder Tag gleich. Man vegetiert auf Sofas vor sich hin und allein der Gang zum Kühlschrank ist einem bestimmt zu viel. In einer Zeitschrift habe ich mal gelesen, dass 30 % der Menschen, die länger als vier Monate arbeitslos sind, nicht mehr zur Toilette gehen, sondern lieber unter sich machen, denn es ist ja sowieso alles egal. Und an den Geruch gewöhnt man sich auch irgendwann, sagten die Befragten in dem Artikel. Danke, dass ich einen Job habe.
Da ist das Happy Sun! Wie lange ist es her, dass ich auf der Sonnenbank war? Bestimmt ein halbes Jahr. Das wird sich ändern. Ab jetzt gehe ich dreimal in der Woche schwimmen, zweimal auf die Sonnenbank und regelmäßig werde ich mir Maniküre und Pediküre und Kosmetikprogramm gönnen! Obwohl ich den Ausdruck »gönnen« hasse. Er erinnert mich an meine fette Phase und an Inge.

Mit Anfang zwanzig wog ich 99 kg (Frustfraß, was sonst) und bin mit meiner damaligen besten Freundin Inge, die todunglücklich darüber war, dass ihr Gewicht bei einer Größe von 1 Meter 78 zwischen 45 und 48 kg pendelte und nichts, aber auch gar nichts runterging, zu den Weight Watchers gegangen. Ich konnte damals meine Klamotten nur in der Hausfrauenabteilung von C&A kaufen, da gab es schöne weite Kittelschürzen mit lustigen Aufdrucken, oder sie waren einfach nur kariert. Die haben mir immer gepasst. Schön waren auch Plisseeröcke, die alle Namen hatten. Ich frage mich heute noch, wie man Kleidungsstücken Namen geben kann. Auf den letzten Seiten von so typischen Omazeitschriften wie »Frau im Spiegel« oder »Neue Post« werden immer Röcke oder Blusen angeboten, die Frauennamen haben. Dralle Mittfünfzigerinnen tragen dann Rock »Feodora« – streckt durch die Längsstreifen und macht optisch schmaler, mit Gummizug im Bündchen, für die stärkere Frau. Dazu passend die Bluse »Irina«, ein flottes Teil, vorne mit Röschen bestickt und mit Puffärmelchen, chic! Da kommen die fetten Ärmchen besser zur Geltung. Oder wir nehmen die Kombination »Jeannette«, zu 85% aus luftdurchlässigem Polyacryl, damit wir uns gut fühlen, wenn wir für die Familie bei 40 Grad durch die

Fußgängerzone latschen und nach Sonderangebötchen Ausschau halten. Immer wieder gern genommen werden auch Schlüpfer mit aufgedruckten Wochentagen und grinsenden Katzenbabys rechts an der Seite.

Jedenfalls war ich mit Anfang zwanzig so fett, dass jeder dachte, ich wäre permanent scheinschwanger. Und Inge zwang mich, in die Gruppe der Abnehmwilligen mitzukommen. Sie behauptete, wenn ich so weitermachen würde, müsste ich mich irgendwann im Postamt auf der im Boden eingelassenen Paketwaage wiegen lassen, weil die regulären Personenwaagen normalerweise nur bis 120 Kilo gehen. Das hat mich tief getroffen und ich habe Inge sofort versprochen, am Montag mitzukommen.

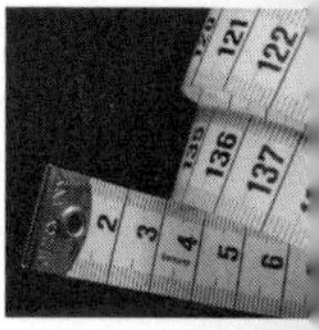

Um acht begann der Kurs. Da saßen ungefähr 12 Frauen in einem Raum, eine fetter als die andere. Vor den Frauen dozierte eine »Ehemalige«. Denn bei den Weight Watchers ist es so, dass diese Kurse nur Frauen leiten, die selber mal fett waren und dank Weight Watchers um etliche Kilo leichter geworden sind. Diese Frauen zeigen immer wieder Fotos von sich aus ihrer fetten Zeit, was mit »Aaahs« und »Ooohs« von den Noch-Fetten honoriert wird. Es wird nur in der Gruppe gesprochen. Da wir neu waren, wurden wir als Erste aufgerufen. Inge erzählte, sie würde sich so furchtbar dick fühlen, aber sie könnte machen, was sie wolle, sie nähme einfach nicht mehr ab. Die »Ich war mal fett jetzt bin ich schlank und leite einen Weight-Watchers-Kurs«-Frau bedauerte Inge und sagte, das würden wir schon alle gemeinsam in den Griff kriegen. »Oder?«, schrie sie in die Runde. Die fetten Hausfrauen schrien motiviert im Chor: »Ja!!! Das kriegen wir hin!« und trampelten mit den Füßen. Ich hatte Angst, dass der Boden der Belastung nicht standhalten könnte. Inge lächelte beruhigt und setzte sich wieder hin. Dann war ich an der Reihe. Fette Schweinsaugen begutachteten mich. Ich erriet die Gedanken: ›Die ist fetter als ich! Das muss so bleiben!‹ Oder: ›Die ist fast so fett wie ich! Ich frage sie nach der Sitzung, ob sie mit mir Torte essen geht.‹ Oder einfach: ›Bei der ist Hopfen und Malz verloren!‹ Eingeschüchtert erzählte ich, dass mir immer langweilig wäre und ich immer Unglück mit Männern hätte, und die würden immer Schluss mit mir machen und dann würde ich mich mit Chips und Schokolade voll stopfen. Die Gruppenleiterin

machte sich kopfschüttelnd Notizen und befahl Inge und mir, nach vorne zu kommen. Wir gehorchten. Da stand eine Waage. Inge musste sich zuerst auf die Waage stellen, die Leiterin notierte sich schweigend Inges Gewicht auf einer Tabelle. Dann war ich an der Reihe. Durch die Aufregung musste ich innerhalb von fünf Minuten zugenommen haben, denn die Waage zeigte 101,5 kg an. Gott sei Dank wurde das Gewicht ja nicht laut gesagt. »Hunderteins Komma fünf Kilogramm!!!«, brüllte Frau Stark in die Gruppe. Ich starb. »Was sagt ihr dazu?«, schrie Frau Stark. »Zu viel. Zu viel!«, echoten die Schweinsäuglein. Frau Stark entließ uns auf unsere Plätze. Als ich an ein paar Damen vorbeiwollte, rückten diese mit ihren Stühlen einen Meter weit zurück, wahrscheinlich weil sie glaubten, die Mutter von Benjamin Blümchen wollte vorbeitrampeln.
In der Gruppenstunde wurden wir darüber belehrt, dass wir unsere Essgewohnheiten umstellen müssten und Sport treiben müssten und überhaupt müsste alles anders werden. In dem Diätplan, den wir ausgehändigt bekamen, stand auf die Kalorie genau, was wir zu uns nehmen durften. Und das Schöne: Man durfte sich eine ganze Menge »gönnen«. Man durfte sich einmal in der Woche einen halben Esslöffel Linsensuppe gönnen oder vierzehntägig 100 Milliliter Weinschorle. Dann gab es tägliche Extras, die man sich gönnen durfte. Das hieß, dass man z. B. immer zum Frühstück an einem Plunderstückchen riechen konnte oder über den Tag verteilt entweder eine Haferflocke oder eine Backpflaume zu sich nehmen durfte. Und das musste man dann genießen, weil man es sich ja »gegönnt« hatte. Und Sport, jede Menge Sport sollte man sich auch gönnen. Und irgendwann, so versicherte uns Frau Stark, würden wir Essen an sich nicht mehr als so wichtig empfinden und ohne Sport könnten wir irgendwann alle nicht mehr leben. Ich war wohl die berühmte Ausnahme, die die Regel bestätigt. Nach drei Wochen habe ich das Handtuch geworfen. Beim öffentlichen wöchentlichen Wiegen habe ich zwar in der ersten Woche zwei Kilo abgenommen, gönnte mir aber daraufhin eine Tafel Ritter Sport Vollnuss und gleich danach eine Tüte Chips, weil ich ja zwei Kilo abgenommen hatte, die Woche darauf hatte ich die zwei Kilo dann allerdings schon wieder auf den Hüften. Auch Frau Starks erhobener Zeigefinger und der Wink, dass doch eigentlich der erste Bissen

schmeckt wie der letzte, hielten mich nicht davon ab, mir immer mehr zu gönnen, als es dem Abnehmen dienlich war. Inge hatte keine Probleme. Sie nahm in der ersten Woche drei Kilo, in der zweiten noch mal vier und in der dritten gar nichts mehr ab, weil Knochen sich, glaube ich, vom Gewicht her nicht reduzieren lassen. Irgendwann erlitt sie in der Gruppe einen Kreislaufkollaps, weil sie sich so gar nichts gönnte. Die Gruppe war böse auf mich, weil ich Inge höchstwahrscheinlich als so schlechtes Vorbild gedient habe, dass sie meinte, für zwei abnehmen zu müssen. Ich bin nicht mehr zu den Weight Watchers gegangen und habe auch den Kontakt zu Inge abgebrochen.

6

Pünktlich um kurz vor 14 Uhr stehe ich vor dem Happy-Sun-Sonnenstudio. Ich hatte schon Panik, dass das so eine heruntergekommene Kaschemme ist, aber ich scheine Glück zu haben. Es gibt sogar ein Schaufenster mit Fotos von diversen Füßen, unter denen mit Edding-Stift immer links »vorher« und rechts »nachher« steht. Schaut man sich die Vorher-Füße an, bekommt man einen Riesenschreck: Die Hühneraugen an den Zehen scheinen zu leben, und die Hornhaut an den Fersen wirkt so dick wie eine Gefängnismauer. Schwenkt der Blick dann zu den Nachher-Bildern, scheint ein Wunder vollbracht worden zu sein: filigrane Füßchen ohne lästiges Beiwerk, die Nägel pastell lackiert. Es hängt auch eine Preisliste im Schaufenster und ich erfahre, dass eine Komplettbehandlung mit Farbberatung und Wimpernfärben »NUR 40 €« kostet. Überhaupt scheint das Wort »NUR« beim Happy-Sun-Sonnenstudio eine große Bedeutung zu haben. Teilkörperbräunung am Barzahlertag »NUR 6 € für 16 Minuten!« Oder »NUR heute Cellulitis-Wärmebehandlung«, die Dreiviertelstunde »NUR 55 €!!!« Das NUR ist auch immer dreimal mit rotem Edding unterstrichen, rechts und links davon befinden sich je drei Ausrufungszeichen.

Ich konzentriere mich auf die Cellulitisbehandlung. Das würde mir vielleicht auch nicht schlecht tun. Auch hierzu gibt es ein Foto, das allerdings durch zu viel Sonneneinstrahlung durchs Fenster etwas vergilbt ist und wellig. Eine drei Zentner schwere Frau sitzt verlassen in Frotteetücher wie in eine Zwangsjacke gepackt auf einem Stuhl. Unter den Tüchern kommen an allen möglichen Enden Kabel hervor. »Neu!! Neu!! NUR hier!!! Elektroden-Wasserbehandlung!!! Sie sitzen gemütlich und lesen Zeitung und nehmen ab, ohne etwas dafür zu tun!« Wie, bitte, soll man in einer Zwangsjacke gefesselt Zeitung lesen? Die Drei-Zentner-Dame schaut gequält, versucht aber trotzdem, in die Kamera zu lächeln. Ich gehe davon aus, dass sie eine Elektroden-Wasserbehandlung für das Foto spendiert bekommen hat. Sie erinnert mich an ein deformiertes Michelinmännchen, das zu lange im Fahrtwind auf der Kühlerhaube eines LKWs zugebracht hat.

Ich entschließe mich, auf die Cellulitebehandlung zu verzichten, und betrete das Happy-Sun-Sonnenstudio. Das Erste, was mir entgegenlacht, ist ein riesengroßes Ölbild, auf dem eine verschmitzt grinsende Sonne zu sehen ist, die eine schwarze Sonnenbrille trägt. Quer über dem Bild steht: »Sonnen NUR bei Happy Sun!« Ah ja.

»Hallo!«, rufe ich.

Niemand antwortet. Ich schaue mich um. Eine Plastik-Yucca-Palme in der einen Ecke, die lange nicht abgestaubt wurde. In der Palme hängt ein Stoffaffe, der winkt. Die Arme sind so verdreht, dass man annehmen könnte, sie wären ihm von einem Einheimischen gebrochen worden. Hinter der Palme an der Wand klebt eine Fototapete, die einen Sonnenaufgang in der Karibik darstellen soll. Ein Boot dümpelt in der trägen Gischt leise vor sich hin. Vor der Wand und um den Palmenübertopf hat jemand, der es gut meinte, versucht, mithilfe von Jutesäcken, die in Schichten übereinander liegen, den Eindruck zu erwecken, es handle sich hierbei um Sand. Ist man auf einem Auge blind und am anderen am grünen Star erkrankt, könnte man es bestimmt glauben. Der Rest des Bodenbelages besteht aus Teppichboden, auf dem Bleistifte in allen möglichen Farben zu sehen sind, die lustige Kringel oder Kreuze gezeichnet haben.

Ich wende mich zum Empfangsbereich. Eine anthrazitfarbene Theke mit Barhockern aus Chrom davor, die Sitzflächen sind mit Kunstleder überzogen. Ein großes Plakat hinter der Theke, auf dem steht: »Sonnen ja, aber richtig!« Daneben eine Preisliste für Getränke: »Piccolöchen NUR 4 €«, »Bierchen NUR 3 €!« Und es gibt eine vergrößerte Fotografie mit ungefähr drei Millionen dunkelbraunen Menschen darauf. Die Männer tragen überwiegend neonfarbene Jogginghosen und Goldkettchen, die Frauen haben knallrosa geschminkte Lippen und blond gefärbte Haare. Die dunkle Naturfarbe wächst am Haaransatz schon nach. Alle werfen Konfetti und grinsen in die Kamera. Unter das Foto hat jemand (natürlich auch mit Edding) geschrieben: »5 Jahre Happy Sun! Das wird gefeiert!!!«

Das ist ja richtig trash und hip hier. Henning hätte bestimmt seine Freude daran. Ich rufe nochmals »Hallo!«. Niemand antwortet, dafür höre ich aus einer der Sonnenkabinen Lärm. »Mega Sun – Pigmentierungsbräuner« steht an der Tür der Kabine. Außerdem:

»Achtung!!! NEUE Röhren!!! Unbedingt Höchstbesonnungszeit einhalten!!!« Eine Frau taumelt aus der Kabine. Ihr Gesicht ist so rot wie das eines Sioux. Offensichtlich hat sie die Höchstbesonnungszeit nicht eingehalten.

»Kerle, Kerle!«, ruft die Frau. »Du liebe Godd. Des hat mer grad noch gefehlt!« Sie erblickt mich und schreit auf. »Was mache Sie dann hier!«, keift sie mich an.

Ich stelle mich vor und weise darauf hin, um 14 Uhr einen Termin zu haben. Die Gesichtszüge der Frau entspannen sich. »Ach, Sie sin des! Ja, stelle Se sisch vor, isch bin unner der Sonnebank eigeschlaafe! Des bassiert mer immer widder! Dabei is des Gift für die Haut!«

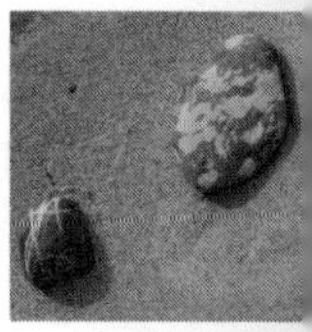

Ich nicke verständnisvoll, habe aber insgeheim die Befürchtung, dass man diese Haut ohnehin nicht mehr retten kann. »Soll ich vielleicht ein anderes Mal wiederkommen, wenn es Ihnen jetzt nicht gut geht?«, frage ich mitleidig und auch gleichzeitig ängstlich. Wenn diese Frau es mit jedem ihrer Kunden so gut meint wie mit ihrer Haut, ahne ich Schlimmes.

Die Dame winkt energisch ab. »Nix da. Sie habbe Ihrn Termin, un den ziehn mer jetzt dorsch!«

Sie sinkt hinter der Theke auf einen Barhocker. »Isch brauch nur erst emal en Schnaps! Wolle Se auch ein'?« Ich verneine dankend.

Die Dame kippt einen Rotkäppchen-Piccolo auf ex hinunter. Gleich danach greift sie zu einer Flasche, auf der »Jagdstolz« steht. Zwei Zwölfender-Geweihe prangen auf dem Etikett. Darunter steht der Hinweis: »52 % Alkohol.« Bitte, lass sie nur einen Jagdstolz trinken, bete ich innerlich. Vergebens, denn die Dame setzt die Flasche an und leert sie bis zum unteren Etikettrand. Ich will nach Hause. SOFORT!

»So!«, lallt es. »Dann mal ran an den Speck!«, sagt Frau Happy-Sun-Sonnenstudio-Hartenstein-schönen guten Tag. »Wolle Se sisch erst sonne un dann mache mer Kosmetik odder annersterum?«, fragt sie.

Mir ist das egal. Frau Happy Sun beschließt, dass es günstiger ist, erst die Kosmetikbehandlung durchzuführen und dann zum krönenden Abschluss unter der Sonnenbank zu entspannen. Ich sage, dass mir das recht ist.

Erst muss eine Hautanalyse durchgeführt werden. Klebestreifen werden mir auf Kinn, Stirn und Wangen gepappt, die kurze Zeit später mit einem Ruck wieder abgezogen werden. Ich befürchte, dass Teile meiner oberen Hautschicht nun nicht mehr existieren. Frau Happy Sun stellt fest, dass ich im Kinnbereich fettige, im Stirnbereich sehr fettige und im Wangenbereich Mischhaut habe. Sie behauptet, dass die Gurken-Quark-Behandlungsmethode von Dr. Köcher hier Wunder wirkt. Ruckartig lässt sie mich auf dem Kosmetikstuhl nach hinten sausen, um einen Vergrößerungsspiegel vor mein Gesicht zu halten, durch den sie mich anstarrt. Ihre Augen wirken hinter dem Glas wie die eines Außerirdischen, der zu lange in einer Kochsalzlösung zugebracht hat.

»Mhmhmh«, macht Frau Happy Sun. »Dene Mitesser müsse mer auch zu Leibe rücken!« Sie befiehlt mir, die Augen zu schließen und an etwas Schönes zu denken. Dann fängt sie an, mit zwei Tempotaschentüchern meiner Hautunreinheiten Herr zu werden. Nach jeder gereinigten Pore ruft sie laut: »Der hat gelitte!!!«

Ihr Atem schießt mir bei jedem Satz feurig ins Gesicht. Ich merke, dass ich allein durch das Einatmen sehr schnell eine Promillegrenze überschreiten werde, bei der ich höchstwahrscheinlich nicht mehr gerade laufen kann. Wenn ich das Ganze hier überhaupt überleben sollte.

Nachdem Frau Happy Sun mit den Mitessern und meinem restlichen Gesicht fertig ist, trägt sie mir eine Beruhigungsmaske auf. Sie sagt, dass sie gleich wieder da ist. Danke schön! Ob ich ein bisschen entspannende Musik hören möchte? Gern. Sie macht das Radio an.

Oh. Unser Sender. Was läuft denn gerade? Wunschhits mit Mona. Wie nett. Gerade redet sie mit Yvonne aus Ettrichshausen. Yvonne wünscht sich für ihren verstorbenen Wellensittich das Lied »Time to say goodbye«. Mona sagt, dass ihr das mit dem Wellensittich sehr Leid tut, woraufhin Yvonne anfängt zu weinen. Sie hat ihren Wellensittich so schrecklich lieb gehabt. Er hat zwar alles angefressen und alles vollgeschissen, aber geliebt hat sie ihn trotzdem. Mona ist sehr einfühlsam und sagt, dass er aber bestimmt ein langes, schönes Leben hinter sich gebracht hat, und meint, dass der Tod irgendwann eine Erlösung ist. Yvonne erklärt daraufhin, dass der Vogel gerade mal ein halbes Jahr alt geworden ist. Er muss wohl versehentlich in die Tiefkühltruhe geflogen sein, als diese kurzzeitig offen stand, und Yvonnes Mutter hat die Truhe zugeschlagen, ohne nachzuschauen, ob der Vogel sich darin befindet, was man ja normalerweise tut! Der Vogel ist dann erfroren. Yvonne sagt, dass sie ihre Mutter hasst. Das Gespräch dauert mittlerweile schon über drei Minuten, obwohl wir alle wissen, dass Interviews nie länger als zweieinhalb Minuten dauern dürfen. Ich hoffe, dass Mona dieses Gespräch jetzt beendet. Aber das tut sie nicht. Sie sagt zu Yvonne, dass sie ihre Mutter nicht hassen soll, weil diese den Vogel bestimmt nicht absichtlich hat erfrieren lassen. Yvonne schreit: »Ich hasse dich Mama, ich hasse dich!!!« Im Hintergrund hört man Geschrei und näher kommende Schritte.

Ich setze mich mit meiner Gurkenmaske entsetzt auf.

Yvonne schreit: »Hilfe! Nicht hauen!!!« Eine Frau, offenbar die Mutter, brüllt zurück: »Ich geb dir auch nicht hauen, du Miststück, du Lügenmaul!!!«

Bitte, Mona, zieh den Regler runter, bete ich innerlich.

Aber Mona schreit: »Lassen Sie das Kind in Ruhe!!!« Die Mutter kommt ans Telefon und kreischt: »Se glaube doch wohl net, was die erzählt, odder? Soll isch Ihne was saache, die hat den Vochel extra in de Tiefkühler gesperrt, weil er bös war!« Mona brüllt: »Aber deswegen muss man doch nicht gleich schlagen!!!«

Ich fange an zu schwitzen. Wenn hier jemand gerade Radiogeschichte schreibt, und zwar negative, dann wir! Hör auf, bete ich still.

Aber im Sender geht es jetzt erst richtig los. Mona fängt an, mit der Mutter zu streiten. Die Unterlegmusik ist nach sieben Minuten zu Ende, aber das interessiert nicht wirklich irgendjemanden. Yvonnes Mutter betitelt Mona als Versagerin, die nichts Richtiges gelernt hat und jetzt unbescholtene Mitbürger am Telefon belästigt. Mona schreit zurück, dass nicht sie es gewesen sei, die den Vogel getötet habe, und dass die Mutter erst mal vor ihrer eigenen Tür kehren soll. Derweil wirft Yvonne im Hintergrund mit schweren Gegenständen um sich.

Ich greife blind nach meinem Handy und wähle die Nummer des Studios. Niemand hebt ab. Teile der Gurkenmaske befinden sich jetzt auf und in meiner Tastatur.

Derweil geht der Streit über den Sender weiter. Man ist jetzt dabei, sich gegenseitig Schimpfwörter der übelsten Sorte an den Kopf zu

werfen. Susanne würde sie als »Fäkalsprache« bezeichnen. Wir erfahren auch so einiges über das Herumhuren von Yvonne, die im Übrigen mit Nachnamen Hülsebusch heißt und vierzehn ist. Yvonne ist am ganzen Körper gepierct und hat sich das Wort HASS auf beide Pobacken tätowieren lassen. Frau Hülsebusch wollte sie deswegen in ein Heim für schwer erziehbare Jugendliche geben, weil Yvonne nie auf irgendwas hört, was die Eltern sagen. Aber kein Heim wollte Yvonne haben. Mona ist böse und beschuldigt Frau Hülsebusch, eine egoistische Rabenmutter zu sein, die zudem noch alkohol- und drogenabhängig zu sein scheint. Frau Hülsebusch hyperventiliert und lässt den Telefonhörer fallen. Man hört die Frau zu Boden knallen. Irgendein Mann schreit plötzlich »Was ist denn hier los?«, kommt ans Telefon und sagt freundlich: »Wir rufen gleich zurück!« Der Hörer wird aufgelegt.
Ich danke Gott dafür, will aber trotzdem nicht wissen, was auf die arme Mona am Montag zukommt. Wenn sie Glück hat, hat's keiner gehört. Und ich verpetze sie nicht.

Frau Happy Sun kommt zurück. Ihr Gesicht ist fast schwarz. Sie erzählt mir, dass sie eben noch einmal rasch unter dem Teilpigmentierungsbräuner war. Sie käme sonst gar nie zum Sonnen. Ich glaube, dass sie lügt.
Wenigstens ist die Alkoholfahne jetzt nicht mehr so schlimm. Das liegt wohl an dem Pfefferminzbonbon, das sie lautstark lutscht. Während sie sich über mich beugt, um die Gurkenmaske abzunehmen, habe ich Angst, dass es ihr eventuell aus dem Mund fallen könnte. Zum Glück passiert nichts. Ich bekomme erklärt, dass jetzt ein sanftes Gesichtswasser aufgetragen wird, um meine Haut von den Maskenrückständen zu befreien. Dann tritt Phase B in Kraft, eine neue, kräftigende Maske wird aufgetragen, und die, sagt Frau Happy Sun mit stolzgeschwellter Brust, hat die Besonderheit, dass man sie *nicht* abnehmen muss, sie zieht völlig in die Haut ein.
»Eine Messeneuheit, direkt vom Hersteller!«, sagt Frau Happy Sun. »Und ganz ohne Tierversuche!«
Ich hoffe nur, dass ich nicht der erste Mensch bin, an dem diese Messeneuheit ausprobiert wird.

Es gibt nichts Wunderbareres, als wenn man entspannt auf einem Kosmetikstuhl liegt und einem Menschen Cremes oder Packungen auftragen oder eine Gesichtsmassage machen. Ich würde eine Pizza im Rimini stehen lassen für dieses Gefühl! Es ist einfach »'nen Traum«, wie mein Kollege Bob sagen würde (er liebt die »Waltons«), der auch nichts schöner findet, als Wellnesswochenenden mit seinem schwuchteligen Freund Erni im Harz zu verbringen.

Frau Happy Sun rülpst. Ich schrecke hoch. »'tschuldigung!«, sagt sie verlegen. Macht nichts. Ich finde es gar nicht schlimm, die Ausdünstungen alkoholisierter Menschen direkt in die Atemwege geblasen zu bekommen. Da gibt es weiß Gott Schlimmeres. Ich denke an das Gobelin-Stickbild von vergangener Nacht.

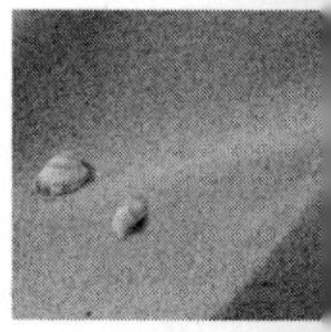

Meine Gesichtskosmetikbehandlung ist erfolgreich abgeschlossen. Jetzt kommen die Füße dran. Zum Glück habe ich gebadet und meine Füße sind sauber. Eine schreckliche Vorstellung, wenn sie jetzt stinken würden. Ich bin mir sicher, dass Frau Happy Sun nichts sagen, aber sich ihren Teil denken würde. Fröhlich pfeifend entfernt sie mir Hornhaut und kürzt die Zehennägel. Ich genieße und schweige. Eine Sekunde später schreie ich laut auf. Frau Happy Sun hat mir mit einem Knipser aus Versehen ein Stück Zeh anstelle des Nagels entfernt. Jedenfalls fühlt es sich so an. »Ach, wie forschbar!«, schreit sie und wirft sieben Handtücher über meinen Fuß. »Net bewege. Stillhalte. Was mache Sie dann für Sache?«, schimpft sie mit mir. »Was e Sauerei!« Ist sie noch ganz dicht? Wer hat denn hier die Sauerei veranstaltet?

Frau Happy Sun versucht die Blutfontänen mit Frottee zu ersticken, was ihr auch irgendwann gelingt. Dann kippt sie mir einen Liter Jod über die Wunde und behauptet im gleichen Atemzug, das müsste so sein, sonst gäbe es Entzündungen, die bleibende Schäden hervorrufen könnten. Der Schmerz betäubt mich so, dass ich kaum noch Luft kriege. Ich muss an Bob denken, der immer völlig relaxt und entspannt von seinen Wellnesstrips zurückkommt und behauptet, gerade bei der Pedikürebehandlung hätte er »die Seele baumeln lassen können«. Aber egal. Ich ziehe das jetzt durch, bitte aber nun doch um einen kleinen Schnaps. Während Frau Happy Sun mir strahlend die Flasche reicht, fühle ich mich tapfer wie ein Seemann, dem vor Tahiti als einziges Betäubungsmittel Rum zur Verfügung steht, während er bei vierzig Grad im Schatten seinen infizierten Unterschenkel mit der stumpfen Säge des Schiffszimmermanns abgetrennt bekommt.

Plötzlich überfällt mich einer meiner Depri-Anfälle. Das habe ich manchmal, wenn ich meine Tage bekomme. Ist es eigentlich schon wieder so weit? Ich bin fürchterlich schlampig in solchen Sachen. Seitdem ich die Spirale habe, mache ich mir keine Gedanken mehr um Vier-Wochen-Rhythmen. Ich merke es aber, wie gesagt, an meinem Gemütszustand. Bei der kleinsten Kleinigkeit fange ich an zu heulen. Als meine Lieblingssorte Wurst beim Metzger Schlemm mal ausverkauft war, habe ich mich auf den gekachelten Boden gesetzt und leise geweint. Ich nehme vor meinen Tagen auch regelmäßig fünf Kilo zu, meine Haare sind strähnig und mein Gesicht verformt sich vor Pickeln.
Mir kommt alles so sinnlos vor auf einmal. Ich fühle mich ausgenutzt, nicht ernst genommen, verraten und verkauft. Während ich die Schnapsflasche noch einmal ansetze, lasse ich mein bisheriges Leben im Schnelldurchlauf Revue passieren. Was hab ich denn schon? Wer bin ich denn schon? Habe ich eigentlich wirkliche Freunde? Hat mich überhaupt irgendjemand lieb …? Ich … ich … ich …
»Ich bin so unglücklich!«, heule ich plötzlich los, ohne dass ich es will. Frau Happy Sun schaut erschrocken von meinen Füßen hoch. »Ei Kind, was issen los?«, fragt sie entsetzt.
Alles bricht auf einmal wie ein Wasserfall aus mir heraus. Ich erzähle stammelnd von meinem One-Night-Stand, dem Toten, Richard, Gero, den Flusen auf meinem Blazer, Susannes Mann und dass ich Leichen anschauen musste und dass ich zu fett wäre und dass keiner mich liebt und dass meine Spülmaschine bald den Geist aufgibt und dass mein Lieblings-Bubikopf vertrocknet ist und dass seit drei Wochen die rechte Lampe in der Dunstabzugshaube defekt ist und dass ich mir schon immer eine Katze gewünscht hätte als Kind, aber nie eine bekommen hätte, und dass ich nie einen Mann finden würde, der zu mir passt, und dass ich mir Gedanken darüber mache, wer alles zu meiner Beerdigung kommen würde, und dass ich meine Essenskarte für die Kantine verloren hätte und dass nichts, aber auch nichts mehr noch einen Sinn hätte.

Frau Happy Sun lässt mich reden, streichelt meinen Fuß und sagt zwischendurch nur »hmhmhm«. Nur einmal steht sie auf, um eine neue Flasche »Jagdstolz« zu holen, die ich ihr sofort aus der Hand reiße. Irgendwann kommen keine Tränen mehr, so fest ich auch presse. Ich wimmere leise vor mich hin, während sich Frau Happy Sun weiter meinen Füßen widmet. Sie sagt immer noch nichts. »Entschuldigung«, murmele ich. Wie peinlich.
»Des muss Ihne net peinlisch sein, Kindsche!«, sagt sie schließlich mit der Stimme, die ich bei meiner Mutter immer vermisst habe.
Fast fange ich wieder an zu heulen. Frau Happy Sun ist fertig mit meinen Füßen. »Jetzt mache Sie zehn Minute die Fünf und dann unnerhalde mir zwaa uns emal!«, befiehlt sie.

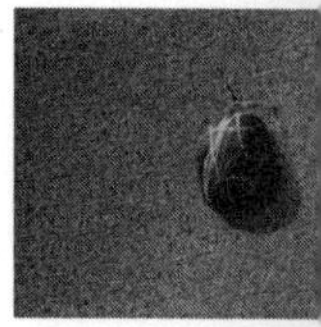

Folgsam lege ich mich unter die »Fünf«, ein Ganzkörperbesonnungsgerät mit 180 Watt Leistung. »Nur 8 € für 10 Minuten!!!« Stolz weist Frau Happy Sun mich darauf hin, dass dieses Gerät zusätzlich noch über eine Bingo-Taste verfügt, die einem ohne weitere zusätzliche Kosten zwei weitere Minuten Gesichtsbesonnung beschert. Sie verlässt die Kabine und ich fahre das obere Teil per Knopfdruck herunter. Es saust mit einer derartigen Geschwindigkeit auf mich zu, dass ich mich für einige Sekunden wie ein Folteropfer aus dem Mittelalter fühle, das in die Eiserne Jungfrau gelegt wurde, um das Geständnis zu erpressen, dass es Nachbars Kälbchen mit verhexter Myrrhe vergiftet hat. Zum Glück stoppt das Ding rechtzeitig. Die Wärme tut so unendlich gut, dass ich am liebsten für immer hier liegen bleiben möchte.

Wieder angezogen, gehe ich zurück zu Frau Happy Sun. Sie steht hinter der Theke und deutet auf einen der schicken Barhocker. Ich setze mich. Sie baut sich vor mir auf und verschränkt die Arme vor der Brust. »Sie müsse jetzt emal anfange, was für sisch zu tun, Kindsche!«, ruft sie und erzählt mir von ihrer Tochter, die in den Mittdreißigern exakt dieselbe Phase hatte wie ich. Das Leben läuft an einem vorbei, ohne dass man es aufhalten kann, man selbst fühlt sich ausgenutzt und verbraucht. So war es bei ihrer Doreen auch! Außerdem hatte Doreen auch die falschen Freunde beziehungsweise gar keine! Mit Mitte dreißig, meint Frau Happy Sun, sollte man die grundlegenden

Dinge in seinem Leben ändern und sich von überflüssigem Ballast trennen.
Irgendwie klingt das alles logisch, und deswegen frage ich Frau Happy Sun, was ich denn tun soll ihrer Meinung nach. Sofort bückt sie sich und holt eine Visitenkarte aus einer Schublade hinter dem Tresen. Ich lese:

Chantal Döppler
Trainerin für das wahre ICH
Termine auf Anfrage
Auch für Singles und gescheiterte Existenzen

Die untere Zeile ist offensichtlich maßgeschneidert für mich!
»Die Frau Döppler gibt auch Kurse in der Volkshochschul hier am Ort!«, verkündet Frau Happy Sun stolz. Sie beugt sich über den Tisch: »Der nächste beginnt am Montag. Wenn Se wolle, ruf isch die gleich emal an!« Sie grinst verschmitzt. »Mer sin nämmlisch Freundinne!!!« Das sagt sie so, als ob es sich bei Frau Döppler um Königin Silvia von Schweden handeln würde. Ich nicke. Sie klopft mir auf die Schulter und reicht mir die Hand. »Wird gemacht! Übrigens, isch bin die Zoe!« »Carolin«, sage ich, dann nehme ich noch einen Schluck Jagdstolz und schlafe kurze Zeit später, den Kopf auf der Theke, ein. Zoe lässt mich schlafen. Das arme Kind, das.

Nachdem ich von Zoe gegen 18 Uhr geweckt worden bin, mache ich mich langsam auf den Heimweg. Ich bin für Montag um 20 Uhr bei Chantal angemeldet. Zoe wurde nicht müde zu betonen, dass ich nur ausnahmsweise noch einen Platz bekommen habe, weil der zweiwöchige Kurs seit Monaten ausgebucht ist. Aber sie hat Chantal meine verzweifelte Lage offensichtlich so inbrünstig geschildert, dass diese sich ihr Leben lang Vorwürfe gemacht hätte, wenn sie mich nicht noch in den Kurs nimmt. Wer will schon verantwortlich dafür sein, dass eine junge Frau mit einer Kalaschnikow durch die Watzelborner Fußgängerzone rennt und alles niedermäht, was nur einen Hauch von Glück ausstrahlt? Oder wochenlang an einem Strick in ihrer Wohnung baumelt, ohne bemerkt zu werden, weil sie niemanden hat, der sie vermisst.

Was mache ich jetzt mit dem angebrochenen Abend? Ob Henning noch da ist? Na, klar, wo sollte er hin ohne Schlüssel. Insgeheim grinse ich hämisch. Das wird sich jetzt alles ändern. Ihr könnt mich mal. Immer nur kommen, wenn ihr was wollt. Nicht mehr mit mir. Nicht mehr mit mir. Ich nehme mir fest vor, den Ich-Find-Kurs zu besuchen und auch durchzuziehen!

Im Treppenhaus schallt mir schon im Eingangsbereich Musik entgegen. Wer hört denn hier den »Schneewalzer«? Und so laut. Eine Frechheit! Je höher ich komme, desto bewusster wird mir, dass die Musik aus meiner eigenen Wohnung kommt. Ich schließe verwirrt auf. Ist Henning übergeschnappt? Er, der immer darauf achtet, dass er bloß nur mit besonders hipper und trasher Musik in Verbindung gebracht wird??? Leise öffne ich die Tür zum Wohnzimmer. Alles Mobiliar ist an die Wand geschoben worden, und in der Mitte sehe ich Henning und Richard tanzen. Henning trägt immer noch Richards Jogginganzug, und Richard mein pinkfarbenes Abschlussballkleid von der Tanzschule. Es hing seit 1981 unbenutzt in meinem Schrank und ist ihm ein wenig zu klein. Am Rücken klafft es auseinander. Die Naht ist zum Po hin aufgerissen. Meine Nylons (Christian Dior, das Paar zu 16 Euro) haben bereits neunzehn Laufmaschen. Meine Sandaletten (Donna Karan NY, Sonderangebot für 99 Euro), die er dazu trägt, reichen gerade mal bis kurz hinter die Zehenspitzen. Der eine Absatz ist schon lose. Richard ist stark geschminkt und schwitzt. Meine Wimperntusche läuft ihm in schwarzen Bächen über die Wangen. Henning wirbelt Richard herum und zieht ihn wieder zu sich heran. Dann singen beide laut: »Den Schnee-Schnee-Schnee-Schnee-Walzer tanzen wir … du mit mir, ich mit dir…« Leise schließe ich die Tür wieder und setze mich in die Küche. Ich habe einfach keine Kraft mehr, um mich aufzuregen.

Den Rest des Abends verbringen Henning, Richard und ich gemeinsam. Erst einmal gilt es, nochmals zu der Wohnung der One-Night-Stand-Schwestern zu fahren und dort Hennings Schlüssel sowie seine Klamotten zu holen. Wir beratschlagen, wie wir dies am besten anstellen können, ohne getötet zu werden. Henning schlägt vor, die Polizei um Hilfe zu bitten. Den Gedanken verwerfe ich sofort – nicht auszudenken, wenn die Horrorschwestern den Beamten eine haarsträubende erfundene Story aufs Auge drücken und dann womöglich Henning noch verhaftet wird. Das fehlt gerade noch! Richard hat die glorreiche Idee, so zu tun, als ob ein Wasserrohrbruch in der Wohnung der Schwestern wäre und er, Richard, wäre ein selbstloser Klempner, der gespürt hätte, dass dort ein Wasserrohrbruch ist, und sich demzufolge sofort auf den Weg gemacht hat, um das Wasser zu stoppen. Auf meine Frage, wie er denn mit dieser Geschichte an Hennings Sachen kommen will, behauptet er, dass das ganz einfach sei. Er, Richard, würde, während er den Wasserrohrbruch sucht, behaupten, dass er Schlüssel sammelt und ein Fetischist getragener Kleidungsstücke wäre. Und ruck, zuck hätte er alles beisammen. Eine tolle Idee! Richard ist beleidigt und sagt, dass mir erst mal was Besseres einfallen soll. Er hat ja Recht.

Ich komme schließlich zu dem Ergebnis, dass es das Einfachste sein wird, zu der Wohnung hinzufahren, zu klingeln und zu sagen: »Wir hätten gerne die Sachen!« Henning schnaubt laut auf und meint, wenn ich lebensmüde wäre, könnte ich es ja so machen. Ich riskiere es. Gemeinsam mit Richard fahren wir zu der verhassten Adresse. Henning bleibt im Auto sitzen. Leider kann er uns nicht sagen, wie Frau Haudrauf mit Nachnamen heißt, was aber auch nichts gebracht hätte, da auf keinem Klingelschild ein Name steht. Und die Haustür steht sowieso offen. Im zweiten Stock soll das Desaster stattgefunden haben.

In dem dunklen Flur sehe ich meine Hand kaum vor Augen, und eine Korridorbeleuchtung scheint es nicht zu geben. Für Richard allerdings ist dieser Flur die wahre Wonne, da kein Sonnenstrahl eindringen kann. Mit traumwandlerischer Sicherheit zieht er mich die vier Treppen hinter sich hoch. Im zweiten Stock bleiben wir stehen und lauschen. Außer einer Fußballübertragung im Fernsehen aus der einen Wohnung ist nichts zu hören. Ich bekomme Angst. Mir nichts, dir nichts könnte plötzlich ein blutrünstiger Mörder in einer Scream-Maske auftauchen und rufen: »Ich krieg euch!« Mich würde er mit Sicherheit kriegen, da ich nachtblind bin und sofort gegen eine Wand laufen würde. Der Scream-Mörder könnte mich seelenruhig mit dem Messer vierteilen und meine Gedärme zum Trocknen an das Treppen-

geländer hängen, ohne dass auch nur eine Menschenseele davon Kenntnis nehmen würde!
Richard scheint sich über solche Dinge nie Gedanken zu machen. Er horcht mit einem Ohr an den Türen und arbeitet sich so bis zum Ende des Flures vor. Zwischendurch flüstert er mir zu, was in den Wohnungen gesprochen wird. So erfahren wir interessante Dinge. Ein Mann sucht seine Hausschuhe, in einer anderen Wohnung regt sich eine Frau auf, weil die Kartoffeln angebrannt sind. In der letzten Wohnung wird es interessant. Zwei Frauen streiten sich lautstark. Hier besteht eine reelle Chance, dass wir die Richtigen gefunden haben. Richard winkt mich zu sich heran. »Du bist still!«, befiehlt er mir. »Lass mich nur machen!«

Nur zu gern. Ich bleibe neben ihm stehen. Mir wird plötzlich schwindlig. Woran liegt das nur? Ich bemerke, dass ich gar nicht mehr atme. Das wird es sein.
Richard klopft laut gegen die Tür. Im selben Moment wird diese aufgerissen. Ein reichlich ausgezehrtes Wesen stürmt laut heulend an uns vorbei und schreit: »Du dumme Sau! Du Drecksau!!!«, während sie die Treppen hinunterstürmt. Eine strohdünne Rothaarige kommt zur Tür gelaufen und schreit dem Wesen hinterher: »Verpiss dich, ich will dich hier nicht mehr sehen!« Dann erblickt sie uns und sagt: »Oh, Sie kommen bestimmt wegen dem Wasserrohrbruch! Hier, bitte …«, und deutet auf eine Tür. Es ist das Badezimmer, wie sich gleich herausstellt. »Ich muss nur kurz runter und mein Auto in die Garage fahren, sonst zerkratzt die doofe Schlampe mir das heute Nacht!«, sagt sie und ist schon weg.
Ich denke kurz darüber nach, dass das doch alles nicht wahr sein kann, aber Richard ist schon am Handeln. »Los, die Sachen suchen«, flüstert er und ist schon im Wohnzimmer. Ich begebe mich ins Schlafzimmer und öffne einen Schrank. Was ist das denn? Lauter kleine Klamottenbündel in durchsichtigen Plastiktüten liegen dort säuberlich nebeneinander. Auf den einzelnen Tüten ist mit schwarzem Filzstift ein Datum geschrieben und noch was anderes. Ich nehme eine Tüte hoch: »29. 1., Hermann (?), abgeschleppt in der Cuba-Bar.« Auf einer anderen Tüte steht: »4. 5., Pedro, per Anhalter mitgenommen.«
Ich bekomme Panik. Hier handelt es sich um Mord! Wir müssen so-

fort die Polizei rufen. Wahrscheinlich haben die zwei Weiber reihenweise Männer aufgerissen und anschließend zerstückelt! Aber warum haben sie Henning dann laufen lassen? Ich finde auch die Tüte von Henning. So eine Hemdfarbe gibt es nur einmal. Erbsgrün. Zum Kotzen. Das Datum stimmt auch. Allerdings steht auch dabei: »Rausgeschmissen.«

Praktischerweise sind auch die Schlüssel und die Geldbörse in der Tüte. Ich nehme alles an mich und möchte jetzt gehen, bevor das Monster wiederkommt. Ich suche Richard. Aus dem Bad kommen Geräusche. »Komm jetzt!«, zische ich und öffne die Tür. Richard liegt unter dem Waschbecken und schraubt an irgendwas herum. »Sag mal, spinnst du?«, frage ich ihn. »Warum?«, antwortet er. »Das geht doch schnell!« »Du kommst jetzt sofort mit oder ich fahre ohne dich weg!« Das ist echt wieder typisch für Richard. Wahrscheinlich würde er auch gerne noch ein bisschen renovieren. Jedenfalls steht er endlich auf. Wir gehen zum Auto. Das Monster ist glücklicherweise nirgendwo zu sehen.

Henning ist sauer und fragt, warum wir so lange brauchen, um die paar Sachen zu holen. Da reicht es mir. »Halt die Klappe jetzt!«, schreie ich böse. »Mit deinem Scheißgemecker immer. Mach doch deinen Kram selbst und finde nochmal so 'ne Dumme wie mich, die immer alles macht und tut!« Henning blickt mich verwirrt an. So kennt er mich gar nicht. Ihr werdet euch noch alle wundern, denke ich. Ab Montag wird alles anders. Und wehe, irgendjemand aus der verdammten Redaktion kommt auf die Idee, mich noch einmal privat anzurufen, wenn ich freihabe, um mir irgendwelche Sachen aufs Auge zu drücken! Nein, o nein! So nicht. Ich werde selbstbewusst! Ich werde selbstbewusst!!! Jawohl! Plötzlich freue ich mich richtig auf den Kurs bei Chantal Döppler.

Aber was machen wir jetzt mit dem angefangenen Samstagabend? Ich habe ehrlich gesagt keine Lust mehr auf größere Aktionen, die bei unserem Glück sowieso nur im Fiasko enden. Also fahren wir nach Hause und spielen Scrabble und schauen dabei »Wetten, dass …?«. Ist auch mal schön, und es kann einem dabei nichts passieren. Später kommt noch Gero mit seiner neuen Eroberung, einem niedlichen

Mittzwanziger mit halblangen blonden Haaren. Der spricht kein Wort und kniet sich auf den Boden, anstatt sich aufs Sofa zu setzen. Ich bin verwirrt. Gero zieht mich mit sich in die Küche und wispert mir zu, dass Tom sehr lange in einer sadomasochistischen Beziehung ein Sklave war und sein »Dom« ihm immer verboten hätte zu sprechen. Teilweise hätte Tom auch wie ein Hund bellen oder Pfötchen geben müssen. Aha. Die Beziehung sei erst kürzlich auseinander gegangen und er, Gero, müsste Tom jetzt langsam wieder an das normale Leben gewöhnen. Ich kapiere gar nichts und setze mich weit von Tom weg, nachdem wir das Wohnzimmer wieder betreten haben. Womöglich beißt er mir noch ins Bein. Aber Tom ist sehr brav und schlabbert artig eine Cola light aus meiner Obstschale, die vor ihm auf dem Boden steht. Nun gut. Wem es gefällt. ICH jedenfalls würde niemals vor irgendjemandem auf dem Boden knien. Das ist ja würdelos. Ein paar Wochen später werde ich noch froh darüber sein, dass ich Tom kennen gelernt habe.

7

Montag! Der große Tag! Ha! Mir geht es prächtig. Gestern war Susanne da. Sie hat mich überredet, eine Radtour mit ihr zu machen, und ich habe zugestimmt, obwohl ich gar keine Lust hatte. Erst nachdem sie mir versprochen hatte, am nächsten Biergarten Halt zu machen, ließ ich mich breitschlagen und habe die abgestrampelten Kalorien sofort wieder in Form eines Eisbechers mit extra viel Schokosoße zu mir genommen. Susanne hat wie immer den ganzen Tag lang nur über Michael gelästert. Zehn Jahre hält sie es nun schon mit diesem Mann aus. Das muss man sich mal vorstellen! Zehn Jahre lang genug Geld auf dem Konto, nur Designerklamotten und 750er Goldschmuck! Und Colliers und Breitling-Uhren! Zehn Jahre lang jedes Jahr die Karibik bereisen, und das auch noch vier Wochen am Stück. Zehn Jahre lang in einem Haus wohnen, in dem man ein Fahrrad braucht, um in weniger als einem Monat vom Nord- in den Südflügel zu gelangen. Sie hält das bald nicht mehr aus! Ob ich das denn nicht verstehen könnte? Nein, ich verstehe es nicht. Das versteht sie nicht.

Ab heute Abend wird alles anders. Ich überlege, während ich in die Redaktion fahre, was ich zum ersten Kurstag anziehen werde. Nur nicht overdressed. Aber auch nicht zu leger. Ich werde allerdings auch jetzt gleich damit anfangen, meinen lieben Kollegen zu zeigen, dass ich nicht der Depp vom Dienst bin hier.

»Die Kaffeemaschine ist kaputt!« ist das Erste, was ich von Zladko höre, als ich die Redaktion betrete. Ich ignoriere ihn. »Die Kaffeemaschine ist kaputt, Carolin!!!« Das ist schon mehr ein Bellen.

»Warum kaufst du dann keine neue?«, frage ich, während ich meine Jacke ausziehe.

»Na, weil du das immer …«

»Weil du das immer machst, weil du das immer machst!«, äffe ich ihn nach. »Wenn das Klopapier alle ist, soll ich bei der Hausverwaltung anrufen, weil ich das immer mache. Wenn die PCs am Arsch sind, muss ich bei der EDV anrufen, weil ich das immer mache. Und wenn

es brennt, soll ich dann die Feuerwehr rufen, weil ich das immer mache oder was?« Es kann wirklich nicht wahr sein. Ich traue diesem Chaotenhaufen tatsächlich zu, eher in Kauf zu nehmen, als Kohleklumpen in den Drehstühlen zu verglühen, anstatt selber die 112 zu wählen. Wütend werfe ich meine Jacke über den Stuhl. Zladko tuckt ins Großraumbüro zurück und murmelt etwas wie: »Heteros! Weiber. Hat die wieder ihre Tage oder was?«
Gleich darauf läuft Henning ein. Warum muss er eigentlich immer wie ein Zehnmillionendollar-Mann irgendwo auftauchen mit wehendem Sommermantel und farblich dazu passendem Outfit? Nicht zu vergessen die schweinslederne Aktentasche. »Gucci. 800 Euro«, pflegt er beiläufig zu erwähnen, wenn irgendjemand auch nur in die Richtung der Tasche schaut. Ich grinse innerlich. Wenn ihr alle wüsstet, dass der süße Henning noch vorgestern nackt auf meinem Dachboden gesessen hat. Ohne Gucci und Armani …
Ach, egal. Heute ist mir alles egal. Ich schließe demonstrativ die Tür meines Büros und fange an zu arbeiten. Ich freue mich auf den Kursbeginn heute Abend. Das wird sicher total toll! Bestimmt lernt man da eine Menge netter Leute kennen und vielleicht entwickelt sich ja auch die eine oder andere tiefer gehende Freundschaft daraus. Ich bin so gut drauf, dass ich tatsächlich den Mut habe, in der Konferenz den Vorschlag mit dem Partyzug zu machen. Man muss sich das mal vorstellen: zwölf Stunden am Stück durch Hessen rollen mit zwei Tanzwagen, verschiedenen DJs und genug zu trinken. So was gab es doch bestimmt noch nie! Alle sind begeistert! Mittags erstelle ich das komplette Konzept mit Finanzkalkulation und verrechne mich kein einziges Mal. So gut kann es einem gehen, wenn man sich vornimmt, sein komplettes Leben zu verändern! Als dann noch auf dem Weg zur Kantine eine Gruppe junger Männer im Vorübergehen ruft: »Boah, sieht die geil aus!«, bekomme ich einen Adrenalinstoß. Es ist doch was dran an der Behauptung, dass eine positive Ausstrahlung schön macht. (Leider habe ich erst später bemerkt, dass die Gruppe junger Männer eine 20-jährige Praktikantin mit einem Hauch von Minirock meinte, die direkt hinter mir lief.)
Ich blocke Forderungen und Wünsche meiner Kollegen komplett ab und ernte verständnisloses Kopfschütteln. »Sonst ist die doch nicht

so …« Nenenee, sonst ist die nicht so. Das werdet ihr in Zukunft vermehrt von euch geben. Pünktlich um 17 Uhr verlasse ich die Redaktion. Auf die Frage der anderen, warum ich »so früh gehe«, und die Vermutung, dass ich entweder an einer Pilzinfektion leide oder ein Date habe, sage ich nichts. Sollen die doch denken, was sie wollen.

Ach, wie schön! Aus meiner Wohnung kommt der Geruch von frischem Kaffee. Frau Eichner ist da und hat sauber gemacht. Sie sitzt mit Richard in der Küche und diskutiert darüber, ob es Sache des Mieters oder Vermieters ist, die Klappläden zu streichen. Ich setze mich, nehme mir einen Kaffee und überlege, was ich nun endlich heute Abend anziehe. Richard meint, bei Kursen in der Volkshochschule wäre nichts Aufdringliches angebracht. Also doch Jeans und Blazer. Ich kann es kaum erwarten, das Haus zu verlassen. Beschwingt begebe ich mich gegen 19 Uhr 30 gen Volkshochschule. Ich fühle mich wie die Frauen in den Modezeitschriften, die mit Mitte dreißig etwas »ganz Neues« wagen. Da gibt es doch immer diese Vorher-nachher-Bilder. Wie bei den Hornhautfüßen im Happy Sun. Helga aus Duisburg zum Beispiel, Hausfrau mit vier Kindern, arbeitet halbtags im Büro und ist ansonsten nur für die Familie da. Sie hat irgendwann im letzten Herbst gemerkt, dass es »so nicht mehr weitergeht«. Die Hände aufgerissen von der vielen Gartenarbeit (warum Gemüse kaufen, wenn man es kostengünstiger im eigenen Beet anpflanzen und ernten kann), das Gesicht spröde ob mangelnder Hautpflege (ach, man wird halt älter, das ist der Zahn der Zeit) und die Frisur ein undefinierbares Etwas aus herausgewachsener Dauerwelle (ja, bei Lilly's Frisierstübchen kriegt man so was noch für'n Appel und 'n Ei) und mausgrauer Fäden (tja, auch graue Haare gehören zu einer Frau, genauso wie Falten). Diese Frauen werden gerne von Zeitschriften wie »Vera« oder »Silke« gefunden und völlig neu gestylt. Und aus dem unterprivilegierten kleinen grauen Mäuschen, das am Rande der Gesellschaft vor sich hin vegetiert, wird eine Femme fatale der Superklasse. Die Haare plötzlich rot, dazu passend der Lippenstift, und der Hosenanzug! Der kaschiert! Obwohl er eigentlich gar nichts kaschieren müsste!!! Man ist bei der Ansicht der Fotos der festen Überzeugung, dass es sich bei Sieglinde aus Dortelweil um Carmen aus Düsseldorf handelt. Und die ist nicht beim AKTIV-Markt in der Bilanzbuchhaltung beschäftigt, sondern Brokerin an der Börse. Diese Frauen stehen ihren Mann! Sie wissen, was sie wollen!

Ich bin so selbstbewusst, dass ich wie ein Haudegen durch die Straßen rase. Kopf hoch, Brust raus! Komme, was da wolle! Eine Gruppe feierabend-alkoholgeschwängerter Bauarbeiter schreckt demütig vier Schritte zurück, als ich im Sturmschritt an Edes Kiosk vorbeitrabe. Mit Sicherheit glauben sie, ich könnte ihre Bierflaschen mit dem Augenlid öffnen!

Pünktlich zu Kursbeginn, nein, einige Minuten früher sogar, stehe ich vor der Schule, einem verbauten Gebäude aus den 60er Jahren. Über dem Eingang verkündet ein Schild: »Non scholae sed vitae discimus.« Gut. Von mir aus. Der Kurs findet im zweiten Stock statt und ich finde den Raum sofort. Öffentliche Gebäude haben immer solch einen unvergleichlichen Geruch. Eine Mischung aus Bohnerwachs, Kloputzmittel und Schweiß.

Oh, es sind offensichtlich schon Leute da. Hoffentlich kriege ich noch einen Platz für mich alleine. Ich HASSE es, mich neben fremde Menschen auf eine Zweierbank zu setzen. Man ist gezwungen, sich zu unterhalten oder zumindest dümmlich anzugrinsen. Ein stilles »Guten Abend« murmelnd, haste ich durch den Raum, ohne mir die darin befindlichen Personen anzusehen. Zum Glück ist ganz hinten noch ein freies Bänkchen. Schnell hinsetzen.

Niemand spricht. Man hört nur ab und an ein verlegenes Räuspern. Jemand putzt sich die Nase, woraufhin meine anfängt zu laufen. Natürlich habe ich kein Taschentuch dabei und versuche, die Nase nicht hörbar hochzuziehen, was mir aber misslingt. Zwei Leute räuspern sich daraufhin. Die Situation ist entsetzlich angespannt. Hoffentlich kommt Chantal Döppler gleich.

Laute, dominante Schritte im Flur kündigen die Kursleiterin an. Ich erwarte eine Frau in einem dunkelblauen Kostüm und einer weißen Bluse, die Haare in einem strengen Knoten zusammengefasst und die schlanken, durchtrainierten Beine auf High Heels aufgepflockt. Verängstigt schaue ich auf die Tür. Irgendjemand kommt herein und sagt

»Guten Abend miteinander!«, aber kein Mensch ist zu sehen. Stattdessen fliegt von unter dem Lehrerpult eine Tasche auf den Tisch. Sind wir hier bei David Copperfield? Wo ist Chantal Döppler?
Ein Zwergenmensch hüpft plötzlich auf das Pult und macht es sich im Schneidersitz bequem. Ich erstarre. Chantal Döppler ist kleiner als 1 Meter 20. Ich frage mich, wie sie es geschafft hat, ihre Aktentasche zu tragen, ohne zusammenzubrechen. Unauffällig blicke ich auf die anderen Kursteilnehmer. Die scheinen das ganz normal zu finden, offensichtlich sind sie schon länger dabei.
»Nun!«, brüllt Chantal Döppler los. »Ich hoffe, ihr alle hattet eine angenehme, positive Woche! Ich freue mich, ein neues Mitglied in unserer Runde begrüßen zu können! Stehe auf und komme nach vorn!«

Meint sie mich? Ich bleibe vor Entsetzen gelähmt sitzen. 24 Köpfe drehen sich nach mir um und blicken mich mit ernsten Gesichtern an. Ich habe das Gefühl, dass mein Schließmuskel gleich versagt.
»Hallo!«, schreit es. »Ja, dich meine ich, in der letzten Reihe! Nicht so schüchtern!!!«
Langsam erhebe ich mich von meinem Platz und wanke zwischen den Tischreihen nach vorne. Ich habe es schon immer gehasst, vor vielen Leuten zu stehen und womöglich noch etwas sagen zu müssen.
Chantal Döppler blickt auf einen Notizzettel. Dann steht sie auf und springt auf den Boden, um wie ein Irrwisch um mich herumzutanzen. Hätte sie eine verschiedenfarbige Mütze mit Glöckchen auf, würde man annehmen, sich im 16. Jahrhundert auf einem Schloss zu befinden, um soeben die Bekanntschaft des Hofnarren zu machen.
»Mmmmmh, mmmmmh …«, fängt sie an zu trällern. Dabei schwingt sie ihre Arme wie ein Dirigent auf und ab. Plötzlich stehen alle im Raum auf und holen Luft.
»Willkommen, willkommen, du Noheue hier, willkommen, willkommen, was willst du denn hier? Wir wollen's von dir wi-hissen und keine Info mihissen, willkommen, willkommen du No-heue du!«, singt alles im Chor. Ich bekomme keine Luft mehr. Auf was habe ich mich hier nur eingelassen? Innerlich verfluche ich Zoe.
Nachdem das Willkommenslied beendet ist, klatschen alle Anwesen-

den, daraufhin setzen sie sich wieder und schweigen mich an. Offenbar soll ich jetzt irgendetwas sagen.
»Guten Abend«, krächze ich verzweifelt. Warum versagen in solchen Momenten immer meine Stimmbänder? Frau Döppler nimmt Anlauf und springt auf ihren Tisch zurück. Sie blickt auf die Kursteilnehmer und dann auf mich.
»Nun!«, sagt sie. »Wir warten auf Ihre Vorstellung, meine Beste!«
»Okay«, sage ich. »Mein Name ist Carolin und ich bin …«
»Ein Menschenkind, das ausgenutzt wird und ständig Angst hat zu versagen!«, fällt Frau Döppler mir kreischend ins Wort. »Ein Kind, das vor Verzweiflung und Frust zu Übergewicht neigt, weil es nachts heimlich an den Kühlschrank geht, um sich dort sieben Schokopuddings rauszuholen! Ein Mensch, der an den Fingernägeln knabbert, weil er sonst nicht weiß, wie er seine Aggressionen abbauen kann! Eine Frau, die heimlich davon träumt, andere Menschen umzubringen, wenn es ihr nicht bald besser geht. Eine Frau, die wahrscheinlich schon oft gestohlen hat und auch zur Brandstiftung neigt, nur um Aufmerksamkeit zu erregen!« Was redet diese Frau da? Ich habe noch nie das Bedürfnis verspürt, Feuer zu legen, geschweige denn, jemanden zu töten. Chantal Döppler redet sich in Rage. »Ooooh ja, solche wie dich kennen wir. Tun auf frustriert und keiner hat mich lieb, aber in Wirklichkeit habt ihr es faustdick hinter den Ohren! Nun – was willst du von mir, was???«
Ich bin überfordert mit der Situation. Ich kann auch nicht mehr sprechen. Mein Mund ist so trocken, dass ich nicht mal mehr schlucken kann. Verzweifelt versuche ich, an eine Sahnetorte zu denken, in der Hoffnung, dass mir der Gedanke daran das Wasser im Mund zusammenlaufen lässt. Noch nie in meinem Leben habe ich mich so hilflos gefühlt.
Chantal läuft derweil zur Hochform auf. Sie deutet mit ihrem viel zu kurzen Zeigefinger auf mich und behauptet die unglaublichsten Dinge. Unter anderem brüllt sie, ich wäre als Kind zu heiß gebadet worden und hätte demzufolge Komplexe, mich im Badeanzug im Schwimmbad zu zeigen. Als Nächstes kommt die Behauptung, ich sei sicherlich von meinen Eltern nicht beachtet worden und hätte deswegen angefangen, mit mir selbst zu reden. Ganz bestimmt sei ich an Banküber-

fällen beteiligt gewesen und hätte schon Menschen getötet, nur um mich wichtig zu machen, und deswegen sei ich hier.
Ich versuche zu reagieren. »Ich habe niemanden getötet!«, bringe ich heraus.
»Aber versucht! Aber versucht!«, antwortet mir Chantal Döppler unnachgiebig. »Wir alle haben zwei Seelen in unserer Brust! Und diese zwei Seelen lassen uns zwei Menschen werden. Die eine Seele ist lieb und nett, die andere Seele dürstet nach Vergeltung. Nach Vergeltung! Hast du Zimmerpflanzen?«
Ich habe Zimmerpflanzen. »Ich habe Zimmerpflanzen …«, bringe ich hervor.

»Und?«, kreischt Chantal. »Sind dir schon mal welche eingegangen???«
Herrje, natürlich sind mir schon welche eingegangen. Das ist doch ganz normal. Oder nicht? Oder doch? Letztendlich gebe ich krächzend zu, dass mal eine Yucca-Palme ihren Geist aufgegeben hat (ich hatte die Dosierungsanleitung auf der Düngerflasche nicht beachtet und die Palme quasi überdüngt), und auch ein Kaktus hat das Zeitliche gesegnet (zu viel Wasser, zu viel Wasser …). Aber das kann doch vorkommen.
Chantal Döppler sieht das anders. »Na, da haben wir es doch! Wer Pflanzen sterben lässt, ist ein Egoist. Ein Mensch, der sich selbst am nächsten ist und denkt, Pflanzen hätten kein Eigenleben. Das sollte sich ändern. Wir müssen gemeinsam in dich gehen und dir die böse Ader aus der Seele treiben! Und damit fangen wir jetzt an!« Sie springt vom Tisch und saust an einen Schrank, aus dem sie einen 20 Zentimeter hohen Ficus benjamini holt. Die Blätter hängen dunkelbraun und vertrocknet an den Seiten herunter. »Diiiiiiese Pflanze braucht Liebe!«, brüllt Chantal Döppler. »DU wirst diese Pflanze mitnehmen und anfangen zu lieben. Und in einer Woche kommst du wieder mit ihr und dann will ich neue Triebe sprießen sehen! Ist das klar? IST DAS KLAR???«, fährt sie mich an, nachdem ich nicht sofort geantwortet habe. Ich nicke. Das stimmt Chantal gnädig. »Wir werden das schon hinkriegen. Nur wer andere liebt, kann sich selbst lieben und selbstbewusst auftreten! Setz dich wieder hin! Karin!«
Eine Frau Ende dreißig schleicht mit gesenktem Blick an mir vorbei

nach vorne, als ich mich auf meinen Platz zurückbegebe. Den Ficus stelle ich vor mich. Die Erde im Topf ist so trocken, dass man jemandem damit den Schädel einschlagen könnte. Ich überlege mir, dass ich eigentlich einfach heimlich eine neue Pflanze kaufen könnte, aber ich bekomme panische Angst bei dem Gedanken, was Chantal Döppler mit mir macht, wenn sie den Betrug bemerkt. Sicher muss ich dann in der nächsten Woche einen Tschador anziehen und werde von der Gruppe öffentlich gesteinigt. Oder ausgepeitscht. Oder beides. Ich bin verzweifelt.
Derweil findet am Lehrerpult eine Art Rollenspiel zwischen Chantal und Karin statt. Chantal behauptet, Karin habe angeborene Schuldgefühle und leide unter Liebesentzug und diese Defizite müssten sofort ausgemerzt werden. Sie beschimpft Karin mit bösen Worten und diese soll so tun, als ob ihr das alles nichts ausmacht. Es macht ihr aber etwas aus, mit offenem Mund fängt sie plötzlich laut an zu heulen. Die Tränen schießen wie Wasserfälle aus ihren Augen heraus. Die Gruppe lacht Karin aus, und diese heult noch mehr. Es reicht. Es reicht wirklich. Ich halte es hier keine zwei Sekunden mehr aus. Ich erhebe mich und sage: »Entschuldigung, aber ich habe meine Wohnungstür offen gelassen« und renne aus dem Raum. Vor der Tür atme ich aus. Ich muss sofort an die frische Luft. Und den Ficus habe ich auch vergessen.

Langsam verlasse ich das Volkshochschulgebäude und setze mich davor auf die große Sandsteintreppe. So was Dämliches habe ich ja noch nie erlebt. Zoe Hartenstein muss völlig verrückt sein, Chantal zur Freundin zu haben. Aber das ist nicht meine Sache. Plötzlich fällt ein Schatten in den Schein der Laterne. Ich schreie auf vor Schreck und blicke nach oben. Vor mir steht ein zwei Meter großer Mann. Er ist komplett in schwarzes Leder gekleidet, und was man von seiner Haut sieht, ist tätowiert. An den Fingern seiner rechten Hand befinden sich Schlagringe. In der anderen Hand hält er eine Hundeleine. Sicher will er mich damit jetzt erdrosseln. Dann wird er meinen leblosen Körper zerteilen und entweder vergraben oder im Main verschwinden lassen. Sicher werden die Fische sich freuen. Ich werde meine Freunde, meine Kollegen, meine Familie nie wieder sehen. Das ist das Ende. Bitte, lieber Gott, mach, dass er mich schnell umbringt und nicht langsam. Ich habe mal irgendwo gelesen, dass jeder Mensch, egal, wie er stirbt, glücklich stirbt, weil der Körper irgendwie ganz zum Schluss Endorphine ausschüttet. Wenn ich also an keinen Sadisten geraten bin, der seine Opfer langsam zu Tode quält, könnte alles ganz schnell vorbei und ich sogar zum Schluss noch fröhlich sein. Aber ich will nicht sterben. Ich will nicht sterben, ich will nicht …

»Dead or alive!«, brüllt der Mann.

»Ich will leben«, antworte ich wimmernd.

»Dead or alive!!!«

»Bitte, bitte, ich bin zu jung zum Sterben!«

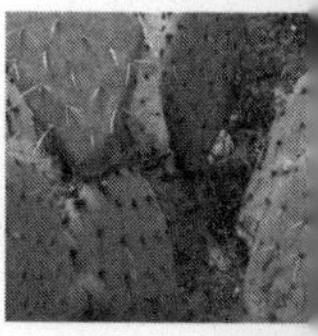

»Sie meine ich doch gar nicht!«, fährt er mich an. »Ich suche meinen Hund. Er heißt Dead or alive.«

Ich frohlocke. Er will mich womöglich gar nicht töten! Ich stehe auf. Wie kann man einen Hund Dead or alive nennen? Tot oder lebendig. Oder wie oder was? »Wo ist denn der Hund?«, frage ich zögernd.

»Ja, wenn ich das wüsste, würde ich ihn wohl nicht suchen, Mädchen!«, antwortet Mr. Hell's Angel.

Im Gebäude der Volkshochschule wird es laut. Sicher ist der Kurs zu Ende und alle stürmen gleich heulend auf die Straße. Schnell weg hier. Zu spät. Die Türen gehen auf. O nein, ich will nicht erkannt werden. »Bitte umarmen Sie mich und tun Sie so, als wären wir ein Paar. Und stellen Sie sich bitte VOR mich!«, flüstere ich dem Mann zu, der Dead or alive sucht. Er scheint ein Mensch der Tat zu sein, ohne große Worte legt er beide Arme um mich und drückt meinen Kopf an seine überdimensionale Brust. Ich verschwinde förmlich in ihm. Die Besucher des Kurses weinen teilweise. Ich höre Karin heraus. Sie ist am lautesten. Zum Glück nimmt niemand Notiz von uns. Ganz zum Schluss kommt Chantal. Sie scheucht die Teilnehmer vor sich her wie eine Rinderherde. Endlich sind alle verschwunden.

»Danke«, sage ich.

»Keine Ursache!« Das Tier reicht mir die Hand. »Ich bin übrigens Pitbull Panther.«

»Carolin.«

»Ich muss den Köter finden!«, ruft Pitbull. »Und ich brauche ein Bier. Darf ich dich einladen?«

Ich überlege nicht lange. Was ist schon dabei? Schlimmer als die letzten Tage und dieses Erlebnis eben im Kurs kann es nicht werden.
»Okay, warum nicht«, sage ich.
»Okay«, antwortet Pitbull. »Wir gehen gleich in meine Stammkneipe. Aber erst müssen wir den Köter finden. DEAD OR ALIVE!!!«
Wir gehen gemeinsam die Straße hinunter. Und rufen beide nach dem Hund. Passanten drehen sich nach uns um. Zum Glück ist es schon dunkel und niemand kann unsere Gesichter sehen. Zwei Straßen weiter wird es laut. Vor einer Boutique hat sich eine Menschenansammlung gebildet. Alle starren nach oben. Ein Mann ruft: »Komm, spring, spring!« Pitbull wird nervös. »Bestimmt ist da Dead or alive!«, ruft er und trabt an den Ort des Geschehens. Ich renne mit. Vor der Boutique »Eve« bleiben wir stehen. Eine Markise befindet sich über den Schaufenstern. Auf der Fläche der Markise befindet sich ein Hund. Er rennt auf dem Stoffdach hin und her und knurrt. Es ist ein schwarzer Kampfhund, der ungefähr drei Zentner wiegen muss. Seine Zähne sind so lang wie die des weißen Hais. Er hat Schaum vor dem Maul. »Dead!«, ruft Pitbull. »Dead. Mein kleiner, süßer Dead! Komm zu Herrchen … gleich holt dich Herrchen. Er springt immer auf Markisen und traut sich dann nicht wieder runter«, sagt er entschuldigend zu den Leuten. Der Kampfhund entdeckt sein Herrchen und fängt an, auf der Markise Männchen zu machen. Pitbull streckt beide Arme aus und ruft »Hopp!«, woraufhin der Kampfhund pfeilschnell in dieselben springt. Pitbull weint fast. »Mein kleiner Dead, was machst du denn für Sachen, hm. Hm. Eieiei, ist ja gut, beruhige dich …« Er lässt den winselnden Hund langsam zu Boden. Die Leute stieben auseinander. »So, denn mal los. Ich brauch ein frisch gezapftes Pils«, sagt Pitbull zu mir. »Schau, Dead, das ist eine liebe Dadda. Gib Pfötchen!« Eine Pranke saust auf meine Hand herab und hinterlässt zwei tiefe Kratzer. »Jetzt kennt er dich und weiß, dass du zu mir gehörst. Dann beißt er nicht«, erklärt mir Pitbull. Das beruhigt mich ein Stück weit schon.

Aber ich brauche jetzt auch was zu trinken. Pitbull erklärt mir, dass seine Stammkneipe ganz hier in der Nähe wäre. Sie hieße »Beim Schorsch« und da wäre es riesig gemütlich. Ich horche auf. »Beim Schorsch« ist die übelste Spelunke. Nicht nur von der Stadt, sondern von ganz Hessen. »Beim Schorsch« gibt es ständig Messerstechereien, es wird geschossen und Nutten prügeln sich mit ihren Zuhältern. Außerdem wird dort mit Drogen gehandelt und es gibt ständig Razzien. Wer zum »Schorsch« geht, gilt als gefährlicher Unterweltler. Keiner von meinen Bekannten war jemals dort. Ich auch nicht. »Eine gute Idee«, höre ich mich sagen. »Gehen wir zum Schorsch.«

Die Kneipe ist brechend voll. Vor lauter Qualm sieht man seine Hand kaum vor den Augen. Dead or alive verschwindet sofort in der Küche, aus der der Geruch von Rippchen mit Kraut weht. Pitbull Panther scheint alle Anwesenden persönlich zu kennen. Jedenfalls werden die meisten mit Handschlag oder einem Schulterklopfen begrüßt. Bestimmt sind auch Mörder dabei. Susanne würde mich umbringen, wenn sie wüsste, dass ich hier bin.

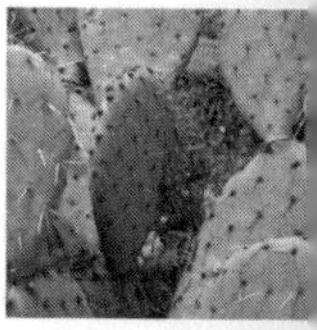

Pitbull bestellt uns Bier und Korn und wir setzen uns auf zwei freie Stühle an einen Tisch. Neben mir unterhalten sich zwei Prostituierte, die offensichtlich einen guten Tag hatten. Von den Einnahmen her gesehen zumindest. Sie reden so laut, dass man zuhören MUSS. Ich erfahre, dass der erste Freier der einen heute unbedingt ohne Gummi wollte, aber bereit war, dann auch fünfzig Euro mehr zu bezahlen. Die andere hatte Glück bei Kunde Nummer sieben. Der zahlte fünfhundert Euro dafür, dass sie sich als Lehrerin verkleidete und die Haare zu einem Dutt frisierte. Wofür rackere ich mich eigentlich in der Redaktion ab, wenn man fünfhundert Euro dafür bekommt, wenn man die Lehrerin spielt? Für fünfhundert Euro würde ich mir zusätzlich noch ein Nadelstreifenkostüm anziehen und eine schwarze Hornbrille auf die Nase setzen. Aber ich möchte mich ungern in das Gespräch einmischen. Wer weiß, wie das endet.

Pitbull fragt mich, wer ich eigentlich bin und was ich so mache. Ich erzähle bereitwillig, hier ist sowieso alles egal. Von Pitbull erfahre ich, dass er 37 ist, geschieden und hunderttausend Euro Schulden hat, was er seiner Exfrau, der dummen Schlampe, zu verdanken hat. Es gab Zeiten, da hat Pitbull sich mit Dead or alive eine Dose Chappi geteilt. Die mit Hirn schmeckten fast wie Corned beef. Auf Dead or alive lässt Pitbull nichts kommen, der Hund wäre sein bester Freund, sagt er. Zwischendurch holt Pitbull neues Bier und neuen Schnaps. Ich merke, dass ich kaum was gegessen habe heute, und bin bald angeheitert –

und nach dem vierten Bier und dem dritten Schnaps sturzbetrunken. Irgendwann trinke ich mit Pitbull Brüderschaft und auch mit der halben Kneipe. Ich mache auch einen Termin mit Rapid Joe aus, der ein Tätowierstudio hat und mir günstig einen Teufel, der Feuer spuckt, auf die linke Brust platzieren wird.

Es macht Spaß, sich mit Pitbull zu unterhalten. Er hat sogar mal Betriebswirtschaft studiert, dann aber gemerkt, dass er lieber was anderes machen möchte, und hat dann mit seiner damaligen Freundin eine Kneipe aufgemacht und sie kurze Zeit später geheiratet. Die Freundin, nicht die Kneipe. Die Tusse hat ihn aber wohl die ganze Zeit über betrogen, Abrechnungen gefälscht und das Geld eingesackt. Dann ging die Kneipe den Bach runter und Pitbull war alleine haftbar, weil sie auf ihn lief. An dem Tag, an dem der Gerichtsvollzieher kam, hat seine Frau ihm noch hämisch erzählt, dass sie einen anderen hätte, der zehn Jahre jünger wäre als er, Pitbull, und sich aus dem Staub gemacht. Das Geld befand sich da schon auf dem Konto des anderen und Pitbull stand mit über hunderttausend Euro Schulden da. Er hat sich damals geschworen, dass ihm so was nie wieder passieren wird und dass er sich niemals mehr mit einer Frau einlassen wird. »Sie hat mir mein Herz gebrochen!«, sagt Pitbull zu mir. »Aber ich werde es irgendwie allen zeigen. Ich weiß nur noch nicht, wie. Ich bin am Hin- und Herüberlegen, wie man zu Geld kommen kann. Es muss irgendwas ganz Außergewöhnliches sein!«

Ich stimme ihm zu. So viele Schulden habe ich zwar nicht, aber mein Konto ist auch dauernd überzogen. »Ich würde gerne etwas machen, was noch nie da war«, sage ich. »Also zusätzlich zu meinem Job. Irgendwas, wo dann alle sagen: Wow! Die traut sich was. Hätten wir von der nie gedacht!«

Pitbull nickt. »Warum willst du so was machen?«, fragt er mich. »Du hast doch einen guten Job, was ist der Anlass?«

Ich erzähle Pitbull meine ganzen Pechstorys, von meinem nicht vorhandenen Selbstbewusstsein und meiner ätzenden Kindheit, die wohl letztendlich der Grund für meine naiv-gutmütige Art ist …

Solange ich zurückdenken kann, hat meine Mutter mir nicht ein Mal gesagt, dass sie mich lieb hat. Im Gegenteil. Ich, das uneheliche Kind, war immer an allem schuld. Egal, ob das Wetter schlecht oder die Kartoffeln angebrannt waren. Meine Mutter hat es meinem Vater nie verziehen, dass er sich nicht hat scheiden lassen, als ich unterwegs war. Aber er zog es vor, bei seiner schon bestehenden Familie zu bleiben. Meine Mutter hat irgendwann mal zugegeben, dass ich quasi nur »Mittel zum Zweck« war. Und als dann klar war, dass er nie zu uns kommen würde, fand meine Mutter es gar nicht mehr so toll, dass es mich gab. Ich weiß noch, dass ich ständig irgendetwas tat, um mir ihre Liebe zu erkaufen. Ich habe sträußeweise Blumen gepflückt, habe geputzt, gebügelt und bin einkaufen gegangen. Und habe immer gehofft, dass sie mich dadurch mehr lieben würde.

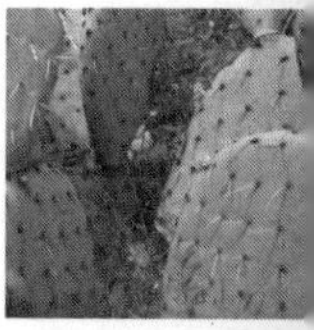

Irgendwann heiratete meine Mutter dann und als ich elf war, kam meine erste Halbschwester zur Welt. Jetzt war ich erst recht abgemeldet, habe aber immer noch versucht, jedem alles recht zu machen. Ich badete und wickelte und fütterte die Kleine, stand nachts auf, wenn sie schrie, und so ging es in einem fort. Trotzdem bekam ich immer nur zu hören, welch eine Belastung ich doch wäre und wie schön das Leben ohne Kinder doch wäre. Ich Versagerin schrieb dann zu allem Überfluss eine Zwei plus in Deutsch, obwohl ich immer nur mit Einsen geglänzt hatte. Das nahm meine Mutter zum Anlass, mir eine Schüssel gegen die Nase zu werfen.

Mit der Zeit bekam ich noch zwei weitere Halbgeschwister dazu. Ich glaube, wir sind alle elternhausgeschädigt.

Wenn man ständig gesagt bekommt, dass aus einem nichts wird und dass man in der Gosse landen wird, wird das entweder irgendwann zur Realität oder man ist so ehrgeizig, unbedingt das Gegenteil zu erreichen. Letzteres war bei mir der Fall. Ich bin mit 17 von zu Hause ausgezogen und habe versucht, mein Leben einigermaßen in den Griff zu bekommen. Das Resultat ist ja bekannt.

Pitbull nimmt meine Hand und drückt sie. »Mädchen, Mädchen«, sagt er. »Du hast ja auch schon was mitgemacht.« Ich bin so gerührt, dass ich fast anfange zu weinen.

Mittlerweile ist es fast drei Uhr, aber beim »Schorsch« sind immer noch alle am Trinken und Feiern. Obwohl es ein stinknormaler Montag ist. Mit Entsetzen denke ich daran, dass ich morgen arbeiten muss.

Ich scheine die Einzige zu sein, bestimmt sind alle anderen arbeitslos oder haben dunkle Geschäfte laufen, bei denen das Schwarzgeld nur so fließt. Jemand wirft Geld in die Jukebox. Gleich darauf ertönt Hans Albers' grantige Stimme und singt »Auf der Reeperbahn nachts um halb eins …«. Hilf Himmel, dieses Lied habe ich Jahrzehnte nicht mehr gehört. Ich MUSS tanzen! Eine halbe Minute später wiege ich mich mit Pitbull Panther im Takt und wir grölen lautstark mit. Alle anderen schunkeln und schlagen im Takt auf die Tische. Ich muss so lachen wie lange nicht mehr. Pitbull wirbelt mich herum und kann den ganzen Text auswendig mitsingen. Mir ist heiß und ich ziehe während einer Umdrehung mein Oberteil aus und werfe es in die Menge, was mit tosendem Applaus honoriert wird. Mein Sport-BH von Schiesser ist zwar nicht erotisch, aber das ist mir auch egal. Die beiden Nutten, die bei uns gesessen haben, tun es mir nach, und so tanzen wir gleich darauf alle fast nackt in der Wirtschaft herum. Ich habe mich lange nicht mehr so amüsiert.
Dann holt Pitbull uns noch Bier, ich trinke mit Jacqueline und Iris (so heißen die Nutten) auch Brüderschaft und lasse mir erklären, wie man die Freier am besten ablinkt und welche Stellungen die meisten bevorzugen. Ich erzähle von meinem One-Night-Stand mit Robert Redford, was beide mit kreischenden »Aaaahs« und »Oooohs« kommentieren. Es ist ein sehr lustiger Abend. Jacqueline erzählt mir auf der Toilette, dass die Männer ja eigentlich nur zu Huren gehen, weil ihre Frauen sexuell so inaktiv wären, und alles ganz anders wäre, wenn die mit ihren Männern mal neue Sachen im Bett ausprobieren würden. Sex wäre immer noch ein Tabuthema in deutschen Ehen und da bestünde dringender Handlungsbedarf. Sie sagt, dass ihre Freundin in München einen Swingerclub betreiben würde. Der würde boomen. Wäre jedes Wochenende brechend voll und auch unter der Woche zu den so genannten Mottofeten kämen unglaublich viele Leute. »So was gibt's hier im Umkreis von 100 Kilometern nicht«, meint sie. Ich kenne mich damit nicht so aus, aber sie wird ja wissen, wovon sie spricht.
Gegen fünf Uhr verlassen Pitbull, Dead or alive und ich die Kneipe und wanken auf die Straße. Mir geht die Aussage von Jacqueline nicht aus dem Kopf. Wenn es hier in der Gegend wirklich keinen Swingerclub gibt, dann ist das doch voll die Marktlücke. Ich hake mich bei

Pitbull unter. »Sag mal«, frage ich, »warst du schon mal in 'nem Swingerclub?«
Pitbull lacht. »Einmal« antwortet er, »in Hamburg.«
»Gibt's hier so was?«, will ich von ihm wissen. Er meint, dass er davon noch nichts gehört hätte. Ich bleibe stehen. »Weißt du, was wir machen?«, frage ich. Er schaut mich an. »Wir eröffnen einen Swingerclub. Du und ich! Hier irgendwo in der Nähe. Und dann geht's hier rund!«
Pitbull sieht mich an und grinst. »Du bist 'ne Marke«, sagt er. »Mit dir könnte ich mir das sogar vorstellen!« (Er findet mich attraktiv, er findet mich attraktiv!!!) Ich versuche, ihn lasziv und geheimnisvoll anzulächeln, ungefähr so wie Nadja Auermann Helmut Newton, als sie ihn davon überzeugen wollte, dass ein Fotoshooting mit ihr das Nonplusultra sei. Pitbull lächelt zurück und streicht mir sanft über die Wange (Zärtlichkeit, hach, wie lange ist das her … sag das Wort, sag das Wort …) Er sagt: »Du …« Ich schmelze dahin. » … da klebt noch Sauerkraut an deiner Backe. Ich mach das mal weg. Muss ja nicht sein.« Er entfernt einen Klumpen und lässt ihn zu Boden fallen. »Du bist 'ne nette Frau«, sagt Pitbull. »Mit dir kann man so richtig einen draufmachen.«

Scheiße, wieder nichts. Warum habe ich eigentlich keinen Penis? Ich wette, alle Schwulen würden mit mir vögeln wollen! Als Frau habe ich jedenfalls sexuell versagt. Es sei denn, der Mann heißt Robert Redford und hat weinende Harlekins an den Wänden.
»Mal im Ernst«, sagt Pitbull. »Das mit dem Swingerclub ist eine geniale Idee. Wir müssen das finanziell mal durchkalkulieren. Geht nicht gibt's nicht, sag ich ja immer, aber man muss trotzdem geldmäßig in einigermaßen trockenen Tüchern bleiben.«
Geht nicht gibt's nicht. In trockenen Tüchern … Mich schüttelt's. Ich hasse solche Sprüche. Schon immer gehasst.

Meine Oma ist in solchen Sprüchen aufgelebt. Den ganzen lieben langen Tag nur Sachen wie: »Heute ist Schmalhans Küchenmeister.« Oder: »Carolin, steh auf, es ist zwar Sonntag, aber schon fünf Uhr morgens, du weißt ja, der frühe Vogel fängt den Wurm.« Und wenn ich mich darüber beschwert habe, dass ich übers Wochenende ein Zimmer mit allen anderen Enkelkindern teilen musste, hieß es immer: »Na, na, na, Platz ist in der kleinsten Hütte!« Ein anderer Lieblingsspruch meiner Oma (wenn ihr nicht gefallen hat, was wir klamottenmäßig trugen) war: »Kinners, das ist Mummenschanz!« Vor diesem Wort hatte ich Angst. Mummenschanz klang immer gefährlich. Wer Mummenschanz betrieb, hatte Dreck am Stecken und keiner durfte es wissen. Wenn irgendjemand von uns in der Schule eine schlechte Note schrieb, kommentierte Oma das mit dem Satz: »Ach, noch ist nicht aller Tage Abend …« Und wenn wir zusammen bei irgendwas erwischt wurden, hieß es immer: »Mitgehangen, mitgefangen.« Buuuh. Ich muss damit sofort aufhören, sonst werde ich wahnsinnig.

Pitbull hat natürlich Recht. Rumspinnen kann man viel, aber so ein Club braucht ja auch das entsprechende Mobiliar, und das muss strapazierfähig sein (schließlich wollen Irene und Hubert aus Sulzbach während der Nummer mit der bisexuellen Heidi aus Sachsenhausen nicht irgendwann auf dem bloßen Lattenrost liegen).
»Ich werde morgen meine Idee mal mit ein paar Freunden durchsprechen«, sage ich zu Pitbull. »Mal sehen, was die davon halten.«
»Werde ich auch tun«, sagt Pitbull. »Lass uns dann mal gemeinsam zur Bank gehen. Zu zweit ist man stärker. Hahaha!« Er gibt mir einen lieb gemeinten Klaps auf die Schulter. Ich habe das Gefühl, sie bricht in der Mitte durch.

Endlich zu Hause. Zu Hause. Grrrr, ich bin so müde. Eigentlich lohnt es sich gar nicht mehr, ins Bett zu gehen. Ich könnte ja einfach ein heißes Bad nehmen, um wieder fit zu werden, und dann als eine der Ersten in der Redaktion sein. Eine gute Idee! Während das Badewasser einläuft, will ich meine Kontaktlinsen aus den Augen holen. Ich erstarre und schaue weiter blicklos in den Spiegel über dem Waschbecken. Was ist das? Mmmpff. Zwei graue Haare. Und das? Arrrgh. Falten um meine Augen. Falten um meine Augen. Falten um meine Augen. Ich merke, wie die Tränen der Verzweiflung einfach so aus denselben laufen. Ich merke zu spät, dass meine Kontaktlinsen rausgeschwemmt werden, im Abfluss des Waschbeckens noch einen netten Kreis drehen und dann in den Abgründen der Kanalisation verschwinden. Meine Nerven. Meine Nerven. Erst mal tief durchatmen, auf den Bade-

wannenrand setzen und entspannen. Mir wird ganz schwummrig. Ich muss mich abstützen. Gott sei Dank ist der Wasserhahn über der Badewanne in der Nähe. Leider reiße ich ihn aus der Wand, als ich mich daran festhalte. Das Wasser schießt nun in einer strahlenden waagerechten Fontäne ungehindert in mein Badezimmer. Ungehindert, denn die Armaturen halte ich ja in meinen Händen. Mein Leben ist vorbei. Nichts wird mehr sein, wie es vorher war.
Nichts, nichts, nichts.
Das Einzige, was ich noch fertigbringe, ist, zum Telefon zu greifen und Richard anzurufen. Fünf Minuten später klopft es an meiner Tür. Wie immer erkennt er sofort die Situation, läuft in die Küche und dreht den Haupthahn ab. In der Wohnung unter mir höre ich derweil Familie Zimmermann laut lamentieren. Offenbar ist das Wasser bereits durch die Decke getropft.

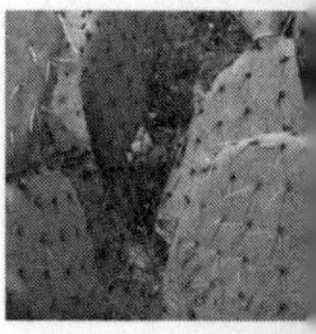

»Zweihundert Euro im Waschbecken«, höre ich mich murmeln. »Vierhundert Mark.«
Richard läuft zum Waschbecken. »Hier liegt kein Geld«, sagt er. Er weiß natürlich nicht, dass ich meine Kontaktlinsen (rechts minus 2,25, links minus 2,0 Dioptrien) meine. Aber tut das noch irgendwas zur Sache?
Die ganze Geschichte kostet letztendlich achtzehntausendsiebenhundertzweiunddreißig Euro und siebzehn Cent. Die Badezimmerdecke von Familie Zimmermann muss trocken gelegt und bei mir müssen neue Bodenfliesen verlegt werden. Gott sei Dank bin ich gut versichert. Ich habe den Bündelbonus bei der Allianz, worüber sonst alle lachen. Hat man mehr als drei Versicherungen bei der Allianz, wird es billiger. Mein Kollege Bob meinte irgendwann mal, eine Versicherung bei der Allianz zu haben sei dasselbe, als würde man versuchen, mit einem Porsche Carrera im ersten Gang bei 180 umweltfreundlich zu fahren. Er hat sich quasi totgelacht über den Bündelbonus. Als ich dann irgendwann beim Einkaufen mit ihm mal feststellte, dass er die »Scannycard« von Karstadt hatte, war er der Gelackmeierte: »Aber da kriegt man doch drei Prozent Nachlass auf alles, was man kauft.« Lohnt sich wirklich total, wenn ein Liter Milch regulär acht Euro fünfundfünfzig kostet. Jaja. An den kleinen Dingen soll man sparen …
Aber egal. Alles egal.

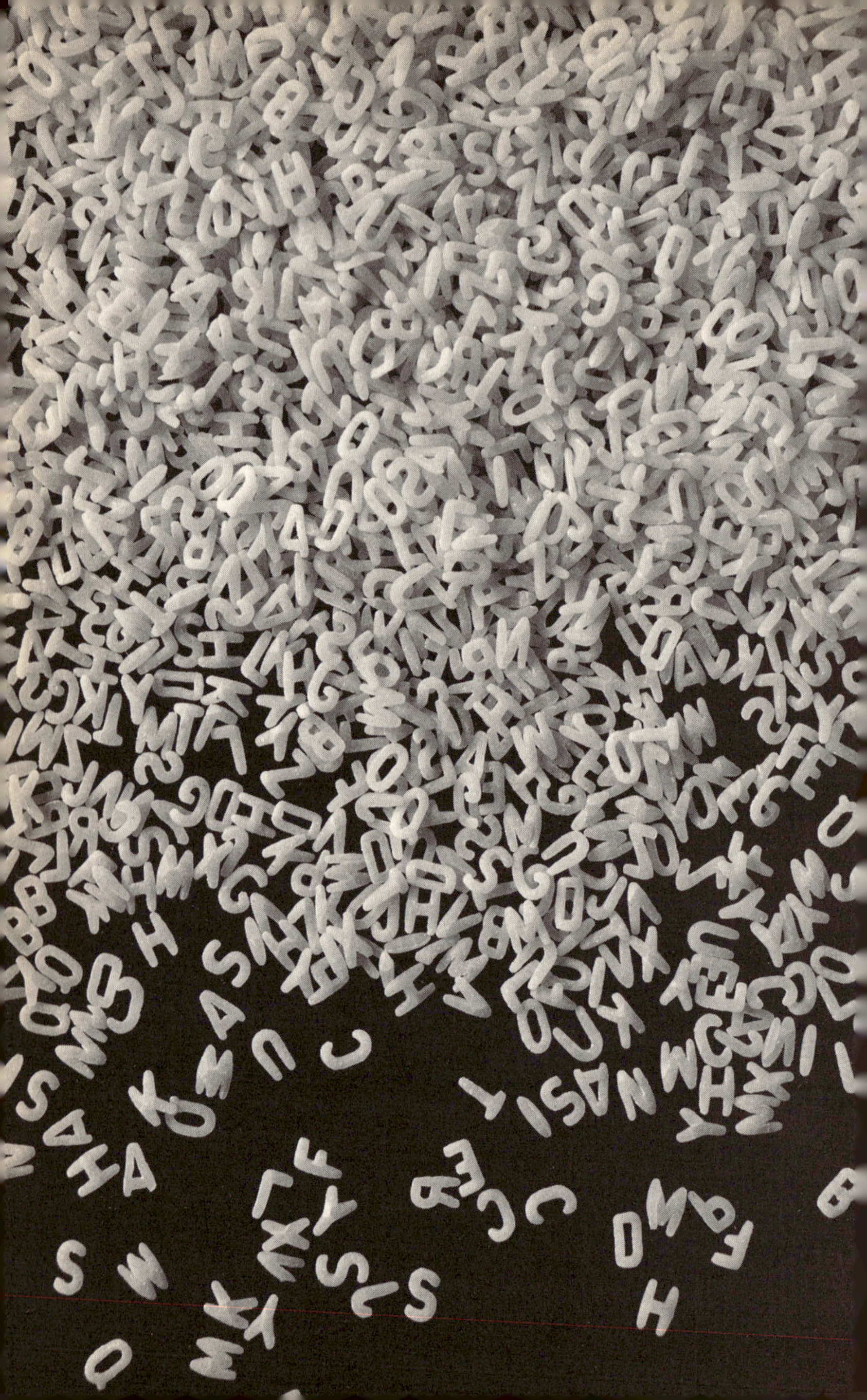

8

Ich bin so müde. Richard kocht mir Kaffee. Es ist halb sieben Uhr morgens. Ich bin eine alte Frau mit Ringen unter den Augen, ackerfurchentiefen Falten am kompletten Körper und schlohweißem Haar. Dazu kommt noch der gebückte Gang. Ich werde mir heute einen Gehstock kaufen. Vielleicht kriege ich dann wenigstens einen Sitzplatz in der U-Bahn.
Richard ist wirklich rührend. Er holt Brötchen und belegt sie mir mit Aufschnitt und Käse und behauptet, nach sieben schlechten Jahren würden sieben gute folgen. Meine Hand zittert, als ich nach der Kaffeetasse greife (das ist das Alter).

Ich schleppe mich mit letzter Kraft in den Sender. Kaffee Kaffee Kaffee. Wir haben eine hypermoderne Espresso-Kaffee-Cappuccino-Café-au-lait-kleine-Tasse-große-Tasse-mittlere-Tasse-halb-Kaffee-halb-Milch-Maschine dort stehen. Der aufgeklebte Spruch: »Achtung, Achtung! NUR echte Bohnen einfüllen, kein Pulver! Oder wollt ihr Spülwasser trinken?« warnt uns vor Missbrauch des zweieinhalbtausend Euro teuren Geräts. Ich hasse diese Maschine. Bevor sie einem Kaffee, Cappuccino oder Espresso in eine Tasse füllt, muss man erst irgendwas leisten. Das steht dann auf so einem bekloppten Display. Entweder: »Wasser nachfüllen« oder: »Trester leeren« oder: »Schale leeren« oder: »Gerät verkalkt« (was ganz tragisch ist, das Entkalken mit Spezialtabletten aus der Schweiz dauert ein Vierteljahrhundert). Gott sei Dank steht »Kaffee bereit« auf dem Display, als ich mir eine Tasse holen will. Ich atme auf. Nie habe ich mich auf den ersten Schluck so gefreut. Eine halbe Zehntelsekunde später spucke ich alles auf den Redaktionsteppich. Irgendjemand hat (haha, wie witzig!) Spiralnudeln statt Kaffeebohnen in den Trichter gefüllt. Ich kann darüber nicht lachen. Wie gesagt, ich bin eine alte Frau.
Man schickt mich gegen 11 Uhr nach Hause. Sagt, ich würde den Redaktionsalltag blockieren. Ich speichere Sachen falsch im Sendeplan ab und frage Kooperationspartner am Telefon, wie es ist, mit Kukident-3-Phasen zu leben, oder ob sie ein billiges Altenheim empfehlen könn-

ten. Dann suche ich während eines Telefonats einen Kugelschreiber und wickle mich versehentlich elfmal um die Telefonschnur. Ich rauche im Büro (obwohl es nur im Foyer erlaubt ist), woraufhin der Rauchmelder losgeht. Die Feuerwehr rückt mit Gasmasken an. Der Einsatz dauert zwei Stunden, alles muss den Rundbau verlassen, der Morgenmoderator fährt ein Sendeloch nach dem anderen, weil er durch aufgeregte Anrufe der Kollegen im Studio überfordert ist (wegen mir, der alten Frau, die nichts mehr auf die Reihe kriegt, wo ist der Stock?), und irgendwann schließe ich mich auf der Toilette ein, um nachzudenken. Dabei schlafe ich ein. Die Tür wird vom Sicherheitsdienst eingetreten, alle dachten, ich hätte mir die Pulsadern aufgeschnitten, und dann soll ich das Haus verlassen. Ist vielleicht auch besser so. Ist besser (weil ich ja sowieso eine alte Frau bin). Zladko besteht darauf, mich nach Hause zu fahren. Ich bin so übernächtigt, frage ihn aber, ob er findet, dass ich ein faltiges Gesicht habe, woraufhin er mich fragt, ob er ehrlich oder höflich sein soll. Danke, das reicht. Er fügt aber noch hinzu, dass gerade Frauen in Würde altern sollten.

Wieso riecht es denn im Treppenhaus so nach Farbe? Ist wieder jemand aus- oder eingezogen? Komisch, das müsste ich doch gemerkt haben oder zumindest Frau Eichner. Die kriegt ja alles mit. Noch während ich die Wohnungstür zu öffnen versuche, reißt sie mir jemand von innen auf. Es ist Richard. Er ist von oben bis unten mit Farbe beschmiert und trägt einen Badeanzug von mir. Einladend schwenkt er seinen Arm ins Innere. »Schau nur!«, ruft er. »Alles für dich. Lass Sonne in dein Herz und Farbe an die Wände und schon sieht das Leben ganz anders aus!« Ich muss die Augen schließen vor Schock. Und weil sie mir wehtun. Richard hat renoviert. Jeden Raum in einer anderen Farbe. Der Flur: neongrün. Die Küche: knallrot. Das Wohnzimmer: quittengelb. Im Schlafzimmer ist er nicht ganz fertig geworden. Es wird knatschrosa. Mein Bett hat er leider nicht mit Plastikfolie abgedeckt. Das ist jetzt auch knatschrosa. Und die Bettwäsche auch. Das Bett hat mal 2800 Euro gekostet. Nur mal so zur Information. Ich merke nur noch, wie der Boden plötzlich an der Decke ist und die Decke am Boden und die Wände gar nicht mehr da und … ist das herrlich, ohnmächtig zu werden!

Hat irgendjemand Buchstabennudelsuppe für mich? Ich krieche durch eine dunkle Höhle. Es ist eine Tropfsteinhöhle. Niemand kann mir sagen, wo der Ausgang ist. Ich sehe nur Rauch und finde keinen Ausgang. Ein Teletubby kommt auf mich zu und sagt »Tinkywinky«. Und weist mir den rechten Weg. Es ist ein böses Teletubby, denn es war der falsche Weg. Kein Ausgang weit und breit. Dann steht Mary Poppins vor mir, winkt mit einem Sonnenschirm und tanzt. Ginger Rogers steht daneben (was hat die mit Mary Poppins zu tun?) und hebt anklagend den Zeigefinger. Warum? Rrrgs. Ich habe verbotenerweise geraucht und deswegen muss ich jetzt sterben. Ein Roboter kommt auf mich zu. Beim näheren Hinsehen merke ich, dass es die Kaffee-Espresso-Cappuccino-Maschine aus dem Sender ist. Sie fordert lautstark: »Wasser nachfüllen.« Ich merke, wie Falten (noch mehr Falten?) sich in meine Haut graben. Dann tut sich eine Schleuse auf und gießt acht Eimer mit knatschrosa Wandfarbe auf mich. Ich merke, dass ich langsam keine Luft mehr kriege. Ja, es ist tragisch, sie ist in Farbe ertrunken, kann ich noch schreien, kann ich noch schreien, kann ich noch .... AAAAAAAAAAAAAAAHHHHHHHHHHHHHHH!!!!!!!!!!!!!! (Hat jetzt jemand Buchstabennudelsuppe für mich???)

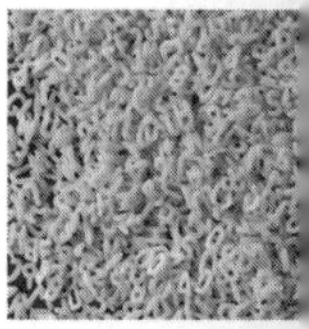

Leider nur ein Traum. Das Leben geht weiter. Ich wache schweißgebadet auf meinem Sofa auf. Vor mir steht Richard. Er hat mir Buchstabennudelsuppe gekocht. Ich liebe ihn dafür.
Übrigens, was ich noch wissen will: Fragt mich irgendjemand, ob ich ihn heiraten möchte, wenn ich verspreche, nein zu sagen? Hallo? Hallo …?

Gegen 17 Uhr geht es mir besser. Irgendwie war ein Klempner da und der hat mit Richard zusammen das Malheur im Badezimmer beseitigt. Ich kann also baden. Richard versorgt mich mit tausend Leckereien. Er holt mir sogar Leberpastete. Ich wäre gestorben, hätte ich keine Leberpastete bekommen (habe wieder PMS-Symptome). Ich liege in der Wanne und quengle rum und will Chips und Pastete und Nüsse (aber NUR Cashewkerne, und die ungesalzen) und Wein und Tee und eine Heilerdemaske. Richard läuft tausendmal in den Supermarkt und ins

Reformhaus und in die Apotheke (Valium hilft) und bringt mir noch eine Kurpackung fürs Haar mit. Zwischendurch renoviert er das Schlafzimmer zu Ende. Dabei singt er »Ich weiß, es wird einmal ein Wunder geschehn!«. Meint er damit, dass er hofft, dass ich bald ausziehe? Irgendwann bringt er mir das Telefon. Pitbull ist dran und fragt, ob wir morgen zur Bank gehen wollen wegen Swingerclub und so. Gern. Gern. Er und Dead or alive wollen mich mittags aus der Redaktion abholen. Nach dem Gespräch fällt mir siedend heiß ein, dass ich noch mit keinem Menschen über mein Vorhaben gesprochen habe und über meinen Kreislaufkollaps. Menno. Wen könnte ich denn mal anrufen? Gero! Gero! Jaaaaaa.
»Du bist ohnmächtig geworden?«, fragt er. »Das war ja noch nie da. Bist du schwanger?« Ich versichere ihm das Gegenteil. »Na ja«, meint er. »Ich will ja nicht unhöflich sein, aber abgenommen hast du nicht gerade in der letzten Zeit. Neulich hab ich dich umarmt, da dachte ich, du hättest so einen Hüftgürtel um, den man beim Radfahren benutzt, um Sachen darin aufzubewahren. Aber dann – Carolin, es war Speck! Ich meine, es passt schon zu dir. Versteh mich jetzt nicht falsch. Kann natürlich auch sein, dass du die Tüte mit deinen Fleischeinkäufen zu hoch gehalten hast …« (Ich amputiere mir sofort einen Arm, um weniger Gewicht auf die Waage zu bringen.) »Swingerclub? Du? Mit einem rechtsradikalen Monster, das nicht davor zurückschreckt, Autos *so* zu zertrümmern, dass sie in Kulturbeutel passen, *nur* weil sie im Parkverbot stehen??? Du warst ›Beim Schorsch‹? WAS? Nutten linken Freier? Brüderschaft? HÄ? Bleib ganz ruhig, mein Schatz. Tom ist gerade hier. Wir kommen und helfen!!!«

Gero und Tom kommen und bringen Wein mit. Und Prosecco. Und von beidem ganz viel! »Nun mal los!«, befiehlt Gero. »Sofort erzählst du alles! Ach, hallo Richard. Ich hab dir was mitgebracht! Schau!« Er zieht einen BH und Strapse aus seiner Tasche. Richard wird knallrot vor Freude. »Hab ich im Schrank gefunden, sind noch von Fasching«, sagt Gero. Ich finde das ganz rührend von ihm. Hatte ihm natürlich am Telefon sofort erzählt, dass Richard jetzt eine Transe ist. Richard meint, dass er die Sachen bei der nächsten Transen-Outing-Party tragen wird. Die ist nächstes Wochenende. Er ist schon ganz nervös

deswegen. Er fragt mich, ob er sich in meinem Schlafzimmer mal umziehen kann, um zu sehen, ob auch alles passt. Ich habe nichts dagegen. Ich hätte auch nichts dagegen, wenn er mit anderen Transen Sex in meinem Schlafzimmer hätte. A ist es knatschrosa und b wäre dann wenigstens mal was los in meinem Schlafzimmer.
Kaum ist Richard draußen, setzt Gero sich kerzengerade hin. »Los!« Als ich fertig bin, schüttelt er nur den Kopf. »Also – ich rekapituliere«, meint er, während er sich noch einen Wein eingießt. »Du willst mit diesem Mann, mit diesem Tier, mit diesem Jenseitsvongutund-böse-Kerl morgen tatsächlich zur Bank gehen und fragen, ob die dir einen Kredit für einen Swingerclub geben? Zusammen mit einem Kampfhund, der Dead or alive heißt? Nachdem du ihn EINMAL gesehen hast und eine Nacht mit ihm in einer Kneipe durchgemacht hast, um die alle, ich wiederhole, ALLE aus unserem Bekanntenkreis einen so großen Bogen machen, dass sie lieber über Hannover fahren oder laufen würden, um nur nicht in der Nähe dieser Spelunke auch nur GESEHEN zu werden? Du möchtest also deine Abende und Wochenenden damit verbringen, notgeilen Menschen beim Vögeln zuzuschauen, während du selbst hinter dem Tresen stehst und süffisant fragst, ob es noch steht in der Hose oder was? Also wirklich, Carolin. Was ist denn mit dir los?«
Langsam werde ich trotzig. Gerade Gero. Mein Gero, den ich schon aus den unmöglichsten Situationen gerettet habe, gerade der. »Na und?«, pampe ich ihn an. »Du musst auch mal an das Finanzielle denken! So ein Swingerclub boomt bestimmt. Die Presse kommt, man wird bekannt, wir kommen ins Fernsehen. Und irgendwann sind Swingerclubs so etabliert, dass ich zusammen mit Alfred Biolek bei ›alfredissimo‹ in der Küche stehe und eine Vichysoisse koche oder Kalbsbraten mit Gorgonzola-Kräuter-Kruste. Der Alfred Biolek hat bestimmt Verständnis für uns. Er ist schließlich auch schwul.«
»Na gut«, meint Gero. »Geh zur Bank. Meinen Segen hast du. Wenn du unbedingt so was machen möchtest, bitte. Ich lieb dich trotzdem mein Leben lang, du alte Schnecke.« Na also!

Richard kommt umgezogen zurück. Bitte nichts sagen. Er hat die Strapse an (Strümpfe von mir, Kleiderschrank, unterste Schublade rechts) und den BH, tänzelt vor uns auf und ab und fragt: »Bin ich sexy?« Seine Albinoaugen leuchten dabei. Wir nicken alle drei. Richard setzt sich hin und ist der Meinung, dass er seine Beine erotisch übereinander schlägt, dabei sieht es aus, als ob eine Krake versucht, mit ihren überflüssigen Fangarmen fertig zu werden. Ist das mein Christian-Dior-Lack, den er sich gerade auf die Nägel kleistert (Flasche zu 27,50 Euro)? Klar, wessen denn sonst?

»Was soll denn in eurem Swingerclub so alles passieren?«, fragt Tom plötzlich. Ich erschrecke. Seit Gero und er da sind, habe ich kein Wort von ihm vernommen.

»Keine Ahnung. Spielwiesen und so halt«, antworte ich und frage mich selbst, was so alles passieren soll. Was passiert in Swingerclubs? Na gut, man will Sex. Sex allein, Sex mit anderen, Sex zu dritt, zu viert oder nur zuschauen. Ein paar Matratzen, gute Beleuchtung und fertig ist.

»Hm«, meint Tom. Ob wir auch an die Fetischisten gedacht hätten? Welche Fetischisten? Mir wird plötzlich klar, dass ich mich im sexuellen Bereich wirklich so gar nicht auskenne. Aber bei Enttäuschungen im sexuellen Bereich schon.

»Na ja.« Tom wieder. »Habt ihr dann auch Gasmasken für so Leute, die auf Atemkontrolle stehen, und Riesendildos und Servierschürzen und so?« Gasmasken? Ich will eigentlich nuklear niemanden bedrohen, bin aber neugierig. »Na ja …« Tom scheint sich auszukennen. »Gasmasken nehmen sowohl hetero- als auch bi- oder homosexuelle Menschen, um einem Partner die Luft abzudrehen – an diesem Rädchen, das die Sauerstoffzufuhr reguliert. Da kriegt man dann den besonderen Kick. Also den Kick kriegt man dann, wenn man keine Luft mehr bekommt. Diese Fetischisten kommen durch die mangelnde Luft zum Orgasmus.«

Man kann allen Menschen, die keine Luft mehr bekommen, diesen besonderen Kick wünschen. (Mensch, jetzt bin ich doch tatsächlich mit einer Weltraumrakete ins All geflogen. Garantierte Sicherheit. Komisch, da vorne öffnet sich eine Luke. Waaaah. Soll sich gar nicht öffnen, die Luke. Zu spät. Ich fliege in meinem Astronautenanzug ins unendliche All und merke, dass ich keine Luft mehr kriege. Mist, ich ersticke unter meiner Maske. Zum Glück bin ich Fetischist und genieße es, wenn die Sauerstoffzufuhr nicht mehr funktioniert. Herrlich. Herrlich. Herrlich.)

Richard pustet sich seine lackierten Nägel trocken. »Was gibt es denn für Transen?«, will er neugierig wissen. »Ihr müsst dann schon Outfits und so dahaben und auch Programm bieten.«

Ich esse entnervt ein paar Cashewkerne (durch den Fettgehalt sprießen innerhalb von drei Sekunden Pickel in meinem Gesicht, was aber sowieso egal ist, denn ich bin ja eine alte Frau) und denke darüber nach, dass ich es für sinnvoll halte, den Bankmenschen morgen keine Details über die geplanten Fetischräume zu erzählen.

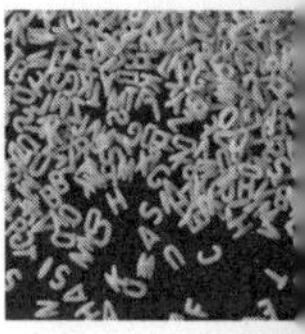

»Das Beste ist«, sagt Gero »wir kommen morgen mit! Dann klären wir gemeinsam auf der Bank gleich alle Details.«

WOHER WEISS DIESE SCHWUCHTEL EIGENTLICH IMMER, WAS ICH GERADE DENKE???

Tom aber will vorerst noch mehr erfahren. »Was ist mit SM?«

Hurra, ich kenne mich aus! »Du meinst, mit Sklaven und Herren und so?«, werfe ich in den Raum (Bähbähbäh. Gero hat mir alles über dich erzählt. Und WER hat aus meiner alten Schüssel Cola getrunken, WER??? Du, Tom, du Sklave! Ha!!!).

»Genau! Ich sage nur: Handschellen, Halsbänder und so sind erschwinglich. Und einen Rohrstock kriegst du in jedem Gartenmarkt. Aber was ist mit Stahlkäfigen, Streckbänken, Strafböcken und so weiter? Das kostet richtig Geld! Und die richtigen Schlaginstrumente auch. Mein letzter Herr hat mal für eine Black-Snake-Bullenpeitsche dreihundert Euro ausgegeben!« (Das sind vier Paar hochwertige Schuhe, VIER PAAR!!!) Tom hält einen SM-Raum für unbedingt notwendig. Ich sage, dass ich mich damit nicht auskenne, woraufhin er mir anbietet, das nötige Equipment gemeinsam zu beschaffen, er, Tom, würde mir mit Rat und Tat zur Seite stehen. »Danke, Tom«, sage ich. Er ist wirklich ein lieber Kerl.

Zum Glück bleiben mir weitere Diskussionen über Sadomasochismus erspart. Für heute.

9

Ich fühle mich immer noch alt, als ich am nächsten Tag aufstehe. Das mag daran liegen, dass ich mal wieder (wann eigentlich nicht???) zu spät ins Bett gekommen bin. Gero und Tom sind erst gegen halb zwei gegangen und Richard wollte nachts noch anfangen, meinen Dielenboden zu erneuern. Zum Glück konnte ich ihn davon abhalten und auf den Tag vertrösten. Deswegen weckt mich auch gegen halb sieben nicht mein Wecker, sondern das Geräusch der Schleifmaschine. Ich habe Kopfschmerzen. Wann habe ich die eigentlich nicht? Trotzdem bin ich irgendwie beschwingt. Heute gehe ich mit Pitbull zur Bank. Während ich mir die Zähne putze, denke ich darüber nach, zu welcher Bank wir eigentlich gehen. Zu der von Pitbull wohl. Meinen Bankmenschen müsste ich erst vorbereiten. Herr Wartenburger, der übrigens immer Mickymaus-Krawatten zu seinen spießigen Anzügen trägt, wäre mit Sicherheit überfordert mit der Situation.

Ich werde heute nichts frühstücken. Schließlich wiege ich dreiundsechzig Kilo. Innerhalb von fünf Tagen möchte ich mindestens fünf Kilo abnehmen. Bei einer Kalorienzufuhr von weniger als 800 pro Tag müsste das hinhauen. Und Sport treibe ich auch. Sofort werde ich in die Redaktion LAUFEN, auch wenn das zehn Kilometer sind.
Leider komme ich auf dem Weg an drei Bäckereien vorbei. Der Geruch von frischen Laugenbrezeln und Plunderstückchen mit Pudding macht mich schier wahnsinnig. Also – ein Stückchen und eine trockene Brezel, das sind 400 Kalorien, wenn ich nicht alles esse. Und wenn ich alles esse, sind es ungefähr 800 Kalorien. Ob die Bäckereifachverkäuferin mir wohl das Stückchen und die Brezeln durchschneidet und nur die Hälfte verkauft? Das machen die mit Brot doch auch immer. Sie meint, das würde nicht gehen, nur samstags kurz vor Schluss. Und dann auch nur in Ausnahmefällen. Und ich wäre auch die Erste, die so was fragen würde (jaja, im Alter wird man merkwürdig).
Na gut, dann esse ich das ganz und heute ansonsten gar nichts mehr.

Danach habe ich immer noch Hunger. Einfach nicht dran denken, nicht dran denken. Der Hunger vergeht bestimmt (nur wann, wann, wann???).

In der Redaktion behandeln mich alle wie ein rohes Ei. Ob es mir denn besser ginge? Ob ich mich mal richtig ausgeschlafen hätte? Ob ich kurz mal zum Programmdirektor kommen könnte, er hätte gern gewusst, wie es jemand innerhalb von zwei Stunden fertig bringt, einen Sender derart in Misskredit zu bringen, dass verwirrte Hörer anrufen und fragen, was denn los sei? Mal ganz abgesehen von den Kosten, die ich durch die Feuerwehreinsätze verursacht habe. Von der eingetretenen Klotür wollen wir gar nicht sprechen. Ich glaube, ich gehe wieder.
Pitbull will mich gegen 15 Uhr abholen. Ich behaupte, dass ich einen Arzttermin hätte und früher gehen müsste. Verzweifelt versuche ich, Pitbull auf dem Handy zu erreichen, aber das Einzige, was ich höre, ist seine tiefe Stimme auf der Mailbox, die »die Flachwichser, die versuchen, mich zu sprechen«, auffordert, »die Schnauze zu halten«. Infolgedessen traue ich mich nicht, ihm eine Nachricht zu hinterlassen. Ich sterbe, wenn er in der Redaktion auftaucht.
Ich versuche, das Haus gegen halb drei zu verlassen, aber dreitausend Anrufe halten mich auf. Während ich mit Frau Lehdorf von der Firma »Hello Sponsor« telefoniere, bemerke ich einen Tumult im Foyer. Menschen springen aufs Sofa und auf Tische und schreien. Was ist denn hier los? Ist irgendeine Heavy-Metal-Band als Studiogast eingeladen worden, die Kettensägen dabeihat?
Es ist bereits alles zu spät, als ich bemerke, dass Dead or alive im Foyer herumspringt und »Fass den Feind« spielt. Pitbull steht in der Tür. In der Hand hält er eine Dose und ruft lautstark meinen Namen. Meine Oma würde jetzt sagen: »Lass diesen Kelch an mir vorübergehen …«
Cara kommt auf mich zu. Ihr Gesicht ist von roten Panikflecken übersät. »Da ist … da ist … da ist jemand, der dich angeblich ABHOLEN will. Ich habe gefragt, wer er sei, und er meinte: ›Huuuuuuuäääääh, schweig stille und lass mich nicht wieder töten!‹ Ich habe Angst!« Sie stürmt in ihr Büro und verbarrikadiert die Tür mit einem Rollcontainer.

Was mach ich jetzt, was mach ich jetzt? Er muss den Hauptpförtner mit einer Schusswaffe bedroht haben, um ins Funkhaus reingelassen worden zu sein. Cool bleiben, cool bleiben, cool bleiben!
Ich schlendere gemütlich Richtung Foyer. »Hallo«, sage ich zu Pitbull. »Können wir gehen?« Ich zerre ihn hinter mir her Richtung Treppenhaus. Im Gehen rufe ich noch: »Das ist mein Frauenarzt. Er pflegt die persönlichen Kontakte zu seinen Patientinnen!« Dead or alive hebt derweil das Beinchen und pinkelt gegen Zladkos Bein, bevor er uns hechelnd folgt.
Der Hauptpförtner kriecht unter seinen Tisch, als wir an ihm vorbei Richtung Ausgang gehen. Ich sagte ja, Schusswaffe.

Draußen angekommen, atme ich erst mal tief durch, bevor ich loslege: »Sag mal, spinnst du oder was? Wie kommst du dazu …«, und so weiter und so fort.
Aber Pitbull grinst mich nur an und meint: »Solltest gleich sehen, worauf du dich einlässt. Entweder du stehst dazu, mich zu kennen, oder nicht. Also wirklich, Frauenarzt. Hammerhart. Obwohl – haha! ›Wenn Sie mal bitte die Beine spreizen würden. Ja, so ist's recht.‹ Ich muss dir mal ein T-Shirt von mir zeigen. Auf dem steht: ›Zieh dich aus. Leg dich hin. Ich muss mit dir reden.‹« Pitbull findet sich unheimlich komisch.
»Wann haben wir denn den Termin bei der Bank?«, frage ich.
»Na jetzt!«, krakeelt er. »Und schau nur, wer noch mitkommt …« Eine ausladende Handbewegung weist zu einer Parkbank. Darauf sitzen Gero (er sitzt einfach nur), Tom (er sitzt mit Sklavenhalsband und Lederhose da und hält eine 25-schwänzige Lederriemenpeitsche) und Richard (im Hochzeitskleid von Laura Ashley mit Reifrock und mit Perücke) wie drei Affen nebeneinander und grinsen. Ich sehne mir den Augenblick von gestern herbei, in dem ich kollabierte.
Mein Gehirn scheint nicht richtig zu funktionieren, denn ich sage: »Gut, dann lasst uns gehen.«
Fußgänger, denen wir begegnen, rufen laut »Helau«, als wir an ihnen vorübergehen. Hat irgendjemand einen Schnaps für mich??? Waaaaaaaaah. (Ich liebe den Begriff »Waaaah«. Er hat so was präzise und endgültig Verzweifeltes an sich.)

In der Bank glotzen uns die Leute an wie Außerirdische. Ich würde jetzt gern klingonisch reden können, das würde die Verwirrung perfektionieren. Kann aber kein Klingonisch, nur ein bisschen Englisch. Sätze wie: »Hello! How are you? Maybe we are in a near relationship.«

Der Kundenberater heißt Horst Kamlade (»Kamlade mein Name. Kamlade wie Schublade. Haha.«), hat ein Sakko an, auf dem sich Tomatensoße befindet, und führt uns glücklicherweise zu einer Sitzgruppe hinter einer Trennwand. Trotzdem fühle ich mich extrem unwohl. Er bietet uns Kaffee an, aber Pitbull fordert ein Pils. Das hat Herr Kamlade jetzt leider nicht. Ich trete Pitbull derweil unter dem Tisch gegen das Bein, was er mit einem Klaps auf meinen Oberschenkel honoriert.
Was wir denn jetzt eigentlich genau wollen, fragt Herr Kamlade wie Schublade. Pitbull baut sich auf seinem Stuhl auf und legt los. Ich bin völlig fasziniert. Der Mann ist intelligent wie sonst was. Er hat sogar eine Finanzkalkulation erstellt, die er Herrn Kamlade auf den Tisch pfeffert. Dieser nimmt sie mit spitzen Fingern in die Hand und holt einen überdimensionalen Taschenrechner aus seiner Schublade. Pitbull scheint sich nicht verrechnet zu haben. Herr Kamlade murmelt Zahlen in seinen Bart. Plötzlich hebt er den Kopf und deutet auf mich. »Wie viel Eigenkapital?«
»Äh.« Wie viel Eigenkapital? Ich? Ich habe mal in einer schwachen Minute Investmentfonds gekauft. Aber ich weiß weder, wie die heißen, noch, wo ich die Unterlagen dazu habe. Pitbull weiß aber offenbar auch darüber Bescheid. Habe es ihm wohl nachts beim Tanzen erzählt. Oder irgendjemand anderem, der es dann ihm erzählt hat. Oder so. Bestimmt weiß Pitbull auch schon, welche Tampongröße ich habe (super plus, wegen Spirale, da ist die Blutung stärker). Ich erfahre also, dass ich zwanzigtausend Euro Eigenkapital habe, aufgeteilt in Aktien, Investmentfonds und einen Bausparvertrag, der fällig ist. Seit wann, um Himmels willen, habe ich einen Bausparvertrag?
»Hm. Hm«, murmelt Herr Kamlade und schubbelt an seiner Krawatte (100 % Polyester, durchfallgelb) herum. »Hier steht der Posten ›Kosten für Einrichtung‹. Warum wurden hierfür gut zwanzigtausend Euro veranschlagt?«

Diese Frage lässt Tom und Richard aufhorchen. Nein, nein, nein. Bitte haltet eure KLAPPEN!
Richard beugt sich nach vorn. Sein Hochzeitskleid verheddert sich dabei in einem Schirmständer. »Nun«, legt er los. »Schauen Sie mich doch an. Na, was sehen Sie? ICH BIN EIN TRANSVESTIT! Und wenn ich mit einem Gleichgesinnten in ein solches Etablissement gehe, möchte ich auch das Nötige vorfinden. Kostüme, Schminke, Schuhe und so weiter und so fort.«
»Genau!« Jetzt läuft Tom zur Hochform auf. »Für jedes sexuelle Bedürfnis müssen entsprechende Gerätschaften vorhanden sein. Ein Andreaskreuz zum Festbinden, eine Streckbank, diverse Peitschen, und natürlich muss das Ambiente stimmen. Da gibt es ja einiges an Vorlieben. Und wir möchten von vornherein an alles denken.«

Herr Kamlade wie Schublade wird sichtlich nervös. Ich möchte in den Boden versinken. Er vergräbt sein Gesicht in beide Hände und verharrt eine halbe Minute lang in dieser Position. Dann blickt er uns an und macht eine Handbewegung, die uns bedeutet, dass wir näher rücken sollen. Was wir alle vier gleichzeitig tun.
»Wird es ... ähem ... wird es ...«
»Ja?«, fragt Gero.
»Wird es auch einen speziellen Raum für ... für ...« Herr Kamlade flüstert nur noch. Wir starren auf seinen Mund. »Wird es auch einen speziellen Raum für Windelfetischisten geben?« Er rutscht unruhig auf seinem Stuhl hin und her. Auf seinem Hals bilden sich kreisrunde rote Flecken.
»Natürlich«, höre ich mich cool antworten. »Das wird der größte Raum. Schließlich wollen wir ja, dass auch Sie sich bei uns wohl fühlen!«
Alle schweigen.
»Danke. Danke«, hören wir Herrn Kamlade murmeln. »Das ist ganz wunderbar.«

Zehn Minuten später stehen wir vor der Bank. Herr Kamlade hat uns zugesichert, dass wir spätestens Ende der Woche von ihm hören werden. Aber er sei sehr zuversichtlich (warum wohl, hm?).

Pitbull ist total begeistert, schlägt Tom und Richard auf die Schulter und nennt sie »ganze Kerle«. Minutenlang stehen wir vor der Bank und lachen, weil wir uns vorstellen müssen, wie Herr Kamlade wohl in Pampers aussieht und mit einem Schnuller im Mund. Pitbull geht eben rasch zu einem Kiosk und kommt mit zwei Flaschen Sekt zurück. Denn darauf, sagt er, muss man einen heben. Auch wenn es auf offener Straße ist. Ach, wenn es Alkohol nicht gäbe! Wir köpfen den Sekt und trinken aus der Flasche. Dann singen wir lauthals: »Einer geht noch, einer geht noch rein.«
Richard sieht echt süß aus mit seinem Hochzeitskleid. Er hüpft auf dem Bürgersteig herum und Tom schwuchtelt hinter ihm her und schwingt aus Spaß die Peitsche, während Gero, Pitbull und ich schreien vor Vergnügen.
»Guten Tag«, höre ich plötzlich jemanden neben mir sagen. Ich drehe mich um. Vor mir steht Susanne, die unser Treiben fassungslos beobachtet.
Eine halbe Stunde später sitzen wir beim »Schorsch«. Susanne hat mir »vorläufig die Freundschaft gekündigt«, und zwar »bis ich ihr erklären kann, was dieser *Mummenschanz* auf offener Straße zu bedeuten hat« und »was eigentlich mit mir los ist«. Ach, papperlapapp. Mir doch egal jetzt. Ich will feiern und fröhlich sein. Noch nie war ich um halb sieben abends betrunken. Noch nie. Zwar schon um fünf und um sieben, aber noch nie um halb sieben. Das muss gefeiert werden.
Irgendwann gegen neun Uhr kriege ich meinen Moralischen. Ich bin zu dick und eine alte Frau und habe Falten und bin 'ne alte Frau und habe keinen Freund und werde nie einen Freund finden, weil ich zu dick bin und Falten habe und eine alte Frau bin und so weiter. Richard möchte sofort an die Tankstelle laufen und mir Süßigkeiten holen, aber das würde auch nichts nützen. Gero verdreht die Augen.

Mir fällt plötzlich ein, dass ich doch eine Kontaktanzeige aufgeben könnte oder im Internet nach jemandem suchen. Genau! Das mache ich auch. Ich gehe jetzt nach Hause und suche meinen Traummann bei AOL! Dass ich darauf nicht schon früher gekommen bin. Das geht nämlich ganz einfach. Man gibt sich einfach einen anderen Namen und erstellt so ein Profil und ruck, zuck ist ein reicher Mann da, der einen heiraten will. Ich habe mal einen Artikel über AOL-Bekanntschaften gemacht, da habe ich mir damals auch verschiedene Namen zugelegt und habe Telegramme von ganz tollen Männern bekommen. Der Artikel war echt Klasse. Sofort will ich heim und mir AOL-Namen geben. Und schon morgen bin ich verlobt oder hatte wenigstens guten Sex. Nicht Robert-Redford-Sex.

Ich lasse die anderen beim Schorsch zurück und fahre mit dem Taxi nach Hause. Im Taxi fange ich an zu weinen und frage den Taxifahrer, ob er mich attraktiv findet. »Jaja«, meint er gleichgültig. Er hätte auch »Jaja« gesagt, wenn ich ihn gefragt hätte, ob ich ihn erdrosseln darf.

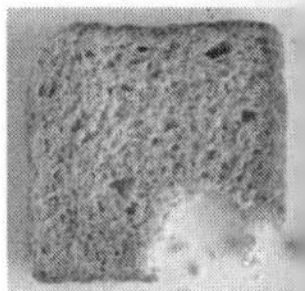

Sofort werfe ich den Computer an. Dabei fällt mir ein, dass ich in meinem Horoskop heute Morgen gelesen habe, dass im Privatleben tolle Sachen passieren werden. Hurra. Hurra. Wo ist Wein, wo ist Wein? Und wo sind Zigaretten? (Zigaretten machen Falten, Wein lässt die Haut aufgedunsen aussehen, aber egal, egal. Bei einer alten Frau spielt das doch keine Rolle mehr.)

So. AOL starten. Namen erstellen. Welchen Namen gebe ich mir nur? Hm. SieGeilSuchtIhn? Nein. Billig. FrauSuchtMann. Toll. Wie kreativ. Irgendwas Außergewöhnliches. Ich entscheide mich schließlich für »NetteSie34FFM«. Das kann alles und nichts heißen. Ich logge mich ein.

»Willkommen, NetteSie34FFM«, erscheint auf dem Bildschirm. Wie ging das doch schnell mit den Chaträumen? Jajaja. Ich kann es noch. Scroll. Scroll. Huch, gibt's da viele Räume. »Bitte geißle mich«, heißt einer und »Masturbier mit mir«. Neeee. »LiveSexCam« ist auch nichts für mich. Ich konnte Leute noch nie verstehen, die ihren entblößten Unterleib in eine Webcam halten und dadurch erregt werden, dass irgendwelche Menschen in Castrop-Rauxel oder Bamberg sich darauf einen runterholen. Ich gehe einfach mal in den Raum »Hessen suchen Hessen für mehr«. Hört sich doch ganz nett an. Sofort erscheint ein Telegramm auf dem Monitor.

»Hi!«

Wie intelligent er schreiben kann, der RalfMTK06196. Na ja, antworten kann man ja mal. Also schreibe ich »Hi« zurück.

»Bist du nass?«, will er wissen.
Bäh. Auf Abbrechen gehen. Aber ich will doch einen Mann, einen Mann, einen Mann. Ich könnte hundert haben heute Abend. Aber alle fragen nur nach einem spontanen Date oder ob ich dicke Dinger habe und auf Natursekt stehe (Eigenurinbehandlung ist auch so eine Sache, der ich nichts abgewinnen kann: Heda, guten Morgen. Schnell raus aus den Federn und ab ins Bad. Aber nicht, um da aufs Klo zu gehen, sondern um das Pipi brav in ein Glas abzufüllen und lauwarm zu trinken. Entgiftet den Körper und macht schön. Bababa.)
Da, »MikeGanzNormal39« telt mich an. Ganz normal, ganz normal. He! Das ist ja Klasse.
Er schreibt: »Na, was machst du denn so allein zu Haus?«
Ich antworte, dass ich gerade in einer Kneipe war und jetzt heimgekommen wäre und einfach so ein bisschen rumchatte. Von Mike erfahre ich, dass er Ingenieur ist und in Oberursel bei Frankfurt lebt. DER MANN MACHT IN DEN TELEGRAMMEN NOCH NICHT MAL RECHTSCHREIBFEHLER!!! Er baggert mich nicht einmal an, sondern ist ausgesucht höflich und freundlich. Außerdem 1,85 groß, braune Haare und eine randlose Brille. Ein Intellektueller also auch noch. Er fragt, ob ich auch penetrant von so Nervsäcken angetelt werde (penetrant – er weiß mit Fremdwörtern umzugehen). Ich sage, dass ich lange nicht online war und so weiter und so weiter und er fragt letztendlich, ob ich nicht mal Lust hätte, mit ihm zu telefonieren. Gern, gern, Mike. Moment, ich hole nur eben Stift und Zettel. Wo sind bloß Stift und Zettel? Hektisch greife ich um mich. Die drei viertel volle Weinflasche ergießt sich über meine Tastatur und droht gegen meinen Monitor zu krachen. Geistesgegenwärtig schiebe ich den Monitor nach hinten.
Ein wenig zu weit. Er fällt mitsamt der Tastatur auf den Boden. Habe ich Ihnen eigentlich schon gesagt, dass ich manchmal ein wenig schusselig bin?

MikeGanzNormal39 wartet mit Sicherheit noch einige Minuten in meinem zerstörten Monitor, bevor er sich fragt, auf welchen Fake er da reingefallen ist. Ich werde MikeGanzNormal39 NIE wieder sehen.

Ich weiß es. Ich weiß es. Ich weiß es. Ist auch ein bisschen schlecht ohne PC.
Dann geh ich eben jetzt ins Bett. In mein knatschrosa Bett in meinem knatschrosa Schlafzimmer. Ich hasse Rosa.

Orangina
Oasis
Flirt
Orangenlimonade
Orangina
Kinley
Bitter Lemon
Schweppes
Pepsi
Schweppes
Tropico
Coca-Cola
Chicago Bulls
Liptonice
Eis Tee
Lipton
Kinley
Herbe Orange
Cerveza
Dorada
Sunkist
Look Cola
Pepsi
Coca-Cola
Sanpellegrino
Aranciata
Kingsbräu
Bière de Luxe
7up
Fanta
Coke
Kinley
Herbe Zitrone
Coca-Cola in Russia
Lemon Soda
Draught
Guinness
Fanta
Coke
Sprite
Budweiser
Passion
Gatorade
ISO
Sprite
Stella Artois
Heineken
Hansa
Pils
Coca-Cola
Bon Jovi

10

Am nächsten Tag gehe ich nach der Arbeit zu Susanne. Sie ist immer noch pikiert. Einen unmöglichen Umgang, den ich da hätte. Wenn Michael das wüsste! Ja und? Der würde es sofort wieder vergessen und an seinen Toten weiterschnippeln. Überhaupt – ich hätte mich so verändert. Früher hätte ich ein ganz normales Leben geführt und jetzt. Und jetzt! Da tanze ich mit Transvestiten und Zuhältern auf der Straße und sehe auch noch lachend zu, wie ein weiterer Krimineller die Peitsche schwingt. Erregung öffentlichen Ärgernisses nennt man das, sagt sie. Ob ich ein Glas Champagner möchte?

»Ja bitte«, sage ich.

»Du kriegst aber keins!«, keift Susanne mich an. »Ganz offensichtlich hast du in der letzten Zeit dem Alkohol mehr zugesprochen, als es dir gut getan hätte! Auf offener Straße. Am helllichten Tag. Meine Güte!« (Hallo, mein Name ist Carolin und ich bin Alkoholikerin.) »Aber nur zu!«, entrüstet sich Susanne weiter. »Mach dich nur zum Gespött der Leute. Nur zu. Nur zu. PASS DOCH AUF!!!« Ich bleibe erschrocken stehen. »Geh doch weiter!!!«, brüllt Susanne.

»Ja, wohin denn?«, antworte ich verzweifelt.

»Siehst du denn nicht, dass du auf dem chinesischen Seidenteppich stehst. Da SOLL niemand drauf laufen.«

»Warum legt ihr ihn dann auf den Boden?«

»Na, wohin soll man einen Teppich denn sonst legen???«, ruft Susanne. Ab und zu stimme ich der Aussage zu, Frauen seien nicht zu verstehen. Susanne entlässt mich schließlich mit den Worten, ich sei wahrscheinlich in einer Art vorzeitiger Midlife-Crisis. Das würde ganz schnell gehen. Ab Mitte dreißig fühle man sich nicht mehr vollwertig. Die ersten grauen Haare fingen an zu sprießen, man bekomme irgendwann einen Damenbart und brauche Stützstrümpfe aus der Apotheke, um Krampfadern vorzubeugen. Zum Glück habe sie, Susanne, mit solchen Dingen keine Probleme. Ich sage nichts, obwohl ich genau weiß, dass sie sich ihre Nase hat verkleinern und die Lachfalten um die Augen weglasern lassen.

»Wird man denn ab Mitte dreißig auch so unzufrieden und so unglaublich egozentrisch und so biestig?«, frage ich sie scheinheilig. Sie fragt mich, warum ich das so scheinheilig frage. Ich sage nur: »Susanne, lass dich mal wieder von Michael ordentlich vögeln. Dann geht's dir bestimmt genausogut wie mir!« Woraufhin Susanne meint, dass es wohl besser sei, wenn ich jetzt ginge. Das ist sicher besser so. Susanne knallt die Tür hinter mir zu. Meine beste Freundin. Na, super. Beim Nachhausegehen fällt mir ein, dass Susanne mich in den ganzen Jahren unserer Freundschaft nicht *ein* Mal gefragt hat, wie es mir geht. Immer nur sie, sie, sie.

Es ist herrlich, in der Abendsonne zu laufen. Man merkt, dass der Frühling da ist. Mist, das heißt, dass man bald wieder kurze Röcke, Shorts und T-Shirts tragen kann. WIE SOLL ICH MIT DREIUNDSECHZIG KILO T-SHIRTS TRAGEN? DAS FETT WIRD UNTER DEN BÜNDCHEN HERAUSQUELLEN WIE UNDICHTE GUMMIMASSE! Wie auf Befehl bekomme ich Hunger. McDonald's, McDonald's. Nein. Nein! McDonald's ist Scheiße. Ungesundes Zeug, Fett, Abfälle, Kakerlaken. Mitarbeiter ohne Gesundheitszeugnis. Klagen ehemaliger Mitarbeiter wegen menschenunwürdiger Behandlung. Chicken McNuggets mit Currysoße. In einer Portion McDonald's-Essen stecken mehr Kalorien als in hundert gesunden Salaten. Big Mäc mit Pommes. Nein, eine halbe rohe Gurke ist viel besser. Haben die da nicht gerade Mexiko-Wochen? Ich will sofort zu McDonald's. Ist aber zu weit zum Laufen. Also erst nach Hause und dann Wagenschlüssel geholt und dann. Dann. Dann. Ich esse aber nur sechs Chicken McNuggets ohne Soße. Oder doch mit Soße. Und eine kleine Pommes. Nein, einen Mexicoburger. Oder sechs Chicken McNuggets mit zwei Currysoßen und keine Pommes. Oder eine kleine.

Ich fahre zum Drive-in. Warum Kalorien durch Laufen verbrennen, wenn man gemütlich im Auto sitzen kann. Wieso müssen diese komischen Drive-in-Gegensprechanlagen eigentlich immer direkt vor diesen McDonald's-Kinderspielplätzen sein? Man versteht da ja sein eigenes Wort nicht. Meine Felgen streifen den Bordstein, weil ich möglichst dicht ranfahren möchte, um alles zu hören, was der Mann gleich sagt.

Es knistert im Gegensprechkasten. »Hoooooooooooooooo! Willkomm bei McDonald's, Ihre Bestellung bitte!«
Was wollte ich noch gleich? Was nur, was, was?
»Hoooooooooooooo, Ihr Be-ste-llung bitte!!!« Der Mann aus Ostafrika ist schon böse.
»Moment«, sage ich verzweifelt und lese blitzschnell die überdimensionale Speisekarte. Also nur Chicken McNuggets? Nein, es gibt so viele leckere Sachen hier. Nur heute. Nur heute. Dauert doch noch bis zum Sommer. Hinter mir fängt es an zu hupen. »Ich hätte gern sechs Chicken McNuggets mit Currysoße«, bringe ich hervor.
Es knistert schon wieder. Der Mann holt Luft. »Hoooo. Han mir in Augblick kein Currysoß, musst du nehm Barbecuesoß, Chinasoß suß-sauer oder Dip mit Relish! Was will du?«
Was in Dreiteufelsnamen ist Dip mit Relish? »Ich lasse das dann mit den Chicken McNuggets. Ich möchte dann lieber einen Big Mäc.«
»Kein Soß?«
»Nein, Big Mäc.«
»Soß zu Chicken McNuggets?«, kreischt der Drive-in-Verkäufer in einer Lautstärke, dass der Gegensprechanlagenkasten anfängt, leise zu vibrieren.
»Nein, keine McNuggets, keine Soße. Nur einen Big Mäc. Ohne Soße. Ohne Soße …«
»Haaaar! Han mir Big Mäc NUR ohne Soß. Soß mir han nur fur Chicken McNuggets, da han mir Currysoß, Barbecuesoß, Chinasoß oder Dip mit Relish. Will du dog Soß und Chicken McNuggets oder kein Chicken McNuggets un nur Big Mäc ohne Soß?«
Soß, Soß, Relish-dip, Curry. Ja, Curry wollte ich doch. »Ja, Currysoße.«
»HAN ISCH GESAGT, HAN MIR IN AUGBLICK KEIN CURRYSOSS!!!«
Ich entscheide mich kurzfristig um. »Ich nehme dann doch einen Hamburger Royal bitte.«
»Wie wo was?«, brüllt der Afrikaner.
Jetzt weiß ich genau, was ich will. »Einen Hamburger Royal, eine Pommes und eine Cola light.«
»MMMMP. Will du klein Pommes, mittler Pommes, groß Pommes?

Will du klein Cola light, mittler Cola light oder groß Cola light? Cola light mit oder ohn Eis? KANN DU MIR NIGT SAG, WAS WILL DU???«
Der Schweiß läuft mir in Strömen den Rücken hinunter. Ich schlage mit dem Kopf auf das Lenkrad. Hätte ich mir doch bloß zu Hause eine Pizza bestellt.
»Egal«, sage ich.
»Was is EGAL? Wo steht das auf Karte? Han mir nigt in An-ge-bot!!!«
Die Autos hinter mir hupen inzwischen ununterbrochen. »Ich nehme irgendwas. Was da gerade liegt. Es ist egal.«
Drei Kinder fangen an, sich direkt hinter der Gegensprechanlage lautstark zu streiten. Es geht darum, dass Sven zur Astrid gesagt hat, SIE würde sich nicht trauen, auf der Rutsche zu rutschen, aber Benno traut es ihr doch zu und jetzt wetten alle, wer sich was traut, und streiten sich dabei. Der Mann aus Afrika schreit permanent in die Anlage, aber ich verstehe nichts. Irgendwann fahre ich einfach weiter (stiegen da nicht eben hinter mir überforderte Familienväter aus ihren Autos, die das Brüllen ihrer hungrigen Kinder nicht mehr ertragen und mich dafür verantwortlich machen wollen?).
An der Kasse halte ich wieder an. Meine Felgen, meine Felgen. Der Ostafrikaner blickt mich unter seiner Kappe hasserfüllt an. Seine Augen glitzern dabei. Bestimmt ist er ein Massaikrieger und nur mal eben auf der Durchreise. Sicher muss ich zur Strafe in der Serengeti ohne Zelt übernachten. Ganz auf mich allein gestellt. Und wenn ich all die hungrigen Löwen erfolgreich vertrieben habe, gelte ich als kluge weiße Frau und darf mich in Form eines Fruchtbarkeitstanzes im Dorf schwängern lassen. Eine gute Idee. Endlich mal wieder Sex. Der Krieger schreit aber nur: »Magt Bestellung funf Öro funfundfunfzsch.« Obwohl ich ja eigentlich gar nichts bestellt habe. Ich gebe ihm zwanzig Euro und traue mich nicht, aufs Wechselgeld zu warten. Bestimmt bohrt er mir dann einen Giftpfeil in den Arm. Am nächsten Schalter bekomme ich eine Tüte ins Auto geworfen. Hundert Meter weiter halte ich an.
In der Tüte befinden sich sechs Chicken McNuggets mit Currysoße.
Ganz sicher, ganz sicher hat der Krieger es nur gut gemeint.

Im Hausflur empfängt mich Frau Eichner. Sie ist gerade »auf dem Sprung«. »Na, wo geht es denn hin?«, will ich wissen. Frau Eichner freut sich, dass ich frage, sie liebt es, alles aus ihrem Leben zu erzählen (hätte mir auch, ohne dass ich frage, alles erzählt). »Ei, isch geh in ere Seniorengrupp, wo sisch demit beschäftische tut, die Mythen von Schottland zu erforsche«, frohlockt sie. »Un in de Walpurgisnacht wolle mer uns wie im Middelalder verkleide un dann gehn mer uff de Johannisbersch un danze um eren Steinkreis. Dadebei rufe mer gälische Sprüch!« Ah ja. Bitte. Gern. Ich winke Ihnen dann, Frau Eichner, wenn Sie auf einem Besenstiel an mir vorbeisausen. Frau Eichner jedenfalls ist glücklich und saust zu ihren Hexen von dannen.

Ich habe zehn Nachrichten auf meinem Anrufbeantworter. ZEHN! Das gab es noch nie! Nervös drücke ich auf den Wiedergabeknopf. »Piiiie-arrr-iiiiep-brööööö.« Jemand hat dreimal hintereinander versucht, auf die falsche Nummer ein Fax zu schicken. Der vierte Anruf ist von Susanne. Sie weint am Telefon, man kann sie kaum verstehen. Ich höre nur etwas wie: »Frechheit, so gemein, nicht mit mir schlafen, hattest Recht, vögeln, immer nur arbeiten, keine Zeit, Schmuck, Auto« und so weiter (jetzt muss ich sie nachher anrufen, ach, menno). Anruf Nummer fünf ist meine Mutter, die mir mitteilt, dass körniger Löwensenf bei Tengelmann momentan im Angebot ist. Die 300-ml-Tube für 1,39. Ein wahres Schnäppchen. Das macht sie extra. Sie weiß, dass ich Löwensenf hasse. Anruf Nummer sechs ist sehr interessant: Die Videofilmproduktion »NewStyle« möchte mich als Synchronsprecherin casten. Es geht um die Sprecherrolle der weiblichen Hauptdarstellerin! He! He! Bestimmt eine amerikanische Filmproduktion. Vielleicht Steven Spielberg. Vielleicht Wolfgang Petersen. Und das mir! Gut, dass ich damals meine Sprechproben an alle möglichen Studios geschickt habe. Anruf Nummer sieben ist wieder ein Fax. Anruf Nummer acht ist Pitbull, der wissen will, ob ich weiß, wo Dead or alive schon wieder steckt (bestimmt auf 'ner Markise). Anruf Nummer neun: Tom, der mich fragt, ob ich Lust habe, am kommenden Wochenende mit ihm eine Fetischparty zu besuchen, damit ich schon mal einen Einblick in die Szene bekomme. Anruf Nummer zehn: mein

Vermieter, der mir die Wohnung wegen Eigenbedarf kündigt. Die schriftliche Kündigung hat er versucht, mir vorab zu faxen, aber erfolglos. Deswegen schickt er morgen ein Einschreiben mit Rückschein raus.

Ich muss mich erst mal setzen. Ich werde obdachlos! Hat jemand einen Krumen Brot für mich?
Erst mal Gero anrufen. Ich fange am Telefon laut an zu heulen, fühle mich deprimiert und zu nichts mehr in der Lage. Meine Wohnung! Und wo Richard doch eben gerade alles renoviert hat. Woraufhin mich Gero fragt, ob ich denn wirklich vorhabe, den Rest meines Lebens in dem Barbiepuppenschlafzimmer zu verbringen. Nein, nein. Doch, doch. Meine Wohnung, meine Wohnung. Niemand kann verstehen, wie ich mich fühle. Niemand. Alles ist sinnlos geworden. Wo soll ich nur hin? Wohin, wohin?? »Ach, Schatz«, meint Gero. »Jetzt haben wir schon so viel hingekriegt, jetzt kriegen wir das auch noch hin.« Gooooooott, wie ich ihn liebe. Ich liebe ihn. Er sagt, er käme gleich vorbei. Danke, Gero. Danke.

Ich sitze verheult auf einem Korbsessel in der Küche. Gero steht hinter mir und massiert mir die Schultern. Dabei sagt er immer nur einen Satz: »Pscht, meine Kleine. Pscht, meine Kleine.« Nur weil er das immer wieder sagt, muss ich noch mehr heulen. Ich möchte meinen Schlafi gebracht haben. Gero holt mir meinen Schlafi. Mein Schlafi ist mein Pyjama. Einer meiner Pyjamas. Ich liebe Pyjamas, auch wenn das hier niemanden interessiert. Also sitze ich dann verheult in meinem Pyjama auf dem Korbstuhl und heule weiter. Habe ich schon erwähnt, dass ich heule? Egal. Ich bin SOOOOO verzweifelt. Mein ganzes Leben bricht zusammen. Und Gero massiert und massiert. Wenn er nicht schwul wäre, würde ich ihn SOFORT heiraten. Es macht mich plötzlich so wütend, dass er schwul ist. Ich stehe auf und werfe mich in seine Arme. »Pscht, meine Kleine, pscht, pscht, pscht.«
»Hab mich doch lieb«, höre ich mich sagen.
»Aber ich hab dich doch lieb«, sagt Gero und küsst mich auf den Hals. Er fängt an zu singen. »Ich hab dich so lieb, ich hab dich so gern, du bist und bleibst mein Augenstern.«

»Ich möchte nicht, dass du schwul bist!«, rufe ich. »Sei doch *ein* Mal hetero. Nur für eine Nacht. Ich möchte nur *ein* Mal wissen, wie es ist, mit dir zu schlafen!!!«
Gero weicht zurück. »Carolin, bitte!«
»Ach, was denn«, rufe ich und springe in meinem Schlafi vor ihm auf und ab. »Wenn ihr, die ihr schwul seid, noch nicht mal wisst, wie toll, ja, wie TOLL es ist, mit einer Frau zu schlafen, müsst ihr es einfach mal tun!!!«
»Na ja«, Gero wehrt mich ab. »Man sollte vielleicht nicht immer alles tun, was andere gut finden. Ich möchte das gar nicht. Ich mag dich als Mensch, aber ich mag nun mal keinen Sex mit dir haben. Du bist meine beste Freundin, für immer und ewig, aber allein … allein die Vorstellung, mit dir … nein. NEIN!!!«

Ich resigniere. In meinem Schlafi. Ich habe Hunger. Jetzt weiß ich, was Leute meinen, die von Ersatzbefriedigung sprechen.
Gero schläft bei mir. Nicht mit mir. Aber Kuscheln und Löffelchenmachen ist ja auch schön. Wenigstens hab ich ihn für mich allein heute Nacht.

Bis halb zwei. Da klingelt nämlich das Telefon. Tom ist dran und furchtbar einsam. Ich will Gero aber nicht gehen lassen. Also kommt Tom zu mir und legt sich zu uns ins Bett. Noch nicht mal ans Fußende. Obwohl er doch mal Sklave war. Die machen das doch. Oder müssen es machen oder wie auch immer. Nein. Ich liege links. Gero und Tom eng umschlungen auf der rechten Betthälfte. Ich hasse mein knatschrosa Schlafzimmer. Zwei Männer, ein Kronleuchter und nichts als schwules Rumgetucke. Ich verdränge die Situation, um nicht wahnsinnig zu werden. Und wer es jetzt noch wagt zu sagen, er hätte KEIN Mitleid mit mir, wird verklagt.

VP
4
3
36 3A
36 4A

11

Susanne ruft mich Freitagmittag an (ich weiß, ich hätte sie zurückrufen müssen, hab ich aber nicht gemacht. Ich bin schließlich auch nur ein Mensch). Ja, sie habe sich Gedanken gemacht. Ich hätte schließlich zu ihr gesagt, sie müsse sich mal wieder richtig vögeln lassen. Das habe sie sich zu Herzen genommen und am Abend zu Michael gesagt, dass sie gern mal wieder guten Sex hätte. (Oh, oh, nicht nur du, Susanne, nicht nur du.) Michael habe sie nur verständnislos angeschaut und gesagt, dass sie doch alles hätte. (O Mann. Sie hat doch auch alles. Eben nur keinen Sex.) Ob ich sie attraktiv finden würde? Ob ich fände, sie sei zu dick? Ob ich verstehen würde, dass sie heute Morgen in ihrer Verzweiflung einen Callboy angerufen habe? WAAAAAAAAS????????? Ja, weint sie. Vierhundert Euro habe der haben wollen für einmal Poppen. Und dann habe sie sich den bestellt. In ein Hotel in der Stadtmitte. Yves habe der geheißen. (Nie im Leben hieß der Yves. Wahrscheinlich Heinz oder Torben.) Er habe auch gleich zur Sache kommen wollen und gemeint, er sei superpotent. Ich fasse es nicht. »Moment«, sage ich zu Susanne. Ich schließe die Tür. »Und, wie habt ihr es getrieben?«, frage ich. »Nun sag schon.« Treiben sei wohl das falsche Wort, so Susanne. Er habe Jahre gebraucht, um sich ein Kondom überzustreifen, während sie, Susanne, auf dem Hotelbett gelegen und gewartet habe. Sein einziger Kommentar sei gewesen: »Na, so knackfrisch bist du aber auch nicht mehr«, und drei Minuten später sei alles zu Ende gewesen.

»Und dafür hast du vierhundert Euro bezahlt?« Ich glaube, ich spinne.

»Ja, und das Hotel!«, sagt Susanne. »Und jetzt … und jetzt … und jetzt bin ich noch unglücklicher als vorher. Ich habe Michael betrogen. O GOTT!!!«

»Er muss es doch gar nicht erfahren«, beruhige ich sie. »Sag es halt sonst niemandem und vergiss die ganze Sache so schnell wie möglich.«

»Du bist schuld«, plärrt Susanne. »Hättest du nicht zu mir gesagt, dass ich mal wieder Sex bräuchte, wäre es nie dazu gekommen. NIE, NIE, NIE!«

Ah ja. Ich bin also mal wieder schuld. Na prima. Habe ich mit EINEM Wort erwähnt, dass Susanne bei einem Callboy anrufen soll? Habe ich? Nein. Aber das ist natürlich die einfachste Lösung. Wenn ich irgendwann mal zu irgendjemandem sage, dass ich seinen langsamen Fahrstil Scheiße finde, bin ich dann wahrscheinlich schuld, wenn er mit 280 im Wohngebiet geblitzt wird und drei Monate den Führerschein abgenommen bekommt. Eine unproblematische Schuldverschiebung, die noch nicht mal Geld kostet. Ich habe keine Nerven mehr, mich mit Susanne auseinander zu setzen. Ich sage, dass ich ein Meeting hätte, und beende das Gespräch. Da fällt mir ein, dass vor zehn Minuten wirklich ein Meeting begonnen hat. Ich hasse es, zu spät in solche Besprechungen zu kommen. Obwohl sie immer so was von unwichtig sind.

Um 16 Uhr rufe ich bei dieser Videofilmproduktion »NewStyle« an. Die Dame am Empfang weiß gleich, um was es geht, und fragt, ob es mir denn möglich wäre, noch am gleichen Abend vorbeizukommen. Da wäre auch der Synchronsprecher für die männliche Hauptrolle da, und dann könnten wir doch zusammen gecastet werden. Ich habe nichts vor heute Abend, also sage ich zu und mache einen Termin für 19 Uhr aus.
Jaja, ich bin sogar pünktlich. Auf dem Empfangstisch steht ein Schild, das mir erklärt, dass Frau Hannelore Ihlenfeldt hier sitzt. Kann sie nicht sprechen und ihren Namen selbst sagen? Egal. Sie bittet mich, noch einige Minuten Platz zu nehmen, der Herr Steiger käme dann und würde mich abholen. Ich lese ein bisschen in der Bunten und erfahren, dass Mette-Marit, die Frau von Norwegens Kronprinz Håkon, jetzt mit ihrer ungezwungenen, modischen Art endgültig in Depressionen versunken ist. Eine ganzseitige Anzeige weist mich darauf hin, dass, wenn man die Anti-Fett-Kapseln »Lubarin« regelmäßig schluckt, der Körper das Fett sofort abstößt und man in weniger als drei Tagen seine Traumfigur hat. Das heißt also, man kann essen, was man will, der Körper stößt das Fett ab. Heimlich reiße ich mir die Anzeige aus der Zeitung raus. Sofort hole ich mir Lubarin-Anti-Fett-Kapseln.

Ah, da kommt ja der Herr Steiger. Jovial schüttelt er mir die Hand und bittet mich ins Tonstudio. Dort sitzt außer zwei genervten Technikern auch ein 1,50 m großer Mann mit Hornbrille. Er hat Hochwasserhosen an und weiße Tennissocken. Apart. Herr Steiger macht uns bekannt und ich erfahre, dass er Rüdiger heißt und ein prima Sprecher ist. Dann drückt er uns die Manuskripte in die Hand. Ich überfliege den Text: Szene 3, Küche, sie auf dem Tisch liegend, Beine gespreizt. Er dringt langsam in sie ein. O-Ton Frau: Jaaaa, du geiler Kerl, fester, stoß mich, gib's mir, jaaaa, jaaaa. Er: Dich fick ich durch, dir besorg ich es, mmmmh, mmmmh, gleich kommt's mir, uuuuuh.

Ein Porno. Niemand hat mir vorher gesagt, um was es geht. Nun weiß ich es. Ein Porno. O Mann. Und der kleine Pimpf da neben mir soll diesen Ein-Meter-neunzig-Typen synchronisieren, der sein Leben damit zu verbringen scheint, Anabolika zu schlucken.

Ich kann doch keinen Porno synchronisieren. Oder doch? Ich traue mich nicht zu gehen, deshalb warte ich einfach mal ab, wie das so wird jetzt.

Fünf Minuten später sitze ich mit Rüdiger in der Sprecherkabine. Vor uns ein überdimensionaler Fernsehapparat. Wir müssen uns die einzelnen Szenen, die synchronisiert werden sollen, vorher drei- bis viermal anschauen. Auf dem Bildschirm erscheint die erste Szene. Eine junge Frau (ich) betritt ein Haus, beladen mit vollen Einkaufstüten. Sie geht in die Küche, stellt die Tüten ab und sagt erst mal »Endlich geschafft«. In der Küche befindet sich ein Panoramafenster. Sie blickt durch dieses Fenster in den Garten und sieht einem Handwerker (Rüdiger) zu, der ein Loch schaufelt (ich nehme an, für einen Swimming-Pool). Der Handwerker sieht die Frau und hört auf zu schaufeln. Dann kommt er an die Panoramascheibe und beide blicken sich lüstern an. Die Frau setzt sich schließlich auf den Küchentisch, der Handwerker kommt durch die Panoramatür. Und jetzt geht der Dialog los. Es ist ein schwedischer Film, deswegen besonders schwer zu synchronisieren, da die Lippenbewegungen im Deutschen komplett anders sind. Der erste Dialog stellt sich wie folgt dar:

Sie: Na, schon fertig …?
Er: Haha, mit dem Garten schon …
Sie: Hihihi, ich dachte, da müssten noch Rohre für die Wasserleitungen gelegt werden.
Er: Hoho, nein, aber ich hätte mein eigenes Rohr gern verlegt.
Beide verschmitzt: Hahaha.
Sie: Es ist so schrecklich heiß heute.
Er: Machen Sie es doch wie ich! (zieht sein T-Shirt aus)
Sie: Aber, aber, Sie kommen aber schnell zur Sache. Sie … Sie sind ja ein ganz geiler …
Er: Darauf können Sie Gift nehmen. Was haben wir denn da? (packt der Frau über dem Kleid an die Brüste). Das sind ja dicke Dinger … Hmmmm.
Sie: Oh, das tut gut. Mmmhmmm.
(O Gott, wo bin ich hier nur hingeraten …)
Er: Dich vernasch ich, du heißes Früchtchen.
Sie: O ja, bitte, o ja, jaaa. Nimm mich …
Beide reißen sich gegenseitig die Klamotten vom Leib. Kameraschwenk auf die Unterleibe. Waaaah, hat der ein Ding! Ich beuge mich nach vorne, um bloß nichts zu verpassen. Rüdiger neben mir räuspert sich verlegen. Der Handwerker dringt in die Hausfrau ein. Ein verbales Gemetzel beginnt.
Sie: Fester, fester, stoß fester, stoß zu, mmmhmmm, jaaa, o Gott, o Gott …
Er: Dir besorg ich's, du kleine Schlampe, ich mach dich fertig …

So geht das ungefähr fünf Minuten, bis sie schließlich schreit: »AAAAHHH, ich komme, ich komme!!!« (sie wirft den Kopf dabei hin und her) und er wirft den Kopf nach hinten, fletscht die Zähne und brüllt: »GGGGAAAARRRR, ich auch!!!«, zieht sein Teil aus ihr raus und ejakuliert ihr auf die Oberschenkel. (Das ist ganz wichtig bei Pornofilmen, dass ER auch wirklich kommt, deswegen muss er das Teil auch immer rausziehen, zum Beweis sozusagen. Sonst gibt es weniger Honorar! Inzwischen weiß ich so was. Die Ladys haben es da einfacher. Ein bisschen Gleitcreme und schon ist alles in Ordnung.) »Seid ihr bereit?«, quakt der eine genervte Techniker durch die Anlage. Ich schaue zu Rüdiger. Er nickt, also nicke ich auch. »Gut, dann diese Szene bitte.« Spul, spul. Da – sie geht ins Haus. Ich sage »Endlich geschafft«. Klappte auf Anhieb. »Gestorben«, brüllt der Techniker. Jetzt kommt die Panoramafensterszene. Es fällt mir schwer, so zu tun, als sei ich geil auf den 1,90-Typen, weil ein 1,50-Mann neben mir sitzt, der stark transpiriert und mit der Situation völlig überfordert ist. Wir kriegen beide nichts auf die Reihe. »Pause«, schreit der Techniker. »Ihr trinkt jetzt Sekt!« Eine gute Idee. Mit Sekt geht alles besser.

Nach zwei Stunden bin ich fix und fertig. Rüdiger scheint Alkohol nicht sooo gut zu vertragen, er ist in seiner Sprecherrolle so weit gegangen, dass er ununterbrochen stöhnt, auch an Stellen, an denen es gar nichts zu stöhnen gibt. Der Herr Steiger meint, das wäre doch trotzdem alles ganz gut gewesen und ich hätte mich sogar so angehört, als ob ich tatsächlich Lust bekommen hätte (ich gebe zu, ich habe Lust bekommen, Sie wissen schon: Lange keinen Sex mehr gehabt …). Rüdiger meint, er wüsste nicht, ob das alles was für ihn wäre. Der Herr Steiger ist derselben Meinung. Für eine Pornofilmsynchronisation müsse man das richtige Händchen haben. Aber wenn mal wieder eine Sprecherrolle für eine Naturfilmproduktion, so was wie »Mit dem Steinadler auf du und du«, anstehe, würde er sich bei Rüdiger melden. Rüdiger nickt dankbar, schüttelt uns allen die Hände (iiiihhh, feucht) und verabschiedet sich.
Und mich fragt der Herr Steiger dann, ob ich wohl die nächste Woche drei Abende zum Synchronisieren kommen kann. Einen anderen Profisprecher werde er bis dahin selbstverständlich besorgen. Er bietet mir für die Synchronisation eine Pauschale von 2500 Euro an. Das ist ja nicht schlecht für ein bisschen Rumgestöhne. Ich sage zu.

Das Lämpchen vom Anrufbeantworter blinkt, als ich nach Hause komme. Es ist Pitbull. Er behauptet böse, dass er mich schon den ganzen Tag auf dem Handy zu erreichen versucht (wo ist das Handy überhaupt?), der Herr Kamlade wie Schublade hätte ihn morgens angerufen. Ja, wir sollen doch bitte für nächsten Dienstag noch mal kurz einen Termin machen mit ihm, wenn's passt. Jaja, passt. Ich rufe ihn zurück. Er ist beim »Schorsch«, wo sonst, und fragt, ob ich auf ein Bier hinkomme. Nein, heute nicht, ich werde mich einfach mal vor den Fernseher setzen oder telefonieren. Ich sage Pitbull, dass er für Dienstagnachmittag was ausmachen soll, und lege auf. Erst mal Schlafi an. Nein, erst mal abschminken und Kontaktlinsen rausmachen. Die Waage im Bad blickt mich vorwurfsvoll an. Nein, heute nicht, heute nicht. Obwohl, ich hab ja kaum was gegessen heute. Nur mal kurz draufstellen und nicht hinschauen ... nur blinzeln ... 62,5 Kilo. Ich habe ein Pfund abgenommen! Eigentlich könnte ich mir dann doch noch ein Schinken-Käse-Sandwich machen. Mit Tomate. Tomaten haben wenig Kalorien. Lecker.

Kerzen an, Sandwich hingestellt, Fernsehen. Oh. Auf RTL fängt gerade »Schlaflos in Seattle« an. Ich liebe Tom Hanks und Meg Ryan. Das Dumme ist nur, dass ich bei diesen Filmen immer das heulende Elend bekomme, weil zum Schluss immer die Pärchen nach endlosen Irrungen und Wirrungen zueinander finden. Warum passiert mir so was nie? Noch nicht mal Pitbull findet mich attraktiv. Dabei sehe ich doch gar nicht so schlecht aus. Ich glaube, ich weine etwas. Weinen ist immer gut. Oder ich mache mir noch ein Schinken-Käse-Sandwich. Diesmal mit Gurke. Gurken haben wenig Kalorien. Und morgen hole ich mir diese Anti-Fett-Kapseln. Ha. Dann kann ich Lasagne, Pizza, Sahnesoße und Buttercremetorte futtern, bis ich umfalle, und kein Gramm Fett setzt an. Herr-lich ... Dann fällt mir wieder ein, dass ich hier bald ausziehen muss. O mein Gott. Also erst ein Sandwich und dann weinen. Ich bin 34. Ich werde bald 35. Ich bin so alt. Ich bin so fett. Ich finde keinen Mann. Und Tom Hanks und Meg Ryan treffen sich gerade auf dem Empire State Building. O Gooooooott. »Das ist Magie« ist ein Satz, der in diesem Film ständig vorkommt. Ich möchte doch auch nur mal jemandem begegnen, bei dem ich sagen kann: »Das ist Magie.«

Ach, ist das alles traurig. Ich mache den Fernseher aus und lege mich ins Bett. Ich kann nicht einschlafen, weil die Sandwiches wie Bleiklumpen in meinem Magen liegen. Warum bin ich nicht bulimiekrank? Dann könnte ich jetzt auf dem Klo alles wieder rauskotzen. Aber ich bin nicht bulimiekrank. Einfach nur alt, hässlich und fett. Mit diesen Gedanken schlafe ich ein.

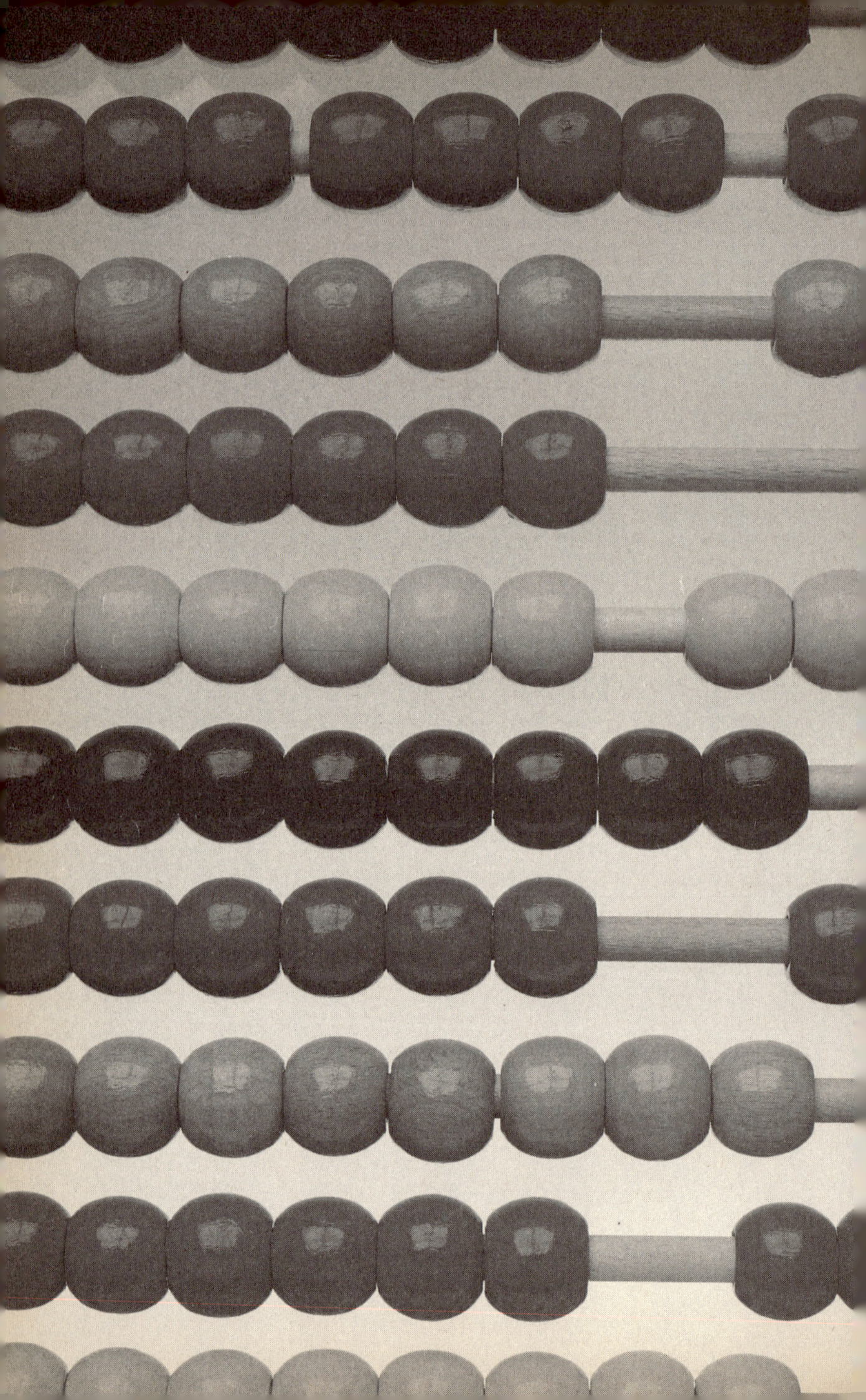

12

Ein trostloses Wochenende liegt hinter mir, eine trostlose Woche vor mir. In der Redaktion herrscht am Montagmorgen ein heilloses Durcheinander, als ich die Büroräume betrete. Der Morgenmoderator hat sich kurzfristig krankgemeldet und kein anderer Moderator ist aufzutreiben. Ich bekomme Schweißausbrüche vor lauter Angst, dass ich jetzt gleich gefragt werde, ob ich von 9 bis 12 Uhr moderieren kann. Im Selbstfahrerstudio. Ohne Techniker. Das heißt, man muss alles selbst machen. Ich habe Ewigkeiten nicht mehr moderiert. Leider entdeckt mich Wolfgang, der Planer, bevor ich mich auf dem Klo verstecken kann. Er kommt in einem Tempo auf mich zugerannt, dass Fliehen zwecklos ist. Der Schweiß steht ihm auf der Stirn. »Frag nicht – geh ins Studio!«, ist alles, was er zu mir sagt. Mein »Aber ich ...« ignoriert er. Mit einer ausladenden Handbewegung zeigt er auf die anderen Anwesenden. Es ist tatsächlich niemand da, der jemals moderiert hat. O NEIN!!! Warum, warum, warum? Wolfgang schiebt mich vor sich her Richtung Studio und erzählt mir im Laufen, welche Themen, welche Interviews und welche Studiogäste ich habe. Wie furchtbar. Eine Band aus England ist von 10 bis 11 Uhr zu Gast. Hardrocker. Übersetzt heißt der Name der Band »Die geladenen Bettnässer«. Ich habe Angst. Die würden nur Englisch sprechen, sagt Wolfgang, aber das würde ich schon hinkriegen. Was? Die sprechen nur Englisch? Ich kann doch nur die Sätze »Hello! How are you? Maybe we are in a near relationship«. Das wird eine Katastrophe. Ich weiß es jetzt schon.

Thomas, der Frühmoderator, weist mich wenigstens freundlicherweise noch mal ein wenig in die Technik ein. »On Air Assist«, daraus kommt die Musik, »Prelisten«, Vorhören neuer Titel, »End«, das Ende des alten Titels vorhören. Achtung, gute Blenden fahren (also Übergänge), die Trailer nicht vergessen, Mikro einpegeln mit »Gain«, »Cart Assist« für Jingles und Unterlegmusiken, »CD-Player 1 selektieren«, o nein, o nein. Der Nachrichtenmensch kommt ins Studio, sieben Sekunden vor den Nachrichten muss das Nachrichtenjingle gestartet

werden, damit der Sprecher im Jingle dann auch um Punkt neun »Punkt neun« sagt. Oh, der Nachrichtenmann braucht ja auch ein Mikrophon. Schnell selektieren. Punkt neun. Geschafft. Blablabla, News, Sport. Schweigen. Er sieht mich fragend an. Ich sage on air: »Warum schaust du mich denn an?« Er: »Wenn du bitte das Wetter-Jingle starten würdest!« Ach so, das muss ich ja machen. »Punkt wettert.« Wolkig, bald sonnig, blablabla. Hurra, ich schaffe es, den Showopener zu starten. »Dsssssssch, Easy-radio mit Carolin Schatz, schönen guten Morgen.« »On Air 1« aktivieren. Musik! Uff. Erst mal geschafft.
He – geht doch. Ist wie Autofahren. Nach zehn Minuten bin ich so locker, dass es richtig Spaß macht. Veranstaltungstipps, Entertainment-Report, ein Interview mit einer Frau, die Fleisch-Pommes-frites erfunden hat, und, und, und. Ruck, zuck ist es zehn Uhr, die Nachrichten klappen auch und sogar Wolfgang kommt zwischen zwei Titeln ins Studio und sagt, ich würde das großartig machen. Ich bin richtig stolz auf mich.

Um zwanzig nach zehn möchte ich nicht mehr leben.
Nini, meine Redakteurin, kommt mit den Studiogästen. Ich sagte es bereits, eine Band, deren Name übersetzt so was wie »Die geladenen Bettnässer« heißt. Es sind fünf Männer, die mit Sicherheit drei Viertel ihres Lebens im Gefängnis verbracht haben. Bestimmt ist auch der eine oder andere zum Tode verurteilt worden, konnte aber fliehen und hat sich einer Gesichtsoperation unterzogen und einen anderen Namen zugelegt. Das Wort »Waschen« hat keiner jemals gehört. Die Haare glänzen wie Speckschwarten. Einer hat eine Kalaschnikow dabei. Ein anderer ein Beil. Das sei Equipment, erklärt mir Nini. Dies würde zur Promotour dazugehören (ich hoffe nur, dass zur Promotour nicht auch das Töten der einen oder anderen Moderatorin dazugehört). »Hello«, sage ich schüchtern und hoffe, dass niemand mir die Hand schütteln möchte, um mir dann gleichzeitig ein paar Finger abzuhacken. »What's going on, hej hej …«, brüllt eines der Bandmitglieder. Ein anderer öffnet sich lautstark eine Dose Bier, die er vorher noch kurz schüttelt. Der Schaum spritzt in einem Umkreis von acht Metern herum. Wir dürfen im Studio im Technikbereich nichts trin-

ken und essen, weil das eventuell einen Schaden von mehreren hunderttausend Euro verursachen könnte. Nur mal so am Rande erwähnt. Nini reicht mir einige Blätter mit Infos über die Band. Auf Englisch. Danke.

Es ist nicht möglich, ein Vorgespräch mit den »Geladenen Bettnässern« zu führen, weil alle durcheinander brüllen. Und wir haben noch vierzig Sekunden. Noch dreißig. Zwanzig. Zehn. Null. »Hallo, heute zu Gast die ›Loading Bedwets‹. Hello«, rufe ich euphorisch, um die Hörer glauben zu machen, ich würde mich über die Anwesenheit dieser gescheiterten Existenzen freuen. Ein gruppendynamisches Rülpsen ist die Antwort. »Em, em, let us talk about your new album«, ist meine Einstiegsfrage. »You are a bitch, motherfucker bitch you are, yeah, yeah!« Es ist der Sträfling, der das Bier verschüttet hat. Ich lasse das mal so stehen.

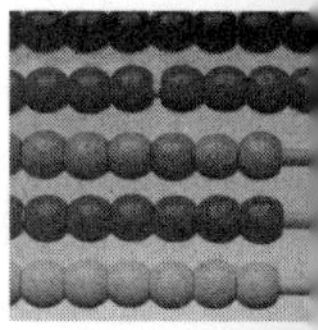

Das erste Mal in meinem Leben bin ich froh, dass Interviewtakes nicht länger als zweieinhalb Minuten dauern dürfen. Normalerweise überziehe ich immer. Diesmal mach ich nach 1'30 Schluss. Es ist sowieso sinnlos. Diese Menschen haben Drogen und Alkohol für acht Jahre in ihren Körpern gebunkert. Und einer furzt ständig. Mir wird ganz schlecht. Davon mal ganz abgesehen verstehe ich kein Wort von dem, was sie von sich geben.

Im zweiten (und Gott sei Dank letzten) Interviewtake sollen die geladenen Bettnässer unplugged was spielen. Sören, der Techniker, hat bereits alles verkabelt. Es könnte einfach losgehen, bitte, aber nach dem Anschluss der Instrumente stellen wir fest, dass eines der Bandmitglieder einfach irgendein Instrumentenkabel in eine falsche Steckdose gesteckt hat (die normalen sind grün, alle anderen, die wir NICHT benutzen sollen, sind weiß). Im nächsten Moment ist Totenstille im Studio. Alles abgestürzt. Unplugged, sozusagen. Haha. Nichts geht mehr. Das längste Sendeloch der Welt, und das muss mir passieren. In diesem Moment gehen meine Nerven mit mir durch und ich fange an zu heulen. Die geladenen Bettnässer sind plötzlich brave Jungs, die Mitleid haben und mich trösten wollen. Einer will mich in den Arm nehmen, zieht mich an sich, aber er stinkt so sehr, dass ich kotzen muss. Drei Minuten später geht im Funkhaus das Gerücht rum, ich sei schwanger.

Nie wieder werde ich moderieren. Nie wieder. Das tut sich doch kein normaler Mensch an. Nein, nein, nein. Das war's.

Am nächsten Tag treffe ich mich um vier mit Pitbull. Diesmal ohne Gero und Anhang. Wir tapern mit Dead or alive zur Bank. Dead or alive ist gar nicht gut drauf. Das läge an der Wurmkur, die er bekommen hat, meint Pitbull. Die mache schläfrig. Gleich kotze ich wieder. Der Herr Kamlade wie Schublade erwartet uns schon. Freudig erregt rückt er uns die Stühle zurecht, dann nimmt er uns gegenüber Platz und strahlt wie ein Honigkuchenpferd. Wir schauen ihn an wie Fragezeichen.
Herr Kamlade trommelt mit seinen Fingerspitzen auf den Schreibtisch. »Gratulation«, jubiliert er. »Die SPARbank freut sich, Ihnen den gewünschten Kredit zur Verfügung stellen zu können!!!«
O Gott. Damit hätte ich nie gerechnet. Jetzt bin ich bald eine Puffmutter. Eine Bordellbesitzerin? Eine Hure? Eine was weiß ich, was … Ich kann gar nichts sagen, ich kann nur starren.
Pitbull ist außer sich. Er schüttelt Herrn Kamlade so fest die Hand, dass dessen Fingerkuppen blau anlaufen. Mir tätschelt er vor Begeisterung die Wange (das heißt, er gibt mir Ohrfeigen). Wir machen mit Herrn Kamlade aus, dass wir in der nächsten Woche den Vertrag unterschreiben, er wird dann alles Nötige vorbereiten. Wir bedanken uns und gehen.
»Jaaaaaaaaaa!«, schreit Pitbull auf der Straße. »Wir haben es geschaaaaaaaafft! Das war die geilste Idee unseres Lebens!«
Ich selbst kann es noch gar nicht fassen. Wir werden einen Swingerclub eröffnen. O je. Was werden bloß die Leute dazu sagen? Die Kollegen? Susanne! MEINE ELTERN!!! Frau Eichner! Obwohl – die würde nur fragen, ob es was zum Saubermachen gäbe.
Ich bleibe stehen. »Wir müssen ja auch erst mal ein geeignetes Gebäude finden und einen Vermieter, der uns das als Swingerclub vermietet!«, sage ich zu Pitbull. Er winkt ab. »Mach dir darüber keine Gedanken … da hab ich schon mit dem Pinki geredet. Der sucht schon was.« Wer Pinki ist, will ich wissen. Na, der Pinki vom »Schorsch«, der mit den vielen Tätowierungen. Entschuldigung, aber beim Schorsch haben alle Tätowierungen. Na, der mit den Schlangen-

tätowierungen. Keine Ahnung. Ich frage mich nur, welcher Hausbesitzer diesem Pinki mit seinen Schlangentätowierungen Räume für ein verruchtes Etablissement vermieten wird.

»Jetzt geht's los, jetzt geht's los!!!«, singt Pitbull. Wir müssten uns sofort an die Planung setzen. Einrichtung der Räume, was muss gekauft werden, mit welchem Bierhersteller arbeiten wir zusammen und so weiter.

»Aber erst mal brauchen wir doch 'ne Location!«, wende ich ein.

»Lass den Pinki nur machen, der ist clever, der findet was!«

Pitbull ist ganz zuversichtlich. »Jetzt gehen wir erst mal zu mir, ich hab schon mit 'ner To-do-Liste angefangen.«

Da bin ich aber mal gespannt, ich war noch nie bei Pitbull. Er winkt ein Taxi heran und sagt dem Fahrer, dass es in die Schmidtstraße gehen soll. O Gott. Das ist ja übelstes Puffviertel. Diese Ecke ist vom Blut unschuldiger Menschen getränkt, die sich beim Einkaufen verlaufen haben, in der Schmidtstraße gelandet sind und dort mit einer Pumpgun niedergemäht wurden. Bestimmt trifft uns gleich ein Kugelhagel, wenn wir aus dem Taxi steigen.

Aber so schlimm ist es gar nicht. Wen sehe ich bei der Ankunft vor Pitbulls Haus? Iris, die eine Nutte, mit der ich beim »Schorsch« so nett tanzte. Sie freut sich sichtlich, mich wiederzusehen. Ihre Begeisterung ist so groß, dass sie fast mit ihren hüfthohen roten Lackstiefeln umknickt, als sie auf mich zuläuft. Ich frage, wie die Geschäfte so gehen. Verschmitzt zieht sie einen Fünfhunderteuroschein aus ihrem BH. »Der Lehrerinnenfreier war wieder da«, gickelt sie.

Alles klar. In solchen Momenten frage ich mich wirklich, warum ich … Aber das hatten wir ja schon. Von Pitbull bekommt sie zur Begrüßung einen Klaps auf den Hintern. »Na, schon was Warmes im Bauch gehabt heute?«, grölt er. Ich werde noch nicht mal mehr rot, so sehr hab ich mich schon an diese Sprüche gewöhnt. Iris streckt Pitbull die Zunge raus und meint, dass ihm was Warmes im Bauch auch mal gut tun würde. »Bin ich schwul?«, ruft Pitbull. Alle lachen.

Pitbulls Wohnung ist gar nicht so schlimm. Zugegebenermaßen ist sie nicht ganz so sauber wie meine, aber völlig okay. Wir setzen uns in die Küche und Pitbull holt einen Schnellhefter, in dem alles Mögliche an

Kalkulationen und so abgeheftet ist. Sein Handy klingelt. Es scheint dieser Pinki zu sein, denn Pitbull brüllt »Warum fragst du so blöd? Mach 'nen Termin aus und dann komm vorbei und bring was zum Saufen mit! Wir haben den Kredit!!!« Er wirft das Handy auf den Tisch. »Das war Pinki«, sagt er, »er hat wohl jemanden getroffen, der jemanden kennt, dessen Tante eine Nachbarin hat und von der der Sohn kennt jemanden, der ursprünglich nicht vermieten wollte, aber jetzt wohl doch vermieten will, weil seine Freundin nach Hamburg gehen will und er mit, das war wohl eine Art Kneipe mit Hotel und die wollen in Hamburg einen Feinkostladen aufmachen, weil die Freundin von der Freundin gemeint hat, sie bräuchte einen Partner, und deswegen hat Pinki jetzt mit denen so halb was ausgemacht, also eigentlich mit dem Bruder von dem einen Bekannten der Freundin. Er versucht jetzt, den tatsächlichen Vermieter ausfindig zu machen oder zumindest jemanden, der den dann kennt, dann holt er Wein und kommt her. Gut, was?« Super.

Etwas kriecht um meine Füße. Ich denke erst, dass es Dead or alive ist, aber der liegt friedlich in der Ecke und schlummert (das ist die Wurmkur). Entsetzt schaue ich nach unten. Eine ungefähr 8 Meter lange Riesenschlange kringelt sich gerade um mein Bein. Ich erstarre, hoffe aber gleichzeitig, dass es eine Würgeschlange und keine Giftschlange ist, ein Bein kann man notfalls amputieren, Gegengift allerdings in diesem Viertel bestimmt nicht so schnell bekommen. Zumal die Apotheken auch schon alle zuhaben und ich nicht weiß, welche Notdienst hat. Ich kann nicht sprechen. Pitbull beachtet mich nicht, er hantiert mit einem Taschenrechner herum und murmelt vor sich hin.
»Aaaargh«, ist schließlich alles, was ich rausbringe. Pitbull schaut mich an. Ich schaue nach unten. Die Schlange hat sich mittlerweile bis zu meinem Oberschenkel vorgearbeitet.
»Ach, Lola«, sagt Pitbull. »Na, hast du Hunger?« Er streichelt die Schlange. Sofort wird der Druck an meinen Schenkeln stärker. »Das ist Lola. Eine Boa constrictor. Habe ich bekommen, da war sie gerade mal drei Wochen alt. Lola ist 'ne ganz Brave, gell, Lola! Sie wird nur ein bisschen aggressiv, wenn sie Hunger hat, da ist mit ihr nicht gut Kirschen essen, gell, Lola? Ja, du hast Hunger, Lola, Papa weiß. Gleich

gibt's Happi-Happi. Ich muss das nur noch eben zu Ende rechnen!«, sagt er zu mir. »Bleib einfach still sitzen und zeig keine Angst, dann macht sie auch nichts. Gell, Lola?« Drohend hebt er den Zeigefinger vor Lolas Kopf. Pfeilschnell schießt eine Zunge hervor, dabei gibt Lola zischende Laute von sich.

Mein Bein stirbt langsam ab. So fühlen sich bestimmt Bergsteiger, die in eine Gletscherspalte gefallen sind und nichts gegen die Kälte machen können, die langsam, aber sicher in ihnen hochkriecht. Irgendwann dann hat man kein Gefühl mehr in den Beinen, es ist der schleichende Kältetod, der einen dann heimsucht. Ich wollte nie wegen eines abgestorbenen Beines sterben. Man stelle sich das einfach mal vor, was die Leute auf meiner Beerdigung sagen: Wie ist sie denn gestorben? Ach, eine Boa constrictor war um ihr Bein gewickelt und hat so fest zugedrückt, dass das Bein abstarb. Und dann war nichts mehr zu machen? Ach, in der Schmidtstraße war das, da. Na, kein Wunder.

Es klingelt an der Tür. Lola erschrickt sich so, dass sie ruckartig zudrückt. Ich schreie auf. »Jetzt is aber gut, Lola!« Pitbull wird sauer. »Gleich gibt's Happi-Happi, Lola, gleich, gleich.«

Es ist Pinki. Jetzt erinnere ich mich auch wieder an ihn. Er hat mir ungefähr hundert Schnäpse beim Schorsch ausgegeben und behauptet, er würde mich so lange bumsen, bis ich wund wäre. Ah ja. Ich möchte der Höflichkeit halber aufstehen, um ihm die Hand zu schütteln, traue mich aber wegen der Schlange nicht vor und nicht zurück. Wenigstens kümmert sich Pitbull jetzt um ihr Fressen. Er kommt zu mir und wickelt sie von meinem Bein, was ein recht schwieriges Unterfangen ist, da Lola mich so lieb hat, dass sie gar nicht mehr wegwill von mir. Ich will zu meiner Mama.

Endlich hat Pitbull Lola losgeeist und setzt sie in ihr Terrarium zurück, in dem fünf Mäuse zitternd ihrem Ende entgegensehen. Ich mag gar nicht hinschauen.

»Also«, fängt Pinki an, nachdem er mehrere Weinflaschen aus einer Plastiktüte geholt hat. »Wir können uns am Freitag in der Erichstraße die Räumlichkeiten anschauen. War wie gesagt 'ne Kneipe mit sieben oder acht Gästezimmern, so 'ne Art Pension. Ziemlich runtergekommen, muss viel renoviert werden, dafür ist aber die Pacht günstig. Die Umbaukosten übernimmt zum Teil auch der Vermieter. Das ist der Freund von der Freundin der Bekannten …«

»Jaja«, unterbricht ihn Pitbull. »Ab wann kann man da loslegen? Ist das ein Wohngebiet? Welche Genehmigungen braucht man?«

»Also so was Undankbares!«, zetert Pinki los. »Ich renn mir hier die Hacken ab und du stellst nur noch mehr Forderungen. Pass Acht, pass Acht!« Er hebt drohend die Faust. Nein, bitte keine Prügelei. Aber Pitbull ist ganz zahm und meint, dass er es nicht so gemeint hätte. Danke, danke. Während wir Wein trinken, rechnen wir noch mal durch, welches Geld wir für was ausgeben wollen. Die SPARbank gibt uns einen Kredit von 200 000 Euro. Damit muss nicht nur der Laden eingerichtet werden, nein, auch Personal bezahlt und die anfängliche eventuelle Durststrecke überwunden werden. Über Öffnungszeiten und so muss man dann auch noch nachdenken, meint Pitbull. Er ist sowieso dafür, am Anfang erst mal kein Personal einzustellen, sondern selbst vor Ort zu sein. Ich werfe ein, dass ich ja tagsüber auch arbeiten muss, aber Pitbull meint, das würden wir schon hinkriegen. Dann ruft er den Vermieter (oder den Freund der Freundin des Vermieters, der die Tante kennt, die eine Cousine hat) an und macht einen Besichtigungstermin für Freitagabend aus. Ach ja, und Werbung müssen wir auch machen für den Laden. Das muss richtig krachen. Wir könnten doch auch bei uns im Sender Funkspots schalten, meint er. Ich habe meine fristlose Kündigung schon vor Augen.

»Erst mal gehen wir da hin, schauen uns das Ding an und dann sehen wir weiter!«, spricht Pitbull. Damit ist das Thema für heute gegessen. Apropos Essen. Jetzt wird erst mal Pizza bestellt. Ich werfe ein, dass ich nur einen Meeresfrüchtesalat möchte, da ich ein bisschen auf meine Figur achten will. Pitbull grölt: »Wie willst du auf deine Figur achten, wenn keine vorhanden ist?« Danke. Der Abend ist für mich gelaufen. Ich esse nie wieder was. Nie wieder. Bis ich magersüchtig bin. Herrlich, die Vorstellung, in einer Boutique nach einem Kleid in meiner Größe zu suchen und nichts zu finden. Und dann schüttelt die Verkäuferin bedauernd den Kopf und sagt: »Schade, aber wir führen erst ab Größe 34 …«

Weil mir das eh nie passieren wird, bestelle ich Pasta mista und Pizzabrot. Wennschon, dennschon. Ich kann ja was übrig lassen (ich lasse NIE was übrig).

Pinki fährt mich später auf seiner Harley-Davidson nach Hause. Er nimmt die Kurven so knapp, dass die Fußpedale auf den Asphalt aufkommen und es Funken schlägt. Lieber fünf Lolas am Bein, aber nie wieder so eine Motorradfahrt.
Vor meinem Haus befindet sich eine Menschenmenge. Ich bekomme Angst. Brennt es? Ist jemand gestorben? Ist was mit Richard? O Gott! Alle blicken nach oben, ich tue es ihnen nach. Auf dem Dachfirst steht Frau Eichner mit Kopftuch und einem Besenstiel zwischen den Beinen. Sie singt irgendein Lied. Wahrscheinlich irgendwas Gälisches. O nein. Ich frage Herrn Tschenscher aus dem Erdgeschoss, was das alles zu bedeuten hat. »Sie wartet auf ein Ufo, das sie in eine bessere Welt bringt«, flüstert er. »Aber das Ufo will und will nicht kommen.«

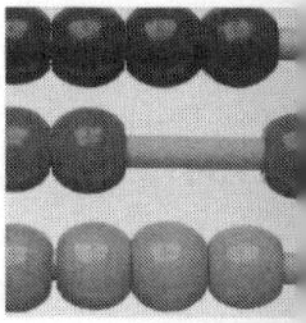

»Wieso möchte sie denn mit einem Ufo in eine bessere Welt?«, flüstere ich zurück.
»Sie meint, während einer ihrer Gruppenstunden hätte eine Teilnehmerin plötzlich diese innere Eingebung gehabt und hätte gesagt, alle sollten nach Hause gehen, sich auf die Dächer stellen und auf das Ufo warten.« Aha. Das heißt, dass in der kompletten Stadt gerade irgendwelche älteren Frauen mit Hexenbesen auf Hausdächern stehen. Na, da hat die Lokalpresse ja morgen wenigstens einen guten Aufmacher! Da vorne ist ja Richard. Er ist fix und fertig. »Sie lässt nicht mit sich reden«, meint er. Er wäre schon oben gewesen, aber sie hätte ihn fortgejagt. »Auf dem Dach gibt es auch einiges zu reparieren«, sagt Richard. Er will sich gleich morgen mal drum kümmern. Auf dem Dach fängt Frau Eichner wieder an zu singen. Dabei wedelt sie mit ihrem Besen in der Luft herum und tanzt. Das hier hält doch langsam kein normaler Mensch mehr aus. Kann denn nicht mal ein Tag komplikationslos verlaufen? Muss immer irgendwas passieren? Da kommt die Feuerwehr und spannt ein Sprungtuch. Gerade noch rechtzeitig, denn Frau Eichner verliert während des gälischen Tanzes das Gleichgewicht und stürzt kreischend in die Tiefe. Hinter ihr fliegt der Besen. Beide landen im Sprungtuch. Und immer noch kein Ufo in Sicht.

13

Ist es wirklich erst Mittwoch? O mein Gott, noch ganze drei Tage arbeiten. Ich bin so was von gerädert. Aber ich muss in die Redaktion, heute sind ganz wichtige Termine und außerdem gibt es ein Talk-Radio-Seminar, das ein Freund vom Chef hält, der ein begnadeter Radiotalker ist und der extra deswegen aus Berlin angereist kommt. Wir MÜSSEN alle an diesem Seminar teilnehmen.

Ich hasse diese PCs im Funkhaus. Irgendwas ist immer. Ich brauche für nächste Woche einen Dienstwagen und meine Maus spinnt und geht nie aufs richtige Feld. Gleich werfe ich alles in die Ecke. »Wie komm ich denn auf dieses Scheiß-Kfz-Anforderungsformular?«, brülle ich Ina an.
»Ach, das weißt du ja noch gar nicht«, sagt sie. »Die EDV hat das doch alles auf Spracheingabe umgestellt die letzten Tage. Da ist jetzt ein Mikrochip eingebaut im Monitor, der erkennt dich an der Stimme und dann brauchst du keine Maus mehr und kannst alles per Spracheingabe machen!«
Na, das ist ja endlich mal eine Erfindung, die einem das Leben wirklich leichter macht. »Und was muss ich jetzt machen?«, frage ich.
»Sag einfach ›Kfz-Formular‹ und schon hast du es auf dem Monitor.«
Ach, Ina ist immer so hilfsbereit. »Kfz-Formular«, sage ich zu meinem Monitor. Nichts passiert.
»Du musst lauter reden«, sagt Ina. Ich sage dreimal laut hintereinander Kfz-Formular, aber es passiert immer noch nichts. Ben kommt in der Zwischenzeit rein und meint, bei IHM würde es funktionieren. Wahrscheinlich funktioniert es bei allen, nur bei mir nicht. Wie immer. »Hm«, meint Ina. »Vielleicht ist das Wort zu lang und du musst einfach nur Auto rufen. Vielleicht haben die das so programmiert.«
Also rufe ich »Auto, Auto, Auto«, dann »Bitte Auto«, dann »ICH WILL EIN AUTO«, zum Schluss schreie ich »ICH MÖCHTE DOCH NUR EIN AUTO HABEN!« in den Monitor hinein. Nichts passiert.

»Weißt du was?«, meint Ina, »du rufst jetzt einfach bei der EDV an. Vielleicht haben die dich vergessen freizuschalten. Sag einfach, du bittest um die Freischaltung für die Spracheingabe bei Word.«
Das ist eine gute Idee. Schnell wähle ich die 5244. »EDV-Service, guten Tag.« Ich trage mein Anliegen vor. »Wie bitte?«, fragt Herr Montag. Ich sage, dass ich nur um die Freischaltung für die Spracheingabe bei Word bitte, und weise ihn darauf hin, dass ich seit einer Viertelstunde alle Begriffe, die mit Auto zu tun haben, in den PC gebrüllt hätte. Herr Montag holt Luft. »Sie wollen mir jetzt allen Ernstes sagen, dass Sie vor Ihrem Monitor sitzen und ›Auto, bitte Auto‹ schreien?« Ich bejahe. »Das kann ich einfach nicht glauben«, meint Herr Montag. »Auf so was Dämliches fällt ja wohl sonst niemand rein.« Ich schaue zu Ina und Ben. Die beiden fangen in diesem Moment schreiend an zu lachen. Ich hasse sie.
Später, als wir im Gruppenkonvoi in die Kantine zum Mittagessen gehen, laufen wir unglücklicherweise an der EDV-Abteilung vorbei, die schon gegessen hat. Herr Montag deutet mit dem Zeigefinger auf mich und sagt laut: »Das ist sie!« Fünfzehn Augenpaare starren mich an, fünfzehn Menschen fangen an zu grölen. Danke. Danke. Danke.

Freitag. Endlich. Um 18 Uhr treffe ich mich mit Pitbull. Er ist total aufgeregt. Zur Feier des Tages und um einen guten Eindruck zu machen, hat er Dead or alive ein Halstuch umgebunden, das dieser ständig versucht, zwischen die Zähne zu bekommen.
Der Vermieter heißt Jean Parusel und freut sich, uns kennen zu lernen. Das Etablissement befindet sich in der Nähe des Industriegebietes und ist vor Urzeiten für Lkw-Fahrer gebaut worden, die hier essen, trinken und übernachten mussten. Wir betreten das Haus durch die Kneipeneingangstür. »Brummi-Treff« steht in verblassten Lettern an der Hauswand. Der Putz blättert ab. Im Haus selbst stinkt es nach Verwesung. Herr Parusel meint, es täte ihm Leid, dass es so stinke, aber da wäre selbst er machtlos, die Ratten und Hasen und alle möglichen anderen Tiere fänden irgendwie immer alle ein Loch, um ins Haus zu kommen. Dem Geruch nach zu urteilen, verlieren sie nur leider die Orientierung im Gebäude und verenden irgendwann in der Schankstube

oder in einem Waschbecken, die Ratten und Hasen und anderen Tiere. Ich komme mir vor wie bei »Halloween«. Jeden Moment taucht Michael Meyers hinter der Theke auf und geht mit langsamen Schritten auf uns zu, einen Säbel in der Hand. Wir werden vor Schock einfach nur stehen bleiben und dabei zusehen, wie Michael Meyers uns langsam zerstückelt. Niemand wird uns finden, und wenn, wird man uns für verweste Ratten, Hasen oder andere Tiere halten. Vielleicht ist aber auch Herr Parusel ein Mörder, der uns nur hierher gelockt hat, um uns langsam zu lynchen. Herr Parusel hat bestimmt irgendwann mal etwas von Fritz Haarmann gelesen und sich dann noch den Film »Der Totmacher« angeschaut und wollte seitdem immer mal Menschen umbringen. Dummer Zufall, dass es nun Pitbull und mich treffen muss. Vielleicht erwürgt uns Herr Parusel, dann kriegen wir vielleicht diesen besonderen Kick wegen der verringerten Sauerstoffzufuhr. Wiederum dumm, dass wir keine Fetischisten sind, die darauf stehen.

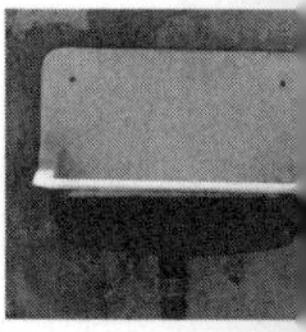

Herr Parusel hebt die Hand. Sehe ich da nicht ein Messer blitzen? Nein, es ist nur seine Armbanduhr. »Tut mir Leid wegen der Spinnweben«, sagt er. »So, und jetzt schauen Sie sich einfach mal in Ruhe um!«
Ich hasse das hier. Ich muss Gott danken, dass ich keine Hausstauballergikerin bin, denn dann wäre mein Gesicht jetzt schon blau angelaufen und ich würde keine Luft mehr bekommen.
Pitbull findet das alles ganz großartig. Den Schankraum, der seit 1439 nicht mehr renoviert wurde, will er zum »gemütlichen Aufenthaltsraum mit Barbereich« umfunktionieren. Mit Sitzgruppen und indirekter Beleuchtung. Ich kann mir das gar nicht vorstellen. Das Einzige, was mir an diesem Raum gefällt, ist der alte Dielenboden. Ansonsten nikotingelber Rauputz an den Wänden, die Bestuhlung besteht aus typischem gut deutschem Wirtshausmobiliar und der Zapfhahn an der Theke ist verrostet. Das einzig Nette ist ein Emailleschild aus den 50er Jahren, auf dem steht: »Die gute Hausfrau kocht mit Maggi!« Das will ich unbedingt haben! Das kommt in meine Küche. Da fällt mir wieder ein, dass ich ja aus meiner Wohnung ausziehen muss. In drei Monaten bin ich obdachlos. Na ja, ich kann ja dann hier einziehen.

Es gibt sogar einen Kühlschrank, der aber seit zwanzig Jahren nicht mehr geöffnet wurde. Ich will ihn auch gar nicht öffnen, weil ich Angst habe, dass er lebt. Aus der vergessenen offenen Kondensmilchbüchse werden sich schon Maden herausgewunden haben, diese sind dann irgendwann zu Käfern geworden und die Käfer selbst haben sich gegenseitig aufgefressen. Der stärkste Käfer hat überlebt und passt gerade noch so in den Kühlschrank. Er wartet seit Jahren darauf, dass irgendein Idiot (also ich) den Kühlschrank endlich öffnet, um ihm grüne, eklige, giftige Schleimmasse direkt in die Augen zu spucken. Toiletten gibt es auch. Die Spülung hat ganz offensichtlich noch nie funktioniert. Herr Parusel entschuldigt sich die ganze Zeit für alle Makel. Ich warte nur noch darauf, dass er sich dafür entschuldigt, auf der Welt zu sein.

Zu dem Haus gehört auch ein Keller. Grundgütiger, riecht das modrig. Die Stufen sind so steil und klein, dass man ab Schuhgröße 32 Probleme hat, einen Fuß draufzusetzen, ohne abzurutschen. Es ist ein Gewölbekeller mit Lehmboden und Quadersteinen. Überall befinden sich Balken. Pitbull dreht vor Freude fast durch: »Das wird der SM-Bereich«, frohlockt er. »Komm mal her!« Er zieht mich zu sich und reißt meine Arme hoch. »Siehst du, und so wird die Sklavin dann mit den Händen nach oben an den Balken gefesselt und mittels Flaschenzug hochgezogen. Dann hängt sie da und wird ausgepeitscht.« Ich hoffe nur, dass es sich bei den Balken nicht um tragende Balken handelt, weil sonst nämlich alle Sklavinnen zusammen mit ihren Herren durch das einstürzende Haus für immer verschüttet werden. Wir finden sogar Eisenringe an den Wänden. Weiß der Geier, für was die mal gut waren. Na, da werden die »Doms« sich freuen. Ich stolpere über eine skelettierte Katze.
Endlich hat sich Pitbull genügend im Keller umgesehen. Jetzt geht es mit dem ersten Stock weiter. Ach du liebe Zeit. Es sind insgesamt sieben Zimmer. Blümchentapeten. Über den leeren Betten jeweils entweder Dürers »Betende Hände« oder ein Madonnenbild. In den Schränken befinden sich samtbezogene, mottenzerfressene Kleiderbügel. Pitbull rennt von Zimmer zu Zimmer, plant, reißt in Gedanken schon Wände ein und renoviert.

Wo ist eigentlich der Herr Parusel? Ach, da kommt er ja. Er entschuldigt sich mal wieder.

Als wir mit der Besichtigung fertig sind, setzen wir uns zusammen mit Herrn Parusel in den Schankraum an einen wackeligen Holztisch und besprechen das »Geschäftliche«. Pitbull entpuppt sich mal wieder als cleveres Kerlchen, das an alles gedacht hat. So mir nichts, dir nichts würde er das Ding hier schon mal gar nicht mieten bzw. pachten, fängt er das Gespräch an. Herr Parusel entschuldigt sich unterdessen für den wackeligen Tisch. Pitbull rechnet Herrn Parusel vor, was das alles kosten wird, was alles investiert werden muss allein schon für das Legen neuer Stromleitungen. Die alten Kabel wären ja lebensgefährlich. Pitbull verlangt von Herrn Parusel, dass er drei Viertel der Renovierungskosten übernimmt, und bietet ihm dafür an, einen Pachtvertrag von fünf Jahren abzuschließen. Das heißt, dass Herr Parusel dann seine Kosten wieder drin hat. Als monatliche Pacht stellt sich Pitbull eine Summe von zweitausend Euro vor. Zweitausend Euro??? Ist er verrückt??? Woher sollen wir denn zweitausend Euro nehmen jeden Monat??? Wenn der Laden nicht läuft, wenn alles den Bach runtergeht, dann stehen wir da und haben nichts zu essen und zu trinken. WIR WERDEN ZUGRUNDE GEHEN! ZWEITAUSEND EURO!!!

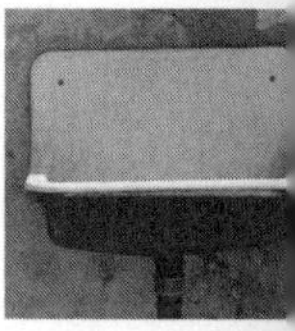

»Zweitausend Euro!!!«, ruft Herr Parusel.
Pitbull nickt.
Ich schreie noch lauter als Herr Parusel: »Zweitausend Euro!!!!«
»Schon gut, schon gut!« Herr Parusel streichelt mir beschwichtigend über den Arm. »Ich verpachte es Ihnen dann für eintausendfünfhundert pro Monat!«
Das ist mir immer noch zu viel und ich öffne den Mund, weil ich etwas sagen will, aber im nächsten Moment schreie ich auf, weil Pitbull mir mit voller Wucht gegen das Schienbein tritt. Mir schießen die Tränen in die Augen, aber ich bin erst mal still.
Pitbull holt eine Art Vorvertrag aus der Tasche, den Herr Parusel sich durchliest und dann unterschreibt, danach unterschreibt Pitbull und schiebt mir den Vertrag zu. Mir ist mittlerweile alles egal, und ich unterschreibe einfach. Wer weiß, was ich da jetzt gerade unterschrie-

ben habe. Schlimmer kann es nicht kommen. Der Stift schreibt kaum noch. Herr Parusel entschuldigt sich dafür. Wir verabreden dann einen Termin für die kommende Woche, um alles Weitere schriftlich zu fixieren, und Pitbull verspricht Herrn Parusel, sich um einen Kostenvoranschlag für die Renovierung zu kümmern. Herr Parusel händigt uns schon mal einen Satz Schlüssel aus.

Endlich wieder an der frischen Luft. Herr Parusel fährt von dannen und Pitbull und ich bleiben noch einen Moment stehen. Ich bin so sauer auf Pitbull, mein Bein tut weh und ich finde es einfach unverschämt, wie er mich behandelt hat.

Pitbull lacht laut auf, als Herr Parusel um die Ecke gefahren ist. »Heissajuchhe!«, ruft er. »Zum Glück hast du das mit den zweitausend Euro gesagt! Warum hast du denn nicht auch ›WAAAS, EINTAUSENDFÜNFHUNDERT‹ gebrüllt, dann hätten wir die Bude jetzt für tausend Steine. Aber gut gemacht, gut gemacht.«

»Warum hast du mich denn getreten?«, frage ich wütend.

»Weil ich dachte, dass du dich dann noch ein bisschen mehr aufregst. Der hätte sich zum Schluss noch dafür entschuldigt, dass er uns überhaupt Geld abnimmt.« Ach so.

»Aber ich finde tausendfünfhundert Euro im Monat ist viel zu viel!«, beschwere ich mich. »Stell dir nur mal vor, es kommen keine Gäste und so, dann stehen wir da!«

Pitbull rollt mit den Augen. »Ich kann dir mal zeigen, was du normalerweise an Pacht für so 'nen Schuppen bezahlst!«, argumentiert er. »Für einen Puff in der Lage zahlt der Lolli in Frankfurt viertausend Steine.«

Mag sein, aber wir sind hier nicht in Frankfurt, sondern in Watzelborn, und ich will auch gar nicht wissen, wer der Lolli ist (es gibt sowieso nur drei Möglichkeiten: 1. Mord, 2. schwerer bewaffneter Raubüberfall mit Todesfolge, 3. Entführung eines Politikers mit Erpressung und anschließender Geiseltötung).

Pitbull ruft Pinki an und bedankt sich! Pinki meint, keine Ursache, und freut sich mit Pitbull. Pitbull fragt mich, ob ich Lust habe, mit zu ihm zu kommen und einen zu trinken, wir könnten auch gerne noch die anderen anrufen (damit meint er wohl Gero, Tom und Richard). Aber ich habe heute keine Lust auf Schlangen und schlage deswegen vor, dass wir zu mir gehen. Ist Pitbull auch recht. Ich rufe die anderen an und wir verabreden uns für um acht bei mir.

Richard hört uns schon im Hausflur und öffnet seine Wohnungstür. Sofort will er alles erzählt haben. Als er den Nebensatz »und es gibt unglaublich viel zu renovieren« hört, strahlen seine Augen. Gleich morgen früh möchte er eine Ortsbesichtigung machen und daraufhin sofort zum Baumarkt fahren.

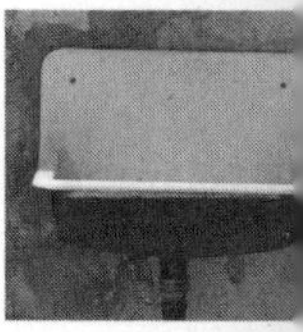

Pitbull meint »Erst mal langsam mit den jungen Pferden« und klopft Richard beruhigend auf die Schulter.

Gero und Tom kommen und später auch Pinki und Iris (heute sind die Geschäfte nicht sooo gut gelaufen …). Ich verspreche Tom, mit ihm morgen Abend zu dieser komischen SM-Fetisch-Party zu gehen, habe aber kein passendes Outfit, wie es in diesen Kreisen heißt, parat. Aber zum Glück gibt es Iris! Sie weiß sofort Rat. »Ich rufe Ruth an, die arbeitet als Domina. Die hat was Passendes für dich, garantiert!« Ich werfe ein, dass ich doch eigentlich ganz normal gehen könnte oder herrscht da Kleiderzwang? »Aber hallo«, meint Tom. Ob ich glauben würde, die ließen mich da mit Jeans und T-Shirt rein? Ja, woher soll ich das denn wissen? Sofort beginnt eine Diskussion von wegen jeder kann so kommen, wie er will, wer denn hier Kleidungszwang bestimmen würde und so weiter.

Zwischendurch bestellen wir was vom Chinesen. Für mich bitte nur die Fastenspeise der Buddhisten. Ist nur Gemüse, kein Fleisch, kein Fett. »Und so was macht satt?«, fragt Iris. »Man muss sich auch mal beherrschen können!«, sage ich selbstbewusst. »Ihr werdet euch gleich den Magen mit Schweinefleisch in Erdnusssoße (Gott, wie gerne würde ich das jetzt essen, ich schwöre, ich würde den Teller noch sauber lecken) oder Rindfleisch süß-sauer voll stopfen und euch danach fühlen wie gemästete Kälber, während ich kein Völlegefühl (wie ich dieses Völlegefühl liebe) im Bauch habe und noch dazu in der Lage bin, 100 Liegestütze zu machen oder 80-mal um den Block zu joggen.« Gero fragt, warum ich denn in der Lage sein will, joggen zu gehen, das hätte ich doch noch nie gemacht. Er hat ja Recht. Trotzdem. Ich will die Fastenspeise der Buddhisten. Das hört sich so hammerhaft gesund an. Alle anderen bestellen sich gemischte Thaiplatten oder Bami Goreng oder Ente süß-sauer oder Hühnerfleisch mit einer Extraportion Mandeln. Ich hasse sie dafür, bleibe aber standhaft.

Die Fastenspeise der Buddhisten ist mickriger, als ich sie mir vorgestellt habe. Außer ein paar verwahrlosten Mohrrübenstückchen sind noch Bambussprossen in Brühe zu finden, und ein Broccoliröschen dümpelt vor sich hin. Der Geruch der anderen Gerichte macht mich aggressiv. Heimlich gehe ich in die Küche und öffne eine Dose Ravioli. Den Inhalt löffle ich gierig in mich rein. Mir ist es ganz egal, dass die Ravioli kalt sind. Richard kommt mit den Resten der anderen. Sofort reiße ich ihm alles aus der Hand und schabe mit einem Löffel die Reste aus den Aluschalen. Bald brauche ich eine eigene Postleitzahl. Es klingelt. Das ist sicher diese Domina Ruth (meine Güte, wenn mir vor ein paar Wochen jemand gesagt hätte, dass ich bald die komplette Unterwelt des Rhein-Main-Kreises in meiner Wohnung haben werde, ich hätte ihm einen Vogel gezeigt).

Ruth und Iris begrüßen sich mit Küsschen. Ruth hat einen ganzen Koffer voll mit Outfits dabei. Lack, Leder, Latex, Gummi. Alles, alles, alles da. Sie hat sogar Peitschen dabei und alles Mögliche andere auch. Tom wird ganz nervös, als er die Utensilien sieht. Das wiederum macht Gero sauer, hat Tom doch gesagt, er stünde nicht mehr auf SM. Ich muss alles Mögliche anprobieren und die anderen (nicht ich) sagen, dass mir die enge Ledercorsage und die hohen Stiefel, die lustigerweise auch noch meine Schuhgröße haben, am besten stehen. Ich komme mir wirklich richtig dünn vor in dieser Corsage, Ruth schnürt sie so eng, dass ich quasi eine Wespentaille habe.
»Hm«, meint Ruth. »Die Frage ist jetzt, ob du als Sub oder als Dom gehen willst. Wenn du als Sub gehen willst, dann ziehst du dieses Halsband hier an.« Sie holt eines aus ihrem Outfit-Koffer. Leder, chic, mit Nieten und einem Ring. Daran kann man dann die Leine befestigen. Die hat Ruth natürlich auch dabei. Ich will aber kein Halsband anziehen. Die anderen sagen, ich sollte es doch wenigstens mal umlegen, sie

wollten sehen, wie ich damit aussehe. Also ziehe ich dieses Halsband an. Pitbull steht auf und befestigt die Leine daran. Soll ich jetzt Pfötchen geben oder was? Ruth ist jedenfalls hin und weg. »Du wärst eine großartige Sklavin. Stolz und doch beherrschbar«, sagt sie und seufzt. »Aber vielleicht entdeckst du ja irgendwann mal deine devote Ader – dann sag mir bitte rechtzeitig Bescheid. Dich würde ich zu gern mal dominieren!« Sonst noch was? Nein danke. Was, bitte, soll toll daran sein, in einem Käfig zu sitzen und darauf zu warten, dass die Herrin kommt und einen ans Andreaskreuz bindet, um dann die 23-Schwänzige zu schwingen? Oder einen zwingt, die Peitschenhiebe mitzuzählen und sich womöglich danach noch für die Erziehung zu bedanken? Neeee, nee, nee.

Was ich will, ist einfach nur mal wieder Sex. Ganz simplen. Beine breit und gut ist. Seit Robert Redford hatte ich noch nicht mal mehr die Chance, irgendwen ins Bett zu kriegen. Noch nicht mal Pitbull, noch nicht mal den. Und Gero erst recht nicht. Alle haben mich abgewiesen. Na ja, kein Wunder, ich altes Weib, ich. Wer will schon gerne mit einer Frau ausgehen, bei der sich jeder fragt, wo sie wohl ihre Stützstrümpfe gelassen hat. Oder ihren Rollstuhl. Der man selbstlos eine Tüte gebrannte Mandeln von der Kirmes mitbringt in der egoistischen Absicht, dass sie sie sowieso mit ihren Dritten nicht mehr beißen kann.

»Also als Sub oder wie das heißt gehe ich auf keinen Fall«, sage ich, während ich in Richards Richtung mit meinem leeren Weinglas wedele. Er steht sofort auf und füllt mir nach. Braver Sklave. »Ich zieh das Zeug hier an, aber glaub bloß nicht, Tom, dass ich da dann irgendwas mache.« Gero schmollt, weil ihn niemand fragt, ob er morgen mitkommen will. Er hat Angst davor, dass irgendein Herr ihm Tom abspenstig machen könnte. Von mir aus kann er schon mitkommen.

»Wo ist diese komische Fete überhaupt?«, frage ich in Toms Richtung.

»Auf Burg Schreckenstein!«, erklärt dieser stolz. »Die Veranstalter haben die Burg zwei Tage gemietet. Es gibt auch Übernachtungsmöglichkeiten. Und einen Original-Folterkeller aus dem Mittelalter, voll eingerichtet. Man kann alles benutzen!« Tom erzählt das wie ein Schulbub, der aufgeregt ist, weil er auf einen Kindergeburtstag eingeladen worden ist.

»Huh«, meint Iris. Da gäbe es bestimmt Fledermäuse. Da müsste man aufpassen, die flögen einem manchmal ins Haar und krallten sich fest, dann wäre das Haar nicht mehr zu retten. Also gleich wegscheuchen. Gut zu wissen. Ich habe mir bis heute keine Gedanken darüber gemacht, was zu tun ist, wenn eine Fledermaus sich im Haar verfängt.
»In dem Folterkeller gibt es sogar Daumenschrauben und große Zangen. Und natürlich eine Streckbank!« Na, das kann ja heiter werden. Was tut man nicht alles, um sich zu informieren.
»Ich will mit«, mault Gero.
»Nein!« Tom sagt das ganz bestimmt. »Carolin und ich gehen da morgen alleine hin. Ihr würdet die ganze Zeit nur lachen und rumalbern, da werden die Leute sauer.«
Womit er Recht hat. Ich sehe Pitbull schon durch den Folterkeller laufen und dumme Sprüche reißen, während Herren versuchen, Herr über ihre Sklavinnen zu werden, die mit den Armen nach oben von der Decke baumeln und auf die nächsten zwanzig mit dem Rohrstock warten.
»Hihi!«, sagt Iris. »Da gibt es doch diesen alten SM-Witz!
›Was habt ihr am Wochenende denn gemacht?‹
›Och, so rumgehangen.‹«

Der Wein ist alle und Richard und Ruth holen neuen von der Tanke. Wie gut, dass es die 24-Stunden-Tanken gibt. Wir machen dann einen Spieleabend. Ich hole das Trivial Pursuit aus dem Schrank.
Ich hasse dieses Spiel, weil es mir immer wieder zeigt, wie doof ich doch bin. Ich weiß nun mal nicht, wann irgendein Politiker in welcher Situation welchen Satz zu welcher Weltlage gesagt hat und warum und was er dabei anhatte.
Pitbull entpuppt sich als ein Ausbund an Allgemeinbildung. Er weiß sogar, WANN sich Vincent van Gogh sein Ohr abgeschnitten hat. Alle Achtung. Nebenbei erzählt er uns, dass Vincent Depressionen hatte. Ich bin nur bei den rosa Fragen gut. Also bei den Unterhaltungsfragen, den trivialen. Ich kann dann auf so Sachen antworten wie: »Welcher Satz wird direkt am Anfang von ›Jenseits von Afrika‹ von Tania Blixen alias Meryl Streep gesagt?« Weiß kein Mensch. Aber ich: »Ich hatte eine Farm in Afrika, am Fuße der Ngong-Berge.« Die anderen schauen

mich an, als müsste es mir peinlich sein, so was zu wissen. Offenbar hat man erst Bildung, wenn man ganz bestimmte Sachen nicht weiß. Aber das zu wissen ist doch besser als nichts, oder?

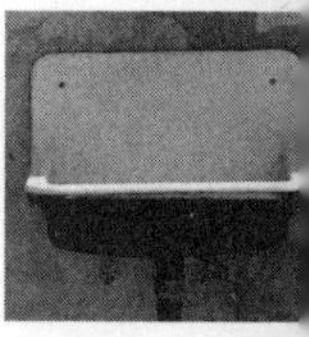

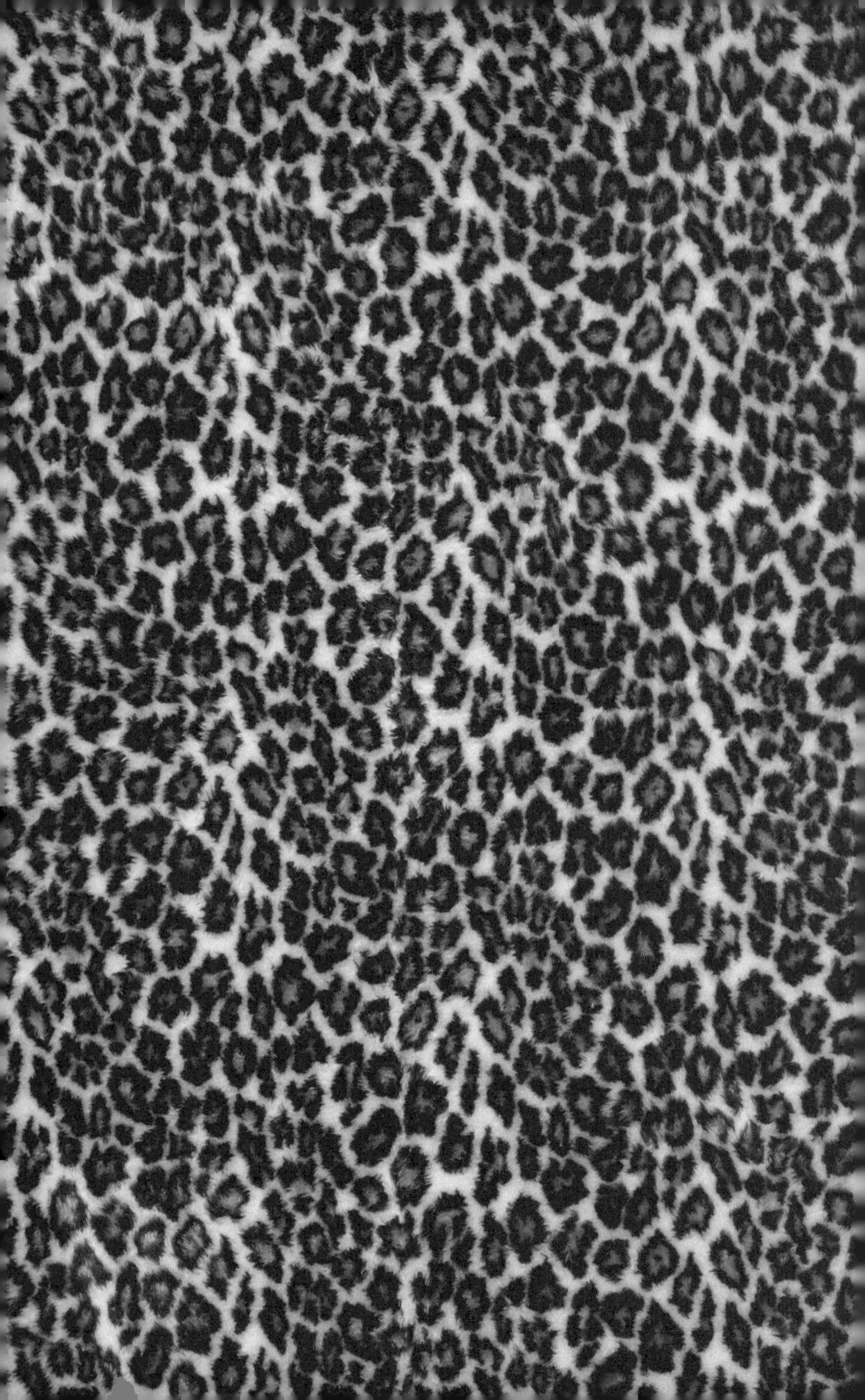

14

Samstag. Und ich hab abends was vor! O ja. Ich habe ein Date, kaum zu glauben. Zwar nur mit einem schwulen Exsklaven, der mich mit auf eine SM-Fete in ein Burgverlies nimmt, aber immerhin.
Tom kommt um halb acht. Er sieht ganz normal aus. »Ich habe mein Outfit untendrunter«, verrät er mir. Er will sich dann im Vorhof von Burg Schreckenstein entkleiden.
Mir hilft er in die Ledercorsage und schnürt sie so fest zu, dass ich gleich Riechsalz brauchen werde. Aber die Taille ist wirklich großartig! Zum Glück habe ich einen langen Mantel für drüber.
Der Taxifahrer ist merklich irritiert, als wir ihm sagen, wo es hingehen soll, handelt es sich doch bei Burg Schreckenstein um eine unbewohnte Burg, die zu 80 Prozent aus verfallenen Steinen besteht. Sicher denkt er, wir wären auf eine Teufelsaustreibung eingeladen. Ob ich ihm nur mal so aus Witz ein paar magische Formeln ins Ohr flüstere? Lieber nicht, sonst baut er noch einen Unfall.

Vor Burg Schreckenstein gibt es einen Stau. Über mehrere hundert Meter schlängeln sich die Autos die Anhöhe hinauf. Menschen mit Halsbändern und schwarzer Kleidung laufen den Berg hoch. Eine übergewichtige Frau in hüfthohen roten Lackstiefeln führt zwei junge Mädels »Gassi«. Die beiden krabbeln an Leinen hinter ihr her. Wie würdelos. Na ja. Mir ist die ganze Situation vor dem Taxifahrer ganz furchtbar peinlich. Ich erkläre ihm am besten, dass ich Journalistin bin und einen Beitrag über diese Veranstaltung machen muss. Er reagiert nicht, sondern glotzt dümmlich den leicht bekleideten Frauen hinterher. Na gut, dann halt nicht. Ich habe Hunger. Hoffentlich gibt's da was zu essen auf dieser komischen Party.
Ist das eng hier. Ich hasse Menschenaufläufe, vor allem, wenn ich auch noch hungrig bin. Außerdem komme ich mir entsetzlich deplatziert vor, obwohl ich in meiner engen Kluft wirklich kein bisschen auffalle. Ein kaum bekleideter Mann Anfang sechzig fragt mich, ob er meine Stiefel ablecken darf, während wir in der Schlange vor dem Eingangsbereich stehen. Warum nicht. Mach doch. Er wird rot vor Freude, sagt

»Danke, Herrin« und fängt an, am Absatz des linken Schuhs herumzulutschen. Wenn mich irgendjemand aus der Redaktion hier sieht, bin ich erledigt. Wenn ich etwas weiß, dann das.
Tom hat mittlerweile abgelegt. Er sieht aus wie ein Jüngling aus den dreißiger Jahren im Badeanzug. Ein hautenges schwarzes Teil mit Reißverschluss vorne und hinten. Das Teil endet an den Oberschenkeln. Gleich singt er bestimmt »Pack die Badehose ein, nimm dein kleines Schwesterlein, und dann nichts wie auf zum Wannsee …«. Allerdings trägt er dazu kniehohe Schnürschuhe mit Schnallen an den Seiten. Tom kennt ziemlich viele Leute, und ich habe fast den Eindruck, dass es ihm Leid tut, dass er Gero versprochen hat, brav zu sein. Ich stelle mir vor, wie schön es jetzt wäre, auf meinem Sofa zu liegen und fett- und kohlenhydrathaltige ungesunde Sachen zu mir zu nehmen, Weinflaschen in Griffnähe. Herr-lich! Aber nein, aber nein. Ich muss ja die »Szene« kennen lernen, damit ich dann in unserem Swingerclub weiß, was da so abgeht. Was tut man nicht alles. Eigentlich hätte ich mir einfach ein paar anzügliche Seiten im Internet anschauen können, anstatt mich hier herumzuquälen. Dass ich darauf nicht früher gekommen bin.
»AAAAAAAHHHHHH!!!!!!!!!« Das ist der Mann neben meinen Stiefeln. Ich bin automatisch mit den anderen weitergelaufen und habe ihm dabei auf die Zunge getreten. Das tut mir Leid! Ich will mich entschuldigen, aber er kniet vor mir und ruft: »Danke für die Erziehung, Herrin!« Ach so. Na gut. Das kann ja alles heiter werden hier.

Nach ungefähr vierzehnhundertachtundfünfzig Jahren werden wir endlich in das alte Gemäuer hereingelassen. Drinnen herrscht ein entsetzliches Gedränge. Die Luft ist so schlecht, dass meine Kontaktlinsen anfangen zu brennen. Natürlich habe ich keine Kochsalzlösung dabei. Wo hätte ich die auch hintun sollen, ich habe ja noch nicht mal eine Tasche.
Ein überforderter Moderator steht auf einem Mauervorsprung und meint, die Leute anheizen zu müssen. Niemand nimmt Notiz von ihm, auch nicht, als er schreiend nach hintenüber fällt und in der schwarzen Nacht verschwindet. Wahrscheinlich ein Masochist.
Sie sehen, ich lerne dazu!

Wo man hinsieht, schwarzes Leder, roter Lack und anthrazitfarbenes Latex, Halsbänder, Ketten und so weiter und so fort. Vor dem Originalfolterkeller aus dem Mittelalter hat sich eine lange Warteschlange gebildet. Wir drängeln uns vor (sind ja schließlich keine Sklaven), weil wir so neugierig sind. Aus dem Kellerraum ertönen schon von weitem laute Schreie. Mir gefriert quasi das Blut in den Adern, als ich den Raum betrete. Auf einer Holzstreckbank liegt eine Frau, die mal einen Meter fünfundsechzig groß war. Jetzt misst sie einen Meter achtundneunzig. Pro gestrecktem Zentimeter kreischt sie um drei Oktaven höher. Ein schwarz gekleideter Mönch hat nichts Besseres zu tun, als ihr Nadeln in die Brüste zu stechen. Pro eingestochener Nadel schreit die Frau: »Danke, Herr, mehr bitte!« Meine Brüste schmerzen aus Solidarität mit. Oben und unten drehen zwei Ersatzmönche an den Streckbankrädern. Schwenk nach rechts: ein Andreaskreuz. Daran gebunden steht ein ungefähr Vierzigjähriger, dem man ein Einfamilienhaus an die Hoden gehängt hat. Eine Domina ist dabei, ihm noch einen kleinen Wintergarten daran zu befestigen. Schwenk in die Mitte: ein weiterer Mann, der an einem Haken von der Decke baumelt. Seine Hände stecken in Handhebefesseln. Drei gesichtslose Wesen peitschen den Mann aus. Bei jedem Schlag baumelt er hin und her. Sein Rücken ist schon so rot wie meine Augen. Er zählt jeden Schlag mit und ruft: »Dreiundneunzig, danke, mehr bitte!« Ich mag gar nicht hinschauen, muss es aber tun, weil die Stimme mir irgendwie bekannt vorkommt. Beim nächsten Schlag dreht er sich so, dass ich sein Gesicht sehen kann. Es ist Michael, Susannes Mann. Ich muss würgen.

Erst mal was zu trinken. Ich erzähle Tom, dass ich einen Bekannten getroffen habe. Was heißt getroffen, ich hab ihn halt da hängen sehen. Tom findet das gar nicht weiter schlimm, bekennen sich doch immer mehr Menschen zu SM. Ich sehe das anders. Schließlich handelt es sich bei Michael um den Mann meiner besten Freundin, obwohl die mir vor kurzer Zeit die Freundschaft gekündigt hat und sich Playboys auf schmuddelige Hotelzimmer bestellt. In was für Situationen gerate ich nur immer? Tom meint, nach ein paar Gläsern Sekt sähe die Welt ganz anders aus. Ich folge seinem Rat. Gehen will Tom auf gar keinen Fall, die Fete hätte doch noch gar nicht richtig angefangen.

Ich für meinen Teil bin zumindest bedient. Also lasse ich mich zulaufen und peitsche dann mit ungefähr 16 Promille noch einige Sklaven aus, die ihre Strafe wegen Verfehlungen verdient haben. Hicks, wie sagt man? Danke! Brav. Bin 'ne tolle Domina, hicks, los, du Skkkkklave, aufie Kniiiie. Wirtsbald. Un schön middzählen … So is brafff.
Zum Glück hat Michael so viele Verfehlungen begangen, dass er den Rest des Abends von der Decke baumeln muss. Er darf mich hier auf keinen Fall sehen. Habe seine eine Domina bestochen, sie hat Verständnis für meine Situation. Was er wohl Susanne erzählt hat, wo er ist? Wahrscheinlich: »O Gott, Schatz, eine Leiche am Bahnhof. Jemand ist von einem Kickboard tödlich verletzt worden, ich muss die Leiche obduzieren, um Fremdverschulden auszuschließen.« Spricht's und geht auf Burg Schreckenstein. Meine Güte, was für eine Ehe. Ich bin wenigstens normal (Bin ich das, bin ich das??? Ist es normal, bei einem Windelfetischisten um einen Kredit für einen Swingerclub zu bitten? Ist es normal, täglich so viel zu saufen, dass man den Alkohol schon als Grundnahrungsmittel bezeichnen kann? Was ist eigentlich normal? Ich weiß es nicht.).
Wo ist eigentlich Tom? Ach, kriegt ein Branding da vorn. Muss mal schauen gehen. Hicks. Wassen eigentlich Branding? O Gott! Tom kniet und lässt sich »Norbert, dein Herr und Meister« in die Pobacke einbrennen. Mit einem glühenden Eisen!!! Ob das beim Waschen weggeht? Wrum machtern das? Hicks! Oje, oje. Glaub, muss ins Bett.

Zwei Stunden später sitze ich mit Tom in meiner Küche. Das heißt, ich sitze, Tom steht, weil er nicht sitzen kann (das Branding!). Er heult. Und ich hab immer noch Hunger. Ich habe aber nichts mehr im Kühlschrank. Vielleicht sollte ich in den Ablagefächern suchen. Da findet sich gern mal eine Remouladentube wieder, die das Ablaufdatum von 1980 längst überschritten hat.
»Was soll ich nur Gero sagen?«, weint er. »Er wird mich umbringen! Wenn er das sieht, wenn er das sieht …« Herrje. Wie kann man nur so doof sein wie Tom. Und so besoffen wie ich. Ich WEISS nicht, wie wir überhaupt nach Hause gekommen sind. Diese Scheißcorsage ist so eng, dass ich gleich wahnsinnig werde. Und meinen Mantel hab ich auf der Scheißburg auch verloren. Zum Glück habe ich den Woh-

nungsschlüssel hinter den Blumenkasten bei Friedrichs gelegt, sonst wäre ich obdachlos (bin ich sowieso bald).
»Schau nur!«, ruft Tom und entblößt seinen Hintern. »Norbert, dein Herr und Meister« ist in seine linke Pobacke eingebrannt. Es stinkt immer noch nach verbranntem Fleisch. »Du bist schuld!«, kreischt Tom. »Wenn du nicht so völlig unbeteiligt zugeschaut hättest, wäre das nie im Leben passiert!« Was soll ich dazu sagen? Egal, was ich sage, ich mache alles nur noch schlimmer. Also sage ich besser nichts. Wären wir doch bloß zu Hause geblieben! Da passieren keine Brandings. Es sei denn, man fasst aus Versehen das heiße Bügeleisen an. Mir wird ganz schlecht, wenn ich an Gero denke. Das wird er mir nie verzeihen. Nie wieder werde ich auf eine solche Party gehen. Nie wieder werde ich mit Freunden meines Freundes weggehen. Nie wieder werde ich überhaupt einen Fuß auf die offene Straße setzen. Grundgütiger, da ist ein Stück Brot. Wenigstens was zu essen … Tom schläft bei mir. Auf dem Bauch. Wir trauen uns nicht, Gero anzurufen. Aber Gero ruft uns ständig an und quakt auf den Anrufbeantworter. Ich muss Pitbull fragen, was wir machen sollen. Aber jetzt bin ich erst mal müde. Gute Nacht.

Pitbull schreit vor Lachen, als ich ihm am nächsten Tag die Story erzähle. Er will, dass ich ihm hundertmal wiedergebe, wie ich zugesehen habe, wie Tom ein Branding bekommt. Der Idiot. Tom liegt währenddessen in meinem Bett und heult immer noch. Ich überlege, einen Schönheitschirurgen anzurufen und zu fragen, wie man dieses Branding am besten wegbekommt. Aber ich finde keinen in den Gelben Seiten. Oder ich bin einfach zu blöde zum Nachschlagen. Kann ja auch sein (bei alten Frauen kommt das vor, hin und wieder).
Es regnet. Das ist wieder typisch. Muss man arbeiten, scheint die Sonne wie doof, und sonntags muss es regnen. Andererseits hat man, wenn es regnet, nicht ein so schlechtes Gewissen, wenn man den Tag im Schlafi verbringt. Und ich werde den Tag im Schlafi verbringen. Nach diesem Abend in der engen Corsage ist das eine wahre Wohltat. Aber erst mal müssen wir das Unangenehme hinter uns bringen und Gero das Branding erklären. Während ich Kaffee koche, sage ich zu Tom, dass wir Gero einfach sagen, es wäre eine Wette gewesen und ich

müsste ihm, Tom, jetzt eine Flasche Sekt spendieren. Blöde Idee. Glaubt kein Mensch. Aber wir könnten sagen, dass Tom da zufällig gestanden hätte und schwuppdiwupp kam der Mann mit dem glühenden Eisen und hätte Tom versehentlich gebrandet, obwohl er eigentlich einen Sascha, der etwas weiter links wartete, mit dem Branding beglücken wollte. Hm. Zu guter Letzt kommen wir auf die glorreiche Idee, Gero gar nichts zu sagen, und Tom soll, falls Gero was sagt, einfach behaupten, das Branding hätte er schon lange vor seiner Zeit gehabt. Ach, ich weiß doch auch nicht … Tom jedenfalls meint, dass er das jetzt irgendwie hinter sich bringen muss, zieht sich an und geht. Er will später anrufen, sollte Gero ihn da nicht schon getötet haben.

Richard klingelt und fragt, ob ich Nagellackentferner habe und irgendwas kaputt ist, was er reparieren kann. Ja, gern, mein Gesicht ist voller Falten. Reparier das doch bitte … Wir spielen dann Monopoly. Richard gewinnt wie immer. Ich war noch nie eine gute Geschäftsfrau und weiß nie, wann der richtige Zeitpunkt gekommen ist, Hotels zu bauen oder Straßen zu verkaufen. Richard zockt mich ab und ich denke, dass es mit meinem Leben genauso ist wie mit dem Monopolyspielen. Oft merke ich erst, wer mich ausgenutzt hat, wenn es schon zu spät ist. Ich hoffe, dass mir das mit Pitbull nicht passiert. Die einzigen Menschen, denen ich wirklich vertraue, sind Gero und Richard.
Weiß auch nicht, warum das so ist bei mir. Ich fühle mich auch immer schuldig, auch wenn ich gar nicht schuld bin. Wenn mir jemand das Nasenbein bricht, entschuldige ich mich dafür. Und wenn ich jemandem Geld leihe, traue ich mich nicht zu fragen, wann ich es zurückbekomme. Vor Ewigkeiten lieh ich einer »Freundin« tausend Mark, weil sie angeblich sonst verhungert wäre. Nach einem Jahr erdreistete ich mich zu fragen, wann ich denn mit einer Rückzahlung rechnen könne. Sie zog die Augenbrauen hoch und meinte: »Du scheinst es ja nötig zu haben.« Ich fand das ziemlich frech damals. Da fällt mir gerade ein, dass sie mir das Geld bis heute nicht wiedergegeben hat. Dummerweise erinnere ich mich nicht mehr an ihren Namen. Wenigstens war sie hässlich und hatte eine Dornwarze am rechten Zeigefinger.
Ich bewundere Frauen, die hoch erhobenen Hauptes durchs Leben marschieren. Die ihrem Friseur aufs Maul hauen, wenn sie nach einem

Termin bei ihm aussehen wie Tingeltangelbob aus den Simpsons. Die an der Haustür nicht zehn Zeitschriftenabos von einem pockennarbigen Kosovoalbaner kaufen, der behauptet, fünf Jahre unschuldig im Zuchthaus gesessen zu haben, und jetzt Unterstützung bei einem Neuanfang braucht. Ich möchte zu den Frauen gehören, bei denen man zusammenzuckt, wenn sie das Büro betreten. Wenn ich das Büro betrete, zucke nur ich zusammen, weil mir siedend heiß einfällt, dass ich vergessen habe, belegte Brötchen für alle mitzubringen, und mir der Hass der anderen schon am Redaktionseingang entgegenschlägt.

Richard ist übrigens sehr glücklich. Er war bei dieser Transen-Outing-Party in Dotzelberg und hat dort jemanden kennen gelernt. Natascha heißt seine Eroberung. Eigentlich Dietmar. Aber Natascha klingt irgendwie ein Stück weit weiblicher. Ein Foto hat Richard auch. Natascha sieht ganz nett aus. Rosa Kleidchen, Stöckelschuhe, echt wirkender Busen und eine blonde Perücke. Richard nennt sich in der Szene jetzt Lolita. Er findet das sehr passend. Ich nicht, aber ich widerspreche nicht. Roswitha oder Mechthild würde besser passen, aber das ist seine Sache. Jedenfalls wird er Dietmar-Natascha bald mal mitbringen, wenn ich nichts dagegen habe. Habe ich nicht.

Nebenbei läuft »Notting Hill« mit Julia Roberts und Hugh Grant. Ich liebe diesen Film. Vielleicht, weil es mir nicht so geht wie den beiden. Am ergreifendsten ist die Szene, wo Hugh und seine Clique sich in das kleine Auto des einen Freundes quetschen, um mit quietschenden Reifen zu dieser Pressekonferenz zu fahren, die Julia gibt. In letzter Sekunde kommt Hugh noch dort an und irgendwann sagt Julia auf die Frage, wie lange sie noch in England zu bleiben gedenkt, strahlend: »Für immer.« Ihr Gesicht in Großaufnahme, die Liebe springt förmlich in die Kamera, und alle lachen, jubeln und freuen sich. Das möchte ich auch einmal erleben. Aber ich wette, jeder Mann, zu dem ich strahlend sage »Ich bleibe bei dir für immer«, rennt panisch und verzweifelt weg und lässt mich in seiner unaufgeräumten Wohnung zurück, in der sich das schmutzige Geschirr stapelt. Doof wie ich dann bin, putze ich erst noch alle Fenster und spüle, sauge und staube ab, bevor ich gehe. Um dann nie wieder was von ihm zu hören.

15

Ich fühle mich relativ fit am Montagmorgen und frage mich, woran das wohl liegen könnte. Irgendwann dämmert es mir: Ich habe am Abend zuvor keinen Alkohol getrunken. Das macht mir Angst. Also nicht, dass ich keinen Alkohol getrunken habe, sondern dass ich offenbar sonst nie fit bin. Ab sofort trinke ich überhaupt keinen Alkohol mehr! Oder nur noch manchmal, aber nie wieder in rauen Mengen. Ein gepflegtes Glas Wein verlängert angeblich sogar das Leben und hat noch nie jemandem geschadet, wohl aber sechs Flaschen am Stück. Aber so viel hab ich noch nie getrunken. Nur ein paar Mal. Nein, es waren keine sechs. Es waren sieben.

Zum Glück ist heute im Sender alles ruhig und nichts passiert. Heute Nachmittag werde ich pünktlich gehen und mal ganz alleine einen Stadtbummel machen. Irgendwie überkommt mich ein schlechtes Gewissen, wenn ich an Susanne denke. Bin ich wirklich dafür verantwortlich, dass sie es mit einem Callboy gemacht hat? Aber am allerschlimmsten finde ich die Tatsache, dass der biedere Michael sich auspeitschen lässt und es offensichtlich, ja, ganz offensichtlich, auch noch endlos geil findet. Gute Güte, wie er da hing in seinen Fesseln. Ich mag an den Abend gar nicht mehr denken, muss es aber gezwungenermaßen, weil mein Telefon klingelt. Das Nächste, was ich höre, sind gutturale Laute, die in ein Kreischen münden. Es ist Gero. Ich kann nur leider nicht verstehen, was er sagt, und lege schnell auf. Natürlich klingelt das Telefon gleich wieder. Es ist wieder Gero.
»Sag mal, bist du eigentlich völlig übergeschnappt? Wie konntest du das zulassen? Wieso hab ich dich jemals meine Freundin genannt? Das ist das Allerletzte!!!« und so weiter und so weiter. Ich versuche mich zu rechtfertigen, was mir aber wie immer nicht gelingt. Gero ist fix und fertig. Ich höre Tom im Hintergrund laut heulen. Heiliger Strohsack.
»Jetzt warte mal!«, schreie ich zurück. »Ich kann nichts dafür, dass Tom sich vor einen Mönch kniet und sich ein Branding verpassen lässt. Was sollte ich denn machen? Ich stand ja auch nicht die ganze Zeit dabei!«

»Nicht die ganze Zeit dabei, nicht die ganze Zeit dabei!«, äfft Gero mich nach. »Weißt du, dich kann man echt nicht unbeaufsichtigt irgendwohin gehen lassen. Es endet immer in einer Katastrophe! Ich überlege mir ernsthaft, ob ich das noch länger mitmachen will! Du hast seelenruhig zugeschaut, wie dem Mann, den ich liebe, der ARSCH verunstaltet wurde!« Jetzt wird er theatralisch. Das kenne ich schon. Jetzt kommen noch ein paar Vorwürfe, dann schreit er noch ein bisschen und dann wird er den Hörer aufknallen. Schon hundertmal erlebt. »Du bist so gemein!!!« (Jaja.) »Wie konntest du mir das antun?« (Blabla. Nichts sagen, sonst dauert es nur noch länger …) Jetzt wird gleich die Stimme brüchig:

»Ah ah ah … d… du … oh oh oh … böse, fies bist d … d … uuu … uuhuu!!!«

Wenn ich nicht gleich gehe, lohnt sich der Bummel auch nicht mehr. Ich sage bestimmt: »Nun hör mir mal zu, Gero! Ich bin weder das Kindermädchen von Tom, noch bin ich von dir als Aufpasserin engagiert worden. Also was soll der Quatsch jetzt?«

»Aber du bist doch meine Freundin! Ich dachte, ich könnte mich auf dich verlassen! Und jetzt so was. Das geht nie mehr weg!« Er kreischt: »Ich kündige dir hiermit die Freundschaft! Such dir jemand anderen, der mit dir ›Titanic‹ schaut oder den du nachts anrufst, wenn du mal wieder der Meinung bist, nie mehr in deinem Leben einen Kerl abzukriegen! Und bei der Renovierung von eurem doofen Swingerclub helfe ich dir auch nicht! So! Das war's!!!«

Ich brülle zurück: »Bitte! Bitte! Ist vielleicht besser so! Dann such DU dir aber auch jemand anderen, der morgens bei Höbau-Müller anruft und dich krankmeldet! Und finde du noch mal jemanden, der es akzeptiert, dass dein Freund, der ein ehemaliger Sklave ist, Cola light aus seiner Obstschale schlabbert! Und für unseren Swingerclub brauchen wir dich erst recht nicht. Es ist kein Raum für schwule Spinner geplant. So toll bist du auch nicht, du alte Schwuchtel!«

Wir knallen gleichzeitig die Telefonhörer auf. Jemand räuspert sich. Ich schaue hoch. Ist Zladko. Er sagt: »Ui. Ganz schön zickig heute. Ich glaub, wenn du nicht bald mal wieder bumst, muss man bei dir unten mit der Drahtbürste ran.«

Ich werfe einen Locher nach ihm, aber weil er schnell genug die Tür schließt, befindet sich dort jetzt eine Delle.

In der Stadt ist die Hölle los. Ich möchte mir gerne neue Schuhe und eine neue Jeans kaufen. Bei ONE-Jeans versuche ich, mit einer Verkäuferin ins Gespräch zu kommen. Da sie aber mit ihrer Kollegin eine Besprechung über das vergangene Wochenende hat, ist mein Unterfangen sinnlos. Also schaue ich mich selber um, muss dabei aber notgedrungen das Gespräch mitverfolgen und erfahre so, dass der Gunnar die Elke rausgeschmissen hat und die Elke die Veronique jetzt fragt, ob sie eine Zeit lang bei ihr wohnen könne. Die Veronique hat nichts dagegen und sagt zur Elke, der Gunnar wär eh ein Arsch und hätte sie ständig betrogen. Sogar mit ihr, der Veronique. Mir stockt der Atem. Ich weiß, was jetzt kommt. Elke ist für ein paar Sekunden still. Dann stürzt sie sich auf ihre Kollegin. Ein Handgemenge beginnt. Nichts wie raus hier, aber schnell …

Habe die Lust am Klamottenkauf verloren. Ob ich ein Stück Diät-Obstkuchen in diesem Café da essen kann? Nein. Der Spiegel, an dem ich gerade vorbeigehe, verbietet es mir, daran auch nur zu denken. Kohlenhydrate, Fett, alles überflüssig. Meine Oma hat immer gesagt: »Zwei Minuten im Mund, zwei Wochen auf den Rippen.« Andererseits sieht mich meine Oma ja nicht. Und ein Stück Obstkuchen hat nicht soooo viele Kalorien. Außerdem ist Obst gesund. Ich könnte mir natürlich einen Apfel kaufen. Ist aber langweilig. Mein Handy klingelt. Es ist die Videoproduktion »NewStyle«. Ob alles klargeht mit der Synchronisation ab 19 Uhr. Huch. Das habe ich ja total verschwitzt. Ich tue aber so, als wäre ich auf dem Laufenden, und behaupte, ich wäre schon unterwegs. Schnell ein Taxi suchen. Ich habe Glück. Der Fahrer lenkt den Wagen an der Boutique vorbei, in der ich eben noch war. Aus den Schaufenstern schlagen Flammen.

Zum Glück habe ich mir die Adresse von »NewStyle« gemerkt und komme auch noch pünktlich an, was sonst bei mir eher selten der Fall ist. Der Herr Steiger ist jovial wie immer und fragt, ob ich was trinken möchte. Es könne auch gleich losgehen. Die Sekretärin gibt mir das

Manuskript zum Einlesen und sagt, der männliche Sprecher käme auch gleich.
Ich bin ja mal gespannt auf den männlichen Sprecher. Hoffentlich ist es nicht noch mal so ein Rüdiger wie letztens. Das würde ich nämlich so gar nicht aushalten.
Es klingelt und der männliche Sprecher betritt den Raum. Hossa, hossa! Das nenne ich attraktiv. Breite Schultern, dunkle Haare und wunderschöne Augen. Angezogen wie ein Boss-Model. Ich liebe es, wenn Männer Sakkos tragen. Und die Schuhe sind ganz wichtig. Die Schuhe sind die Visitenkarten eine Mannes. Hätte Mr. Sprecher jetzt Sandalen mit Löchern (gut für den Fuß, der wird dann prima belüftet) an, würde ich ihn keines Blickes mehr würdigen. Oder ganz schlimm: Slippers mit Troddeln dran. Diese Männer fahren entweder einmal im Jahr nach Mallorca (ins Hotel »Zum deutschen Seestern«) oder nach Thailand, dahin aber nicht wegen des Landes an sich. Aber Mr. Sprecher macht Punkte. Ich wette, das sind Lloyd-Schuhe, die er da trägt. Dunkelbraun, geschnürt. Keine schiefen Absätze. Dazu dezente dunkle Socken. Er bekommt auch ein Manuskript, und dann stellt uns Frau Ihlenfeldt, die Sekretärin, einander vor. Sie sagt: »Das ist Carolin Schatz, Ihre Synchronisationspartnerin.«
»Ich heiße Marius Waldenhagen«, sagt er lächelnd.
Allmächtiger, ist das ein MANN! Ich kann nichts anderes tun, als ihn anzustarren. Mit riesengroßen Pupillen. Bestimmt denkt er, ich hätte die Basedow-Krankheit oder so. Er sieht … er sieht … so was von TOLL aus. Dunkle Haare, wunderwunderschöne Augen, braungrün irgendwie, und ein Mund, an dem ich mich, wäre ich eine Krake, für immer mit meinen Saugnäpfen festsaugen würde. Um es kurz zu machen: Ich glaube, ich habe mich eben gerade in Marius Waldenhagen verliebt. Fühle mich wie siebzehn. Jetzt bloß nicht falsch verhalten, sei du selbst, Caro, und mach nicht gleich irgendwas durch deine Schussligkeit kaputt. Ich atme durch und sage dann, dass wir anfangen können. Hoffentlich hört man durch das Mikro nicht mein Herz klopfen.
Es macht richtig Spaß, mit ihm zu proben. Erst recht, als wir endlich in der Sprecherkabine sitzen. Der Herr Steiger scheint auch zufrieden zu sein. Selbst ein ziemlich schwieriger Part, als ein Gangbang stattfin-

det und die blonde Hauptdarstellerin von acht behaarten Männern gleichzeitig beziehungsweise hintereinander gepoppt wird, klappt problemlos. Marius Waldenhagen riecht gut. Ich glaube nicht, dass das Eau de Toilette ist, ich vermute, es ist sein Eigengeruch, wofür er von mir insgeheim wieder Pluspunkte erhält. Ich stelle mir vor, dass er mich fragt, ob ich nach dem Job mit ihm noch irgendwo ein Bier trinken gehe. Wird er aber nicht tun, weil: Männer, die SO aussehen, sind entweder mit Frauen verheiratet, die so attraktiv sind, dass man erblindet, falls sie einem versehentlich ins Blickfeld geraten, oder Männer, die SO aussehen, sind schwul. Oder Priester. Oder beides. Andererseits könnte es natürlich auch sein, dass Marius einen ganz miesen Charakter hat. Geizig ist. Oder herrisch. Oder alles zusammen. Bestimmt schreit er seine Frau an, wenn sie sich Fischstäbchen kauft, ohne ihn vorher zu fragen, ob die Packungsgröße in Ordnung ist. Vielleicht kommt er auch abends nach Hause und brüllt: »Warum hast du die Wasserflecken im Waschbecken nicht ordentlich weggewischt?« Oder er macht seine Frau vor anderen schlecht: »Wenn ich mir deine Oberschenkel so anschaue, weiß ich, warum ich keine Orangen mag.« Männer wie Marius Waldenhagen sollte man einfach vergessen.

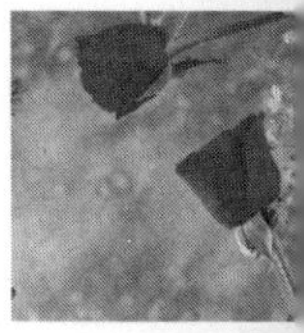

Nach drei Stunden sind wir mit der Synchronisation der ersten 20 Minuten fertig. Der Herr Steiger meint, dass wir gut in der Zeit lägen, und freut sich auf den nächsten Termin morgen. Marius und ich verlassen zusammen das Gebäude. Es ist ein herrlicher Frühlingsabend. Die Sonne ist gerade noch zu sehen, es ist angenehm warm und die Vögel zwitschern. Wie schön wäre es jetzt, mit Marius in einen Biergarten zu gehen. Ich würde natürlich keine Rouladen mit Rotkohl und Semmelknödeln bestellen, sondern nur einen Salat ohne Dressing essen und dabei so tun, als ob Salat ohne Dressing für mich die Alltagsnahrung wäre.
»Schöner Abend, nicht?«, fragt Marius und strahlt mich mit seinen »Damit Sie auch morgen noch kraftvoll zubeißen können«-Zähnen an. Ich schmelze dahin. »Ich mag diese Frühlingsabende«, fährt Marius fort. »Der Sommer hat noch nicht begonnen, aber man kann sich schon darauf freuen. Ich würde jetzt gerne in einen Biergarten gehen!«

Ich strahle ihn hoffnungsvoll an. »Ich auch!«, bringe ich heraus. »Dann wünsch ich dir einen schönen Abend«, sagt Marius. »Bis morgen!« Er schüttelt mir die Hand, dreht sich um und geht in seinem BOSS-Mantel die Straße runter. Ich stehe da wie ein Vollidiot. Na, klar, wie denn auch sonst? Der laue Frühlingsabend kommt mir vor, als würde er sich über mich lustig machen.

Pitbull ruft mich kurze Zeit später auf dem Handy an. Ich stehe gerade an einer Pommesbude und schaufle mir vor lauter Frust die zweite Portion rein. Natürlich mit Currywurst. Darauf kommt es jetzt auch nicht mehr an. Ich spüre förmlich, wie das Fett sich auf meinen Hüften absetzt. Bestimmt sitzt Marius Waldenhagen jetzt mit einer wunderschönen Frau in einer Gartenwirtschaft und sie essen gemütlich zu Abend und trinken nette Sachen. Die Frau isst keinen Salat ohne Dressing, sondern Sahneschnitzel, denn sie kann essen, was sie will, sieht aber trotzdem so aus, als ob sie jeden Tag drei Stunden im Fitnessstudio verbringt. Wahrscheinlich leidet sie an einer Schilddrüsenüberfunktion. »Wo bist du?«, schreit Pitbull. »Wir müssen uns unbedingt zusammensetzen wegen der Renovierung und dem Bestellen von den Sachen. Der Pinki hat jemanden an der Hand, der ist spezialisiert auf Swingerclub-Einrichtungen! Komm sofort her!« Ich sage, dass ich heute keine Lust habe, aber Pitbull lässt sich auf keine Diskussionen ein. Wenigstens kann ich ihn dazu überreden, dass wir uns im Biergarten treffen. So komme ich heute also doch noch in meinen Biergarten. Wenn auch ohne Marius Waldenhagen.
Pitbull wartet mit Pinki im »Ahornshof«. Davon abgesehen, dass es lauter Wespen gibt und einem ständig Blätter ins Glas fallen, ist es dort sehr gemütlich. Pitbull brüllt »Alte, wir sind hier!« über die Köpfe der ungefähr zweihundert Gäste hinweg. Ich hätte ihn und Pinki allerdings auch so gleich erkannt. Denn niemand sonst im Ahornshof ist tätowiert und trägt schwarze Lederkluft und Schlagringe an den Fingern. Pinki rülpst laut zur Begrüßung, was die Leute am Nebentisch dazu veranlasst, böse zu uns herüberzuschauen und mit den Stühlen ein wenig weiter weg zu rücken. »Warum blutest du denn am Mund?«, fragt Pitbull. »Haha. Hast du deine Tage seit neuestem im Gesicht?« Wie witzig. Ich habe natürlich vergessen, mir den Ketchup abzuwi-

schen. Ich saue mich beim Essen immer ein. Pitbull bestellt eine Runde Bier und sagt, dass Richard gleich noch käme. Wegen der Renovierungsarbeiten. Ich hoffe nur, dass Richard normal angezogen ist. Eine entsetzliche Vorstellung, dass er gleich in einem Tanzstundenkleid hier auftaucht. Aber ich glaube eh nicht, dass er wirklich kommt, denn es ist ja noch hell. Die Sonne, die Sonne.

Meine Sorge ist dennoch begründet. Richard taucht zwar nicht im Tanzstundenkleid auf, aber in Rock und Bluse. Er hätte Lust gehabt, mal was »Gediegenes« anzuziehen. Seine behaarten Beine stecken in Nahtstrumpfhosen. Zu allem Überfluss trägt er zu dem Oberlehrerinnen-Outfit auch noch Turnschuhe. Aber das Schlimmste: Er hat sich so dick mit Sunblocker eingecremt, dass er noch weißer aussieht als sonst. Man könnte annehmen, er hätte in Buttermilch gebadet. Hoffentlich treffe ich keine Bekannten.

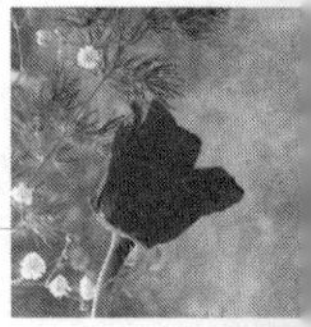

Aber weil ja immer das Gegenteil von dem passiert, was ich mir wünsche, sehe ich just in diesem Moment Marius Waldenhagen den Biergarten betreten. Das finde ich nun wiederum frech. Ich sage ihm noch, dass ich gerne in einen Biergarten gehen möchte, er lässt mich stehen und jetzt ist er hier. Kombiniere: Er wollte auch in einen gehen, aber nicht mit mir. Ich bin ihm zuwider. Er wollte einfach nicht den Abend mit mir verbringen. Schicksal. Tja. Andererseits bekomme ich Herzklopfen. Er ist auch noch allein. Vielleicht ist das meine große Chance. Die aber von vornherein vertan ist, weil ich mit Unterweltlern am Tisch sitze. Niemand würde sich trauen, einen von denen zu fragen, ob der Stuhl da bei uns noch frei ist. Aus Angst, innerhalb von zwei Sekunden keine Innereien mehr zu haben. Oder nur noch ein Ohr.

Was mach ich jetzt nur? Soll ich aufstehen und aufs Klo rennen? Soll ich so tun, als befände ich mich nur zufällig hier am Tisch mit diesen Menschen? Soll ich Richard töten? Soll ich so tun, als wären alle anderen Anwesenden spießig und nur ich nicht, und deswegen säße ich hier? O nein, o nein, er kommt auch noch auf uns zu. Gleich sieht er mich.

»Sag mal, spinnst du? Was ist denn mit dir los?«, fragt Richard fassungslos. Ich knie unter dem Tisch, aus Angst, dass Marius mich sehen

könnte, und komme mir vor wie ein mitgebrachter Hund. »Sei still«, zische ich leise. Die Kieselsteine drücken gegen meine Knie. Zum Glück halten die drei wenigstens ihre Klappe. Da! Marius' Beine kommen näher. Mehr kann ich nicht sehen. Er bleibt stehen und fragt: »Ist hier noch frei?« Weil keiner antwortet, setzt er sich auf MEINEN Stuhl. Wie furchtbar. Und nun? Was würde eine selbstbewusste, junge Frau im besten Alter jetzt an meiner Stelle tun? Überleg, überleg. Da! Eine Haarspange, die irgendjemand verloren hat. Danke, das ist meine Rettung. Ich krabble unter dem Tisch hervor, strahle, wedle mit der Spange und sage: »Ich habe meine Spirale verloren. Zum Glück hab ich sie wiedergefunden!«
Schon während ich Spirale statt Spange sage, bemerke ich den Fehler. Aber zum Glück bemerkt ihn niemand außer Marius. Und der lächelt mich an und sagt nichts.

Er bringt mich nach Hause, nachdem wir stundenlang im Ahornshof gesessen haben. Pitbull, Pinki und Richard sind gegangen, nachdem ich mehrere Male allen die Schienbeine mit meinem Schuh angebrochen habe. Pitbull meinte dann zu Richard, ihm wäre kalt und er müsste die Renovierungsarbeiten mit ihm bei sich zu Hause besprechen. Pinki nähmen sie mit. Als sie weg sind, bin ich erleichtert. Sicher wird mich Marius jetzt gleich fragen, was das für Gestalten sind, mit denen ich meine Freizeit verbringe. Aber er fragt gar nicht und bestellt uns noch ein Bier. Allerdings fragt er dann, warum ich unter den Tisch gekrochen bin. Er gibt zu, mich dabei beobachtet zu haben. Ich überlege kurz zu lügen, aber dann entscheide ich mich doch für die Wahrheit. Ich möchte nicht noch mehr Fehler machen. »Weil ich Angst hatte, dass du die Typen schrecklich findest, mit denen ich hier gesessen habe«, sage ich. Er lacht. »Wieso? Die waren doch in Ordnung, jedenfalls sah es so aus. Ich mag Menschen, die sich nicht verstellen. Deine Freundin war auch sehr nett.« Meine Freundin? Oh. Er meint Richard. Vorsichtshalber kläre ich den Irrtum mal nicht auf.
Ach, ist das herrlich, mit ihm durch die Straßen zu laufen. Wir stellen fest, dass wir beide Menschen hassen, die kein Fleisch essen (es geht doch nichts über ein paniertes Schnitzel oder Rouladen), und Frauen, die in der Kneipe zusammen aufs Klo gehen. Und Leute, die Fremd-

wörter falsch benützen. Marius erzählt mir von einem Bekannten, der sich in einem französischen Restaurant bis auf die Knochen blamierte, als er nach dem Ober mit den Worten »Clochard, bitte zahlen!« rief. Ich lache mich tot. Dann erfinden wir Sätze, in denen Fremdwörter falsch eingesetzt sind. Ich rufe: »Pass auf, sonst ejakuliert die Situation«, er kontert mit: »Auf meinem Fachgebiet bin ich eine Konifere.« »Ich verliere gleich das Übergewicht!« »Ich habe vier Silvester studiert!« »Ich wusste Infinitiv, dass er mich betrogen hat!« Wir finden es auch beide grauenhaft, wenn Leute sich Dufttännchen in ihr Auto hängen oder die Scheiben mit dunkler Folie abkleben. Das Grausamste: Garfield-Katzen mit Saugnäpfen an den Fenstern, die als Sonnenschutz dienen sollen.

Dann geht es um diese Horrorgeschichten, die jeder schon mal gehört hat. Jeder kennt jemanden, der jemanden kennt, der jemanden kennt, der nach einem längeren Karibikaufenthalt einen Pickel bekam, der immer größer wurde und dann aufplatzte, und Tausende von kleinen Spinnen sind rausgekrabbelt. Ich kenne aber wirklich jemanden, dessen Freundin hatte eine Bekannte und diese Bekannte hat in einem Cheeseburger von McDonald's mal einen Rattenzahn gefunden. Und Marius kennt wiederum jemanden, von dem der Cousin kannte in den USA jemanden, der K.-o.-Tropfen in ein Glas geschüttet bekommen hat. Der arme Kerl wurde dann ohnmächtig und wachte unter einer Brücke wieder auf. Mit einer Niere weniger. Die Operation war aber fachmännisch durchgeführt worden. Aber am gruseligsten finde ich immer noch diese Geschichte: Ein frisch verliebtes Pärchen macht Urlaub in Schottland. Die beiden mieten sich einen Wagen und kurven durch die Highlands. Plötzlich wird es neblig und sie verfahren sich, und dann ist auch noch das Benzin alle. Da stehen sie nun mitten im vernebelten Wald. Der Mann will Hilfe holen und geht weg. Die Frau bleibt im Auto sitzen. Plötzlich bemerkt sie draußen im Nebel irgendeine Gestalt. Die Gestalt klettert dann wohl aufs Autodach und bummert mit dem abgetrennten Kopf des Mannes auf das Autodach. Marius meint, seine Lieblingsgeschichte wäre diese: Im Winter fährt eine Frau einkaufen. Es ist eiskalt und schneit. Nachdem sie fertig ist und wegfahren will, fragt eine alte Dame, ob sie sie wohl mitnehmen könnte. Natürlich ist die

Frau nicht so unhöflich und sagt ja, weil es auch so furchtbar kalt ist. Die Frau lässt die Dame einsteigen. Als sie den Rückwärtsgang einlegt, schaut sie kurz auf die Arme der alten Dame und bemerkt, dass diese so aussehen wie Männerarme, auch sehr behaart. Flugs fragt sie die »Dame«, ob diese noch mal aussteigen und ihr Handzeichen beim Ausparken geben könnte. Die »Dame« steigt aus, lässt aber eine Plastiktüte auf dem Autoboden liegen. Die Frau parkt schnell aus und fährt davon. Zu Hause schaut sie in die Plastiktüte. Darin befindet sich ein Beil!!! Huuuuh. Fürchterlich.

Ich kann herrlich mit Marius lachen. Bin richtig enttäuscht, als wir irgendwann vor meinem Haus stehen. Werde aber nicht den Fehler machen und ihn bitten, noch mit reinzukommen. Nein, nein, nein. Ich möchte keinen One-Night-Stand mit ihm. Dazu mag ich ihn viel zu sehr.

»Na dann«, sage ich.

»Na dann«, sagt er.

Und dann beugt er sich zu mir runter und gibt mir einen Kuss auf den Mund. In dem Moment, in dem ich seine Haut so nahe rieche und dann seine Lippen spüre, habe ich das Gefühl, von innen mit Glück angemalt zu werden.

»Du bist eine ganz tolle Frau«, sagt Marius zu mir. »Ich hab lang nicht mehr so gelacht. Danke für den schönen Abend.« Ich nicke. Sagen kann ich nichts, sonst fang ich an zu heulen vor Rührung. Ich heule doch so schnell vor Rührung. Also sage ich nichts, sondern drehe mich um, um die Haustür aufzuschließen. »Wir sehen uns morgen, ja?«, fragt Marius. Ich nicke wieder und mache die Tür auf.

»Tschüs, bis morgen« ist alles, was ich nach einer halben Minute herausbringe.

»Carolin?«

Ich drehe mich noch mal um.

»Weißt du, wie du bist?« Ich schüttele den Kopf. »Du bist wie diese kleinen Geleebananen, die man auf der Kirmes kaufen kann. Außen rum ist Zartbitterschokolade, aber innen sind sie so süß. Wenn man draufbeißt, freut man sich schon so drauf. Die Kombination ist das, was es ausmacht.«

Und dann dreht er sich um und geht die Straße runter. Ich stehe da und bin fassungslos. Noch nie in meinem Leben hat mir jemand etwas so Tolles gesagt.

Ich bin es nicht gewohnt, Komplimente gemacht zu bekommen. Mein Exfreund Felix hat immer ganz gemeine Sachen zu mir gesagt und nie was Nettes. Wahrscheinlich lag es daran, dass er nicht damit umgehen konnte, dass ich mehr verdiente als er und auch einen größeren Freundeskreis hatte. Er hat es allen Ernstes mal fertig gebracht, auf einer Fete vor allen Leuten zu sagen: »Wenn ein Flugzeug abstürzt, muss Caro sich keine Gedanken machen. Mit diesen abstehenden Ohren kann sie bequem auf den Boden segeln.« Dabei sind meine Ohren gar nicht abstehend. Nur die rechte Ohrmuschel steht ein wenig weiter vor als die linke. Oder er hat gesagt: »Du brauchst deine Titten gar nicht vergrößern zu lassen. Wenn ich mal was richtig Dickes in der Hand haben will, dann knete ich einfach deinen Oberarm.« Eine Frechheit. Dummerweise war ich immer zu höflich, um zu kontern. Na ja.

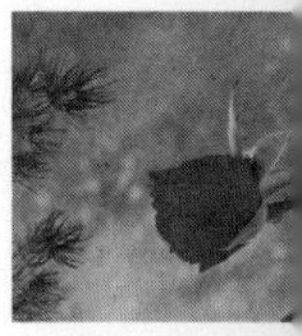

Ich sitze in meiner Wohnung und denke nichts als »Marius«. Geleebananen. Bitter. Süß. O mein Gott. Wie schön er das gesagt hat. Ich träume vor mich hin. Ich bin so verliebt. Gute Güte, wie lange hatte ich dieses Gefühl nicht mehr. Man spürt sein Herz und möchte, dass dieses Glück nie wieder aufhört.
Ich male mir aus, wie es ist, mit Marius zusammen zu sein. Wie wir zusammen in den Urlaub fahren, ins Theater gehen, kochen, Freunde einladen und dass jeder, der uns kennt, von uns sagt, wir seien das perfekte Paar. Ich bin so in mich selbst versunken, dass ich auf dem Sofa einschlafe.

16

Am nächsten Morgen bin ich völlig erschlagen. Wache gegen 6 Uhr auf, weil mir der Rücken wehtut. Du lieber Herr Gesangverein, jeder Knochen ist zu spüren. Natürlich habe ich meine Kontaktlinsen noch in den Augen und die sehen aus wie die von Linda Blair in »Der Exorzist« (sicher erinnern Sie sich an die Szene, in der sie auf dem Bett liegt und den Teufel ausgetrieben bekommen soll, während sie mit blutunterlaufenen Augen Urlaute von sich gibt und bläulichen Schleim in die Gesichter der Anwesenden spuckt).
Hilft alles nichts, ich muss in die Redaktion. Versuche, kalt zu duschen, aber das schaffe ich nicht. Mein einziger Lichtblick ist die Tatsache, dass ich Marius heute Nachmittag wieder sehe. Da fällt mir ein, dass ich ihn noch gar nicht gefragt habe, was er eigentlich beruflich so macht. Muss ich heute nachholen.
Richard klingelt just in dem Moment, als ich gehen will. Er ist sehr aufgeregt. Mit Pitbull wird er heute eine Ortsbesichtigung in unserem Bald-Swingerclub machen und dann wollen sie in den Baumarkt fahren. Er, Richard, hat ab nächster Woche Urlaub und will sich ganz um die Renovierung kümmern. Ob ich später nachkomme? Ich sage ihm, dass ich das noch nicht weiß. Während ich auf dem Weg in die Redaktion bin, fällt mir siedend heiß etwas ein: Was ist, wenn Marius es ganz schrecklich findet, dass ich bald Mitbesitzerin eines so genannten anrüchigen Etablissements bin? Wird er mich dann verachten? Andererseits: Er synchronisiert auch anrüchige Filme. Also kann er eigentlich nichts dagegen haben. Und wenn doch, dann könnte ich ihm mit diesem Argument kommen. Ich muss es ja auch noch nicht gleich sagen. Man sollte nichts vom Zaun brechen, wie meine Oma …

Henning erwartet mich in der Redaktion. Wir müssen heute eine Vorbesichtigung für unseren Partyzug bei den Bahnleuten machen.
»Du strahlst ja so«, sagt er. »Was ist denn los?«
Ich sage »Nichts« und strahle noch mehr.
Er hält mich am Arm fest. »Du bist verknallt!« Es ist keine Frage, sondern eine Feststellung.

Ich strahle einfach weiter und sage nichts. Das macht Henning fast verrückt. Er muss ja immer alles wissen. Aber ich kann ja wohl auch mal was für mich behalten. Also schwebe ich auf Wolke sieben ganz alleine in meinem Glück herum. Das Positivste an der ganzen Sache: Ich habe keinen Hunger. Auf dem Weg zur Bahn AG möchte Henning zu Burger King. Gelangweilt schaue ich zu, wie er einen Doppel-Käse-Whopper verdrückt. Ich selbst verachte ja bekanntlich diesen Fastfood-Kram. Ich lebe von Luft und Liebe. Mehr brauche ich nicht.
Zwei Stunden später steht fest, dass wir bald mit diesem Partyzug einen kompletten Tag lang durch unser Sendegebiet fahren werden. Mit acht DJs, Essen und Trinken und natürlich 1000 Hörern. Alle freuen sich. Ich mich nicht. Das heißt, dass ich jetzt wieder alles organisieren kann.
Auf dem Weg in die Redaktion zurück erzählt mir Henning, dass er von einem Freund gehört hat, dass jemand in Watzelborn einen Swingerclub aufmachen will. Ich würde doch da wohnen, ob ich darüber Bescheid wüsste. Ich erstarre. Das kann ja wohl nicht wahr sein, dass so was so schnell die Runde macht. Womöglich hat Herr Kamlade wie Schublade geplaudert. Aber ich sage, dass ich keine Ahnung habe.

Ab 15 Uhr werde ich nervös. Renne zwanzig Mal aufs Klo und schminke mich neu. Zum Schluss sehe ich aus wie Shirley McLaine in »Das Mädchen Irma La Douce«. Davon mal ganz abgesehen, dass ich viel zu viel Schminke im Gesicht habe, ist mein Gesicht vom vielen Abschminken und Wieder-neu-Schminken völlig aufgequollen. Zladko meint, ich sähe aus wie die Squaw in dem Dokumentationsfilm »Wäscha Kwonnesin«, der kürzlich auf ARTE lief. Alleine verantwortlich für ihre 18-köpfige Familie, ist sie tagein, tagaus mit wettergegerbtem Gesicht in einem Einbaum auf alligatorverseuchten Flüssen unterwegs, um mit einer Holzharpune Fische zu fangen. Was zur Folge hat, dass ich mich komplett wieder abschminke. Gar nicht geschminkt sehe ich allerdings aus wie eine Fünfzigjährige, die nach einer durchzechten Nacht mit einem viel jüngeren Mann morgens qualvoll feststellt, dass sie in die Wechseljahre gekommen ist. Passend dazu fange ich auch noch an, fürchterlich zu schwitzen. Bin so verzweifelt, dass ich in der Fernsehproduktion anrufe und frage, ob eine

Maskenbildnerin da ist, die auch noch Zeit hat. Ich habe Glück! Renne rüber in die Maske und lasse mich schminken. Sehe danach einigermaßen gut aus. Jedenfalls sagt keiner was.
Ich gehe nicht, nein, ich schwebe Richtung Tonstudio.

Marius ist schon da und strahlt mich wieder an. Sofort werden meine Knie weich. Ich halte das Lächeln dieses Mannes nicht aus, ohne wahnsinnig zu werden.
Es ist schon merkwürdig, mit dem Typen, in den man unsterblich verknallt ist, in einem kleinen Tonstudio zu sitzen, Leuten beim Poppen zuzuschauen und selbst mitzustöhnen. Einmal schaut Marius mich an, während er eine Passage spricht: »Ja, du bist so geil. Ja. Weiter so.« Sofort werde ich rot. Die ganze Zeit muss ich nur daran denken, dass er mich vielleicht nachher fragen wird, ob wir den Abend wieder zusammen verbringen. Bestimmt wird er. Bestimmt. Ich WEISS es.

Um 21 Uhr sind 48 Minuten des Filmes fertig synchronisiert. Ich bin gespannt wie ein Flitzebogen. Was wird jetzt passieren? Marius redet noch ein paar Worte mit dem Herrn Steiger und ich komme mir ein bisschen doof vor, so im Eingangsbereich auf ihn zu warten, obwohl wir ja gar nicht verabredet haben, dass ich auf ihn warte. Aber ich bringe es nicht fertig, so cool zu sein und einfach »Tschüs« zu sagen oder zu gehen. Irgendwann kommt er. Endlich. Wieder gehen wir zusammen raus. Ich möchte ab sofort immer mit Marius irgendwo rausgehen. Am liebsten würde ich eine vorbeilaufende Frau am Arm festhalten und brüllen: »Schauen Sie! Ich habe mit diesem Mann eben das Haus verlassen. Wir gehören zusammen!« Aber das geht natürlich nicht. Ich bin trotzdem atemlos vor lauter Anspannung.
Schließlich lächelt Marius mich wieder an. Ich lächle zurück. »Hallo!«, ruft er. Was ich nicht ganz verstehe, denn erstens haben wir uns nicht eben erst getroffen und zweitens muss er nicht so laut sein. Vielleicht sollte das aber auch Spaß sein. Also nehme ich meinen ganzen Mut zusammen und rufe mindestens genauso laut zurück: »Ja-ha! Hast du Lust, mit mir heute Abend noch was zu unternehmen?« Marius hat mich aber ganz offensichtlich gar nicht gemeint, denn er blickt über

mich hinweg. Er meint jemand ganz anderen. Viel zu spät merke ich, dass hinter mir jemand steht. Als ich mich umdrehe, wird mir schlecht.
Es ist Susanne.
Erst während ich die Straße runterlaufe, ohne mich noch einmal umzudrehen, fällt mir ein, dass ich Marius immer noch nicht gefragt habe, was er beruflich macht. Ist auch überflüssig. Jetzt weiß ich es ja.

Was für eine Blamage. Wie konnte mir das wieder passieren? Warum immer mir? Warum? Nie hätte ich gedacht, dass ich eine solche Kondition habe, ich renne und renne, als ob ich vor allen Peinlichkeiten dieser Welt davonlaufen wollte.
Irgendwann bin ich im Park angelangt und setze mich auf eine Parkbank. Unter eine Trauerweide. Zwei anabolikageschwängerte Jogger keuchen vorbei.
Ich hole mein Handy aus der Tasche. Wen könnte ich nur anrufen? Gero. Aber das geht nicht. Auf gar keinen Fall. Gero kann ich nicht anrufen. Gero werde ich nie wieder anrufen. Mit Gero werde ich nie wieder im Leben sprechen.
Eine Minute später wähle ich Geros Nummer. Gero ist zu Hause. Ich traue mich nicht, etwas zu sagen. Das Einzige, was ich nach einer Weile rausbringe, ist: »Ich bin's.« Stille in der Leitung. Schweigen.
Und dann die Erlösung: »Caro, mein Schatz. Ich bin so froh, dass du anrufst. Ich hab dich so schrecklich vermisst. Ist irgendwas passiert? Kann ich dir helfen?« Ich fange an zu heulen.

Nein, also, dass man so lange am Stück weinen kann. Wo kommt das ganze Wasser eigentlich her? Ich sitze in Geros Küche und habe eine ganze Rolle Küchentücher verbraucht. Gero springt herum und kocht Malventee und Spaghetti und lässt mir Badewasser ein. Während ich auf dem Küchenstuhl von Geros Oma sitze, merke ich, wie sehr ich ihn vermisst habe. Obwohl unser Streit gerade mal zwei Tage her ist. Normalerweise telefonieren wir fünfmal täglich.

Während ich in der Badewanne liege, erzähle ich ihm alles haarklein. Was ich an Gero schätze, ist, dass er nie doofe Zwischenfragen stellt, aber alles mit »O Gott!«, »Nein!«, »Ach du liebe Güte!« und »Ich glaub das alles nicht!« kommentiert. Das bestärkt einen darin, weiterzureden. Außerdem ist Gero nicht nur ein perfekter Hausmann, sondern auch ein klasse Badezusatzkäufer. Bestimmt 10 verschiedene Duftrichtungen stehen in einem Ikea-Regal. Ich räkle mich in Pfirsich-Jojoba-Schaum. Wenn die Situation nicht so schrecklich wäre, würde ich mich fühlen wie die Tante in der Nivea-Werbung, die mit hochgesteckten Haaren in einer frei stehenden Badewanne in einem ungefähr 100 m^2 großen Badezimmer im Wasser liegt und Champagner schlürft, während sich eine kesse Locke selbständig macht und verführerisch in ihr durch glanzreduzierendes Feuchtigkeits-Fluid mit Frische-Kick makelloses Gesicht fällt.

»Nein, nein, nein!«, sagt Gero. »So eine Frechheit. Das hast du wirklich nicht verdient, meine Kleine.«
»Das Beste weißt du aber noch gar nicht«, schluchze ich (ist das herrlich, sich bemitleiden zu lassen). Und dann erzähle ich ihm die Geleebananen-Story.
Gero setzt sich auf den Badewannenrand. »Er hat dich mit einer Geleebanane verglichen?«, fragt er. Ich nicke. »Das ist ja wirklich unverschämt. Erst sagt er dir so was und dann stellt sich raus, dass er was mit Susanne hat. Hm.« Er denkt nach. »Aber«, wirft er dann ein, »vielleicht hat er gar nichts mit Susanne. Vielleicht *kennt* er sie ja nur einfach so. Du hast keine Beweise. Ich finde, du solltest ihm eine Chance geben.«
»Eine Chance geben? Bist du verrückt?« Ich setze mich auf. »Die Situation war eindeutig. Daran gibt es nichts zu rütteln. Wie er sie angeschaut hat! Und ich Depp rufe noch laut: ›Willst du mit mir weggehen?‹ Also wirklich. Eine Chance geben …«
»Das musst du selbst wissen«, sagt Gero.
»Ja, ich weiß es auch selbst«, sage ich trotzig. »Du hättest mal Susannes Gesicht sehen sollen. Wie sie mich angeschaut hat. So richtig schadenfroh. So hämisch. So ekelhaft ›ichhabihnunddunicht‹-mäßig.«
»Ich denke, du bist gleich weggerannt, ohne dich noch mal umzudrehen?«, hakt Gero nach.
Das stimmt ja auch. »Aber sie hat hundertprozentig so geschaut!«, rechtfertige ich mich. »Ich kenne doch Susanne.«

»Jetzt beruhig dich erst mal«, sagt Gero beschwichtigend. »Komm, ich mach dir 'ne Spezialkopfmassagenhaarwäsche.«
Au ja. Ich liebe es, die Haare gewaschen und die Kopfhaut massiert zu bekommen. Allein deswegen gehe ich gerne zum Friseur. Das ist fast schöner als ein Orgasmus. Fast. Gero macht das besonders gut. Er weiß, wo bei mir die empfindlichen Stellen sind, bei denen ich eine Gänsehaut bekomme.
»Und ich war noch nicht mal mit ihm im Bett«, sinniere ich vor mich hin. »Wer weiß, was mir da entgangen ist!«
»Oder auch nicht«, meint Gero realistisch. »Stell dir vor, er wäre schon gekommen, während er versucht, seinen verklemmten Reißverschluss aufzubekommen. Oder er hätte dir währenddessen erzählt, wie viel Einkommensteuer er im letzten Jahr zahlen musste. Ich hatte mal einen, der sprang mittendrin auf, um einen Apfelkuchen zu backen, bloß weil er es sich am Morgen vorgenommen hatte.«
Bestimmt ist Marius auch so ein Kandidat. Ganz bestimmt. Dummerweise tröstet mich dieser Gedanke überhaupt nicht.
Nach dem Baden creme ich mich mit Bübchen-Lotion für Babys ein. Ich liebe diesen Geruch. Er erinnert einen an unbeschwerte Kindheitstage.
Gero sitzt unterdessen in einem Korbstuhl und pedikürt sich die Fußnägel. »Sag mal, hast du abgenommen?«, fragt er plötzlich.
»Findest du?« Ich schaue an mir runter. Außer Fettpolstern nichts zu sehen, finde ich. »Doch, doch«, meint Gero. »An den Hüften bist du dünner geworden. Steht dir gut.« Ich könnte ihn küssen dafür. »Aber in der Bikinizone könntest du dich mal wieder rasieren«, maßregelt er mich. »Wie sieht das denn aus? Kein Wunder, dass du keinen Sex mehr hast. Das ist ja der reinste Urwald da unten. Da braucht man ja eine Machete.«
Schwule sind immer so ehrlich. Ich liebe das an ihnen. Kotz. Jedenfalls hat Geros Feststellung zur Folge, dass ich mich rasiere. Danach fühle ich mich tatsächlich noch leichter.

Während wir in der Küche sitzen und Spaghetti essen, traue ich mich endlich, ihn nach Tom zu fragen. Er schaut mich an und grinst. »Das Ganze hatte auch sein Gutes«, sagt er. »Wir waren gestern bei einem

befreundeten Tätowierer. Du kennst doch bestimmt noch den Siegfried, der früher immer diesen Stand auf dem Wochenmarkt hatte.« Ich nicke. »Na, und der hat jetzt in Frankfurt ein Tätowierstudio aufgemacht. Wollte sich verändern.« (Kommt mir irgendwie bekannt vor.)
»Und?«, frage ich.
»Na ja, er hat sich die Katastrophe, an der ja bekanntlich DU schuld bist …« Kunstpause. Ich blicke verschämt nach unten. »… angeschaut. Und jetzt geht Tom nächste Woche hin und dieser entsetzliche Spruch, an dessen Existenz DU ja schuld bist, wird weggemacht und eine neue Tätowierung kommt drüber. Man sieht dann gar nichts mehr von der ursprünglichen Katastrophe.«

Ich will natürlich wissen, welche Tätowierung drüber kommt.
»Na, ›ICH LIEBE GERO FÜR IMMER‹«, strahlt Gero. »Das ist der größte Liebesbeweis, den Tom mir machen kann. Ich bin sehr glücklich.«
Gott sei Dank, wenigstens ein Problem weniger. »Ich bin so froh, dass wir uns wieder vertragen haben«, sage ich schließlich. »Ich finde es entsetzlich, mit dir zu streiten.«
Gero grinst. »Wir sind eben wie ein altes Ehepaar. Und da wird man sich ja wohl mal streiten dürfen.«
Wo er Recht hat, hat er Recht.
Gero öffnet eine Flasche mit trockenem Weißwein. Aber der Kummer lähmt mich so, dass ich gar keine Lust auf Wein habe. Dieser Zustand ist allerdings nach einer Minute vorbei und deswegen stoße ich mit Gero an.
»Auf das Leben und die Liebe«, schwafelt er. »Und darauf, dass mein Schatz endlich glücklich wird! Du hast es soooo verdient.«
Wir schauen dann »Harry und Sally«. Wenn ich doch nur so aussehen würde wie Meg Ryan. Unglaublich, dieses süße Grübchen am Kinn. Billy Crystal ist nicht ganz mein Typ, aber sehr charmant. Ach je, und zum Schluss finden sie zusammen. Der schönste Satz, den Harry zu Sally sagt, ist der: »Wenn man feststellt, dass man für den Rest des Lebens mit jemandem zusammenbleiben will, dann möchte man, dass der Rest des Lebens so schnell wie möglich beginnt.«

Mein Handy klingelt. Ha! Das ist bestimmt Marius, der sich bei mir entschuldigen will. Nein, mit mir nicht. Schnell gebe ich Gero das Telefon. Aufgeregt starre ich ihn an. Aber er meint nur »Hallo« und: »Echt? Das ist ja toll. Ja, ich kann. Warte, ich geb sie dir.«
Es ist Pitbull. Er war mit Richard im Baumarkt, sie haben für Tausende Euro Sachen bestellt und sind jetzt bei Pitbull zu Hause, um auf die neuen Bretter, Schrauben und was weiß ich nicht alles anzustoßen. Ich höre Richard im Hintergrund schon klopfen und sägen. Morgen, meint Pitbull, müssten wir alle in die Erichstraße fahren und endlich mal in die Gänge kommen. Er, Pitbull, hätte sich überlegt, dass in ungefähr sechs Wochen alles fertig sein soll und wir den Club dann eröffnen. Ich sollte mir schon mal Gedanken darüber machen, wie das Ganze pressemäßig an den Mann gebracht werden kann. Einen Namen hat er auch schon: »Endstation.« Ich frage ihn, wie er auf »Endstation« kommt. Ja, ob ich denn gar keine Ahnung hätte. Schließlich wäre die Erichstraße eine Sackgasse, wie soll man einen Swingerclub, der in einer Sackgasse liegt, denn sonst nennen außer »Endstation«?
»Warum nennen wir ihn nicht ›Sackgasse?‹«, erdreiste ich mich zu fragen. »Das passt doch. Jeder Sack findet seine Gasse. Hihi.«
Aber Pitbull ist im Moment auf dem »Ich bin ein wichtiger Geschäftsmann«-Trip und duldet keine Kritik. »Das Ding heißt ›Endstation‹. Punkt.«
Ich hoffe, dass er irgendwann wieder so normal ist, um zu verstehen, dass man diesen Club *so* nennen sollte, dass jeder auch gleich weiß, um *was* es hier geht. Wenn wir ihn Endstation nennen, haben wir womöglich nur Drogenabhängige und Obdachlose zu Gast.
Wir verabreden, uns morgen um 21 Uhr zu treffen. Früher kann ich nicht, da ich ja diesen doofen Film bei »NewStyle« fertig synchronisieren muss. Mir graut es davor, Marius wiederzusehen. Ich werde morgen bei Frau Ihlenfeldt von »NewStyle« anrufen und fragen, ob die Möglichkeit besteht, unsere Rollen separat zu sprechen. Aufgrund persönlicher Differenzen. Das hört sich gut an. So mache ich das.

Als ich um 23 Uhr endlich nach Hause komme, habe ich drei Nachrichten auf meinem Anrufbeantworter. Bestimmt Marius und Su-

sanne. Susanne bestimmt zweimal. Gut, gut, dann höre ich mir das Gesülze eben an. Werde aber auf gar keinen Fall zurückrufen.
Ich habe Pech. Ist zweimal mein Vermieter und einmal meine Freundin Alex. Mein Vermieter will wissen, ob ich die Kündigung denn erhalten hätte, und ach, wie Leid ihm das täte, aber ich müsste Verständnis haben. Ja, ich hab die Kündigung erhalten und weiß, dass ich bis zum 15. Mai ausgezogen sein muss, damit seine tolle Tochter mit ihrem tollen Stecher in MEINE Wohnung ziehen kann. Beim zweiten Anruf will er wissen, ob ich den ersten Anruf erhalten habe.
Herrje. Ich weiß, ich weiß, ich hätte mich schon längst um eine andere Wohnung kümmern müssen, aber wann? Es ist ja dauernd irgendwas anderes. Ich muss morgen mal Pitbull fragen. Oder Richard. Ob er schon zu Hause ist? Ob ich mal hochgehe? Ach nein, dann muss ich mir stundenlang anhören, wie in der Erichstraße alles umgebaut wird und welche Wände rausgebrochen werden und so weiter. Dazu hab ich jetzt keinen Nerv.
Ich glaub, die Alex ruf ich morgen mal an. Wir kennen uns seit der vierten Klasse und haben die achtziger Jahre gemeinsam durchgestanden. Streit hatten wir in den ganzen Jahren nur einmal, als ich mir mit 14 Alex' nagelneuen HEAD-Mantel borgte, weil ich bei meinem Freund Thorsten damit Eindruck schinden wollte. Dummerweise wälzten wir uns auf einer nassen Wiese herum und der superteure Mantel war voller Grasflecken, die nie mehr rausgingen. Außerdem hatten wir uns abends noch Alex' Motorrad geliehen und kamen erst am nächsten Tag zurück, ohne sie vorher anzurufen. Ging nicht, weil wir uns heimlich bei Thorsten getroffen hatten, das Telefon stand im Wohnzimmer und die Eltern durften ja nichts mitkriegen. Handys gab es damals noch nicht. Jedenfalls stand ich morgens um 7 Uhr vor Alex' Tür. Ihr Achtziger-Jahre-Stufenschnitt war völlig zerwühlt, sie war stinkwütend, und mir war das Ganze so peinlich, dass ich nicht wusste, was ich sagen sollte. Schließlich fragte ich nur: »Warst du beim Friseur?«
Mittlerweile hat Alex geheiratet, hat zwei supersüße Kinder und ist sehr glücklich. Was man von anderen Leuten ja nicht gerade behaupten kann. Ich möchte schon wieder heulen, aber es kommen keine Tränen mehr.

17

Am nächsten Mittag rufe ich Alex an. Wir telefonieren nicht oft und sehen uns noch seltener, aber wenn, dann ist es so, als ob überhaupt keine Zeit vergangen wäre.
Alex freut sich, dass ich mich melde. Aber sie ist im Augenblick total im Stress. Tessa hat Ballett und Marwin muss zum Fußball und sie selbst hat heute Abend Elternbeiratssitzung und weiß nicht, wo ihr der Kopf steht. Aber Tessa möchte mich sprechen. Oh. Da bin ich nach zwei Sätzen jedes Mal mit meinem Latein am Ende. Aber ich sage: »Klar, gib sie mir, die kleine Maus!«
»Hallo?«
»Hallo, Tessa, mein Schatz, hier ist Caro!«
»Hallo?«
»Ja, hier ist Caro, Tessa. Hörst du mich nicht?«
»Bist du die Caro mit den CDs und den bunten Büchern?« Sie hat nicht vergessen, dass ich jedes Mal vom Sender CDs mitbringe und ihr ein Benjamin-Blümchen-Buch kaufe.
»Ja, die Caro bin ich.«
»Kommst du uns bald wieder besuchen?«
»Na, klar, wenn deine Mama mal Zeit hat.«
»Bringst du dann CDs mit und ›Benjamin als Wetterelefant‹?«
»Na, klar. Freust du dich denn, wenn ich komme?«
»Ja, wenn du viel mitbringst.«
Ach, ach, ach, die Jugend von heute. »Aber Tessa!«, rufe ich. »Du musst dich doch auch freuen, wenn ich einfach nur komme und nichts mitbringe!«
»NEIN!«
»Aber wenn ich …«
»NEIN!«
»Na gut«, höre ich mich sagen. »Ich bringe ganz viel mit.«
»Sing mit mir das Lied!«
O nein. Das Benjamin-Blümchen-Lied. Tessa liebt es. Ich habe den Fehler gemacht, ihr einmal vorzuschlagen, es gemeinsam auswendig zu lernen, als sie mich für ein Wochenende besucht hat. Seitdem ver-

langt sie IMMER, dass wir es zusammen singen. Na gut. Wir fangen an:

»Auf 'ner schönen grünen Wiese steht ein großer grauer Berg,
streckt die Beine in den Himmel, neben ihm, da steht ein Zwerg.
Nein, der Zwerg, das ist ja Otto und der Berg ein Elefant,
der ist freundlich und kann sprechen und ist überall bekannt,
und liegt gerne in der Sonne, um ihn rum da schwirren Bienchen …«

Pause. Dann der Elefant ganz erstaunt: »Na, das bin ja ich! Benjamin Blümchen!«

Und dann so laut, dass der Telefonhörer fast explodiert:

»TÖRÖÖÖÖÖÖÖÖÖÖ!!!«

Tessa ist zufrieden und legt das Telefon weg. Ich rufe eine Viertelstunde lang »Hallo, hallo?«, bis Alex endlich begreift, dass ich noch dran bin. »Ach, ist sie nicht süß?«, fragt sie. »Und wie geht es dir so?«

Was soll ich jetzt sagen? Es gibt zwei Möglichkeiten:

a) Es geht mir prima. Ich bin mit einem Transvestiten befreundet und habe einen Typen getroffen, der sich Pitbull Panther nennt und auch so aussieht, und werde mit ihm einen Swingerclub eröffnen. Mein letzter One-Night-Stand war Megascheiße und ich hatte ein peinliches Interview mit den »Geladenen Bettnässern«. Außerdem synchronisiere ich einen Porno und habe dabei einen Mann kennen gelernt. Ich fand ihn toll, musste aber leider feststellen, dass er was mit Susanne hat, und die steht seit neuestem auf Callboys, weil ihr Mann nicht mehr mit ihr schlafen will und sich lieber auf Sadomasofeten auspeitschen lässt.
b) Ach, immer so weiter. Nichts Besonderes.

Dreimal dürfen Sie raten, was ich antworte.

Alex fragt, ob ich die Kinder am übernächsten Wochenende nehmen kann, weil sie mit Markus auf die Hochzeit eines Arbeitskollegen gehen möchte. Oje, beide Kinder. Ich sage nicht gleich ja, sondern verspreche, bis Ende der Woche Bescheid zu geben.

Dann rufe ich bei »NewStyle« an. Die Frau Ihlenfeldt fragt ganz besorgt, was denn los sei mit dem Herrn Waldenhagen und mir. Gott, ein Disput! Aber das sei natürlich kein Problem. Gewiss könne man die

Stimmen auch einzeln aufnehmen. Sie sagt, ich solle einfach früher kommen, wenn das machbar sei. Heute ist so wenig Stress im Sender, das krieg ich hin. Außerdem kann ich dann früher in der Erichstraße sein.
Die Arbeit geht mir richtig gut von der Hand. Um 15 Uhr habe ich sogar einen Hauptsponsor für unseren Partyzug ergattert. Der wahnsinnige Mensch ist bereit, uns 10 000 Euro für die Veranstaltung zu geben. Wenn ich an diesen Zug denke, wird mir irgendwie mulmig. Einen Tag und eine Nacht lang zusammengepfercht wie die Tiere auf engstem Raum durch Hessen gurken. Wenn da nichts schief geht. Entsetzt stelle ich mir vor, dass irgendwelche Hörer anfangen, sich zu streiten. Der Streit wird irgendwann so eskalieren, dass ein anderer Hörer Feuer legen wird. Der Zug wird dann brennen, aber der Zugführer bekommt nichts mit und fährt stoisch weiter seine Strecke. Ich sehe mich schon zwischen Kassel und Marburg bei 220 km/h mit Todesverachtung aus einem Abteil springen und im Unterholz landen.

Ach was, alles wird gut gehen. Man muss nur dran glauben.

Bei »NewStyle« läuft alles so weit glatt, davon mal abgesehen, dass ich mir ein bisschen blöd vorkomme, alleine in der Sprecherkabine zu sitzen und zu stöhnen. Die Frau Ihlenfeldt will zwar wissen, was denn los sei mit dem Herrn Waldenhagen und mir, aber ich sage nur, dass wir eine Meinungsverschiedenheit gehabt hätten und ich es für besser hielte, ihm vorerst nicht zu begegnen. Damit ist sie zwar nicht zufrieden, muss sich aber damit zufrieden geben, weil ich mehr nicht sage.

Gero holt mich vom Tonstudio ab. Richard und Pitbull erwarten uns in der Erichstraße. Ich wundere mich immer mehr über Richard. Vor gar nicht allzu langer Zeit hätte er niemals im Tageslicht seine Wohnung verlassen, ohne sich anzuziehen wie zu einer Polarexpedition. Aber heute trägt er nur ein T-Shirt und Jeans. Noch nicht mal Sonnenmilch. Und auch keine Frauenkleider. Ich frage ihn, was denn los wäre, und er meint, Pitbull hätte zu ihm gesagt, er sollte sich mal verhalten wie ein ganzer Mann. Aha. Mir liegen einige passende Antworten auf der Zunge, aber ich sage jetzt besser nichts und betrete mit den anderen unsere zukünftige Arbeits- und Wirkungsstätte. Ich habe den Eindruck, das Bauwerk ist seit unserem letzten Besuch noch mehr verfallen. Richards Augen strahlen allerdings, als er die Ruine besichtigt. Die Tatsache, dass Wände eingerissen und tonnenweise Schutt und Mörtel abtransportiert werden müssen, versetzt ihn in einen fast schon orgiastischen Zustand. Hundertmal fragt er, wann es denn endlich losgeht. Pitbull ist der festen Überzeugung, dass, wenn Pinki ihm die versprochenen Schwarzarbeiter besorgt und die übermorgen anfangen, wir in ungefähr drei Wochen mit dem Gröbsten fertig sein könnten. Drei Wochen? Drei Wochen lang müsste man hier erst mal lüften, um Menschen überhaupt zuzumuten, hier einen Handschlag zu machen, ohne dass ihre Lungenfunktionen versagen oder sie Hautausschläge vor lauter Ekel bekommen. Aber ich sage mal besser nichts.

Gero findet das Gebäude schrecklich. Ich merke es daran, dass er, seit wir hier sind, auf derselben Stelle stehen geblieben ist. Ich frage ihn schließlich, ob ich ihm mal die oberen Räume zeigen soll, aber er schüttelt nur den Kopf und sagt: »Ich habe Angst, dass der Boden dann durchbricht.« Die Angst ist irgendwie berechtigt, denn Pitbull und Richard gehen eben die Treppen hinauf und ihre Schritte lassen den Putz an der Wand leise hinunterbröseln. Besser gesagt, den Rest davon.

Der Kühlschrank steht übrigens immer noch am selben Platz. Mich juckt es in den Fingern, ihn endlich zu öffnen, aber ich traue mich nicht (der Käfer, der Käfer).

Plötzlich habe ich Angst vor meiner eigenen Courage. Ich muss darüber nachdenken, was wohl meine Mutter dazu sagen wird, wenn sie erfährt, was ich da vorhabe. Ich sehe meine Mutter mit ihrem unmöglichen Haarknoten in ihrem Lieblingssessel sitzen und von ihrer Klöppelstickerei aufblicken. Und dann höre ich den Satz: »Das hast DU also nötig. Ich dachte immer, ich hätte euch Kinder so aufgeklärt, dass so was nicht passieren muss.« Was gar nicht stimmt, denn eigentlich hat sie uns überhaupt nicht aufgeklärt.

Als ich mit dreizehn Jahren das erste Mal richtig verliebt war, hat meine Mutter bei den Eltern meiner Flamme angerufen und geschrien: »Glauben Sie mal bloß nicht, dass ich die Hochzeit alleine bezahle!« Um dann in mein Zimmer zu rennen und nach Kondomen zu suchen, die ich gar nicht hatte. Die Luftballons, die sie gefunden hat, hielt sie mir unter die Nase und rief: »Ihr seid eine verdorbene Jugend! Farbige Präservative habe ich NIE benutzt.« Ich war ziemlich verwirrt, kannte ich doch weder das Wort »Präservativ«, noch wusste ich, was »verdorben« in diesem Zusammenhang bedeuten konnte. Verdorben war eine Fischsuppe, die drei Wochen lang auf dem Balkon in der glühenden Sommerhitze gestanden hatte.

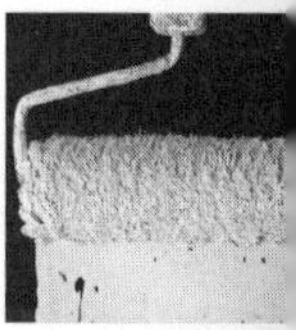

Nach meinem ersten Zungenkuss war ich der festen Überzeugung, etwas ganz schrecklich Verbotenes getan zu haben. Ich hatte ein derart schlechtes Gewissen, dass ich unseren Gemeindepfarrer anrief und darum bat, in ein Heim eingeliefert zu werden. Er konnte mich glücklicherweise einigermaßen beruhigen und dazu überreden, zu Hause zu bleiben.

Meine Mutter hat das Wort Sex überhaupt nie auch nur gedacht, da bin ich mir ganz sicher. Wir Kinder haben uns immer gefragt, wie wir wohl zustande gekommen sind. Meine Halbschwester Nina behauptet, wir wären höchstwahrscheinlich alle aus Versehen adoptiert worden. Bestimmt hat sie Recht. Sicher sind meine wirklichen Eltern Amerikaner, die in Texas in einem Wohnwagenpark leben und sich zum Frühstück die ersten Dosen Bier aufmachen, die sie über Nacht im Waschbecken gekühlt haben, während sie melancholisch in die texanische Einöde starren. Meine richtige Mutter latscht einmal die Woche in einen dreißig Meilen entfernten Supermarkt, hat immer Lockenwickler in den Haaren und kommt mit Papiertüten in den Wohnwagenpark zurück, aus denen oben billige Schnapsflaschen ragen, während mein Vater mit einem Bierbauch auf einem Klappstuhl wartet und Johnny Cash hört. Aus Versehen wurde meine Mutter irgendwann schwanger und hat mich nach der Geburt vor einem Krankenhaus ausgesetzt. Ich bin dann nach Deutschland verschifft worden und meine Adoptiveltern haben mich, in eine karierte Decke gewickelt, mit nach Hause genommen. Bestimmt heiße ich deswegen auch Carolin. Ganz bestimmt. Irgendwann werde ich mal nach Texas fahren und meine Eltern suchen. Wenn sie mich denn sehen wollen.

Gero hat sich bewegt! Er steht vor dem Kühlschrank! »Sag mal, was ist denn das für ein Uraltteil?«, fragt er mich. »Der hat ja Museumswert.« Ich bin plötzlich wieder ganz aufgeregt. »Wollen wir mal nachschauen, was drin ist?«, frage ich.
»Klar«, antwortet Gero, »aber du machst auf.« Feigling.
Oben laufen währenddessen Pitbull und Richard herum. Ein Balken direkt über uns ächzt gefährlich.
Ich lege die Hand um den Griff und ziehe. Nichts passiert. »Er ist eingerostet«, sage ich zu Gero.
»Ach, papperlapapp, zieh fester.«
Ich kann ziehen, so fest ich will, aber die Tür lässt sich nicht öffnen. Mir wird bange. Höre ich im Innern nicht gerade jemanden um Hilfe rufen? Nein, das ist Richard, der glücklich darüber ist, dass sämtliche Wände vom Schimmelpilz befallen sind. Wir wollen unbedingt diesen Kühlschrank aufkriegen. Abwechselnd zerren und rütteln wir daran. Einmal kippt er fast um und auf Gero drauf, in letzter Sekunde kann ich das Malheur verhindern.
Während wir wie Idioten an dem Griff ziehen, gibt es plötzlich ein schmatzendes Geräusch und die Tür fliegt mit einer solchen Wucht auf, dass wir beide hinfallen. Auf dem Boden liegend, starren wir in das Innere des Kühlschranks. Gero fängt laut an zu brüllen und ich mache nicht leiser mit. Aus dem Kühlschrank starrt uns ein Totenkopf an. Daneben liegen einzelne Knochen. Der Totenkopf sucht zu allem Überfluss auch noch Gesellschaft und kullert uns freundlich entgegen, die Zähne klaffen auseinander. Wären wir höfliche Menschen, würden wir ihn fragen, ob er hungrig ist und einen Keks möchte, aber wir sind zu nichts anderem in der Lage, als noch lauter zu brüllen, um dann mit letzter Kraft aufzustehen und orientierungslos in dem ehemaligen Schankraum herumzurennen und nach dem Ausgang zu suchen, den wir in unserer Panik nicht finden. Schließlich entdecke ich eine Tür, zerre Gero mit in ihre Richtung und reiße sie auf. Vor der Tür steht ein Mann. Er trägt schwarze Kleidung und hat einen Vorschlaghammer in der Hand, den er hebt, als er uns sieht. Mir wird schwindlig. Das war's. Gleich werden Gero und ich in dem Kühlschrank liegen. Sauber zerteilt, nach Geschlechtern getrennt. Meine einzige Hoffnung ist die, dass man wenigstens unsere abgetrennten Köpfe nebeneinander stel-

len wird, damit wir uns die Zeit mit einer kleinen Unterhaltung vertreiben können.

Zehn Minuten später sitzen wir auf den wackligen Schanktischstühlen und trinken lauwarmes Bier aus der Dose. Pitbull steht daneben und schüttelt den Kopf. Der Mann mit dem Vorschlaghammer befindet sich mittlerweile bei Richard im oberen Stockwerk und misst die Räumlichkeiten aus. Wie sich herausstellte, ist er kein Hammermörder, sondern heißt Leopold und ist einer der Schwarzarbeiter, die Pinki organisiert hat. Zwischenzeitlich wurden auch die Menschenknochen identifiziert und es stellte sich heraus, dass es sich um einen vergessenen Iltis handelte, der vor ungefähr fünf Jahren den Weg aus dem Kühlschrank nicht mehr herausgefunden hat.

Ich bin trotzdem fix und fertig. Es ist mittlerweile weit nach 22 Uhr und ich bin schrecklich müde. Morgen werde ich mir einen Tag Urlaub nehmen. Ich halte das alles sonst nicht aus. Und mittags wollen wir nach Einrichtungsgegenständen im Wohncenter Günstig & Gut schauen gehen. Der ganze Tross. Das wird was geben. Ich brauche zwei Tage Urlaub.
Eine entsetzliche Vorstellung, jetzt alleine nach Hause gehen zu müssen. Ich frage Gero, ob er bei mir schläft, und er ist zu willensschwach, um nein zu sagen.

Am nächsten Morgen frühstücken wir ausgiebig, davor mache ich die zwei Urlaubstage klar und melde Gero krank, was wie immer bei Höbau-Müller ein schwieriges Unterfangen ist. Ich meistere es trotzdem mit Bravour. Es ist im Übrigen keine Nachricht auf dem Anrufbeantworter, weder Susanne noch Marius Mistenhagen haben vor, irgendetwas klarzustellen bei mir. Bitte. Bitte. Ich werde aus dieser Situation lernen, eiskalt werden und niemals mehr meine Gefühle vor irgendeinem Menschen offenbaren. Schon in einigen Wochen wird mir der Ruf vorauseilen, ich sei berechnend und unterkühlt (herrliches Wort, herrlich, herrlich), und Menschen, mit denen ich einen Termin habe, werden sich ihre Strickjacken anziehen müssen, wenn ich Konferenzräume betrete.

Ich sehe mich mit hochgezogenen Augenbrauen die Leute mustern, die unter meinen Blicken zu Säuglingen mutieren. Eine Vorstellung, die mit einer Portion Pasta mista mit Doppelsahnesoße zu vergleichen ist. Leider, wie gesagt, nur eine Vorstellung.

Gero und ich kochen uns noch eine Kanne Kaffee, ziehen uns ausgeleierte Jogginghosen von mir an und legen uns aufs Sofa, um durch die Sender zu zappen. Das Telefon stöpsle ich vorsichtshalber aus. Nicht auszudenken, wenn Henning oder Zladko anrufen und mich in stundenlange Gespräche verwickeln, während auf RTL Dr. Stefan Frank läuft. Es gibt ja nichts Trivialeres als RTL oder Pro Sieben. Deswegen liebe ich diese Sender. Und ich liebe Arztgeschichten, die immer gut ausgehen. Was seinerzeit die Schwarzwaldklinik war, ist jetzt Dr. Frank. In den Folgen scheint immer die Sonne, die Menschen haben ausreichend Geld und Terrakottakübel, in denen teure Topfpflanzen wachsen, während ein Jaguar-XK8-Cabriolet darauf wartet, dass man mit ihm zum Shopping fährt. Es gibt grundsätzlich Hauspersonal (Hedi, die Köchin, ist immer etwas zu füllig, backt aber prima gedeckten Apfelkuchen und ist stets liebevoll am Meckern, und Franz, der Chauffeur, repariert auch alles im Haus, ist den Kindern ein liebevoller Opa und kümmert sich gern um die Reitpferde). Irgendetwas Tragisches muss natürlich in jeder Folge passieren, sprich, jemand ist schlimm krank oder hat einen Unfall und Stefan Frank fährt mit quietschenden Reifen los und trifft dann an der Unfallstelle oder bei einem Hausbesuch Doris Werner, die wiederum Tierärztin und Single ist und eigentlich gar keine feste Beziehung möchte. Aber die beiden blicken sich unter einer Kuckucksuhr an, ihre Blicke verschmelzen und Dr. Frank fragt Doris: »Willst du meine Frau werden?« Während sie ja sagt, wird das Unfallopfer schnell gesund, man hört Schafe blöken, die Sonne scheint immer noch und die beiden gehen gemeinsam die Steintreppen zum Auto hinunter. Arm in Arm, versteht sich. Dr. Frank holt dann die Eheringe aus dem Auto, von irgendwoher kommen Menschen, die Reis werfen, und die Verwandtschaft des genesenen Kranken bringt Präsentkörbe und eine Erstlingsausstattung für Säuglinge in neutraler Farbe, und ein Welpe schaut dem ganzen Szenario mit treuen braunen Augen zu.

Ich muss immer weinen, wenn es ums Heiraten geht. Warum fragt mich niemand, ob ich ihn heiraten möchte? Ich möchte auch ein weißes Kleid tragen und über eine Schwelle getragen werden, während meine Familie von Rührung gebeutelt in Tempotaschentücher schnäuzt. Nur einmal war ich in einer heiratsantragähnlichen Situation: Mein Exfreund (hab den Namen verdrängt) befand sich kurz nach unserem Kennenlernen mit mir zusammen in einer Autowaschanlage, und während wir draußen warteten und der Lärm ganz fürchterlich war, fragte er mich: »Würdest du mich mal heiraten?«

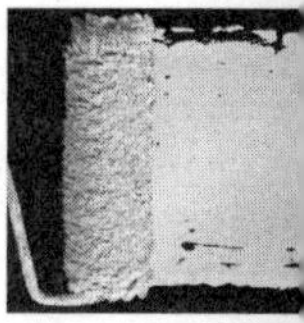

Ich war so überwältigt ob dieser Äußerung, dass ich wie ein Stehaufmännchen um ihn herumsprang und schrie: »Aber ja, aber ja«, während ich mir schon vorstellte, wie wir gemeinsam beim größten Kaufhaus in der Gegend einen Hochzeitstisch bestücken und ich somit endlich zu meinem heiß geliebten 48-teiligen Mariposa-Essservice von Villeroy & Boch kommen würde. Er war zugegebenermaßen etwas verwirrt und wich erschreckt einige Schritte zurück, weil ich ihn, trunken vor Glück, umarmen und küssen wollte, während ich schrie: »So was hat mich noch nie jemand gefragt!«

Eine Minute später stellte sich heraus, dass ich alles falsch verstanden hatte. Ich hatte wegen des Lärms das Wort »einladen« als »heiraten« verstanden.

Er trennte sich kurz danach von mir und gab als Grund an, ich würde ihn zu sehr in seiner Freiheit einengen. Aber die Zeit hat eindeutig für mich gespielt. Ich musste kürzlich sehr lachen, als ich in der Zeitung las, dass er und seine Frau Imken mittlerweile das fünfte Kind bekommen haben. Jetzt weiß ich auch wieder den Namen: Er hieß Olaf. Kein Wunder, dass ich den Namen vergessen wollte. Und mit einer Frau, die Imken heißt, ist ja wohl auch kein Staat zu machen. Bestimmt leben sie in einem Solarenergiehaus und bauen ihr Gemüse selbst an, makrobiotisch, und die Kinder gehen auf die Waldorfschule, bewerfen sich gegenseitig mit Erdklumpen und tanzen ihren Namen, nachdem sie vom Aggressionsabbauschreikurs aus dem Unterholz wiedergekommen sind. Imken ist eine Frau, die niemals die Ruhe verliert, auch nicht, wenn alle Kinder gleichzeitig Masern, Windpocken und Mumps haben und sie acht Monate am Stück nicht mehr geschlafen hat. Nein! Das bringt eine Imken nicht aus der Fassung. Sie wird treppauf, treppab hetzen, Kamillentee kochen und ihre Erfüllung darin sehen, abends »Jane Eyre« von Charlotte Brontë zu lesen. Ich für meinen Teil bin schon überfordert, wenn ich abends nach der Arbeit noch Blumen gießen muss.

Ich seufze leise vor mich hin. Ich werde eben nie heiraten. Heiraten ist eh doof. Kostet nur Geld und man lässt sich sowieso irgendwann wieder scheiden. Außerdem ist die Vorstellung, mit jemanden wie Olaf verheiratet zu sein oder Sex zu haben, grauenhaft. Eher würde ich meine Vagina einem Basstölpelpärchen zum Nestbau anbieten.

Gero zappt von einem Kanal zum nächsten herum und wir bleiben schließlich bei der Wiederholung von der »Harald-Schmidt-Show« hängen. Ich finde es immer wieder unglaublich, wie dieser Mensch seine Gäste niedermacht. So was wird mir natürlich nicht passieren, wenn ich, eine berühmte Swingerclubbesitzerin mit florierendem Etablissement, neben Harald auf einem Stuhl sitzen werde. Schlagfertig werde ich antworten und die Lacher des Publikums immer auf meiner Seite haben. Es wird dann so enden, dass Harald aufsteht, sich vor mir verbeugt und sagt: »Ich bin erledigt. Würdest du bitte meine Nachfolge antreten?« Ich werde nicht gleich ja sagen, sondern, weil ich meinen Marktwert testen will, zum Publikum schauen und fragen: »Sollichdasmachen?« Die Zuschauer werden aufspringen, Fahnen schwenken, auf denen mein Name steht, und brüllen: »Ja! Ja! Ja!« Harald wird gedemütigt das Fernsehstudio verlassen und vor lauter Kummer drogenabhängig werden, während ich die Millionen nur so scheffele!
(Um ganz ehrlich zu sein, ich übertreibe gerade ein wenig. Eigentlich wird es so ablaufen: Beim Hereinlaufen ins Studio werde ich mir vor laufenden Kameras einen Absatz abbrechen, im Gesicht glänzen wie eine Speckschwarte und auf Haralds Fragen dümmlich kichernd mit »weiß nicht«, »weiß nicht«, oder »weiß nicht« antworten. Die Zuschauer werden mich ausbuhen, meine Freunde mich nicht mehr kennen, und am nächsten Tag wird auf der letzten Seite der Bildzeitung

stehen: »Carolin Schatz – peinlicher geht's nicht.« Ich werde dann nach Neufundland auswandern oder nach Alaska und so vereinsamen, dass meine einzige Unterhaltung darin besteht, gemeinsam mit Lachsen im Eis zu tauchen. Abends werde ich mir auf einem Propangaskocher eine Buchstabennudelsuppe kochen müssen, um wenigstens etwas zum Lesen zu haben. Ja, so wird das enden mit mir.)

18

Um 13 Uhr klingelt Richard und wir holen Pitbull zu Hause ab, um zusammen in dieses Günstig & Gut-Wohncenter zu fahren. Pitbull hat keine Einkaufsliste dabei, sondern ein gebundenes BUCH! Es ist von vorn bis hinten voll geschrieben. Unglaublich, an was dieser Mann alles denkt. Sogar an Bidets!
Gegen 17 Uhr haben wir etliche Matratzen, Spannbetttücher, die man bei 95 Grad waschen kann, ungefähr 17 000 rote Glühbirnen (25 Watt), Longdrinkgläser und Couchtische in undefinierbarer Menge und Frottéhandtücher in der Einheitsfarbe »Alge« gekauft. »Alge« ist eine entsetzliche Farbe, aber Pitbull und auch Gero meinen, darauf würde man Flecken nicht so leicht erkennen. Ich bin müde, meine Füße tun mir weh und ich möchte einen Kaffee trinken, aber Richard meint, jetzt ginge es erst richtig los, denn nun kämen Kacheln, Bodenbeläge und so weiter und so fort an die Reihe. Da ich aber nicht der Typ Frau bin, der seinen Lebensinhalt darin sieht, mit Freunden darüber zu diskutieren, ob die Leisten aus Holz oder Kunststoff sein sollen, gehe ich eben allein einen Kaffee trinken und mache mich auf den Weg in die »Erlebnis-Cafeteria« und finde sie auch gleich. Wirklich lustig, ha, ha, ha. Die Erlebnis-Cafeteria besteht aus einem verglasten Raum mit unzähligen Plastikkugeln drin. Ich sehe nirgendwo eine Bedienung, beschließe aber trotzdem, einen Moment zu warten. Ein eklig aussehendes fünfjähriges Kind mit dunkelroten Sommersprossen im Gesicht bewirft mich mit den Kugeln und fängt an zu heulen, als ich schimpfe. Was die anderen Kinder (wo sind eigentlich die Eltern?) dazu veranlasst, sich zusammenzuschließen und mich zu umzingeln, während ein Plastikball nach dem anderen gegen meinen Kopf donnert. Ich werde wirklich nicht schnell böse, aber können Kinder sich denn nicht wenigstens mal in einem Café benehmen? Schließlich bin ich so wütend, dass ich beginne, ebenfalls Bälle zu nehmen und zurückzuschleudern. Kommt denn hier auch mal eine Bedienung? Plötzlich steckt ein Mann seinen Kopf ins Erlebniscafé und ruft: »Heda, Sie! Das ist das Kinderparadies. Würden Sie bitte SOFORT diesen Ort verlassen und die Kinder nicht belästigen?«

Als ich mich umdrehe, merke ich, dass hinter mir an der Glaswand die halbe Kundschaft von Günstig & Gut steht und mich böse anstarrt. Ich beschließe dann, auf den Kaffee zu verzichten.

An der Kasse wird mir schlecht. Das Ganze kostet zusammen etwas über siebentausend Euro. Wo hat Pitbull eigentlich diese EC-Karte her? Ich erfahre schließlich, dass er längst noch mal bei Herrn Kamlade wie Schublade war. Nett, dass ich auch eine bekomme, wo ich doch nur überall mit unterschrieben habe. Ich bin aber zu schlapp, um mich zu streiten. »Das Gröbste haben wir geschafft«, sagt Pitbull. »Morgen fängt der Leo mit seiner Mannschaft an, und die hier haben zum Glück eine so lange Lieferzeit, dass das alles hinhaut. Diesen ganzen Utensilienkram und die Sadomasosachen holst du ja mit Tom, Caro!« Würg. Stimmt ja, das hatte ich ganz vergessen. Da fällt mir ein, dass ich mit Tom noch gar kein Versöhnungsgespräch wg. Brandings hatte. Aber Gero meinte ja, es sei alles nur halb so wild. (Wird alles nicht so heiß gegessen, wie's gekocht wird!)

Wir fahren zu Pitbull. Lola ist zum Glück schon gefüttert und auch sicher in ihrem Terrarium verstaut, auf dem der Deckel fest geschlossen ist, was ich heimlich nachkontrolliere. Gero ruft Tom an und der verspricht, später vorbeizukommen, sodass wir gemeinsam eine Liste erstellen können. Hab ich zwar keine Lust zu, aber gut. Ich bekomme plötzlich wieder einen depressiven Schub. Denke an Marius und daran, dass ich aus meiner Wohnung rausmuss. Richard hat mir zwar ganz lieb angeboten, bei ihm zu wohnen, aber ich habe keine Lust, mir täglich darüber Gedanken machen zu müssen, ob meine Tagescreme schon wieder leer ist oder ich mir neue Lippenstifte kaufen muss, weil Richard ungefragt alles benutzt. Oder noch schlimmer: Er trägt meine Klamotten und wird auf der Straße mit »Hallo, Caro« angesprochen. Im Übrigen ist er ja glücklich mit seiner neuen Transenflamme, ich wäre also sowieso nur ein störendes Element. Bei Gero und Tom genau dasselbe. Ich störe also nur. Wenn mein Bekanntenkreis danach gefragt wird, welche herausragende Eigenschaft ich habe, würden alle im Chor antworten: »Caro stört.« Es hilft alles nichts, ich muss SO BALD WIE MÖGLICH anfangen, mir eine Wohnung zu suchen. Morgen. Morgen fange ich damit an.

Pitbull kriegt nach dem dritten Bier wieder einen seiner sentimentalen Anfälle. In jungen Jahren ist er bei der Marine gewesen (»Ich sag dir, ich war 17, hab im ›Silbersack‹ auf der Reeperbahn gesessen, einen Jubi nach dem anderen gesoffen und drauf gewartet, dass es Morgen wird und ich endlich auf die ›Barbarossa‹ konnte. War das heiß in Afrika, was haben wir geschwitzt. In Hängematten mussten wir schlafen und hatten alle Malaria. Und die Haie! Die Haie haben uns die ganze Strecke verfolgt. Es waren weiße Haie! Die verirren sich manchmal in die Elbmündung. Einer sprang vor der Werft von Blohm & Voss so hoch, dass er komplett aus dem Wasser war. Acht Meter, das Teil. Acht Meter, wenn nicht zwölf.«). Man darf nicht den Fehler machen, ehrfürchtig aufzublicken und zu sagen: »Was? Du bist zur See gefahren! Das ist ja un-glaub-lich! Erzähl!« Dann nämlich hat man für den Rest seines Lebens verloren und muss sich anhören, wie er Pottwale mit der bloßen Hand zerquetscht hat. Am liebsten allerdings erzählt er die Geschichte von seiner schlimmen Seekrankheit. Angeblich war er so seekrank, dass er seinen MAGEN auf die Schiffsplanken gekotzt hat und danach freiwillig über Bord gesprungen ist, um seinem Leben ein Ende zu setzen. Zum Glück kam damals ein netter Delphin und schleuderte ihn an Deck zurück, wo man ihn seinen Magen wieder runterschlucken ließ und ihn zur Backschaft verdonnerte. In irgendeiner Geschichte kommt auch ein Flugsaurier vor, der aus dem Nichts auftauchte und einen skorbutkranken Schiffsjungen einfach in den Schnabel nahm und mit ihm davonflog. Die Mütze, die der Schiffsjunge damals verlor, liegt jetzt angeblich in einem Glasschaukasten eines Schifffahrtsmuseums in Papua/Neuguinea.

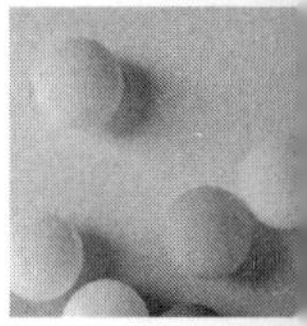

Ich bin froh, als Tom endlich klingelt.
Hut ab! Er hat sich richtig gut vorbereitet. Das ist das Gute daran, wenn man in der SM-Szene gelebt hat. Kaum zu glauben, was da alles auf seiner Liste steht. Handschellen mit Gelenkschutz, ohne Gelenkschutz, Handhebefesseln, Fußhebefesseln, Karabinerhaken, Andreaskreuz, Eisenringe, Seile in verschiedenen Längen und Dicken, Schuhe mit Dornen, Springgerte, Dressurgerte, Peitschen mit fünf Riemen, Peitschen mit 23 Riemen, Rohrstöcke, Augenbinden, Knebel und was

weiß ich nicht noch alles. Tom ist gar nicht mehr sauer auf mich und meint sogar, dass er sich darauf freut, mit mir das »Equipment« einkaufen zu gehen. Er weiß auch schon, wo. Wir werden extra nach Hamburg fahren an diesem Wochenende. Tom hat zwar noch gar nicht gefragt, ob ich an diesem Wochenende was vorhabe, geht aber davon aus, dass nicht, und hat auch so was von Recht damit.
Pitbull schreit: »Was? Ihr fahrt nach Hamburg? Nicht ohne mich! Ich werde euch den Kiez zeigen, dass euch Hören und Sehen vergeht!« Und dann entwirft er schon einen Plan für den Freitagabend. Ein Besuch in seinem heiß geliebten »Silbersack« ist natürlich Pflicht und dann müssen wir in den »Goldenen Handschuh«. Achtung, ich weiß, was jetzt kommt! Pitbull holt tief Luft. »Weißt du, Gero«, zischt er, »über dem ›Goldenen Handschuh‹ hat der Massenmörder Honka gewohnt.« Gero öffnet wieder den Mund. Pitbull kommt näher. »Honka ist immer über den Kiez gelaufen und hat sich Nutten gesucht. Die hat er dann zu Hause umgebracht. Der Dielenboden des gesamten Hauses ist quasi von Blut getränkt …« Gero schluckt. »Da müssen wir unbedingt ein Pils trinken!« Das Einzige, was mich an dieser Geschichte interessiert, ist, *wie* Honka die Nutten umgebracht hat, aber zu diesem wichtigsten Detail kann Pitbull keine Auskunft geben. Vielleicht kann es mir ja einer der Gäste im »Goldenen Handschuh« am Freitag oder Samstag zu fortgeschrittener Stunde erzählen. Am Ende des Abends steht fest, dass neben Pitbull auch noch Gero und Richard mit nach Hamburg kommen und Iris, die Pitbull zwischendurch anruft, plus Domina-Freundin Ruth. Letzteres finde ich sogar richtig gut, denn die weiß wenigstens, welche Sachen man wirklich braucht. Pitbull bezeichnet unsere Fahrt nach Hamburg als Familienausflug. Wenn ich mich so umschaue und die ganzen Chaoten betrachte, sehe ich es beinahe genau so. Das kann ja heiter werden.

Am nächsten Morgen rufe ich bei »NewStyle« an und frage, wann Herr Waldenhagen den letzten Synchronisationstermin hat. Die nette Frau Ihlenfeldt sagt, der arme Herr Waldenhagen habe aber gar nicht gut ausgesehen vorgestern. Richtig blass um die Nase. So, als ob ihn was bedrücken würde. Ich frage Frau Ihlenfeldt, ob sie ihn denn gefragt hätte, was ihn so Schlimmes bedrückt, aber sie verneint und meint, sie sei ein diskreter Mensch. Schade. Jedenfalls hat Herr Waldenhagen um 19 Uhr Termin und ich kann bereits um 15 Uhr kommen, was gut passt, da ich ja sowieso morgen noch einen Tag Urlaub habe. Und dann geht's direkt nach Hamburg. Juhu!

Während ich durchs Treppenhaus laufe, um die Zeitung aus dem Briefkasten zu holen, fällt mir ein, dass ich schon einige Tage nichts mehr von Frau Eichner gehört habe. Seit sie aus dem Krankenhaus zurück ist, war sie offensichtlich in meiner Wohnung – das merke ich daran, dass es sauber ist –, aber sonst kam kein Lebenszeichen von ihr. Ich klopfe einfach an ihre Tür, nachdem ich die Zeitung geholt habe.

Die Irmi Tschenscher aus dem Erdgeschoss öffnet mir und bittet mich herein, legt dabei allerdings die Finger an den Mund, was bedeutet, dass ich leise sein soll. Hat Frau Eichner sich immer noch nicht erholt von ihrem Sturz vom Dach? Nein. Sie sitzt putzmunter an ihrem runden Rokokotischchen und starrt auf ein Wasserglas, das umgedreht vor ihr steht. Dazu murmelt sie leise: »Meta, ich rufe dich. Meta, ich rufe dich.« Was ist denn hier schon wieder los?
»Hallo, Frau Eichner«, sage ich in Zimmerlautstärke. Frau Tschenscher hebt entsetzt die Hände. »Wolln Se de Geist Meta verjache?«, raunt sie mir zu. »Wenn es Meta komme soll, müsse mer all stille sein.« Ich blicke mich im Zimmer um, kann aber keine Anzeichen dafür entdecken, dass der Geist Meta im Anmarsch ist. Davon abgesehen sind alle Türen und Fenster geschlossen.
Frau Eichner wiegt ihren Oberkörper hin und her. Was soll das bloß? Hat Frau Tschenscher sie jetzt auf den Geisterbeschwörungstrip gebracht? Das ist ja nicht zu fassen. Ich sehe die arme Frau Eichner schon im strömenden Regen an einem eiskalten Novembertag am Anfang unserer Fußgängerzone stehen und den »Wachturm« verkaufen, während der Regen über ihre Hutkrempe läuft. Ich habe ein schlechtes Gewissen, weil ich so wenig Zeit habe, mich um sie zu kümmern. Andererseits ist sie ein erwachsener Mensch und muss selbst wissen, ob sie Geister rufen möchte, die Meta heißen. Ich verabschiede mich und gehe frühstücken.

MEMPHIS
Championship
HOUSE OF
BREWS
250
BEERS
SUPERBONUS

19

Den Freitag bringe ich gut über die Runden. Keine nennenswerten Vorkommnisse, Pornosynchronisation erfolgreich zu Ende geführt, eine Rechnung geschrieben, kein Lebenszeichen von Marius oder Susanne, noch immer nicht nach einer Wohnung geschaut, noch mal in der Erichstraße gewesen mit Pitbull, die Renovierungsarbeiten haben begonnen und es sieht gut aus. Pinki geht Pitbull kurz an die Gurgel, nachdem er erfahren hat, dass *wir* nach Hamburg fahren und *ihn* nicht gefragt haben, ob er er gern mitwill. Ist nicht eskaliert, ich konnte schlichten, was zur Folge hat, dass wir jetzt zu acht in Richards altem VW-Bus sitzen, Dead or alive nicht mitgezählt, der zu unseren Füßen kauert und einen Maulkorb tragen muss, weil Iris Angst vor Hunden hat. Richard fährt. Er trägt Gummistiefel und einen Regenmantel, weil in Hamburg ja immer schlechtes Wetter ist. Weil Stiefel und Mantel aber rosa sind, sieht er aus wie ein überdimensionales Knallbonbon.

Kurz nachdem wir auf der A 5 sind, fangen wir an, Seemannslieder zu singen, und Pitbull holt ein uraltes Akkordeon aus der Versenkung seiner Reisetasche, mit dem er uns musikalisch fast perfekt begleitet. Bei Freddy Quinns »Junge, komm bald wieder« bin ich emotional am Ende. Schon als kleines Mädchen musste ich mir vorstellen, wie irgendein hagerer Fünfzehnjähriger mit Baskenmütze 1923 von seinem Vater wegen akutem Geldmangel gezwungen wurde, auf einen undichten Rahsegler zu steigen, um damit nach Guadeloupe zu schippern. Die Mannschaft war böse zu ihm und hänselte ihn, weil er nicht so kräftig war wie die anderen (wie denn auch, in der damaligen Zeit konnte man froh sein, ein Stück trockenes Brot auf der Straße zu finden), er musste regelmäßig zur Belustigung der Besatzung kielholen und überlebte immer nur knapp. Irgendwann trudelte er für kurze Zeit, völlig unterernährt und ohne Zähne, wieder in Cuxhaven oder Travemünde ein, und sein böser Vater nahm ihm sofort die Heuer ab, um ihn dann auf das nächste Boot zu verfrachten. Während das Schiff mit Getute dann den Hafen wieder verlässt, steht die Mutter weinend am Ufer und singt dieses Lied, bis sie ihren Sohn im Morgennebel aus

den Augen verliert. Bei der Passage »Ich mach mir Sorgen, Sorgen um dich, denk auch an morgen, denk auch an mich …« ist er dann ganz verschwunden. Was aus dem Jungen geworden ist, hat nie jemand erfahren. O mein Gott!
Um mich abzulenken, schlage ich vor, lustigere Lieder zu singen, z. B. Gittes: »Ich will 'nen Cowboy als Mann.« Weil aber keiner außer mir den Text kennt, wird mein Wunsch abgelehnt.
Zum Glück ist kein Stau und wir erreichen Hamburg gegen 22 Uhr. Vor der ersten Kneipe, die wir finden, halten wir an, weil alle fast sterben vor Hunger. Danach besteht Tom darauf, sofort zur Reeperbahn zu fahren, um dort in der Boutique »Bizarre« schon mal die eine oder andere Vorbesichtigung zu tätigen. Dazu haben alle anderen, ich eingeschlossen, aber keine Lust, wir wollen feiern. Erst das Vergnügen, dann die Arbeit. Also Reeperbahn ja, Boutique nein. Pitbull kreischt: »Auf zum Silbersack!« und geht wichtigtuerisch voraus, nach dem Motto: »Vertraut mir, ich kenn die Gegend hier wie meine Westentasche.«

Ich habe nie eine urigere Kneipe gesehen als den »Silbersack« in Hamburg. Seemannsmalereien an den Wänden, die Bestuhlung noch aus richtigem Holz aus den frühen fünfziger Jahren und der Steinboden aus der guten alten Zeit. Pitbull bestellt Jubi und Flens und wir stoßen fröhlich an. Drei Stunden später wollen Pinki und Pitbull unbedingt in die Herbertstraße. Falls es jemanden gibt, der nicht weiß, was die Herbertstraße ist: eine mit Sichtschutz abgetrennte Straße auf dem Kiez, in die nur Männer dürfen, um sich die Professionellen auszusuchen, die hinter Schaufensterscheiben auf Kundschaft warten. Frauen haben absolut keinen Zutritt. Das ärgert mich. Ich will auch in die Herbertstraße gehen, aber Pinki meint, das wäre zu gefährlich. Die Nutten würden mir mit ihren Fingernägeln das Gesicht zerkratzen. Darauf habe ich nun nicht wirklich Lust. Während also Pitbull und Pinki mal eben auf der Herbertstraße ihren Bedürfnissen nachgehen, latschen wir anderen schon mal vor in den »Goldenen Handschuh«. Ist das 'ne üble Spelunke. Hier hat also Honka sein Unwesen getrieben? Gero ist ganz ehrfürchtig und sucht heimlich auf dem alten Dielenboden nach eingetrockneten Blutspuren oder den eingetrockneten

Resten einer Milz. Vielleicht bekomme ich jetzt wenigstens Auskunft, *wie* denn nun Honka gemordet hat.
Mein Opfer ist ein alter, zahnloser Seemann mit Kapitänsmütze. Er sieht aus wie die Hochseefischer auf den Souvenir-Aschenbechern. Fehlt nur noch die Pfeife im Mund. Auf meine Frage hin deutet er auf einen Barhocker neben sich. Ich winke Gero heran, und der Mann fängt leise an zu erzählen. Honka wäre nach außen ein ganz unscheinbarer Mann gewesen, aber nachts! Nachts, da wollte Honka TÖTEN. Er hätte sich Prositutierte gesucht und mit in seine Wohnung genommen. Der Mann deutet viel- sagend nach oben. Gero sieht aus, als müsste er gleich kotzen vor Aufregung. Honka hat den Nutten das Geld abgenommen und sie bewusstlos geschlagen. Wenn die armen Opfer wach wurden, waren sie gefesselt, und Honka hat sie entweder a) langsam erwürgt, b) schnell erwürgt, c) gar nicht erwürgt, sondern erdrosselt, d) erstochen oder e) hat der Mann jetzt auch vergessen. Jedenfalls muss es grauenhaft gewesen sein. Gero fasst sich an den Hals. Er leidet immer so schrecklich mit. Ich bin zufrieden, dass ich jetzt Bescheid weiß, ob das alles stimmt oder nicht, ist mir egal.

Wir feiern dann fröhlich weiter, die anderen kommen auch irgendwann wieder dazu und gegen halb vier Uhr morgens sind wir zwar immer noch fröhlich, aber auch ziemlich müde, und dann sind wir gar nicht mehr fröhlich, als wir feststellen, dass keiner von uns daran gedacht hat, Hotelzimmer zu reservieren. Bevor mal wieder ein Handgemenge zwischen Pitbull und Pinki ausbricht, sage ich, dass ich mit Iris losgehe und ein Hotel klarmache.
»Wir holen euch ab«, höre ich mich selbstbewusst rufen, während wir rausgehen. Ich hatte doch da vorhin irgendwo ein Hotel gesehen, es können auch zwei oder drei gewesen sein. Hier rechts, dann links, dann wieder links und rechts. Oder war es umgekehrt? Iris ist wie ich ziemlich beschwipst, und wir wissen beide ehrlich gesagt bald nicht mehr, wo wir uns eigentlich befinden. Es ist zum Davonlaufen mit meiner Orientierungslosigkeit, und die hat noch nicht mal was mit Alkoholkonsum zu tun.

Es gibt Menschen in meiner näheren Umgebung, die, seitdem sie mich etwas länger kennen, ÜBERHAUPT NICHT MEHR ans Telefon gehen, aus Angst, ICH könnte es sein und nach irgendeinem Weg fragen. Ich habe den Orientierungssinn eines toten Siebenschläfers. Der braucht nämlich keinen. Einmal war ich mit Freunden in Velden/Österreich und war morgens mit Brötchenholen dran. Dummerweise fuhr ich an der Bäckerei vorbei und landete auf der Autobahn. Es gab drei Spuren. Eine führte zurück nach Deutschland, eine nach Slowenien und eine nach Italien. Nach Deutschland zurück wollte ich nicht, wir waren ja gerade erst angekommen, nach Slowenien wollte ich auch nicht, weil dort bestimmt noch unentschärfte Bomben auf der Autobahn lagen. Also blieb mir nichts anderes übrig, als die Strecke nach Italien zu fahren. Ich habe mich nicht getraut, von der Autobahn runterzufahren, aus Angst, mich noch mehr zu verfahren. Dummerweise hatte ich noch nicht mal ein Handy dabei. Mittags war ich dann mit dem letzten Tropfen Benzin in Italien und rief, schon längst heulend, vom Büro der Zollbeamten in der Ferienwohnung an. Alle hatten sich schon gewundert, wo ich so lange abgeblieben war. Aber Sorgen hatte sich keiner gemacht. Da ich aber Panik hatte, die ganze Strecke alleine zurückzufahren, haben mich die netten Zollbeamten gelotst. Gegen 18 Uhr war ich dann wieder zurück in Velden. Ohne Brötchen.
Man verachtet mich entweder für meine Orientierungslosigkeit oder aber sie ist ein immer wieder gern genommenes Gesprächsthema für gesellige Abende. Das Schlimmste: Wenn ich irgendjemanden anrufe, nachdem ich mich verfahren habe, und der- oder diejenige mich per Handy auf die richtige Strecke zurückbeordern soll und dann leicht sauer wird, wenn ich sie nicht gleich finde, gerate ich so in Panik, dass ich rechts mit links verwechsle, mich aber nicht traue, es zuzugeben. Der Einzige, der immer weiß, wo ich gerade bin, ist mein Kollege Bob. Das kommt daher, dass sein Hobby Straßenkarten-Zeichnen ist. Er fährt auch immer gern mal ins Blaue, einfach nur so, um zu schauen, welche Kanaldeckel in irgendeiner Stadt erneuert wurden oder ob es die Bürgermeister-Spitta-Allee in Bremen noch gibt. Bob lotst einen herrlich. Man muss nur sagen: »O mein Gott, Bob, ich stehe in Nordrhein-Westfalen an einer Brücke und weiß nicht, wo ich bin … hilf mir«, und er antwortet: »Hat die Brücke am Geländer von der geschlossenen

Ortschaft her kommend nach ca. 100 Metern einen gut sichtbaren, länglichen, roten Kratzer und daneben hat jemand mit Graffitispray ›Fuck yo‹ hingeschrieben? Wenn ja, ist es die Unnataler Brücke und du befindest dich da und da. Wenn nein, ist es bestimmt die Münsterlandbrücke, aber nur, wenn hinter der Brücke gleich eine Eiche steht, in die ein Blitz eingeschlagen hat. Vor der Eiche steht eine Bank, auf der Lehne ist ein goldenes Schild befestigt und auf dem steht: ›Gestiftet von Hubert und Else Wurm.‹ Eine der Brücken ist es dann ganz bestimmt.«

Ich bekomme langsam Angst, vor allen Dingen, weil Iris sich mit irgendeinem Heini oder Knut darüber unterhält, was eine Viertelstunde bei ihr kostet. Die Damen des horizontalen Gewerbes, die die Straße besetzen, funkeln uns schon gefährlich an. Ich habe keine Lust auf Weibercatchen auf offener Straße. Man könnte natürlich einfach jemanden fragen, aber uns kommen nur Betrunkene entgegen. Wer weiß, wo die uns hinschicken. Irgendwann habe ich die Vision, das Lübecker Holstentor zu sehen. Zum Glück erweist sich das als Irrtum. Tatsächlich sind wir am Flughafen Fuhlsbüttel, wo es glücklicherweise ein Taxi gibt, das uns zurück auf den Kiez bringt. Im »Goldenen Handschuh« ist leider niemand mehr, und als ich Pitbull auf dem Handy anrufe, erfahre ich, dass alle bereits im Hotel »Stadt Hamburg« sind und uns ein Zimmer mitreserviert haben. Das Hotel befindet sich genau um die Ecke der Kneipe. Es sind weniger als zehn Schritte zu laufen. Ich verachte mich.

Am nächsten Morgen ist Hardcore-Programm angesagt. Tom und ich gehen gemeinsam mit Iris und Domina-Ruth die Einkaufsliste durch und ergänzen das eine oder andere. Ruth kauft regelmäßig in Hamburg ihre SM-Sachen ein und kennt sich deswegen bestens aus. Unsere erste Station ist die Boutique »Bizarre«. Und da der Fetischbereich. Ei, schau mal einer an. Das ist ja das reinste Paradies. Der Herr Kamlade wie Schublade hätte seine wahre Freude, denn es gibt eine extra Baby-Abteilung. Das heißt, auf Kleiderstangen hängen Plastikwindelanzüge für Herren in Größe 52, es gibt Schlabberlätzchen in der Größe von Saunatüchern und Strampler mit Bärchen drauf, die sich die Hand

schütteln. Es ist nicht zu glauben, aber es gibt sogar Flaschenwärmer in dieser Abteilung und Laufställchen, die die Ausmaße einer Pferdekoppel haben. Schon irgendwie peinlich.
Weiter hinten gibt es ein ganzes Regal voll mit Nippelklemmen. Aber was für welche! Ich verspüre ein leichtes Ziehen in der rechten Brust, als ich ein acht Kilo schweres Set in der Hand halte, an dem die Klemmen vorne noch mit extra scharfen Zacken bestückt wurden. Und ganz besonders gemein: Je mehr Gewicht man an die Klemmen dranhängt, desto mehr ziehen sie sich zu. Aber es hängen doch schon an jeder Klemme vier Kilo, wer braucht denn da NOCH mehr? Tom packt ein wie ein Wahnsinniger. Und Ruth hat glänzende Augen.
»Hier, schaut mal«, ruft sie. »So was braucht ihr auch. Für Ponydressurspiele!« Sie steht vor einer Schaufensterpuppe, die ein Zaumzeug trägt. Auf dem Kopf befindet sich eine Federboa. Ich habe so was mal im Zirkus gesehen. Nette Lipizzaner liefen im Kreis und ein Mensch stand in der Mitte und trieb sie mit der Peitsche voran. War das auch schon Sadomasochismus? War ich vielleicht als Kind schon auf einer SM-Veranstaltung und habe es nicht gewusst?
Die Schaufensterpuppe hat sogar ein Stangengebiss im Mund, daran befinden sich Zügel, und um ihren Körper hat der Dekorateur ein Zuggeschirr befestigt. Hinter ihr steht ein Sulky, an dem das Geschirr festgemacht wurde. Im Sulky selbst sitzt eine in schwarzes Leder gekleidete männliche Schaufensterpuppe und grinst böse, während sie eine lange Peitsche schwingt, an der sich vorne Metallteile befinden. Ist ja alles schön und gut. Aber wo bitte soll man einen solchen Fetischismus praktizieren? Im Kurpark von Watzelborn? Mama und Papa gehen mit Timo und Lisa sonntags gemütlich spazieren, und plötzlich kommt eine Frau in einem Pferdegeschirr vorbeigelaufen, die ein Sulky zieht. Ich bin mir nicht sicher, ob das so gut ist.
Ich traue meinen Augen nicht, als ich an der Schaufensterpuppe herunterschaue. Sie trägt keine Schuhe, sondern Stiefel, die nicht mit einem Absatz enden, sondern mit einem Pferdehuf! Grundgütiger, wo bin ich hier gelandet? Ich frage mich nur, wer 4000 Euro für so was ausgibt?
Offensichtlich wir, denn Tom und Ruth verhandeln schon mit dem Mann an der Kasse. Im Eingangsbereich türmen sich bereits die Sa-

chen, die die beiden kaufen wollen. Unter anderem zwölf Gasmasken, ca. 20 verschiedene Peitschen und Paddel und weiß der Geier was sonst noch alles. Und die haben doch tatsächlich Strampelanzüge dazugelegt.
»Sagt mal, muss das sein?«, frage ich ziemlich irritiert. »Ich wollte eigentlich keine Kindertagesstätte aufmachen!«
»Hör mal«, sagt Ruth. »Wir haben lange und breit darüber gesprochen. Für jeden Fetischisten muss was dabei sein. So erhält man sich die Stammkundschaft.«
»Mir ist das peinlich«, erwidere ich. »Stellt euch vor, die laufen dann mit einem Schnuller herum, rufen Mama und nuscheln ›'ch will 'n Gin Tonic bitte!‹«

»Dann lass sie doch«, sagt Ruth bestimmt. »Besser, man kann seine Gelüste offen ausleben, anstatt sie zu unterdrücken. Von dieser Seite aus musst du das mal sehen. Es ist ja auch so was wie eine therapeutische Maßnahme. Die Leute werden froh sein, endlich mal das zu tun, wovon sie schon jahrelang geträumt haben. Das spart dem Staat viel Geld für eine Langzeittherapie! Oder?«, fragt sie den Mann an der Kasse. Der nickt eifrig. Bestimmt kriegt er pro verkauftem Teil hier zehn Prozent Provision.
Ich denke an Herrn Kamlade wie Schublade. Na gut. »Ich möchte aber auch normale Sachen haben«, nörgle ich. »Es kommen schließlich nicht nur Fetischliebhaber, sondern auch Menschen, die einfach nur Sex haben wollen und nicht darauf stehen, vor eine Kutsche gespannt zu werden oder sich Gewichte an die Brustwarzen hängen zu lassen. Was ist das da überhaupt?« Ich deute auf ein undefinierbares Plastikteil mit Schlauch und Beutel, das neben einer Dressurgerte auf dem Boden liegt.
»Na, ein Katheter, was denn sonst«, sagt Ruth.
»Ach, spielen wir auch Urologe?« Ich werde zynisch. »Wir nicht«, antwortet Ruth mir arrogant. »Aber der eine oder andere Gast bestimmt. Man nennt das Natursektspiele. Man kann natürlich auch ohne …«
»Das reicht, danke!«, sage ich und halte mir die Ohren zu. Ruth grinst. Ich komme mir irgendwie vor, als hätte ich keine Ahnung von sexuellen Spielarten. Ich hätte besser Nonne werden sollen.

»Ach übrigens«, sagt Tom. »Streckbank, Andreaskreuz und einen Pranger lasse ich bei einem Freund in Bremen machen. Der ist Schreiner. Da kriegen wir gute Prozente.«

Zum Glück kaufen wir später auch noch normale Sachen. Also Vibratoren und so was. Und natürlich eine Liebesschaukel. Das ist wirklich eine nette Erfindung. Die Frau setzt sich in die Schaukel und lässt es sich besorgen, ohne dass sie sich groß bewegen muss. Eine herrliche Erfindung. So eine will ich auch haben.
»Wie sieht es aus mit Dessous?«, fragt Ruth wichtig.
»Jetzt reicht's aber«, antworte ich. »Sollen wir den Leuten vielleicht auch noch ihre Miete bezahlen? Irgendwas zum Anziehen werden sie wohl haben.«
Ruth verdreht die Augen und sagt: »Doch nicht die Gäste. Das Personal muss doch gut angezogen sein.«
Da hat sie Recht. Nur – was soll man da kaufen? Aber Ruth läuft mit Tom schon ein Stockwerk höher in die Outfit-Abteilung, und kurze Zeit später stöbern wir alle in Lackkleidern, Stringtangas und Korsagen. Jetzt bin ich in meinem Element. Ich liebe schöne Wäsche und wir bestellen nette Sachen. Zwar wird mir Größe 36 nie passen, aber Strapse und Push-up-BHs mit Chiffonblüschen, die hinten bis zum Po offen sind, sehen in Größe 36 eben besser aus als in Größe 42. Da beißt die Maus kein' Faden ab!

Alles in allem ist es ein sehr ergiebiger Tag und wir geben eine Menge Geld aus, treffen später die anderen wieder und machen dann zusammen noch eine richtig spießige Hafenrundfahrt. Der Kapitän ist sehr witzig und reißt einen Kalauer nach dem anderen: »Wir nehmen leider keine Schecks mehr an, denn wir sind eine Bar-kasse!« Hoho.
Als es losgeht, schreit er: »Denn man to!«, und zum Schluss ruft er: »Hummel, hummel!«, und alles außer uns antwortet: »Mors, mors!« Scheint in Hamburg so üblich zu sein.
Hamburg ist wirklich eine tolle Stadt. Ich liebe ja Wasser. Hier gibt es mehr als genug davon. Im Hafen liegen auch wunderschöne Segelboote. Tom entpuppt sich als Kenner. »Schau nur, diese Swan! 60 Fuß! Die werden in Finnland gebaut. Und da – eine Bavaria. Die sind sehr güns-

tig im Verhältnis zu den anderen Yachtbauern. Und haben einen Super-Stauraum. Da kriegt man viel in der Bilge unter. Oh, da macht gerade ein Katamaran fest. Schaut, schaut, der Knoten beim Festmachen! Den nennt man Kopfschlag.« Ah ja.
Abends gehen wir nett essen, dann kommt Pitbull mit einer Überraschung. Er hat Karten für das Musical »Der König der Löwen« gekauft, während wir im Kaufhaus waren, und ist sehr glücklich darüber, dass wir uns freuen. Richard verspricht sogar, sich nett anzuziehen, und schließlich gurken wir auf einer Fähre rüber ans andere Elbufer.
So vergeht der Samstag relativ harmlos, davon abgesehen, dass Pitbull und Pinki sich später in einer Kneipe mit dem schönen Namen »Die Ritze« mit zwei Zuhältern prügeln. Wir anderen warten so lange draußen.

Am nächsten Morgen nach dem Frühstück wollen wir heimfahren. Es entpuppt sich als schwierig. Stundenlang suchen wir Richards VW-Bus. Er ist weg. Ein Anruf beim Abschleppdienst ist auch nicht erfolgreich. Der Bus ist offenbar geklaut worden. Wir stehen mit unseren Reisetaschen da wie die letzten Deppen.
Ein großes Gelaber beginnt. Eine Möglichkeit heimzukommen, ist, mit dem Zug zu fahren. Das kommt aber weder für Iris und Ruth noch für Gero und Tom infrage. Denn es gibt ja dauernd diese entsetzlichen Zugunglücke. Die Mehrheit beschließt zu fliegen. Von Flugzeugunglücken haben sie anscheinend noch nie was gehört.
Mir sträuben sich die Nackenhaare. Ich habe entsetzliche Flugangst. Auf gar keinen Fall fliege ich. Ich behaupte, es wäre zu teuer, aber die anderen sagen, ich könne da bestimmt was mit Journalistenrabatt machen. Ich will aber gar nichts mit Journalistenrabatt machen und behaupte, meinen Presseausweis vergessen zu haben. Wir könnten ja auch einen Mietwagen nehmen. Kommt nicht infrage, aus welchen Gründen auch immer. Gero sagt böse, er hätte vorhin beim Bezahlen meinen Presseausweis in meinem Portemonnaie gesehen. Ich wäre eine Lügnerin. Ich kann mich nicht durchsetzen, und so fahren wir zum Flughafen.
Unglücklicherweise sind keine Flüge ausgebucht, was meine letzte Hoffnung zunichte macht. Ich leide unter Atemnot, noch bevor ich die

Boeing bestiegen habe. Was, bitte, ist am Fliegen toll? Man sitzt zusammengepfercht wie Vieh in viel zu kleinen Sitzen und kann die Haarschuppen seines Vordermanns zählen, so nah ist man ihm. Die Stewardessen sind allesamt gut aussehend, tragen Halstücher und grinsen ununterbrochen, während sie Decken und Nackenstützen verteilen und die Passagiere darauf hinweisen, das Handgepäck bitte unter dem Sitz zu deponieren. Und dann die Filme, die die Fluggesellschaften immer vor dem Start zeigen. Zur eigenen Sicherheit soll man während des gesamten Fluges angeschnallt bleiben, und die Waschräume sind mit Rauchmeldern ausgestattet, und dann kommt die Passage, wie man sich im Notfall verhalten soll. In den Filmen sind das immer Leute, die ganz ruhig reagieren, wenn eine Tragfläche 10 000 Meter über dem Pazifischen Ozean abbricht und die komplette Elektrik ausfällt. Sie lachen in die Kamera, während Sauerstoffgeräte über ihnen aus Klappen fallen, und setzen sich diese fröhlich auf die Nase. Irgendwann erheben sie sich dann, um langsam und bedächtig den Leuchtpunkten am Boden zu folgen, die sie zu den Notausgängen führen. Da ist eine Rutsche angebracht, über die sie dann in eine Rettungsinsel katapultiert werden, während das Flugzeug sinkt. Natürlich bricht keine Panik aus, sondern alle warten, bis sie an der Reihe sind. Dann setzen sich Familien nebeneinander und rutschen fröhlich gemeinsam wie im Spaßbad hinunter, warten aber zuvor, bis die Ampel »Grün« zeigt. Die Fluggesellschaften wollen einem damit nur die Angst nehmen.
In Wirklichkeit wird es dann so ablaufen, dass die Menschen gar nicht mehr in die Rettungsinsel rutschen können, weil die mitsamt den vierzehn Passagieren, die schon dringesessen haben, von hungrigem Meeresgetier vertilgt wurde. Bei meinem Glück bin ich wahrscheinlich der einzige Mensch, der zufällig überlebt, weil er erst dann rutscht, wenn die Meeresbewohner keinen Hunger mehr haben, und mit letzter Kraft eine einsame Insel erreicht. Dort werde ich wie Tom Hanks in »Cast away« von Kokosnüssen leben und Regenwasser in Blättern sammeln. Nebenbei haue ich mir mit einer Schlittschuhkufe, die angeschwemmt wurde, noch einen vereiterten Zahn raus und kann mir prima mit einem geschliffenen Bambusstab, der als Skalpell dient, meinen Blinddarm entfernen.

Das Entsetzlichste allerdings ist dann der Flug an sich. Sobald die Triebwerke angeworfen werden, wird mir schlecht. Irgendwie laufen die immer unruhig und haben Aussetzer. Dann die nette Stimme des Piloten, der einem erzählt, dass es gleich losgeht. Dann die Beschleunigung auf der Startbahn. Und dann das Abheben. Man sitzt hilflos da und ist auf die Technik und das Know-how anderer Menschen angewiesen. Grausam ist es auch, wenn während des Fluges die Anschnallzeichen plötzlich aufblinken und eine Stewardess durch die Lautsprecher blökt: »Meine sehr verehrten Damen und Herren, ladys and gentlemen, wir durchfliegen gerade ein unruhiges Gebiet, es können Turbulenzen entstehen, wir bitten Sie, sich wieder anzuschnallen und Ihre Sitze aufrecht zu stellen.«

Turbulenzen.

Turbulenzen.

In solchen Momenten fallen mir immer diese gruseligen Geschichten ein, die man sich über Flugzeugabstürze erzählt hat, denen Turbulenzen vorausgingen. Alex' Mutter z. B. ist mal in die Karibik geflogen. Es gab Turbulenzen. Erst wurden alle beruhigt über den Bordlautsprecher, dann sind die Stewardessen mit weißem Gesicht durch den Gang gelaufen und haben gar nichts mehr gesagt. Auf die Frage von Alex' Mutter: »Ist alles in Ordnung? Müssen wir uns irgendwelche Sorgen machen?« antwortete die eine Stewardess nur: »Die Piloten versuchen, die Maschine in den Griff zu kriegen.« Irgendwann dann hat der Pilot versucht zu sagen, dass alles okay ist, aber seine Stimme war brüchig und es gab offenbar wieder Turbulenzen, denn er sagte panisch zum Copiloten: »O mein Gott, was soll ich denn jetzt nur machen?«, woraufhin der Copilot sagte: »Ich weiß doch auch nicht, das ist mein erster Flug … aber ich glaube, wir können nichts mehr machen …« Und das alles mit angeschaltetem Mikrophon. Die Stewardessen konnten nicht mehr weißer im Gesicht werden, sind irgendwann durch die Gänge gelaufen und haben die Passagiere gebeten, persönliche Abschiedsbriefe und ihre Hinterlassenschaften in die so genannte Blackbox zu legen, damit diese nach dem Absturz der Verwandtschaft zugestellt werden konnten. Alex' Mutter hat damals innerhalb von dreißig Minuten 12 Kilo abgenommen. Die Maschine konnte zum Glück vor Antigua notwassern.

Da kommt die Stewardess mit dem Essen. Sie ist weiß im Gesicht. Bitte, bitte, lieber Gott, lass sie einfach bloß keine Zeit gehabt haben, ins Solarium zu gehen. Der Flug dauert etwas über eine Stunde. Ich bin danach reif für die Psychiatrie. Ja, wir hatten Turbulenzen.
Ob man schon ohnmächtig wird, wenn das Flugzeug sich im Absturz befindet? Oder ist der Druckausgleich so geregelt, dass man bis zum Schluss alles mitbekommt? Werden wir noch mitbekommen, wie wir auf dem Boden aufschlagen? Wo werden wir aufschlagen? In einem Wohngebiet? Über dem Hessen-Center? Auf der A 66? Was passiert dann mit unserem Gepäck? Wer wohl alles zu meiner Beerdigung kommen wird? Gibt es überhaupt eine Beerdigung, wenn ich nicht mehr zu identifizieren bin, oder nur eine Trauerfeier? Wer bezahlt das? Was wird aus meinen Möbeln?
Die Maschine landet planmäßig in Frankfurt. Der Pilot entschuldigt sich für die Turbulenzen und den unruhigen Flug und hofft, uns bald wieder an Bord begrüßen zu können. Der kann mich mal. Ich will nur noch nach Hause.

Als ich meinen Anrufbeantworter abhöre, bekomme ich eine Gänsehaut. Susanne, Marius und Michael, Susannes Mann, haben angerufen. Alle drei hintereinander, als hätten sie sich abgesprochen. Zum Glück war mein Handy aus. Ich traue mich nicht zurückzurufen, aber Michael scheint es sehr schlecht zu gehen, er bittet mich, ihn morgen in der Klinik anzurufen. Susanne klingt angestrengt normal und Marius ganz normal. Eher zynisch. Noch nicht mal schuldbewusst. Frechheit. Erst lassen sie einen tagelang schmoren und dann tun sie so, als ob nichts gewesen wäre. Ich beschließe, außer Michael niemanden zurückzurufen.
Das Telefon klingelt. Es ist nur Pitbull, der fragt, ob ich gut heimgekommen bin. Bin ich. Meine Knie wackeln noch wie Pudding wegen des Fluges, aber sonst alles gut. Danke. Kaum lege ich auf, klingelt es wieder. Bestimmt wieder Pitbull.
»Hallo, Carolin.« Es ist Marius. Ich bin unfähig zu antworten und starre eine vertrocknete Zimmerpflanze an. Ein Staubfänger. Hätte ich gießen müssen. Habe ich vergessen. Ist doch egal jetzt.
»Hallo? Carolin?« Marius wieder.

»Ja …« Mehr kann ich nicht sagen. Beim besten Willen nicht. Es ist auch eher ein Krächzen.
»Bitte hör mir jetzt einfach mal zu. Ich habe Tag und Nacht an dich gedacht. Ich habe auch mit Susanne gesprochen. Ich weiß, dass du jetzt von uns ganz mies denkst. Aber ich kann alles erklären …«
Stopp!
Nein.
Nicht dieser Satz.
Ich kann alles erklären.
Verarschen kann ich mich selbst. Aber hallo. Dazu brauche ich meine beste Freundin nicht, Entschuldigung, meine ehemals beste Freundin nicht, und auch nicht den Mann, in den ich mich total und rettungslos verknallt habe. Mit »Ich kann alles erklären« hat er sich selbst sein Grab geschaufelt. Wer »Ich kann alles erklären« ruft, hat bei mir verloren. Dieser Satz ist die bodenloseste Unverschämtheit, die es gibt. Frau kommt nach Hause, Mann liegt mit einer Schnalle in der Kiste, beide stöhnen wie nach dem Genuss von acht Supersparmenüs bei McDonald's und schwitzen in *meiner* Bettwäsche, er blickt auf und sagt: »Ich kann alles erklären.« Oder: Frau checkt heimlich die E-Mails des Mannes, weil sie sich sein Passwort erschlichen hat, findet anzügliche Botschaften und Liebeserklärungen mit »Danke für die heiße Nacht« oder »Ich war tagelang wund nach diesem Fick«, spricht ihn darauf an und er winkt ab mit dem Satz: »Ich kann alles erklären.« Wer *das* sagt, lügt hundertprozentig.

Und deswegen sage ich eiskalt zu Marius: »Du musst mir gar nichts erklären. Und wag es nicht, mich noch einmal anzurufen.«
Sein »Aber Carolin, nun hör mir doch wenigstens zwei Minuten zu« geht im Auflegen des Hörers unter.

Danach fühle ich mich richtig gut. Die Tränen kommen bestimmt nur von den Kontaktlinsen, die ich zu lange in den Augen hatte. Und der Depressionsanfall vom Jetlag. Ganz sicher.
Das Telefon klingelt den ganzen Abend. Ich habe den Anrufbeantworter abgeschaltet und genieße es, das Läuten zu hören.
Eigentlich genieße ich es nicht. Aber ich bin zu stolz, um abzuheben.

20

Montagmorgen. Gang auf die Waage. Das gibt's doch nicht. Ich wiege 66 Kilo. Die Waage muss kaputt sein. Ich hebe sie hoch und schüttele sie, um mich dann noch mal draufzustellen. Es sind immer noch 66 Kilo. Ich kann noch nicht mal an einem Rädchen drehen, denn es ist eine Digitalwaage. Vielleicht sind die Batterien zu schwach. Hektische Suche nach neuen Batterien. Neue Batterien reingelegt. Immer noch 66 Kilo. Ich bin am Ende. Dabei habe ich am Wochenende doch gar nicht so furchtbar viel gegessen. Doch. Wenn ich ehrlich bin, schon. Pasta mit Sahnesoße, Schweinemedaillons in Rahm und dazu Butterspätzle und nicht zu vergessen die zwei Tafeln Ritter Sport Vollnuss und die Chips und Erdnüsse von gestern Abend. Und natürlich Rotwein. Wenn ich so weitermache, passe ich auch nicht mehr in die Strapsgürtel in Größe 42. Und jeder wird mich in unserem Swingerclub für die Klofrau halten.
Vielleicht hat aber auch die Depression wegen Marius dazu geführt, dass ich Wasser speichere. Bestimmt speichert mein Körper Wasser, weil er etwas festhalten will. Und da das Marius nicht sein kann, hält er eben Wasser fest. Trotzdem werde ich heute überhaupt nichts essen.

Auf dem Weg zur Redaktion überlege ich mir, wie ich die Swingerclubgeschichte den Kollegen beibringen werde. Irgendwann muss ich es ja mal erzählen. Aber ich traue mich nicht. Noch ist ja Zeit. Und Frankfurt und Watzelborn liegen einige Kilometer auseinander. Henning, die alte Tratschbase, hat bestimmt schon überall rumerzählt, dass bei uns im Kaff so was aufgemacht wird.
Andererseits kann es mir auch scheißegal sein. Ich kann machen, was ich will, und was, bitte, ist so schlimm daran, einen Laden zu haben, in dem Leute sich zum Vögeln treffen. Ehrlich gesagt hätte ich nie gedacht, dass es wirklich dazu kommt. Aber jetzt stehen wir schon mitten in den Startlöchern, ich kann sowieso nicht mehr zurück.
Außerdem kann ich dann mal sagen, dass ich zusammen mit einem Freund eine eigene Idee verwirklicht habe. Ich überlege kurz, ob

Pitbull wirklich ein Freund ist. Ich glaube, ja. Er hat mich noch nicht enttäuscht. Susanne schon.
Da fällt mir ein, dass ich Michael anrufen wollte. Mache ich sofort, wenn ich in der Redaktion bin.

Zladko stürmt auf mich zu und will Infos über den Partyzug haben, mit dem wir in vier Wochen losfahren wollen. Henning behauptet, die Frau seines Lebens gefunden zu haben, was nichts Neues ist, aber gern wieder von allen gehört und breitgetreten wird, und Jo, unser Chef, stößt zum tausendsten Mal mit dem Fuß den Heißwasserbereiter um, mit dem er sich immer seinen komischen grünen Tee macht, den wir alle trinken sollen, weil wir dann viel gelassener würden, und Wolfgang fragt mich, ob ich am kommenden Freitag »LUST voll« moderieren kann. »LUST voll« ist ein Erotikmagazin, das eigentlich von Nina moderiert wird, aber die ist im Urlaub, was zwar alle schon vor sechs Monaten wussten, keiner aber im Dienstplan vermerkt hat. Ich werde nie wieder moderieren. »Von mir aus moderiere ich auch ›LUST voll‹«, höre ich mich sagen. Das wäre aber nett von mir, meint Wolfgang und trägt mich ein. Er würde mich dann am Freitagmittag mit den Themen briefen. Soll mir recht sein.
Jedenfalls komme ich erst mittags dazu, Michael anzurufen. In der Pathologie geht stundenlang niemand dran, und dann ist irgendein Student am Apparat, der ihn holen will, aber nicht findet. Im Hintergrund hört man die Geräusche von Sägen, mit denen Schädel aufgeschnitten werden, und schmatzende Geräusche, die bestimmt daher rühren, dass jemand eine Bauchspeicheldrüse in einem Mann sucht, der tot unter einer Brücke gefunden wurde. Irgendjemand singt: »Warte, warte nur ein Weilchen, gleich kommt Haarmann auch zu dir …«, und ein Chor von Haarmann-Fans lacht leise.
Nach einer Stunde kommt dann Michael endlich an den Apparat. Er ist total verzweifelt und fragt, ob wir uns am späten Nachmittag in einem Café treffen können. Jetzt bin ich aber neugierig. Um halb sechs dann im Café »Alt-Neuhaus«. Geht in Ordnung.

Ich bin pünktlich im Café »Alt-Neuhaus«. Michael wartet schon. Er hat es gleich gefunden. Wahnsinn. Schlecht sieht er aus. Er fackelt auch nicht lange, sondern legt los, nachdem wir uns einen Cappuccino bestellt haben. Michael legt die Hände an den Kopf und flüstert: »Meine Ehe ist am Ende. Caro, sag mir, was ich tun soll.«

O Gott. Was soll ich jetzt sagen? »Äh, ja, Michael, du hast Recht, Susanne betrügt dich, aber du bist ja auch nicht gerade ein Kind von Traurigkeit, wie man letztens auf Burg Schreckenstein sehen konnte.« Das kann ich ja nicht machen. Also frage ich: »Warum, was meinst du, wieso zu Ende?«

Michael richtet sich auf. »Susanne macht mich fix und fertig. Sie gibt zu viel Geld aus, ist ständig unzufrieden und ich glaube, dass sie mich betrügt.«

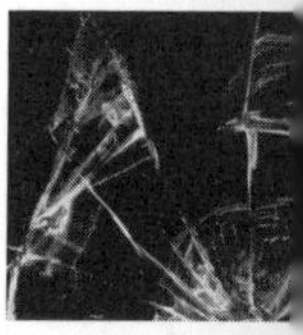

»Wieso, welche Anzeichen gibt es denn dafür?«, frage ich und komme mir entsetzlich scheinheilig vor.

»Sie hat sich Strapse gekauft und so durchsichtige Teile und hochhackige Schuhe und rasiert sich regelmäßig die Beine – ich merke das an meinen stumpfen Rasierern – und sie rennt fast jeden Tag zum Friseur und letztens hat sie 500 Euro nur für Kosmetik ausgegeben.«

»Na, dass Susanne viel Geld ausgibt, das ist doch nichts Neues«, sage ich. »Aber woher weißt du, dass es 500 Euro waren?«

»Ich hab geschnüffelt«, gibt Michael zu. »Und ich habe auch eine Telefonnummer gefunden. Schau, hier!« Er kramt in seiner Tasche und holt einen verknüllten Zettel hervor. Eine kalte Hand legt sich um mein Herz, als ich Marius' Nummer darauf entdecke. Aber ich bleibe ganz cool und verrate mich nicht.

»Wer ist das?«, frage ich.

Michael zuckt mit den Schultern. »Ich habe mich noch nicht getraut anzurufen«, gesteht er. »Kannst du das nicht mal tun?«

Ach du liebe Zeit. Das fehlte noch. »Mal sehen«, sage ich langsam. »Aber sag mal, was ist denn los mit eurer Ehe? Von irgendwoher muss das doch kommen.«

»Du kennst doch Susannes Putzfimmel«, antwortet er resigniert. »Vor zwei Monaten oder so haben wir das letzte Mal zusammen geschlafen. Ich dachte – he, endlich mal wieder. Aber sie fing schon vor dem Vorspiel, *vor* dem Vorspiel damit an, dass ich bloß aufpassen soll wegen der Flecken und dass ich ihre Frisur nicht durcheinander bringen soll und ob ich im Bad nach dem Duschen die Shampooflasche zugemacht hätte und das Handtuch über die Heizung gelegt hätte und dass sie in einer Viertelstunde aufstehen müsste, um den Mülleimer auszuwaschen. Und das Ganze mit einer so dominanten Stimme, dass mir alles vergangen ist.«

»Ich dachte, du stehst auf dominante Frauen«, rutscht es mir heraus. Ich könnte mir die Zunge abbeißen und werde knallrot.

Michael starrt mich an. »Wie bitte?«, fragt er.

Ich werde noch röter. Scheiße. Scheiße. Caro, du dumme Nuss. Wie kann man nur so dämlich sein wie ich. »Och, nichts«, sage ich.

Michael richtet sich auf. »Ich wusste es«, sagt er. »Du warst es doch! Ich hab dich erkannt. Du warst auf Burg Schreckenstein!«

Gleich wird das Blut durch meine Hautporen spritzen. »Ja« ist alles, was ich herausbringe. Dann erzähle ich ihm, warum ich auf der Burg war und wobei ich ihn beobachtet habe.

Er wird aber gar nicht sauer, sondern wirkt eher erleichtert. »Drei Jahre lang«, flüstert er. »Drei Jahre lang hab ich gedacht, ich sei nicht ganz normal. Bis ich irgendwann nicht mehr konnte. Hältst du mich jetzt für pervers?«

Ich schüttele den Kopf und meine es ernst. Ich hab eine andere Einstellung dazu bekommen. »Ich finde es nicht schlimm«, sage ich.

»Aber Susanne weiß nichts davon! Ich kann es ihr nicht erzählen. Sie würde denken, ich sei total krank oder so was.« Michael ist wirklich verzweifelt. Dann legt er los. Wie er seine devote Ader entdeckt habe und dass er einen so anstrengenden Beruf habe und so viel Verantwortung und dass das Devotsein ihm etwas von der Last der Verantwortung genommen habe und so weiter. Außerdem habe er festgestellt, dass er auch masochistische Züge besäße. Zwar nicht so ausgeprägt, aber sie seien vorhanden.

Ich höre ihm einfach nur zu und muss an Ruth denken und an ihre Worte, dass es gut ist, wenn man seine Wünsche in der Sexualität auslebt. Sie hat einfach nur Recht. Und während Michael erzählt und erzählt, denke ich darüber nach, dass es schon komisch ist, wie sich mein ganzes Leben in ein paar Wochen verändert hat. Ich habe unter anderem das erste Mal wirklich das Gefühl, einen netten Freundeskreis zu haben. Gero ist ja schon lange mein Allerliebster, aber jetzt ist noch Tom dazugekommen, Pitbull ist ein Schatz und würde mich nie im Stich lassen, das weiß ich, und Richard hat sich auch zu einem wirklichen Freund entwickelt. Von seiner Hilfsbereitschaft mal ganz abgesehen. Und auch Ruth und Iris kann ich total gut leiden. Mich stört es auch überhaupt nicht, dass Iris Sex fast ausschließlich professionell sieht und Ruth eine Domina ist. Sei es drum. Bevor jemand darüber urteilt, sollte er vor seiner eigenen Stube kehren! Jawohl!

»… und dann hat sie gesagt: ›Dann werde ich dich wohl fesseln müssen und es gibt 100 auf den nackten Hintern und du zählst mit!‹ Und ich hab nichts dagegen gehabt.«

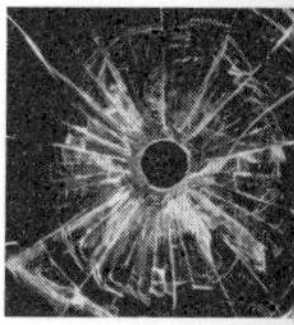

Oh, hab gar nicht mehr zugehört. »Und dann?« Diese Frage ist immer gut.

»Na ja, sie hat es dann getan. Und ich fand es toll. Seitdem gehe ich regelmäßig zu ihr.«

»Hast du denn nicht mal versucht, mit Susanne darüber zu sprechen?«, frage ich. »Ich meine, vielleicht mag sie es ja *auch.*«

Michael lacht böse. »Mit Susanne kann ich schon lange nicht mehr sprechen. Nur, wenn es darum geht, wie viel Paar Schuhe sie sich gekauft hat. Dann ist sie immer lieb zu mir, nur damit ich nichts sage.«

»Und sexuell – nichts mehr?« (Das ist wieder gemein, ich kenne die Antwort ja …)

»Einmal«, sagt Michael, »kam sie abends an und meinte aggressiv, ihr würde was fehlen, ich wüsste schon, was. Ich wusste aber nicht, was sie meinte, und sagte nur, sie hätte doch alles. Sie ist beleidigt abgezischt. Erst hinterher kam mir der Gedanke, dass sie vielleicht mit mir schlafen wollte. Ich bin ihr hinterhergelaufen, aber sie hatte sich im Schlafzimmer eingeschlossen. Seitdem verhält sie sich so merkwürdig.«

Natürlich. Ein Verhältnis mit einem Callboy namens Marius Waldenhagen muss man ja auch geheim halten. Am liebsten würde ich den Bistrotisch umschmeißen, an dem wir sitzen.

»Bitte, Caro, rede doch mal mit Susanne. Frag sie doch mal, was los ist. Ich kann bald nicht mehr. Wenn wir wieder normal miteinander umgehen würden, dann könnte ich ihr auch vielleicht alles erzählen. Aber so macht mich das alles nur verrückt.«

Michael tut mir schrecklich Leid. Also verspreche ich ihm, mir etwas zu überlegen und ihn wieder anzurufen.

Abends ist Renovierungsbesichtigung in der Erichstraße. Ich traue meinen Augen kaum, als ich hinter Pitbull durch die Tür gehe. Hier ist es ja plötzlich richtig hell. Das kommt daher, erklärt uns ein staubiger, farbenbekleckster Richard, dass bereits einige Wände eingerissen wurden und man das ganze dunkle Mobiliar rausgeworfen hat. Ich bin richtig begeistert. »In drei Wochen steht der Schuppen!«, brüllt Richard und öffnet eine Bierdose so, dass es zischt.

»So ein Quatsch!« Ich bekomme Angst. So schnell soll das doch gar nicht gehen. Niemand weiß Bescheid. »Wir brauchen eine viel längere Vorlaufzeit bei der Presse und wir haben noch nicht mal Personal!«

»Also, Caro, wirklich!«, meint Pitbull. »Könntest du dich bitte jetzt mal darum kümmern? Irgendwas kannst du schließlich auch mal machen!«

»Wie denn?« Ich bin sauer. »Ich hab genug damit zu tun, mir eine Wohnung zu suchen! Wie ihr alle wisst, bin ich demnächst obdachlos!«

»Du brauchst keine Wohnung!«, bestimmt Pitbull. »Du kannst bei mir wohnen! Um solche Kleinigkeiten können wir uns im Moment nicht kümmern.«

»Du kannst auch bei mir wohnen«, meint Richard.

Mist. »Und meine Möbel?«

»Die werden hier eingelagert. Im Keller ist noch Platz genug.«

Noch mal Mist. »Ich will aber nicht«, sage ich trotzig.

»Darum geht es jetzt nicht«, ruft Pitbull. »Das hier ist unser Lebenswerk und es ist einfach wichtiger!«

Darauf fällt mir nichts Adäquates mehr ein. »Und wo, bitte, soll ich schlafen?« Das meine ich im Ernst. Etwa bei Lola im Terrarium oder bei Pitbull im Bett? Er schnarcht so furchtbar.

»Ach, Schatz, du schläfst in meinem Bett und ich leg mich auf die Couch. Ist doch kein Problem.«

Ich wittere eine klitzekleine Chance. »Was ist, wenn du plötzlich Gelüste sexueller Art bekommst?« Ha, jetzt hab ich ihn.

»Na, dann ruf ich Ricarda an. Oder Tabea. Irgendeine wird schon Zeit haben!«

Das beleidigt mich zutiefst. Er würde also noch nicht einmal daran *denken*, mit mir Sex zu haben, obwohl ich ein Zimmer weiter in seinem Bett liege! »Du findest mich also sexuell unattraktiv!«, rufe ich verletzt. »Du würdest also nicht zu mir kommen, wenn du Lust hast zu poppen. Also wirklich, Pitbull, ich möchte mal wissen, was du von mir hältst!«

Pitbull dreht sich um und lächelt. Dann kommt er auf mich zu und streicht mir übers Haar. »Doch, du Schatz, mein Schatz«, sagt er leise. »Ich hab schon mal dran gedacht. Und halten tu ich von dir 'ne ganze Menge. Deswegen wird es nicht passieren. Weil du nämlich meine Freundin bist und viel zu wertvoll, um das durch das eine kaputtzumachen.«

Dann dreht er sich um und stiefelt mit Richard in den Keller, um zu sehen, wo da der Schwamm ist.

Ich bin so überwältigt von seinen Worten, dass ich mich erst mal auf einen kackbraunen Wirtshausstuhl niederlassen muss. Dumm ist nur, dass der da nicht mehr steht. Er ist mit dem ganzen anderen Mobiliar heute Morgen in einen Container gewandert. Deswegen lande ich auf meinem Steißbein im Dreck. Vielleicht hab ich's ja verdient.

Wir machen uns dann Gedanken um das Personal. Ich kenne niemanden, der in einem Swingerclub arbeiten möchte. Die anderen auch nicht. Richard meint, er könnte gern ab und an mithelfen. In einer geblümten Kittelschürze … Trotzdem brauchen wir feste Leute, denn ich habe auch keine Lust, ständig selbst hinter dem Tresen zu stehen. Und eine Reinemachefrau brauchen wir auch. Da könnte ich Frau Eichner fragen.

Ich hab's! Ich könnte Zoe Hartenstein in ihrem Happy-Sun-Sonnenstudio-Hartenstein-schönen-guten-Tag anrufen und fragen, ob die einen Tipp hat. In ihr Sonnenstudio gehen eine Menge Menschen, und die überwiegende Klientel könnte als Bedienung bei uns passen. Ich rede jetzt von blonder Miniplidauerwelle und künstlichen Fingernägeln, auf denen sich Strasssteinchen in Herzchenform befinden. Enge Röhrenjeans, Nietengürtel und nachgemachte HCL-Taschen, auf denen dann TCM zu lesen ist. Frauen, die gern die »Neue Revue« lesen und Männer toll finden, die Aufkleber mit Sprüchen wie »Manta-Club Obbornhofen« auf ihren Autos anbringen. Frauen, die mit 35 noch aussehen wollen wie vierzehn und immer Kaugummi kauen. Frauen, die »Babsi« oder »Jennifer« heißen und ihren Traumjob in der Telefonzentrale des Finanzamts gefunden haben. Solche Frauen brauchen wir. Gleich morgen werde ich Zoe anrufen! Vielleicht hat sie ja selbst Lust, sich ein paar Mark dazuzuverdienen. Und einen Pressetext muss ich auch noch schreiben. Welchen Zeitungen bietet man so was an? Bestimmt nicht der »freundin«. Ich muss mich über die einschlägigen Zeitschriften informieren und was das kostet.

Am nächsten Tag gehe ich in einen Kiosk und schaue nach den Zeitschriften. Gute Güte, was es alles gibt. »Dickerchen« und »Sexrevue« und »Heiße Miezen« und natürlich der Evergreen: »St. Pauli Nachrichten«. Fast überall kann man Anzeigen schalten. Ob ich es wage, einen Verkäufer zu fragen, was das beste Magazin zwecks Anzeige für einen Swingerclub ist? Er sieht schwul aus, also traue ich mich. Er nickt und winkt mich mit sich an die Ladentheke. »Hier!« Stolz hält er mir ein dickes Heft unter die Nase. »Das ist das ›Happy Weekend‹. Da sind nur Anzeigen sexueller Natur drin. Da passt ein neuer Swingerclub prima rein!« Ich blättere kurz durch das Exemplar. Viele Anzeigen von Privatpersonen, die Gruppensex wollen oder bisexuelle Kontakte suchen, aber auch viele Anzeigen von Clubs. Ich triumphiere, als ich sehe, dass es im Raum 6 nur drei Clubs zu geben scheint – und nicht einer ist in unserer Nähe!

Am Freitag sitze ich in der Redaktion und warte auf Wolfgang, muss ja heute Abend »LUST voll« moderieren. Da ist er ja. Hilf Himmel, was sind denn das für Themen? Ein Interview mit einem Kondomhersteller, der Kondome für extra kleine Penisse auf den Markt gebracht hat mit anschließender Verlosung (bei der hundertprozentig niemand anrufen wird, weil keiner zugibt, ein so kleines Ding zu haben), Buchvorstellung des neuen Romans von irgendeiner Schnalle, die von sich selbst behauptet, 100 Männer in zwei Tagen vernascht zu haben (Neid!), und als Studiogast eine Transsexuelle, die mal ein Mann war, jetzt eine Frau ist, damit nicht umgehen konnte und deswegen jetzt lesbisch ist. Sie/er/es kommt mit Lebensgefährtin. Und ein Gewinnspiel, in dem zwei Leute für ein Blind Date verkuppelt werden sollen. Ich bin ja mal gespannt. Und dann das Highlight: Weena Geilt, Shooting-Hardcore-Pornostar.

Die Sendung ist wider Erwarten ganz nett. Zwar lässt der Hauptpförtner Luise Riegel, die Transsexuelle, erst nicht rein, weil er stocksteif behauptet, sie wäre ein Mann. Luise hat kräftige, behaarte Unterarme, trägt einen Minirock und muss in ihrem früheren Leben Fußballspieler gewesen sein – solche Muskeln habe ich noch nie vorher gesehen – und hat eine blonde Zopfperücke auf, die auch noch schief sitzt. Hätte sie einen ganzen Gouda dabei, könnte sie als Frau Antje durchgehen. Ich erkläre die Situation und schließlich darf sie das Funkhaus betreten.

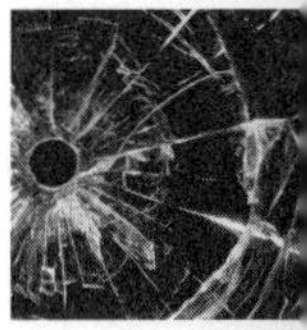

Während des Interviews fängt sie zweimal an zu weinen, weil sie so unglücklich darüber ist, dass sie keinen vaginalen Orgasmus bekommt, egal, was die Ginger-Lou (die Freundin) macht. Ich frage sie, ob sie es schon einmal mit einem Vibrator versucht hat, woraufhin sie mich böse anstarrt und meint, ein Vibrator würde sie an Männer erinnern, und die hasst sie ja bekanntlich.
Weena Geilt bringt einen Haufen ihrer Pornos mit, die wir verlosen können, woraufhin die Telefonanlage zusammenbricht. Sie erzählt stolz, wie sie den Weg nach oben geschafft hat und dass tägliches Fitnesstraining einfach zum Leben dazugehört. Dann sagt sie on air: »Wenn dein Kind da ist, musst du auch unbedingt wieder damit anfangen.«
Aber sonst ist es wirklich nett. Nur die Kondome können wir nicht verlosen, weil tatsächlich niemand anruft. Habe ich das nicht gleich gesagt? Aber bitte. Aber bitte.
»LUST voll« ist um Mitternacht zu Ende und ich verlasse ziemlich aufgekratzt mit Weena Geilt und den beiden Transsexuellen das Funkhaus. Schöner Sommerabend. Herrlich. Noch schöner wäre es, ihn mit dem Mann zu verbringen, den man liebt. Natürlich nicht mit einem Arsch namens Marius Waldenhagen.

»Guten Abend, Caro!«
Nein!

»Guten Abend«, sagen Weena Geilt und die Transsexuellen.
Wo ist mein Auto? Die Schlüssel?
Marius hält mich am Arm fest. »Bitte, Carolin, du hörst mir jetzt zu!«
Ich schüttle den Arm ab. »Ich hör dir gar nicht zu, Marius«, sage ich. »Du willst mir alles erklären, es ist nicht das, wonach es aussieht, und überhaupt ist eigentlich alles ganz toll. Ich werde dir jetzt was sagen: Hau ab! Ich habe keine Lust auf diese Verarscherei. Spiel deine Spiele mit Susanne oder wem auch immer, aber NICHT MIT MIR!«
Woraufhin ich mir die Ohren zuhalte und in Richtung Parkplatz jogge, dicht gefolgt von Weena und den beiden anderen. Marius rennt mir hinterher. Er brüllt: »Du gibst mir ja gar keine Chance. Du lässt mich ja nicht mal ausreden! Das hab ich nicht verdient!«
Ich drehe mich um. Jetzt bin ich wirklich sauer und fuchtele ihm mit der Hand vor dem Gesicht herum. »Das hast du nicht verdient? Was denn? Dass ich es nicht akzeptiere, dass du meine beste Freundin bumst und dafür … und dafür … (meine Stimme versagt, gleich wird sie kippen, gleich …) … AUCH NOCH GELD NIMMST? DU BESCHISSENER PLAYBOY!« Meine Begleiterinnen weichen drei Schritte zurück.
»WAS?«, brüllt Marius. »Sag mal, spinnst du? Du verhältst dich wie ein kleines, trotziges Kind. Glaubst du, ich würde von Susanne Geld fürs Vögeln nehmen?«
»DAS WIRD JA IMMER BESSER!!! Du vögelst sie also UMSONST?«
Da ist ja mein Auto! Gott sei's gedankt. Schnell schiebe ich die anderen auf den Rücksitz.
»Ich würde viel lieber mit dir vögeln, Carolin!«, kreischt Marius. »Aber du machst ja alles kaputt mit deiner Scheißart. Mit deinem Selbstmitleid. Du lässt mich ja noch nicht mal was sagen. Du führst dich auf wie Klein Doofi!«
Ich drehe mich um und will ihm eine knallen, verfehle aber sein Gesicht, und er hält mich an den Händen fest. Weena und Ginger-Lou steigen aus dem Auto und eilen mir zu Hilfe. Ein Handgemenge beginnt auf dem Parkplatz. Ginger-Lou muss Karatekurse belegt haben ohne Ende, denn sie schleudert Marius durch die Gegend. Unterdessen steige ich wieder in mein Auto, warte, bis Ginger-Lou und Weena

fertig sind, und fahre dann los. Marius bleibt auf dem Parkplatz zurück wie ein begossener Pudel.

»Das war ja wie im ›Tatort‹«, sind sich alle einig. Mir tut jeder Knochen weh. Ich bin schließlich kein Schimanski. Hoffentlich hat uns keiner gesehen. Ich setze meine Insassinnen am Bahnhof ab und fahre frustriert nach Hause. Im Autoradio läuft Enrique Iglesias' Song: »I can be your hero, baby …« Das bringt mich auf Suizidgedanken, die ich zum Glück überlebe.

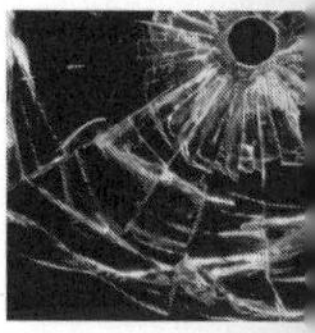

21

Am Samstag schlafe ich aus und beschließe nach einem wirklich nicht üppigen Frühstück, zum Happy-Sun-Sonnenstudio zu gehen, um Zoe Hartenstein zu fragen, ob sie nicht jemanden kennt, der in unserem Club arbeiten will. Sie freut sich riesig, mich zu sehen. Ich erkenne sie nicht gleich, weil ich im ersten Moment denke, das Studio wäre von einem Massai übernommen worden. Ihre Haut hat außer den Falten nichts Europäisches mehr an sich. Eine übergewichtige Frau sitzt gefesselt in einem Stuhl und schwitzt, offenbar möchte sie ihr Gewicht reduzieren. Sie starrt mich wortlos an, in ihrem Damenbart sammeln sich die Schweißperlen. Vielleicht darf sie nicht sprechen, weil sie dann wieder zunimmt.
Zoe meint, dass wir unser Wiedersehen mit einem kleinen Schnäpschen feiern müssen. Dann erzählt sie mir, dass Chantal Döppler sich über mich beschwert hätte. Ich sei aus dem Kurs raus und einfach nicht mehr wiedergekommen. Chantal lässt mir ausrichten, dass ich emotional zugrunde gehen werde, wenn ich nichts gegen mein mangelndes Selbstbewusstsein unternehme. Ich bin allerdings der Auffassung, dass ich schon längst zum Mörder mutiert wäre, wenn ich den Kurs komplett absolviert hätte. Bestimmt würde ich nach meiner Haftbuße in sämtlichen Talkshows sitzen und hinter einer Trennwand mit verzerrter Stimme von meiner schweren Kindheit erzählen und mich dafür rechtfertigen, warum ich den Kegelclub »Hinterklemm«, der im Café Wasweißich eingekehrt ist, mit einer gestohlenen Schrotflinte durchlöchert habe.

Ich erzähle Zoe von meiner Idee. Sie ist begeistert! »Isch und mein Mann sin schon lange Swinger. Dann müsse mer net mehr so weit fahren und de Kurt kann dann auch mal was trinken«, verrät sie mir zwinkernd. Meine Angst, dass ich in der Gesellschaft nicht mehr akzeptiert werde, wischt sie mit einer Handbewegung zur Seite. Ich sollte doch nur mal in die Fernsehzeitung schauen. Was auf RTL II abends ab zehn gesendet würde. Und welche Einschaltquoten die hätten. »Sex«, sagt sie, »is ein Thema, das immer gut läuft.« Na ja, klingt irgendwie einleuchtend. Auch meine Frage, ob sie einige Frauen kennt, die abends bei uns arbeiten könnten, bejaht sie sofort. »Die Babsi, die Mausi, die Bonnie und ganz bestimmt auch die Nancy.« Hab ich es nicht gleich gesagt? Die Mausi käme jetzt gleich zum Sonnen und zur Fingernagelverlängerung, die könnten wir dann fragen. Ich freue mich und trinke ein Piccolöchen. Bezahlen darf ich nicht, Zoe ist ganz entrüstet. Der geht aufs Haus!

Dann kommt »die Mausi«, das heißt, sie versucht hereinzukommen, kriegt aber die Tür nicht auf, weil sie sie mit dem Ellbogen öffnen muss, da ihre Fingernägel einen Meter lang sind. Ich helfe ihr. »Schau nur, Zoe!«, ruft die Mausi. »Wie ich aussehe!« Anklagend hält sie ihr die Hände vor das Gesicht. Ich springe schnell zur Seite, aus Angst, bis zur Unkenntlichkeit von diesen Baggerschaufeln zerkratzt zu werden. Zoe tätschelt der Mausi beruhigend den Arm. »Des krische mer schon hin! Die müsse verlängert wern. Mache mer gleisch.« Sie deutet auf mich. »Des is die Carolin, Mausi. Die mäscht mit erem Kollesch en Bumsclub aaf und braacht Personal.« Wenn Zoe aufgeregt ist, fängt sie offensichtlich an, noch extremer hessisch zu reden. Mausi dreht sich ruckartig zu mir um. Ihre miniplidauergewellten Haare wippen dabei wie die von Marge Simpson.

»Das ist ja geilcool«, brabbelt sie los. »Das hat in Watzelborn gefehlt. Du siehst gar nicht aus wie so jemand. Eher wie ’ne Lehrerin oder so.« Meint sie jetzt damit, dass ich aussehe, als hätte ich mal studiert, oder wirke ich verknöchert und altjüngferlich? Aber ich frage nicht, sondern zucke nur mit den Schultern und sage: »Ähem. Na ja, wenn du meinst …«

»Wann, wie, wo?«, will Mausi wissen. Und was wir die Stunde bezahlen würden.

Nach zehn Minuten bin ich fix und alle. In jedem Satz kommt »geilcool« vor. Oder: »Äääächt?« Mausi passt ins Happy-Sun-Sonnenstudio wie die Faust aufs Auge. Sie will auch Särah und Claire und Florence und Naddel anrufen und fragen. Naddel? Na, meint sie, das wäre ihre Freundin und die hätte Haare wie die Naddel von Dieter Bohlen. Also auch braun. Ich habe auch braune Haare, aber trotzdem nennt mich niemand Verona.

Während sie sich ihre ein Meter langen Nägel auf einen Meter fünfzig

verlängern lässt, erzählt sie mir, was sie so macht. Sie ist Fleischereifachverkäuferin bei einer großen Lebensmittelkette und findet ihren Job furchtbar, was ich unschwer nachvollziehen kann.
»Im Winter ist es ganz schlimm«, sagt Mausi, die eigentlich Klara heißt. »Man geht morgens aus dem Haus und es ist dunkel und man kommt abends heim und es ist schon wieder dunkel. Das ist doch kein Leben nicht.« Ich pflichte ihr bei. »Und den ganzen lieben langen Tag nur Wurst. Wurst. Wurst. Oder Fleisch. Fleisch. Fleisch. Kennst du Gelbwurst?« Ich nicke. Mausi holt Luft. »Hast du schon mal Gelbwurst gegessen?« Ich will lügen, nicke aber wieder.

»Ooooohhhh, mein Gooootttt!«, kreischt sie. »Du hast totes Hirn gegessen! Gelbwurst wird aus Hirn gemacht. Und aus lauter Abfällen von der Fleischverarbeitung. Da kommt alles rein! Alles! Die Hufe, die Schwänze, die Augen, die Scheiße, der Magen … alles! In Gelbwurst ist sogar Desinfektionsmittel drin und Zigarettenkippen, weil alles, was auf dem Boden gelegen hat in der Schlachterei, einfach in einen Bottich gekippt wird!«
Gelbwurst sieht doch ganz harmlos aus. Genauso harmlos wie dieser Frischwurstaufschnitt mit den lachenden Gesichtern. Ich weigere mich zu glauben, was ich da höre. Bestimmt hat die Aufschnittwurst mit den lachenden Gesichtern als Mund einen Stierhoden. Oder eine Marlboro light.
»Das Schlimmste kommt aber jetzt«, ruft Mausi. »Hackfleisch!« Meint sie Hackfleisch? Also Fleisch, das zerkleinert wurde, bevor man es mit Zwiebeln anbrät und dann zu Nudeln isst? »Du isst Hackfleisch bestimmt gern zu Nudeln!!!«, brüllt Mausi, während ihre Fingernägel so lang wie ein Feuerwehrschlauch werden. »Weißt du, was in diesem geilcoolen Hackfleisch alles drin ist? Weißt du es äääääächt?«
Wahrscheinlich Teile von ihren Nägeln oder das linke Bein einer Bisamratte, die im Schlachthof auf Nahrungssuche gewesen ist.
»Hackfleisch ist voll von toten Maden. Wer Hackfleisch isst, kann sich einsargen lassen. Glaub bloß den Verkäuferinnen nicht, die dir erzählen, es wäre gerade eben frisch durchgedreht worden. BLOSS NICHT!!! Das liegt tagelang rum und wird grün und lauter Salmonellen oder so sind drin.«
Ich werde Veganerin. Ab morgen werde ich Leute steinigen, die Honig

essen oder Gürtel aus Leder tragen und sich darüber Gedanken machen, ob sie Fleisch auch nur anschauen. Ich werde durch die Fußgängerzonen rennen, um Flugblätter zu verteilen. Ich werde nie wieder Fleisch essen. Das ist ja so was von eklig. Wer weiß, vielleicht befinden sich in meinem Körper schon Haken-, Spul- oder Bandwürmer. Wahrscheinlich habe ich gar keinen Darm mehr, sondern es sind Lebewesen, die manchmal knurren, weil sie hungrig sind. Gute Güte. Das ist ja schrecklich. Ich weiß nicht, ob es wirklich sinnvoll ist, Mausi bei uns arbeiten zu lassen. Wenn sie abends die Fleischstorys erzählt, haben wir ruck, zuck keine Gäste mehr. Ich bitte sie trotzdem, mir ihre Telefonnummer zu geben. Sie freut sich.
Weil ich schon mal hier bin, lege ich mich eben schnell unter die »Black Power schwarz« mit der Bingo-Taste. Herrlich, die Wärme. Da kann man so schön entspannen. Auf dem Heimweg verspreche ich mir, ein wirklich ruhiges Wochenende zu verbringen.

Kaum schließe ich die Wohnungstür auf, klingelt das Telefon. Es ist Alex. Ach du Schreck, das hatte ich ja total vergessen. Ich soll ja bis morgen auf Marwin und Tessa aufpassen.
Ich tue so, als hätte ich es nicht vergessen, und so kommt Alex mit den beiden Monstern gegen zwölf vorbei. Sie hat Taschen für acht Jahre dabei und ermahnt mich ununterbrochen. »Tessa kann nur einschlafen, wenn sie Bibi Blocksberg hört, und Marwins Kuscheltier ist hier und nur eine halbe Stunde fernsehen lassen, und hier ist frisches Obst und hier Marwins Lieblingsschokolade und hier ist Tessas Decke und, und, und …«
Tessa und Marwin schreien wie am Spieß, als Alex sich verabschiedet. Sie sagt zu mir, das ginge gleich vorbei, küsst ihre heulenden Kinder und schlägt die Tür hinter sich zu.
Nach einer Viertelstunde haben die beiden immer noch nicht aufgehört zu brüllen.
Nach einer Dreiviertelstunde bin ich mit meinen Nerven am Ende. Was soll ich bloß mit ihnen machen?
Gero ruft an und fragt, was denn bei mir los wäre. Ich schildere ihm die Situation.
»He!«, ruft er. »Ich komm mit Tom vorbei. Wir fahren in irgendeinen

Freizeitpark. In einer halben Stunde sind wir da. Das wird lustig.«
Ich schreie: »Okay, bis gleich!« und bin ein wenig beruhigt.
Beide Kinder hängen an mir und fragen brüllend, mit wem ich telefoniert habe. Ich sage, dass wir gleich mit zwei netten Onkels was ganz Tolles unternehmen. »Aber nur, wenn ihr ruhig seid!« Schlagartige Stille.
Ich bin so froh, als Gero und Tom endlich da sind. »Auf ins Holidayland«, ruft Tom und wirbelt Marwin wie ein Irrwisch herum. »Wir zwei fahren gleich mit der Wildwasserbahn!!!«
Marwin strahlt.

Wir fahren mit Toms Auto. Es ist herrliches Wetter und weil Tom ein Cabriolet hat, fahren wir offen und singen das Benjamin-Blümchen-Lied. An einer Ampel schauen uns Fußgänger an, als hätten wir einen Riss in der Schüssel.
»Wer will Popcorn, wer will Zuckerwatte, wer will einen Hamburger mit Pommes?«, ruft Gero. Wir schreien alle: »Ich, ich!!!« und stopfen uns bis oben hin voll.

Die Wildwasserbahn sieht gefährlich aus. Hundert Meter hoch und dann geht's mit einem Affenzahn in die Tiefe. Wir quetschen uns zu fünft in ein Kanu rein und dann geht's los. Ächzend quält sich die Bahn nach oben. Die Räder an den Schienen knarren laut. Noch einen Meter, dann haben wir es geschafft. Ich mit meiner Höhenangst traue mich gar nicht, nach unten zu schauen.
Die Bahn stoppt. Einfach so. Ich drehe mich zu Gero um. Er sieht genauso ratlos aus wie ich. Marwin schaut mich an. Seine Augen sind so groß wie die von Harry Potter, nachdem er gemerkt hat, dass er auf einem Besen reiten kann. Tom will aufstehen, aber Gero meint, dass er das besser lassen soll. Im nächsten Augenblick gibt es einen Schlag und die Bahn rast rückwärts nach unten. Wir brüllen vor lauter Angst. Die Leute, die im nächsten Waggon gerade rauffahren, auch. Kurz bevor wir kollidieren, kommt alles wieder zum Stoppen. »Wie bei Titanic, Caro, wie bei Titanic!«, ruft Gero. »Wir werden alle sterben. O nein. Weißt du noch, Caro, das Schiff bricht auseinander und das Heck ist im Atlantik und der Bug schwimmt noch einen Moment. Tom! TOM! Ich liebe dich! Weißt du das eigentlich? Und dich auch, Caro. Ich …«

Bumm. Wir sausen regelrecht nach oben, so, als ob der Waggon etwas gutmachen wollte, um dann mit erhöhter Geschwindigkeit auf der anderen Seite durch das Wasser runterzurasen. Muss ich noch extra erwähnen, dass wir so ungünstig sitzen, dass alle von oben bis unten nass werden? Am Ausgang kauft Gero das Foto, das eine automatische Kamera von uns gemacht hat. Man sieht zu Zombies mutierte Gestalten, die ihre Münder weit aufreißen. Gero meint, so etwas müsste man archivieren.

Es ist ein wunderbarer Tag, trotzdem bin ich abends k.o. Gegen 22 Uhr sind wir zu Hause und ich möchte nur noch schlafen. Aber die Kinder verlangen Tee, Geschichten, bei denen man sich gruselt, und Vanillepudding. Sie sind übermüdet und giftig. Auf dem Sofa wollen sie auch nicht schlafen, sondern mit mir im Barbiebett, wie Tessa es nennt (erwähnte ich schon, dass es rosa ist?). Vor dem Einschlafen muss ich von einem Tyrannosaurus Rex erzählen, der andere Dinosaurier durch Wälder jagt, um sie dann zu fressen, woraufhin Marwin anfängt, laut zu heulen. Ich bekomme ein entsetzlich schlechtes Gewissen. Nicht auszudenken, wenn Alex die Kinder morgen fragt, wie es war, und Marwin erzählt, dass er ob meiner Geschichten vor Angst weinen musste. Ich versuche, ihn zu beruhigen, und frage, was denn los wäre, woraufhin er heulend schreit: »Du bist doof, Caro, in der Geschichte fließt ja gar kein Blut.«
Ich kann also beruhigt weitererzählen. Nachdem der Tyrannosaurus Rex acht Brontosaurier verschlungen hatte, ist Marwin endlich eingeschlafen, aber Tessa hellwach und will Barbie im Barbiebett spielen. Also trage ich den schlafenden Marwin vorsichtig auf das Sofa und decke ihn zu. Weil eine richtige Barbie ja Schmuck trägt, muss ich meinen kompletten Schmuckkasten entleeren und Tessa und mich mit dem Inhalt behängen. Dann noch eine alte Strassjeansjacke angezogen und so getan, als würden wir auf Ken warten, der mit dem Cabrio unterwegs ist. Ich muss dann so tun, als ob Ken anruft und sagt, dass er heute nicht mehr kommt, weil er eine Reifenpanne hat, und wir nicht mehr warten müssen. Tessa besteht darauf, dass wir beide mit dem Schmuck und ich in der Strassjacke schlafe. Ich muss mich noch einmal vor ihr drehen und sie schaut mich mit großen Augen an und

sagt: »Caro, du siehst so schön aus. Du bist die Glitzerbarbie.« Dann holen wir Marwin zurück ins Bett, ich lege mich in die Mitte, erzähle Tessa flüsternd die Geschichte von dem Mädchen, das goldene Haare bekommt, wenn es gleich einschläft, und gegen ein Uhr morgens träumt sie endlich süß.
Ich beobachte die beiden im Schlaf und habe den Wunsch, selbst Kinder zu haben! Was wäre ich für eine gute Mutter! Obst und Gemüse nur aus dem Ökoladen, Apfelkuchen mit Streuseln, Zimtsterne backen an Weihnachten, Ostereier bemalen und, und, und. Selbstverständlich wäre ich dann auch Elternbeiratsvorsitzende, aber hallo, und würde dafür sorgen, dass es keine asbestverseuchten Klassenzimmer gibt und dass die Toiletten regelmäßig renoviert werden. Ich kenne keine Schule, in der es irgendwann mal *neue* Toiletten gegeben hat. Schultoiletten stinken immer und sind kaputt, haben keine Deckel und die Kacheln sind gesprungen.

Und die Wasserhähne funktionieren nie. Höchstens tröpfelt es daraus. Bei mir würde es das nicht geben. Ich als gute Mutter würde bei Klassenfahrten als Begleitperson freiwillig mitfahren, für dreißig hungrige Kinder in der Jugendherberge Kartoffelsuppe kochen und bildende Spiele organisieren. Außerdem wäre ich Helferin in allen Lebenslagen. Wenn mein Sohn vom Kirschbaum gefallen ist, habe ich Bepanthensalbe und bunte Pflaster mit Einhörnern drauf zur Hand und wische ihm mit einem Lächeln die Tränen ab. Und zum Trost gibt's einen Leibniz-Keks. (Wir wissen ja, in Leibniz steckt viel Liebe drin. Nur echt mit 72 Zacken. Oder 48.)
Ich bekomme Selbstmitleid ob meiner Kinderlosigkeit und weine mich leise in den Schlaf.

Um sieben Uhr am Sonntagmorgen hält Marwin mir die Nase so lange zu, bis ich aufwache, und dann klatscht mir Tessa einen kalten, nassen Waschlappen ins Gesicht. »Aufwachen, Caro, aufwachen!!! Es ist schon so spääääääääät!«, krakeelen beide herum.
Guter Gott, lass mich nicht wieder töten!!!
Es gibt nichts Schlimmeres für mich, als sonntags nicht ausschlafen zu können. Sonntage haben für mich etwas Heiliges. Ich möchte bis mindestens 12 Uhr im Bett liegen bleiben, nur aufstehen, um mir Saft und

Toast ans Bett zu holen, und im Fernsehen »Drei Nüsse für Aschenbrödel« schauen. Leider kommt das immer nur in der Vorweihnachtszeit. Aber »Die Sendung mit der Maus« ist auch immer wieder schön. Man lernt, wie Koffer am Flughafen über diese langen Förderbänder zu den richtigen Maschinen kommen, wie Pralinen hergestellt werden und warum man sterben kann, wenn man in ein offenes Stromkabel fasst. Sonntage erinnern mich auch immer an Wochenenden als Kind bei meinen Großeltern. Da gab es die »Rappelkiste« noch. Ene mene Miste, es rappelt in der Kiste, ene mene meck, und du bist weg! Ich war immer neidisch auf die rotznasigen Kinder, die auf diesen Kisten rumgesprungen sind und sich immer dreckig machen durften. Die haben alle in einer Hochhaussiedlung gewohnt und in den Treppenhäusern Fangen gespielt oder haben die Fahrstuhlwände voll gekritzelt. Und keiner hat was gesagt. Ich glaube, seit der »Rappelkiste« gibt es die antiautoritäre Erziehung.
Wie konnte ich nur einen Gedanken daran verschwenden, Kinder haben zu wollen?
Gegen Mittag holt Alex die beiden ab und wir trinken noch einen Kaffee, und ich mache drei Kreuze, als ich die Tür hinter ihnen schließe. Die Ruhe macht mich für drei Minuten ganz kirre, dann genieße ich sie.

Will mich auf die Waage stellen, aber die ist ja im Keller. Dann beschließe ich kurzerhand, etwas für meine Figur zu tun. Wenn ich solche Anwandlungen habe, muss ich sie sofort in die Tat umsetzen. Heißt im Klartext, dass ich in den Gelben Seiten nach einem Fitnessstudio suche, das sonntags geöffnet hat. Telefoniere mit einem Jürgen, der meint, sie hätten täglich geöffnet und ich könnte, wenn ich wollte, gleich mal zu einem Probetraining vorbeikommen.
Komme mir wahnsinnig sportlich vor, als ich aus dem Haus gehe. Jogginghose, T-Shirt und Turnschuhe. Die Turnschuhe hatte ich noch nie an. Hat mir meine Halbschwester mal geschenkt. War ein Fehlkauf, passte nicht zu ihrem Sportdress von Nike. Beneidenswert, wenn man so sportlich ist, dass man sich überlegt, welche Schuhe zu welchem Dress passen. Nina rast täglich achthundert Kilometer mit einem Schweißband auf dem Kopf über Trampelpfade durch Misch-

wälder, und selbst wenn sie eine Pause macht, hüpft sie dabei auf der Stelle, nur um sich weiter bewegen zu können. Sie kann essen, was sie will, ohne ein Gramm zuzunehmen, und ist am ganzen Körper so durchtrainiert wie Steffi Grafs rechter Arm. Während sie eine 45-Grad-Steigung bergauf rennt, strahlt sie dabei, als hätte sie gerade einen vaginalen und klitoralen Orgasmus zusammen. Wären Fernsehkameras auf sie gerichtet, würde sie bestimmt sagen: »So ein bisschen Naschen zwischendurch ist wichtig für mich. Ich mag Schokolade. Aber leicht muss sie schmecken.« Oder so.

Ein bisschen Aufwärmtraining kann mir jedefalls nicht schaden, also werde ich zum Fitnesscenter »Spomewo« joggen (dachte erst, das sei ein asiatischer Inhaber, ist aber die Abkürzung für: Sport Men Women). Ich lächle und renne los. Mann, bin ich gleich außer Puste. An der Straßenecke halte ich an, um zu verschnaufen. Kommt bestimmt daher, weil das Laufen auf Asphalt nicht gut für die Ausdauer ist. Wäre hier ein Feldweg, wäre das was ganz anderes. Außerdem soll man es ja bekanntlich nicht übertreiben. Gedanken an ein Eis schiebe ich beharrlich zur Seite. Ab jetzt wird Sport getrieben, bis kein Gramm Fett mehr an meinem Körper zu finden ist. Täglich werde ich zu »Spomewo« gehen und alle werden neidisch zu mir aufblicken, wenn ich abends nicht mehr in Kneipen rumhänge und Bier oder Wein trinke, sondern mir nach drei Stunden Marathontraining einen Powerdrink mit Spurenelementen gönne. Sagt jemand zu mir: »Kommst du mit eine Pizza essen?«, werde ich nicht antworten, sondern nur die Augenbrauen verächtlich hochziehen.

Da ist ja das Fitnesscenter. Das ist aber groß. Ich gehe durch die Schwingtür und schon riecht es nach Schweiß. Gut so! Wir sind ja nicht zum Spaß hier! Hunderte von Menschen quälen sich an Folterinstrumenten herum. Das ist überhaupt *die* Idee für unseren Sadomasobereich. Festbinden an einer Sprossenwand oder so. Muss gleich nachher Tom anrufen und fragen, was der davon hält. Ich schaue mich erst mal nicht weiter um und begebe mich auf die Suche nach Jürgen.
Drei Stunden später: Ich habe keinen Vertrag unterschrieben. Grund:

Habe Jürgen gefunden (1,90 groß, Goldkettchen, Wolfgang-Petry-Frisur, am linken Ringfinger ein Siegelring, an dem ein Stein fehlt, Rolexblender, T-Shirt mit der Aufschrift »Alles Nutten außer Mami«), der mit mir durch das 500 Quadratkilometer große Center läuft und mir alles erklärt und dann meint, ich sollte mich umziehen und mit Straßenschuhen könnte man hier nicht trainieren. Auf meine schüchterne Anmerkung hin, ich hätte nichts dabei außer dem, was ich gerade trage, läuft er weg und kommt mit einer Art Radlerhose, einem hautengen Body (auberginefarben – muss ich noch mehr sagen?) und einem Paar Nichtstraßenfitnesscenterschuhen zurück. Vor dem Spiegel in der Umkleidekabine bekomme ich den blanken Horror. Meine Oberschenkel quellen aus der viel zu engen Radlerhose heraus wie überschüssige Dichtungsmasse und meine Orangenhaut ist besser zu sehen denn je. Außerdem stelle ich fest, dass ich auch Zellulitis an den Knien habe. Und an den Zehen. Wenn man es genau nimmt, habe ich ÜBERALL Zellulitis, nur nicht auf der Nase. Da habe ich Mitesser. Warum ich mich trotzdem in den Trainingsraum traue, weiß ich auch nicht mehr. Eine Minute später stehe ich auf einem Laufband und soll mich mit ein wenig Joggen aufwärmen (habe ich doch gesagt). Jürgen stellt das Band auf die niedrigste Stufe und bringt einen Pulszähler an meinem Handgelenk an, bevor er es anschaltet. Durch den Ruck falle ich aufs Maul, was die proteingestählten Hochleistungssportler, die gerade Gewichte von 120 Kilogramm stemmen, zu einem mitleidigen Lächeln animiert. Zum Glück stoppt das Gerät automatisch.
Ich kann nach fünf Minuten nicht mehr. Ich kann nicht mehr. Ich bin krebsrot im Gesicht und unglücklicherweise kann ich jede meiner Bewegungen in den zehntausend Spiegeln beobachten. Ich komme mir vor wie eine Wurst, die oben und unten an der Pelle rausquillt. Ich *bin* eine Wurst.
Es kommt noch schlimmer. Die Aerobicgruppe betritt den Raum. Die Aerobicgruppe besteht aus zwölf Frauen in hautengen, nicht auberginefarbenen Fitnessanzügen, bei denen nichts, aber auch gar nichts herausquillt. Muss ich extra erwähnen, dass alle aussehen wie Heidi Klum oder Penelope Cruz oder das Teppichluder von Dieter Bohlen? Muss ich extra erwähnen, dass keine von ihnen einen Pickel hat? Muss ich extra erwähnen, dass bei allen die Brüste stehen wie eine Eins?

Muss ich extra erwähnen, dass ich fette Kuh mir auf meinem Laufband vorkomme wie Trude Herr? Bei der ist auch immer die Wimperntusche verlaufen, weil sie so viel geschwitzt hat. Ich erwähne auch nicht extra, dass alle, ich wiederhole, ALLE mich mit hochgezogenen Augenbrauen anstarren, grinsen, miteinander tuscheln, dann zu Michael Jacksons »Thriller« anfangen zu hopsen und mich die ganze Zeit im Spiegel weiter beobachten.
Wolfgang Petry kommt und fragt, wie es denn so geht. Ich habe keine Luft zum Antworten. Er will mit mir nach dem Probetraining ein Fitnessprogramm ausarbeiten, denn bei mir wäre ja wohl eher Fettreduzierung nötig als Muskelaufbau. Ich bin zu schwach, um ihm eine zu knallen. Er meint, wir würden das schon hinkriegen, und geht zu einem Arnold-Schwarzenegger-Verschnitt, um ihm Gewichte an eine Stange zu hängen.

Ich bin deprimiert und unglücklich. Zu allem Überfluss läuft im Radio auch noch Beautiful South, »Song for whoever«: »Uuuuuuuh, I loved you from the bottom of my pencilcase … o Cathy, o Allison, o Philippa, o Sue, I'll forget your name …« Das ist ein Lied für romantische Abende, die mit Kerzenschein und einem Schweinefilet in Blätterteig und einem guten Glas Weißwein beginnen und mit herrlich langem Sex enden. Klartext: Es ist kein Lied für mich. Ich laufe weiter auf meinem Laufband und fühle mich erbärmlich.
Im Radio läuft jetzt Marius Müller-Westernhagen: »Und darum bin ich froh, dass ich kein Dicker bin, denn Dicksein ist 'ne Quälerei …« Natürlich muss ich gleich wieder an meinen Marius denken … O Mann.
Die Aerobicgruppe hört auf zu tanzen, Michael Jackson wird abgestellt, sodass Westernhagen noch besser zu hören ist. Ich bemerke erst nicht, dass offensichtlich wegen mir die Musik abgestellt wurde. Erst als ich hochschaue, wird mir klar, dass alle mich anstarren, meine linkischen Bewegungen nachmachen, mitsingen und aufgrund meines dämlichen Gesichtsausdrucks schallend anfangen zu lachen.
Ich bin dann einfach gegangen.

Auf dem Weg nach Hause überlege ich mir kurz, vor ein Auto zu springen oder die Luft so lange anzuhalten, bis ich ersticke. Es ist gut,

Caro, dass du keinen Vertrag abgeschlossen hast. Fitnessstudios haben Knebelverträge, angeblich schließt man für ein halbes Jahr einen Vertrag, aber in Wirklichkeit ist man an diesen Vertrag bis an sein Lebensende gebunden. In einer Zeitung stand mal, dass eine 88-Jährige immer noch die Beiträge für ein Fitnesscenter zahlen muss, obwohl sie schon seit zehn Jahren im Rollstuhl sitzt. Insofern war alles bestimmt ein Wink des Schicksals.

Und weil es das Schicksal so gut mit mir meint, kaufe ich mir ein Eis. Die einzige Eisdiele von Watzelborn liegt auf dem Weg. Es gibt dort höchstens vier, wenn man Glück hat, fünf Sorten Eis. Aber offensichtlich hat Giuseppe vom »Dolomiti« eine neue Eissorte im Programm. Alles rund um die Eisdiele ist blau.

»Signorina Carolina Schatza, wo wie was du wolle«, empfängt er mich. Ich sage, dass ich Schokoladen- und Vanilleeis möchte, aber er weist mich auf die so genannten »Schlumpfeiswochen« hin: »Is swei Sorte Sulunfeis. Is sisch Slaubislunfeis, is dunkelblaue Eis oder du wolle Salunafine. Is sisch hellere Eis, weil Mädschen is.«

Habe ich das jetzt richtig verstanden? Es gibt bei Giuseppe Schlaubi-Schlumpf-Eis und Schlumpfine-Schlumpf-Eis? Offensichtlich ist es so, denn auf dem Glastresen stehen nur Schlaubi- und Schlumpfine-Schlümpfe herum und glotzen mich vorwurfsvoll an.

»Kriegst du vier Bällsche und mit Sonneschirmsche obbedruff!«, ruft Giuseppe euphorisch.

Na gut. Dann eben Schlumpfeis. Er schenkt mir einen Schlaubischlumpf, der aber nur ein Bein hat. Auf meine Frage, warum das so ist, sagt er mit betretener Stimme: »Is sisch wegen Behinderrrrrtengleichberechtigung. Alle Kunde sollen sufrieden ssssssein. Aber andere Bein schmeise mir net weg, habbe wir zu Eislöffelsche gemacht.« Dann fragt er, ob ich über das Eis »Krispelkröllsche habbe will«. Es stellt sich heraus, dass er damit Krokantstreusel meint. Immer her damit.

Das Schlumpfeis schmeckt zwar nach Lebensmittelfarbe und auch sonst nur nach Chemie, aber Hauptsache, es hat Kalorien.

16 Uhr 30. Heute Abend kann ich bestimmt nicht weggehen. Seit einer halben Stunde versuche ich, mit einer Zahnbürste und viel Odol mei-

ner dunkelblauen Zunge wieder ihre normale Farbe zurückzugeben, was mir aber leider nicht gelingt.

Pitbull ruft an und fragt wie der Geschäftsmann von Welt, ob ich mich um die Pressearbeit gekümmert hätte. Habe ich natürlich nicht. Ich rufe »Hallo! Hallo? Ich kann nichts verstehen, da muss was mit der Leitung nicht in Ordnung sein…« und lege schnell auf. Pitbull ruft natürlich wieder an, ich lasse den Anrufbeantworter anspringen und er quakt: »Glaubst auch, dass du mich verarschen kannst, Schatz. Von wegen die Leitung ist kaputt. Geh sofort dran!« Also gehe ich dran.

Was habe ich denn noch zu verlieren? Nichts. Nichts. Nichts.

Ich gehe dann mit Pitbull ins Kino und schlafe dort ein, weil der Film so was von langweilig ist. So langweilig, dass ich mich noch nicht mal an den Namen erinnere. Brad Pitt und Robert Redford. Eigentlich beide ganz nette Kerle, wobei ich bis heute nicht verstehen kann, wieso Brad Pitt diese dünne Jennifer Aniston heiraten konnte. Sie hat ein Kinn, das spitz ist wie ein Geodreieck und unverschämt gerade, weiße Zähne. Außerdem treibt sie Sport. Verloren, Jennifer. Du würdest nie meine Freundin werden.

Bevor ich einschlafe, denke ich an Susanne. Mir fällt auf, dass ich sie vermisse. Dumme Zicke. Und in Marius bin ich immer noch verliebt. Ich wünsche Marius, dass er mich in hundert Jahren in einer Straßenbahn fahrend erblickt (ja, wie in »Doktor Schiwago«) – mich, die ich leichtfüßig, wenn auch gealtert, mit einem Kopftuch durch Moskau oder Nowosibirsk trabe –, und aufgrund der Tatsache, dass die Straßenbahn zu spät anhält und ich zu schnell für seine schwachen Beine bin, einem Herzanfall erliegt. Oder wir sitzen wie in »Dornenvögel« auf der Farm »Drogheda«, er zum Priester mutiert, ich mein Leben lang unglücklich gewesen, und während er mir sagt, dass er immer nur mich geliebt hat und auch nicht damit fertig wird, dass er einen Sohn (Sie erinnern sich, Dane hieß der, ist in Griechenland ertrunken, eine Unterströmung war schuld, in die er geriet, als er eine Frau und eine Luftmatratze retten wollte) mit mir hat. Ich knie vor ihm, er stirbt an Herzversagen und aus seiner Hand fällt die gepresste Rose, die ich ihm vor fünfzig Jahren geschenkt habe. Mein einziger Trost ist, dass Su-

sanne Marius bestimmt keine Rose zum Aufbewahren schenkt. Sie hasst Trockenblumen, weil das Staubfänger sind. Ist ja auch unwichtig – es wird sowieso nicht so sein. Sicher hat Marius mich mittlerweile vergessen und sitzt mit Susanne in einem gemütlichen Restaurant und beide geilen sich verbal für die kommende Nacht auf.
Mit Wut im Bauch schlafe ich ein.

Ich will nach dem Film eigentlich nach Hause. Habe Kopfweh und bin launisch. Aber Pitbull zwingt mich, noch mit zum »Schorsch« zu kommen. Alle wären da. Ich nehme mir vor, nur Mineralwasser zu trinken, bestelle aber aus Gewohnheit automatisch Wein. Auch egal.
Pinki behauptet, ich sähe gut aus, was hundertprozentig an den hundert Bier liegt, die er schon intus hat. Er fragt, wie weit wir mit der Renovierung wären und ob denn alles voranginge. Woraufhin Pitbull natürlich wieder in seinem Element ist.
Um Mitternacht eskaliert die Situation. Gero, Tom und Richard stürmen zur Tür herein und lassen Sektkorken knallen. Was ist denn hier los??? Plötzlich fangen alle an zu singen: »Happy birthday to you, happy birthday to you, happy birthday, liebe Caro, happy birthday to you!« Ich nehme im ersten Moment an, dass noch eine Caro hier ist, die Geburtstag hat, aber dann wird mir klar, dass ich immer am 1. Mai Geburtstag habe.
Es ist also so weit. Ich habe meinen eigenen Geburtstag vergessen. Zum Glück bin ich die Einzige. Gut, dass man Freunde hat, die einen an ein solches Datum erinnern. Wenn man in die Jahre kommt, lässt bekanntlich das Gedächtnis nach.
Richard hat das praktischste Geschenk von allen. Er schenkt mir Umzugskartons, so brauche ich mir keine zu kaufen.
Wir feiern bis morgens um fünf. Ich habe zwar jetzt wieder drei Falten mehr und gelbe Augen (haben das nicht alle Alkoholiker?), aber mir geht's wunderprächtig. Jetzt bitte nicht von Marius reden.
Was er wohl macht. Wo er wohl ist? Ob er an mich denkt? Ich komme auf den irrwitzigen Gedanken, bei der Auskunft anzurufen, nach seiner Adresse zu fragen und einfach hinzufahren. Während ich darüber nachdenke, wähle ich schon die 11833.
Gero, Tom, Richard, Iris und ich stehen dann morgens um halb sechs

vor Marius' Haus. Über das Klingelschild kleben wir einen Streifen Packband, auf dem steht: »Marius Waldenhagen. Callboy. Günstige Preise. Stundenservice. Einfach klingeln.« Danach geht's mir besser. Will nicht alleine schlafen und gehe mit zu Tom und Gero. Habe total vergessen, dass mein Geburtstag ja auch immer Maifeiertag ist. Das heißt ausschlafen. Jubiduuu!

22

Tom macht am nächsten Morgen Frühstück. Aber was für ein Frühstück! Es gibt a) nichts Schöneres, als mit guten Freunden zu frühstücken, und b) muss es ein ganz üppiges Frühstück sein. Der Tisch biegt sich fast unter den Leckereien. Frisch gepresster Orangensaft, Rührei mit Schinken, Lachs mit Senfsoße, tausend verschiedene Brötchensorten, die Tom extra beim Sonntagsbäcker gekauft hat, Müsli und, und, und. Herrlich. Die beiden haben in der Küche einen Fernsehapparat, was ich ganz wunderbar finde, so können wir »Die Trapp-Familie in Amerika« schauen und darüber reden, wie schön das Leben in den fünfziger Jahren doch gewesen sein muss. Am allerschönsten sind ja immer noch die »Immenhof«-Filme. Dieses alte Gutshaus mit den Sprossenfenstern und den tollen alten Möbeln und Margarethe Haagen als Oma und Dick und Dalli und die Ponys. Und der herrliche Plöner See. Als ich mal in der Gegend war, MUSSTE ich mir den Plöner See anschauen und war auch in Malente-Gremsmühlen und habe das Gutshaus gesucht, aber leider nicht gefunden. Dafür habe ich mir dann in Plön Zitronenöl für meine trockenen Kniekehlen gekauft. War auch nett.
Wir bleiben bis mittags im Schlafanzug. Ich trage einen Pyjama von Gero, der mir zu groß ist. Ich liebe es, wenn mir Sachen zu groß sind. Man kommt sich automatisch dünn vor. Gero und Tom sind mittags mit anderen Schwuchtelfreunden verabredet, und Gero fährt mich nach Hause.

Vor meinem Haus auf der Steintreppe sitzt Marius. Leider bemerke ich ihn erst, nachdem ich ausgestiegen bin. Er rast sofort auf mich zu und ist krebsrot im Gesicht. Ich weiche automatisch drei Schritte zurück. Gero im Auto sagt nur: »O Gott, o Gott, o Gott.«
»Jetzt reicht's aber!«, schreit Marius und hält mir unser beschriftetes Klebeband unter die Nase. »Das ist fast schon Rufmord, Carolin!«, brüllt er weiter. »Ich möchte endlich mal wissen, wie du auf diesen ganzen Scheiß eigentlich kommst.«
Ich schalte auf Gegenwehr, obwohl mir das Herz bis zum Hals klopft.

Mein lieber Schwan, er sieht einfach klasse aus. Gerade, wenn er wütend ist. »Ich weiß überhaupt nicht, was du meinst«, sage ich forsch. »Und außerdem habe ich dir gesagt, dass du mich in Ruhe lassen sollst.« Er packt meinen Arm. »Nein, jetzt hörst du zu. Hör mir einfach zu. Eine Minute.«

»Lass mich los!«, keife ich.

»O Gott, o Gott, o Gott«, sagt Gero.

Marius hebt drohend seinen Zeigefinger. »Ich habe eine Beziehung zu Susanne, ja!«, sagt er böse.

»Ach, tatsächlich? Stell dir vor, das WUSSTE ICH SCHON!!!« Jetzt kreische ich. »Und ich weiß auch, dass du Geld von ihr nimmst.«

»Es ist nicht das, was du denkst!!!« (Schon wieder so ein Satz. Gleich werde ich ihm den Unterkiefer brechen. Gleich.) »Ich bin nicht mit ihr zusammen. Aber natürlich nehme ich Geld dafür. Das ist doch ganz normal! Wenn du nicht dauernd wegrennen würdest, könnte ich dir alles in Ruhe erklären. Aber du redest ja weder mit Susanne noch mit mir. Wir haben ja überhaupt keine Chance auf eine Erklärung. Du blockst ja total ab!«

»ACH, SOLL ICH NOCH SAGEN HURRA ODER WAS???« Ich werde hysterisch und meine Stimme kippt. Tschenschers, Müllers, Schneiders, Bauers und Wegeners, die zur Straßenseite hin wohnen, öffnen ihre Fenster und legen sich Kissen unter die Arme, um bequemer dieser Gratis-Kinovorstellung zu folgen. »ES IST ALSO NORMAL, DAFÜR GELD ZU NEHMEN!!! DU NIMMST WOHL FÜR ALLES GELD! SOLL ICH DIR VIELLEICHT FÜR DIE FÜNF MINUTEN HIER SCHON MAL EINEN VORSCHUSS GEBEN, JA???«

Raunen und Tststs-Geräusche aus den Fenstern. Mir doch egal. Ich ziehe doch eh bald aus hier.

»VON DIR WÜRDE ICH NATÜRLICH KEIN GELD NEHMEN! DAS IST JA WOHL KLAR!«, brüllt Marius. »UND MACH NICHT NOCH MAL SOLCHE SCHERZE VON WEGEN CALLBOY! HAST DU VERSTANDEN???«

»Du kannst mich mal!«, sage ich nicht mehr ganz so laut und steige wieder zu Gero in den Wagen. »Du solltest wenigstens zu dem, was du tust, stehen!«, rufe ich, während Gero mit quietschenden Reifen davonfährt. »O Gott, o Gott, o Gott«, sagt er dabei. Im Rückspiegel sehe ich, dass Marius mit hängenden Schultern am Straßenrand steht und uns traurig nachschaut. Richtig so.

Wie ein Schwerverbrecher schleiche ich mich eine Stunde später in meine Wohnung und sterbe fast vor Angst, dass Marius noch warten könnte oder eventuell aus einem Rhododendronstrauch springt, um mich von hinten anzufallen und mir rachsüchtig das Genick zu brechen.
Aber niemand ist da. Und auf den Anrufbeantworter hat mir auch niemand gesprochen. Toller Feiertag. Die Sonne scheint und draußen fahren fröhliche Familien auf Fahrrädern vorbei, an denen sich Picknickkörbe befinden. Stehe auf meinem Balkon und gieße meine sowieso schon vertrockneten Primeln, die ich in einem Anfall von »Der Frühling kommt und ein paar Primeln bringen Farbkleckse auf den Balkon« gekauft habe. So ist das immer mit mir. Ich pflanze Blumen und gieße sie dann nicht. Wenn sie dann gestorben sind, bekomme ich ein schlechtes Gewissen und schütte literweise Wasser in die Erde. Chantal Döppler aus der Selbstfindungsgruppe würde mich lynchen lassen, könnte sie mich jetzt sehen.

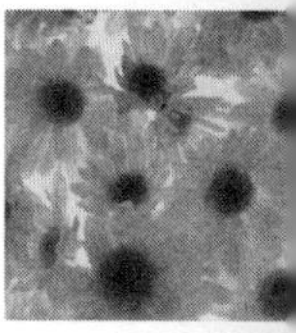

Ich könnte natürlich anfangen zu packen. Richards Umzugskartons stehen säuberlich gebündelt in meiner Abstellkammer. Verwerfe den Gedanken, weil ich nicht genug Zeitungspapier im Haus habe. Zum Glück.
Denke über Marius nach. Er ist ein Arsch. Bestimmt ist er eigentlich beziehungsunfähig. Na klar, warum würde er sonst diesen »Beruf« ausüben? Glasklar. Und bestimmt hat er irgendwelche Eigenschaften, die mir nach weniger als einer Woche tierisch auf den Keks gehen würden. Sicher trägt er ausgeleierte Jogginghosen, wenn er fernsieht, und popelt dabei in der Nase, um seine Ausbeute dann zu essen oder ans Sofa zu schmieren. Oder er pinkelt im Stehen oder lässt den Duschvorhang beim Duschen DRAUSSEN hängen, um mir dann Bescheid zu geben, dass ich das Malheur beseitigen soll. Und ganz sicher hat er an der Klotür die »10 goldenen Kloregeln« hängen. Und mag Gartenzwerge, die wie Helmut Kohl aussehen.
Grässlich. Es sind solche Kleinigkeiten, die mich rasend machen und

wegen denen ich Beziehungen beende. Einen wirklich gut aussehenden Exfreund habe ich damals verlassen, weil er eine Anti-Rutsch-Matte in seiner Badewanne liegen hatte. Und noch ein Anti-Rutsch-Kopfpolster. Das Ekligste war, dass er die Dinger niemals gereinigt hat. An der Unterseite befand sich schon schlieriger Schimmel. Außerdem hatte er ein Aftershave von ALDI. »Real man«. Tut mir Leid, da hört es bei mir auf. Marius ist mit Sicherheit auch so. Ich rede mir das ein, um nicht verrückt zu werden.

Muss auch noch die Pressetexte schreiben. Wenigstens einen. Also PC angeworfen und los geht's. Nach einer halben Stunde habe ich Folgendes hinbekommen:

NEU*! In Watzelborn eröffnet am blablabla der einzige Swingerclub im Umkreis von 80 Kilometern. Wir freuen uns darauf, Ihnen*

Mir fällt nichts mehr ein. Ich kann so was auch nicht. Muss Pitbull anrufen. Vielleicht ist Iris da und kann mir helfen. Schließlich kennt sie sich mit so was besser aus.

Ich habe Glück. Iris ist da und Pitbull meint, ich sollte meinen Alabasterkörper schnurstracks in die Schmidtstraße bewegen und unterwegs von der Tanke noch was Promillehaltiges mitbringen. Der 1. Mai ist gerettet.

Furchtbar. Schrecklich. Ich kann es nicht ausstehen, an einer Tankstelle Alkohol zu kaufen. Ich bin immer der festen Überzeugung, dass die Kassierer denken, man hält es ohne nicht aus und trinkt alles, was man kauft, allein. Sie schauen auch immer so komisch. Während ich mit den vier Flaschen Wein und 12 Dosen Bier warte, bis ich dran bin, überlege ich mir schon, wie ich mich gleich für den Einkauf rechtfertigen werde.

Gelangweilt zieht der Esso-Mann die Flaschen über den Scanner.

»Ich bin eingeladen«, sage ich.

»Mmmhmmm«, sagt der Esso-Mann.

»Immer muss ich alles kaufen, hahaha. Die anderen sind zu faul. Dabei trinken sie ja mit.«

»Mmmhmmm«, sagt der Esso-Mann.

»Und schleppen kann ich jetzt auch alles alleine. Eigentlich trinke ich persönlich ja gar keinen Alkohol. Nur ganz selten.«

»Mmmhmmm«, sagt der Esso-Mann.
Hört er mir überhaupt zu?
»Das ist ein Überfall!«, rufe ich. »Hände hoch und Geld her!«
»Mmmhmmm«, sagt der Esso-Mann. »Dreiundzwanzig Euro und 15 Cent bitte.«
Hört mir überhaupt jemals jemand zu?
Ziemlich belämmert schleiche ich von dannen. Wenn mich noch nicht mal der Esso-Mann bemerkt, wer bemerkt mich dann?

21 Uhr. Wir haben den Pressetext geschrieben! Das ist ein Text! Aber hallo! Dumm nur, dass ich ihn hundertmal auf Pitbulls elektrischer Schreibmaschine schreiben musste, weil der sich weigert, einen Computer anzuschaffen. Dieser neumodische Kram wäre was für Weicheier. Muss den Text morgen sofort ins »Happy Weekend« setzen:

Lust auf das Außergewöhnliche? Lust auf Liebe und Leidenschaft ohne Zwang? Dann sind Sie bei uns genau richtig. Am 19. Mai eröffnen wir in Watzelborn unseren Club »Endstation«! (Den Namen werde ich morgen heimlich ändern, wollte Pitbull nicht aufregen. Er wird mich zwar töten, ist mir aber egal.) *Auf 300 Quadratmetern bieten wir Ihnen alles, was Sie außer der Lust am Sex noch so benötigen! Für jede Vorliebe und jeden Fetisch ist gesorgt. Ob im Spiegelzimmer oder im römischen Raum* (haben wir kurzfristig beschlossen mit dem römischen Raum, muss man halt noch was ändern), *im Pärchenkabinett oder im Labyrinth* (Labyrinth?) … *Für unsere Gäste mit speziellen Vorlieben ist auch gesorgt! Unser Gewölbekeller ist mit den edelsten und außergewöhnlichsten Utensilien für jeden Fetischisten ausgestattet. Natürlich gibt es auch ausreichend Duschmöglichkeiten sowie einen großen Whirlpool, in dem sich bis zu acht Personen nicht nur entspannen können* (war meine Idee mit dem »nicht nur entspannen«, fand ich gut, diese Andeutung). *Das Einzige, was zivil ist, sind unsere Preise und natürlich sind im Eintrittspreis Essen und Trinken inbegriffen. Wir freuen uns auf Sie! Am 19. Mai ab 20 Uhr! Blabla.* Name, Adresse, Preise und dann noch: *Ihr Endstationsteam.*

Heißt jedenfalls jetzt, dass in knapp drei Wochen tatsächlich alles stehen muss. Ich weiß gar nicht, wie weit die da eigentlich sind, welche Firmen mit was beauftragt sind und wer sich eigentlich um was kümmern soll. Also, um ehrlich zu sein, habe ich mich noch gar nicht wirklich darum gekümmert. Wie denn auch? Es passieren ja dauernd so schreckliche Dinge. Und mein Umzug, mein Umzug.
»Nächste Woche packen wir Caros Sachen in den Keller!«, ruft Pitbull. »Dann wohnst du hier und kannst dich nach der Arbeit in Ruhe um den ganzen Kram kümmern. Ein Umzug, während hier alles auf den letzten Drücker mit den Vorbereitungen zugange ist, das wäre ja noch schöner! Richard wird das schon alles machen. Im Keller kriegst du die zwei hinteren Räume, die brauchen wir vorerst nicht.«
Eigentlich ist es ganz schön, wenn man sich wie ein Baby fühlen kann und einem alle Verantwortung abgenommen wird.

Mein Handy klingelt. Es ist Gero, der mich fragt, ob ich morgen mit zu seinen Eltern komme und mal wieder so tue, als ob ich seine Verlobte sei. Für diesen Zweck haben wir uns sogar mal Verlobungsringe beim Juwelier ausgesucht und sie gravieren lassen. In meinem steht: »In Liebe Gero. Für immer« und in seinem dasselbe mit meinem Namen. Ich würde meinen Verlobungsring eigentlich gern konstant tragen, habe aber Angst, dass ich irgendwann mal morgens beim Mann meiner Träume aufwache und er mich fragt, was das für ein Ring ist. Was, wenn er möchte, dass ich ihn abziehe, und sich dann die Gravur anschaut? Wie soll ich das plausibel erklären? Ich könnte höchstens sagen: »Es ist nicht das, wonach es aussieht.« Oder so. Bei Gero ist es genau dasselbe. Er will es Tom nicht antun, einen Verlobungsring mit meinem Treueschwur zu tragen. Kann ich ja verstehen. Wer will das schon? Wer?
Jedenfalls ist das ja mal wieder sehr kurzfristig. Das macht er immer so, damit ich keine Zeit habe, darüber nachzudenken, was das für ein Abend wird. Geros Eltern sind die liebsten Menschen auf der ganzen Welt, aber nach zwei Stunden bin ich jedes Mal zermürbt und fertig mit den Nerven. Sie wohnen auf einem alten Gutshof in der Nähe von Limburg und wenn der Sohn (der einzige Sohn, der einzige Sohn!) mit seiner Verlobten Caro kommt, machen sie immer einen Staatsakt

daraus. Gero bringt es auch nicht fertig, ihnen reinen Wein einzuschenken. Die Tatsache, dass er schwul ist, würde seiner Mutter das Herz brechen. Wo sich Mutter und Vater doch so sehr Enkelkinder wünschen. Ich habe Gero irgendwann mal mit 2,8 Promille das Versprechen gegeben, dass ich, wenn ich mal ein Kind kriegen sollte, mit dem Kind und ihm Fotos machen lasse, die sich seine Eltern dann rahmen und ins Wohnzimmer stellen können. Natürlich muss ich dann auch mit dem Kind und ihm gen Limburg gurken und auf heile Familie machen. Was der leibliche Vater, so es denn mal einen geben sollte, dazu sagen wird, weiß ich jetzt auch noch nicht, aber man wird sehen.

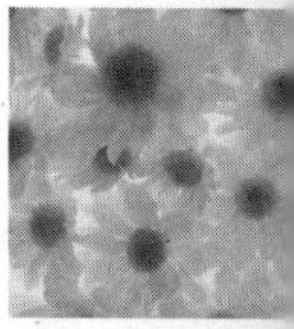

Ich zicke nicht lange herum und sage zu. Gero freut sich und holt mich dann morgen um 16 Uhr ab. Weiß noch nicht, wie ich das rechtfertige, dass ich morgen so früh die Redaktion verlasse, muss mir noch was einfallen lassen. O nein, o nein, bald fährt dieser Partyzug mit den ganzen DJs und so. Das muss ja auch noch fertig organisiert werden. Ich weiß zwar nicht, wie ich das alles schaffen soll, aber – geht nicht gibt's nicht.

Mein Handy klingelt wieder. Es ist Mausi mit den langen Fingernägeln, die fragt, ob es denn schon geilcoole Neuigkeiten gibt. Ich sage, dass ich mich bald bei ihr melde, was sie mit »ÄÄÄÄÄÄCHT?« kommentiert. Drei Minuten mit dieser Frau zu telefonieren ist, wie eine Stunde mit einer hungrigen Lola im Terrarium zu verbringen. Mausi hat schon alle Freundinnen mobilisiert und jede Einzelne von ihnen ist schon ganz heiß drauf, bei uns zu jobben. Mausi hat sich schon Push-up-BHs besorgt, damit sie einen geilcoolen Eindruck macht. Wie soll das nur alles enden?

20 EURO
100 EURO
50

23

Am nächsten Nachmittag quälen Gero und ich uns im dicksten Berufsverkehr über die A 3 Richtung Limburg. Es ist heiß, ich habe Durst und muss aufs Klo, aber weit und breit ist keine Raststätte oder WC-Anlage in Sicht. Ich hasse so was. Gero bringt mich auf den neuesten Stand, was seine Eltern betrifft. Demzufolge kann es gut möglich sein, dass ich schon schwanger bin, weil ich vor einigen Wochen die Pille abgesetzt habe, und wir haben uns eine neue Küche bestellt. Unsere Verlobungsringe tragen wir natürlich auch.

Geros Mutter kommt uns mit wehender Kittelschürze durch den Vorgarten entgegen. »Da sind sie ja, die Kinder!«, ruft sie euphorisch und drückt mich an ihren überdimensionalen Busen. »Lass dich anschauen!« Sie schiebt mich ein Stück nach hinten. »Na, wenn das kein Babybauch ist«, jubiliert sie. Meine Laune sinkt sofort auf den Nullpunkt.

»Ich bin nicht schwanger, Therese«, sage ich mürrisch.

»Aber wir arbeiten dran, Mama, wir arbeiten dran!«, versichert Gero beschwingt. »Nicht wahr, Caro?« Ich nicke böse.

»Also ich hab ja damals sofort gewusst, dass ich schwanger bin«, sagt Therese. »Das war ja damals nicht so mit Ärzten. Hier war ja nur Land und kein Arzt weit und breit. Da musste man sich selbst behelfen. Ach, wie war ich glücklich, als ich dich endlich im Arm halten konnte, mein Junge. Und am gleichen Tag bin ich wieder raus aufs Feld. Die Kartoffelernte stand ja an. Dich hab ich einfach in ein Tuch gepackt und mitgenommen. Du warst immer bei mir. In Afrika machen das die Frauen auch so, die wickeln sich die Babys einfach in eine Decke und tragen sie am Körper. So kriegt man eine starke Bindung zu seinem Kind. Deswegen haben wir auch so eine starke Bindung, mein lieber Junge! Ach, ach, ach. Wie freue ich mich darauf, endlich Großmutter zu werden. Ihr müsst schön fleißig weiterüben, ihr zwei!« Sie schaut uns so erwartungsvoll an, als müssten wir sofort ins Schlafzimmer gehen und anfangen.

Geros Vater ist nicht ganz so redselig wie Therese. Eher der joviale Typ, der immer Pfeife raucht und Zeitung in einem alten Ledersessel liest.

Ein Vater wie in der Storck-Schoko-Riesen-Werbung mit Strickjacke und Lebenserfahrung und randloser Brille. Er nennt Gero nicht Gero, sondern »mein Sohn«.
Therese hat natürlich gekocht. Es gibt Frikadellen in rauen Mengen und Würstchen und Kartoffelbrei und Erbsen mit Karotten und so weiter. Alles schön mit Butter, damit aus den Kindern was wird. Sie ist ununterbrochen am Schnattern und wir müssen mit ihr in den Garten gehen und die Blumen bewundern und das Obst und Gemüse. Es ist ja gerade Einmachzeit, und natürlich gibt sie uns später bergeweise Marmelade und Gelee und was weiß ich alles mit. Gegen 21 Uhr dürfen wir endlich aufbrechen, natürlich erst, nachdem das halbe Dorf vorbeigekommen ist, um sich von Therese anzuhören, dass sie glaubt, bald Hochzeitsglocken läuten zu hören. »Wenn das Kleine dann erst da ist, hat es hier die schönsten Möglichkeiten zu spielen! Unser Garten freut sich auf unser Enkelkind!«
Während wir losfahren, steht sie mit ihrem Mann und wehendem Tuch an der Straße und winkt. Ich glaube, dass Therese und Mausi sich äääächt geilcool verstehen würden – wenn sie sich gegenseitig ausreden lassen. Jedenfalls habe ich jetzt genug Marmelade für die nächsten zehn Jahre.

Auf dem Rückweg ist wieder Stau, weil ein Lkw umgekippt ist. Weil uns langweilig ist, erzählen wir uns lustige Geschichten aus unserem Leben. Daran hapert es bei mir nun wirklich nicht. Obwohl – sie sind ja eher peinlich, meine Geschichten. Oder zum Weinen. Gäbe es »Schreinemakers live« noch, würde Margarethe nach einer Geschichte von mir mit dem gesamten Studiopublikum in Tränen ausbrechen. Das konnte sie ja immer gut, die Margarethe.
»Erzähl mir noch mal die Geschichte von dieser Pressereise nach Mallorca!«, bittet mich Gero. O nein. Das war mit das Schlimmste. Ich hatte mich damals in einem Anflug von geistiger Umnachtung freiwillig zu einem Segel-Lernwochenende angemeldet und sollte dann für unser Reisemagazin Beiträge über diesen ja so tollen Sport »Segeln« machen.
In der Reisebeschreibung hörte sich alles toll an. Gutes Essen, tolle Boote und alles ein Kinderspiel vor traumhafter Kulisse. Nichts wie hin.

Vor Ort waren auch Redakteure einer Segelzeitschrift, die mitgefahren sind, weil sie eines der Boote für ihr komisches Heft testen sollten. Davon mal abgesehen, dass alle Leute, die segeln, einen schrecklich arroganten Eindruck machen, waren die Redakteure dieser Zeitschrift wirklich arrogant.
Einer hatte es ganz besonders auf mich abgesehen. Er hieß Roland Dunkel und hasste mich. Okay. Es gibt ja Menschen, die sieht man und mag sie nicht. Aber deswegen muss man diese Menschen doch nicht so fertig machen, dass sie sich wünschen, ein vorbeilaufender Passant würde sie versehentlich töten, nur damit das Unheil ein Ende hat.

Roland Dunkel ließ keine Gelegenheit aus, mich zu demütigen. Als man feststellte, dass auf den Booten nicht genügend Kopfkissen waren, meinte er laut: »Macht doch nichts. Der Hintern von Frau Schatz ist groß genug für drei Köpfe.« Woraufhin natürlich alle auf meinen Po schauten, der zugegebenermaßen wirklich nicht gerade klein war zu diesem Zeitpunkt. Oder als wir einen Landgang machten und ich einen Rucksack aufzog, sagte Roland Dunkel: »Kleine Rucksäcke wirken besonders klein, wenn dicke Frauen sie tragen. Aber bei Frau Schatz wirkt ihrer geradezu winzig.«
Das sind dann die Momente, in denen einem nichts, aber gar nichts mehr einfällt. Am liebsten hätte ich Roland Dunkel ertränkt auf dieser unsäglichen Pressereise, aber da er ein geübter Segler war, war er mit Sicherheit auch ein geübter Schwimmer, und das Ende vom Lied wäre gewesen, dass ich im Mittelmeer seebestattet worden wäre. Wahrscheinlich hätte Roland Dunkel auch hierfür den passenden Spruch parat gehabt. So was wie: »Ach, lasst sie doch, Fett schwimmt oben. Haha.« Oder so ähnlich.
Das Schlimme war, dass keiner was gegen ihn unternommen hat, weil er an Bord das Sagen hatte. Einmal bin ich so seekrank geworden, dass ich sterben wollte. Roland Dunkels einziger Kommentar war (es standen nur so sieben, acht Leute um uns herum): »Jetzt müsst ihr euch mal Frau Schatz anschauen. Die hat gekübelt. Ihre Zunge ist so belegt, als hätte 'ne Möwe draufgeschissen.« Und alle haben sich *totgelacht.*
Das Frechste aber an dieser ganzen Geschichte ist, dass Mr. »I am a sailing man, yeah« mich am letzten Abend auch noch angemacht hat.

Männer eben. Als ich ihn zum Teufel gejagt habe, sorgte er dafür, dass die Toiletten an Bord nicht mehr funktionierten, was zur Folge hatte, dass ich mich wie eine Eingeborene auf einen Holzeimer setzen musste.

Gero liebt diese Geschichte und muss sie immer wieder hören. Er behauptet steif und fest, dass Roland Dunkel eigentlich in mich verliebt gewesen wäre und ich, ohne es zu wissen, mein Glück mit ihm hätte wegsegeln lassen. Gero ist eben ein unverbesserlicher Romantiker. Ich glaube, niemand möchte mit einem Kerl zusammenleben, der zu einem sagt: »Hast du eigentlich immer so versoffene Augen?« oder: »Jede Falte, mein Schatz, ist ein Lebensjahr. O mein Goooott, bist du ALT!«. Danke, darauf kann ich verzichten.
Gero meint, ich hätte mein Lebensglück versäumt mit diesem Mann. »Stell dir vor, immer auf den schönen Booten. Und dann hätte er dich immer auf diese Reisen mitgenommen.«
Ich weiß nur eins: Wenn ich Roland Dunkel irgendwann mal wieder treffen sollte, werde ich es ihm heimzahlen. Weiß noch nicht, wie, aber ich werde! Rachegedanken sind was Herrliches. Vielleicht sorge ich dafür, dass Herr Dunkel festgebunden im Hafen steht, während sein Katamaran (ein Traumboot, so was Schööööönes, nach seinen Entwürfen gefertigt, alles toll, alles wunderbar, mit Kohlefasermast, jaja, vornehm geht die Welt zugrunde) von einer Horde Schwerkrimineller aus Sizilien, die wissen, wie sie was zu zerstören haben, vor seinen entsetzten Augen zertrümmert wird. Ein Stück Mast kann er ja dann noch als Souvenir behalten und sich daraus mit einer Glühbirne eine Stehlampe basteln. Aber nur, wenn ich einen guten Tag habe. Da wird er nichts mehr zu lachen haben, der gute Herr Dunkel.
Ich frage mich, ob dieser Mann verheiratet ist. Eine Beziehung zu ihm wäre die interessanteste Viertelstunde meines Lebens. Außerdem – wer will schon mit Nachnamen Dunkel heißen? Wenn man den falschen Geburtsnamen hat und dann womöglich nach der Hochzeit einen Doppelnamen, hieße man Halb-Dunkel. Oder Dunkel-Heit. Oder Dunkel-Kammer. So was Dämliches. Freunde von mir wollten ihre Tochter Flotta nennen. Gut, dass ich sie darauf aufmerksam machte, dass sie mit Nachnamen Dreyer heißen. Schön auch: Armin Gips.

Oder Ellen Bogen. Rainer Zufall. Und die Krönung: Axel Schweiß. Nein, die Krönung ist: Per Wehrs. So heißt tatsächlich jemand, den ich kenne. Er tut mir Leid.

Gero kommt noch auf einen Wein mit hoch. Vor meiner Wohnungstür halte ich inne. »Pscht, pscht«, mache ich in Geros Richtung. Aus der Wohnung kommen Geräusche. Einbrecher! Fremde Menschen wühlen gerade in meinen Schränken auf der Suche nach Bargeld und wertvollem Schmuck. Keines von beidem ist vorhanden, aber das wissen die ja nicht. Und dann, weil sie so wütend sind, zerlegen sie alles. Wie die Sizilianer das Boot von Herrn Dunkel. Da sieht man mal wieder, was Rachegedanken bewirken! Man wird selbst zum Opfer. Gero sieht so aus, als würde er gleich anfangen zu heulen. Er ist immer gleich so überfordert, wenn irgendwas passiert. Ich nicht. Ich werde mich dem Feind stellen. Schließlich ist das immer noch meine Wohnung! Also schließe ich auf und rufe: »Polizei! Stehen bleiben! Hände über den Kopf!« Was für ein genialer Auftritt. Aber vor mir stehen nur Richard und Frau Eichner zwischen hundert Umzugskartons. »Was ist denn hier los?«, frage ich verwirrt.

»Wir packen deine Sachen«, sagt Richard. Er ist ganz rot im Gesicht. »Morgen klemme ich deinen Herd ab. Gero, kannst du morgen bei den schweren Möbeln helfen?«
Gero nickt.
»Gell, Frau Carolin, des kann doch in de Müll?« Frau Eichner hält mir eine antike Blumenvase unter die Nase.
»Moment mal«, sage ich. »Ihr könnt doch nicht einfach in meine Wohnung gehen und meine Sachen packen. Und Frau Eichner, die Vase wird natürlich nicht weggeworfen. Die ist ganz alt.«
»Eben«, sagt Frau Eichner und lässt die Jugendstilvase, ein Einzelstück, das ich mal auf einer Auktion ersteigert habe, in einen Müllsack plumpsen, in dem sich leider sonst noch nichts befindet, was zur Folge hat, dass die Vase in tausend Scherben zerspringt.
»Wir haben die Kellerräume in der Erichstraße schon so weit hergerichtet«, redet Richard weiter.
»Trotzdem könnt ihr hier nicht einfach meine Wohnung ausräumen.«

Also gibt es denn so was?
»Wie du siehst, können wir das wohl«, antwortet Richard. »DU machst es ja sowieso nicht, weil du gar nicht ausziehen WILLST. Und dann mitten in der Cluberöffnungsphase kommst du an und willst, dass wir dir helfen, wo wir dann alle andere Sorgen haben. Also rede nicht viel herum, sondern pack die Kiste da zu Ende. Pitbull und Pinki kommen gleich mit einem Transporter, damit wir die erste Fuhre schon rüberfahren können.«
Ich bin eine alte Frau, keiner liebt mich. Und jetzt bin ich auch noch entmündigt worden. Ich werde den Rest meines Lebens in provisorischen Kellerräumen verbringen müssen. Ohne festen Wohnsitz. Mit der Gewissheit, dass in den Stockwerken über mir Leute Sex haben. »Endstation« passt also doch. Es ist zum Heulen, zum Heulen, zum Heulen.
Weil ja sowieso alles egal ist, packe ich den Karton fertig und dann den nächsten und so weiter.
Frau Eichner lebt im Übrigen wieder normal und möchte auch nicht mehr auf einem Besenstiel reiten. Esoterik ist nichts mehr für sie. Auf Geister, die Meta heißen, will sie auch nicht warten. »Da kann isch mei Zeit mit nützlischere Sache verbringe, Frau Carolin, gell, wie jetzt grad, wo mir alles packe dun.« Alles, alles andere wäre nützlicher. Aber das ist ja nicht meine Sache.
Richard ist sehr froh. Er hat von seiner Versicherung für den geklauten VW-Bus eine hohe Zahlung bekommen. Für das Geld möchte er sich neu einkleiden. Ob ich mitkommen könnte. Weil es ja Frauenkleider sein sollen, und da traut er sich nicht alleine in eine Boutique. Außerdem ist es ja schöner, eine Freundin dabeizuhaben. Er zwinkert mir zu. »Da sind dann die Weiber unter sich, hihi«, sagt er.
Frau Eichner wirft unterdessen eine Obstschale aus Meißner Porzellan in den Müll.
Gleich werde ich verrückt, gleich. Warum kann ich nicht einfach ganz normal leben? Mit einem Acht-Stunden-Bürojob und einem Leben, das vorausschaubar und gradlinig ist. Mit der Gewissheit, morgens schon zu wissen, was abends passiert. Ein Leben, in dem der Höhepunkt der Mittwoch ist, weil ich mich dann mit meinen Freundinnen zum Romméspielen treffe oder zur Gymnastikstunde.

Es klingelt an der Tür. Ich lasse Gero öffnen, weil ich Angst habe, dass es Marius ist. Aber Gero kommt zurück und sagt, dass da ein Mann in einem Anzug steht, der mich persönlich sprechen möchte. Wer könnte das sein? Vielleicht Herr Parusel, der sich dafür entschuldigen will, dass wir so viel Schutt zum Bauhof bringen mussten und auch dauernd gestolpert sind über die Hasen und Ratten und anderen Tiere. Aber vor mir steht ein seriöser Mann mit einer schwarzen Aktentasche, der mich fragt, ob ich wirklich die bin, die ich bin. »Ja«, sage ich etwas verwirrt. Er möchte bitte meinen Personalausweis sehen und fragt, ob er kurz hereinkommen kann. Gero und Frau Eichner stehen da wie zwei Ölgötzen, nur Richard räumt weiter Kartons ein.

»Frau Schatz«, sagt der Mann, der sich als »Angenehm, Würfel. Hans Dieter Würfel« vorstellt, »Frau Schatz …« Er muss sich räuspern. »Ich komme von der Süddeutschen Klassenlotterie. Sie haben, Sie haben …« Er hält sich an meinem Tisch fest. Gleich wird er kollabieren. Schnell schiebe ich ihm einen Stuhl hin. »Sie haben …«

»Ja was hat sie denn nun?«, fragt Gero hysterisch. »Eine Million Euro gewonnen?«

»Nein«, sagt Herr Würfel. »Frau Schatz, Sie haben zwei Millionen Euro gewonnen. Könnte ich bitte ein Glas Wasser bekommen?«

Mir wird schwarz vor Augen. Ich hatte dieses Jahreslos schon längst vergessen.

Niemand sagt ein Wort. Aber dann kommt Richard, legt mir die Hand auf die Schulter und sagt: »Zwei Millionen Euro. Dafür kannst du sehr viel im Baumarkt kaufen.«

Wir feiern die ganze Nacht. Pitbull und Pinki sind außer sich und alle freuen sich mit mir. Ich bin Millionärin. Jubiduuuu. Ich! Endlich habe ich auch mal Glück! Wir machen Listen, was ich alles mit dem Geld kaufen werde. Einen Porsche, ein Pferd, ein Haus, nur Klamotten von edlen Designern, und dann bereise ich zehnmal die ganze Welt. Überall rufe ich an und erzähle von meinem Glück. Dass es so was gibt! Pitbull, Pinki und Gero fahren eine Fuhre meiner Möbel in die Erichstraße, dann kommen sie mit Pizza (doppelt Salami, doppelt Käse, egal, egal, ich bin jetzt so reich, dass ich mir regelmäßig Fett absaugen lassen kann!) wieder und wir feiern weiter.

Gero kommt am nächsten Morgen mit mir zu dieser Lotteriezentrale. Ich werde mir das Geld erst mal auf ein Extrakonto überweisen lassen und dann später überlegen, wie viel ich anlege und so weiter. Ach, ist das Leben schön.
In der Zentrale müssen wir einen Moment warten, dann kommt eine Frau heraus und bittet uns in ein Zimmer, das mit entsetzlichen Möbeln aus den 70er Jahren eingerichtet ist. Ein Schild klebt an der Wand, auf dem steht: »Ich bin hier auf der Arbeit und nicht auf der Flucht.« Auf dem Tisch ein trockener Farn (hallo, Chantal Döppler), in dem ein Schornsteinfeger auf einer kleinen Holzleiter sitzt, daneben ein Löffel, ein Joghurt und ein Päckchen gemischter Salat in Plastikfolie. Ein DIN-A4-Blatt warnt: »Ans Cholesterin denken!« Die arme Frau muss ein ungemein aufregendes Leben führen, wenn sie sich schon selbst vor Cholesterinmissbrauch warnen muss. Wollte ich nicht gestern auch noch so leben? Vorbei. Vergessen. Heut ist heut. Und ich bin reich. Und jetzt will ich mein Geld.
»Frau Schatz«, beginnt die Frau. »Ich muss Ihnen …«
»Jaja«, unterbreche ich, »Sie wollen mir gratulieren und mir sagen, wie sehr Sie sich mit mir freuen und dass ich jetzt nicht durchdrehen darf, sondern die ganze Sache nüchtern betrachten muss. Sonst geht es mir so wie dem einen Mann, der in einem Jahr vierzig Millionen verbraten hat und jetzt von der Sozialhilfe lebt. ABER MACHEN SIE SICH KEINE SORGEN!!!« Ich schreie. »ICH BIN DER GLÜCKLICHSTE MENSCH AUF DER GANZEN WELT!!!«
»Frau Schatz. Es tut mir so Leid. Aber der Lotteriegesellschaft ist ein Fehler unterlaufen. Beziehungsweise dem Computersystem. Ihr Name wurde fälschlicherweise ausgedruckt, und leider hat der zuständige Sachbearbeiter versäumt, noch einmal alles genau zu kontrollieren. Tatsache ist, hier, bitte, haben Sie es schwarz auf weiß, dass Sie leider nicht gewonnen haben.«
Sie schiebt mir einen Zettel hin und geht schnell drei Schritte zurück. Ihre Augen sind angstvoll aufgerissen.

»Bitte, es tut mir so Leid«, sagt Frau Lotterie, »aber nehmen Sie es nicht so schwer. Geld ist ja nicht alles.«
Warum kann ich nicht einfach einen Nervenzusammenbruch bekommen? Dann läge ich jetzt im Krankenhaus und alle würden sich um mich kümmern, ich könnte die Gala und die Bunte lesen und so tun, als wäre nichts passiert. Aber ich kann Frau Lotterie nur anstarren und nicht sprechen. Das ist selten bei mir. Aber in diesem Fall ist es angebracht.

Eine Stunde später sitzen Gero und ich auf dem Rand eines Sandkastens auf irgendeinem Kinderspielplatz und überlegen uns Gründe, warum es besser ist, kein Lottomillionär zu sein.
»Alle hätten dich angebettelt und fremde Menschen hätten dir Briefe geschrieben, in denen steht, dass du ihre Schulden bezahlen sollst«, sagt Gero. »Stell dir das mal vor, wie nervig. Oder Leute, die du früher mal gekannt hast, wollen plötzlich wieder deine Freunde sein. Du bist doch sowieso so gutmütig, du hättest dich eh ausnutzen lassen und im Endeffekt hättest du das ganze Geld verschenkt.« Ja. Genau.
Pitbull und Pinki flippen aus, als wir ihnen die Geschichte erzählen. »Denen schlage ich die Fresse ein!«, krakeelt Pitbull am Telefon. »Und Dead or alive kann die Reste fressen. So nicht. So nicht!« Er will sofort mit Pinki zu der Lotteriezentrale fahren, wir können sie nur mit Mühe und Not davon abhalten. Nützen würde es ja doch nichts.
Viel peinlicher finde ich die Tatsache, jetzt alle Leute wieder anrufen zu müssen, um ihnen mitzuteilen, dass der Lottogewinn leider keiner ist. Aber was habe ich denn schon noch zu verlieren?
Tom ist so lieb. »Mach dir nichts draus, Caro«, sagt er. »So viel Geld hätte dich bestimmt verändert und dann wärst du nicht mehr dieselbe gewesen!« Klar. Attraktiv und begehrenswert wäre ich dann gewesen. Ich versuche, alles zu vergessen.

In der Redaktion läuft es beschissen, ich komme kaum mit dem ganzen Kram nach, weil ich ja heute später gekommen bin wegen Frau Lotterie, aber alle haben Verständnis dafür und wir trinken trotzdem den Sekt, der auf meinen Gewinn gekauft wurde. »So was kann aber auch nur dir passieren«, meint Henning fassungslos. »Ich kenne niemanden, der den Mist so anzieht wie du.« Jo meint, ich solle vielleicht in dem Partyzug nicht mitfahren, weil es wegen meiner Anwesenheit sonst Komplikationen geben könnte. Das wäre natürlich nicht so gut. »Mach dir an dem Tag einfach was Leckeres zu essen, bleib zu Hause und schau fern, dann kann auch nichts passieren. Wir machen das schon«, sagt er freundlich. Gleich drehe ich ihm die Gurgel um. Ich organisiere diesen ganzen Kram und dann soll ich nicht mitfahren? Wer hat sich denn darum gekümmert, dass gesponsertes Essen und Trinken da ist? Wer hat denn dafür gesorgt, dass der Sender keinen Cent selbst vom Etat bezahlen muss und alles durch Fremdgelder abgedeckt wird? »Ich fahre auf jeden Fall mit«, sage ich. »Die Früchte seiner Arbeit will man ernten.« Toller Spruch.

Abends fahren wir alle in die Erichstraße. Tom meint, dass die Möbel für den Fetischbereich zum Wochenende fertig werden, also müssen wir nach Bremen fahren und sie abholen.
Also, ich muss schon sagen, ich bin platt, als wir vor dem Haus stehen. Alles geweißt, alles wie neu und nichts erinnert mehr an die alte Bruchbude, die das Haus vor ein paar Wochen noch war. Die Arbeiter, die Pitbull besorgt hat, geben wirklich alles. Dann gehen wir rein und es wird noch besser. Der Empfangs- und Barbereich ist komplett fertig, die meiste Arbeit ist noch im Obergeschoss zu leisten und die Bäder sind in der Mache. Pitbull und Richard laufen wichtigtuerisch mit Grundrissen und Bauplänen durch die Gegend und kommandieren die Handwerker herum. Der Keller wäre fertig, nur die Möbel fehlten noch, meint einer der Maler zu mir. Tom zieht mich natürlich sofort mit nach unten. Mir stockt der Atem. Ich komme mir vor wie in einer Folterkammer aus dem Mittelalter. Davon abgesehen, dass es überhaupt keine Fenster mehr gibt (eine Klimaanlage wurde eingebaut), stehen die Utensilien aus der Boutique Bizarre in hundertfacher Ausfertigung herum. Überall befinden sich dicke Eisenringe, zu den vorhandenen wurden noch welche zusätzlich angebracht. Wenn die Sachen von Toms Bekannten hier noch reingestellt werden, hat niemand mehr was zu lachen. Ich fühle mich unwohl und erschrecke zu Tode, als aus dem Nichts Pitbull vor mir steht. Bestimmt legt er mir

gleich Daumenschrauben an. Aber er sucht nur eine tragende Wand, um zu kontrollieren, ob sie auch wirklich noch da ist. Weil wenn nicht, kriegen wir ein Problem.

»Carolin, wann erscheint die Anzeige eigentlich in diesem Happy Dingsda?«, will Pinki wissen. Morgen erscheint die. Ich bin ja mal gespannt.

»Leute! Wir müssen uns jetzt ums Personal kümmern. Nicht immer sagen, jaja, morgen, morgen. Das ist völlig unprofessionell. Was ist mit dieser Mausi und ihren Freundinnen?«

Huch, da wollte ich ja anrufen. Vergessen. Alte Frau, die ich bin, ja. »Ruf diese Mausi an und sag ihr, sie soll ihre Weiber einpakken und in 'ner Stunde beim Schorsch sein.«

Pitbull ist wirklich zum Kotzen, ständig muss er alles bestimmen. Aber weil er ja eigentlich Recht hat und ich mich wirklich um das wenigste kümmere, rufe ich Mausi an. Sie ist am Apparat, noch bevor der erste Klingelton vorbei ist.

»Hellllllooooooouuuuu«, sagt Mausi affektiert. Vielleicht erwartet sie einen Anruf von Til Schweiger, der sich bei ihr über verdorbenes Grillfleisch beschweren will. Aber als sie merkt, dass nur ich es bin, ist sie wieder gleich die Alte. »Geilcooler Termin, in 'ner Stunde«, geht das Gebrabbel wieder los. »Logen kommen wir, ich frag die Clääre, die Naddel, die Florence und die Särah. Du, wir kommen äääääächt. Wir können auch die oberstgenialgeilcoolen Sachen schon mitbringen, wo wir zum Anziehen gekauft haben. Die Florence, die hat sich ein geilcooles Stretchkleid gekauft, so wie ein Schlauch, wo ganz eng anliegt, das ist supi. Und die Clääääääääär geht jetzt regelmäßig zum Sonnen zur Zoe und hat voll die natürliche ultrabraune Farbe. Sieht geilcool aus.«

Das glaube ich ihr aufs Wort, dass die Clääääär jetzt 'ne voll natürliche Gesichtsfarbe hat. Wenn man ihr und Zoe noch eine Untertasse in die Lippe einsetzen würde und ihnen Trommeln in die Hand drückte, könnten sie als Häuptlinge eines Eingeborenenstamms durchgehen, und das nur, weil sie die Höchstbesonnungszeit immer, aber auch immer eingehalten haben.

Wir wuseln noch eine Weile in der Erichstraße herum und begeben uns dann zum Schorsch. Da es noch relativ früh ist, bekommen wir einen großen Tisch und Pitbull bestellt die erste Runde. Weil sowieso alles egal ist, bestelle ich mir Rippchen mit Kartoffelbrei. Rippchenfleisch ist ja so mager, sagt man doch. Sagt man, ja. Und Kartoffelbrei ist gesund. Auch mit der Butter und der nicht fettarmen Milch, die Gundel, die Köchin, immer reintut. Kartoffelbrei macht nicht dick. Der Besen von Bibi Blocksberg heißt auch so und der ist ganz schlank und kann fliegen. Ruth und Iris kommen und setzen sich zu uns. Sie wollen wissen, was es so alles Neues gibt, und ich erzähle bereitwillig beim Essen von meinem Fast-Millionengewinn. »Unglaublich!« Ruth ist richtig böse. »Diesem Herrn Würfel gehört der Hintern versohlt. Eigentlich müsstest du die verklagen. Das ist ja eine Vorspiegelung falscher Tatsachen. Da würdest du in jedem Fall den Prozess gewinnen.« Ich frage nach, woher sie sich so gut auskennt, und es stellt sich heraus, dass sie Rechtsanwältin ist, ihren Beruf aber schon lange nicht mehr ausübt, weil sie die Nase voll hat von den Problemen und sinnlosen Streitereien anderer Menschen. Aber sie ist noch zugelassen und vertritt hin und wieder die Mädels von der Straße, was ich sehr lobenswert finde. Sie nimmt noch nicht mal Geld dafür.

Gegen 21 Uhr geht die Tür auf und Mausi und Anhang betreten den Raum. Die Gesichter kommen mir zum Teil bekannt vor und ich überlege, woher ich sie kenne. Dann fällt mir ein, dass das die Frauen auf dem Foto vom Happy-Sun-Sonnenstudio-heute-feiern-wir-Geburtstag sind. Die, die Luftschlangen und Konfetti werfen. Bestimmt stehen draußen Opel-Manta-Fahrer und Scirocco-Besitzer mit Fuchsschwänzen am Rückspiegel und warten auf ihre Bräute.
Als Mausi mich sieht, schreit sie: »Heeeeejjjj, Carolin, geilcool, ihr seid ja schon da. Ist das schön hier. Voll geil urig, ej. Äääääächt!« Dann stellt sie mir die anderen vor. Zusätzlich hat sie noch Arabrab mitgebracht. Arabrab?
Eine Kaugummi kauende Braunhaarige mit rosa Strähnchen sagt: »O Maaaannnn, ich heiß natürlich in echt Barbara, aber umgedreht heißt mein Name Arabrab, hört sich doch voll auswendig an.« Auswendig? Ach, sie meint wahrscheinlich ausländisch. Arabrab scheint es mit der

deutschen Sprache nicht so zu haben, wie sich im Laufe des Abends herausstellt. Sie verwechselt ständig irgendwelche Wörter, was nicht gerade zu einer leichten Konversation beiträgt. Niemand versteht zum Beispiel, dass sie aufsteht, weil sie sich Limetten holen möchte. Als sie mit einer Packung Camel zurückkommt, wissen wir aber, was sie meint.

Pitbull ist begeistert. Voller Hochachtung klopft er mir auf die Schulter und gibt eine Runde nach der anderen aus, weil ich »den voll geilcoolen Fang mit diesen Weibern« gemacht habe. Jetzt redet er auch schon so.

Naddel sieht im Übrigen in keinster Weise aus wie die von Dieter Bohlen, sondern eher wie das Yvonnche aus den »Drombuschs«. Gedrungen, stämmig und kuhäugig. Sie hat einen Pullover an, auf dem steht: »Fass mich nicht an!!!« Sie ist die Einzige, die aus dem Rahmen fällt. Alle anderen sehen aus, als wären sie der »Blitz-Illu« oder »Coupé« entsprungen.

Und alle haben geilcoole Figuren. Bis auf Naddel und mich.

Pitbull verhandelt über den Stundenlohn und über Arbeitszeiten. Alle sind ganz heiß darauf, bald anzufangen, und Zoe will im Sonnenstudio auch einen Aushang machen.

Ich muss das bald mal im Sender erzählen, sonst werde ich fristlos entlassen.

Mit Tom verabrede ich, dass wir Samstag früh nach Bremen fahren und den ganzen Kram holen. Richard meint, das sei eine großartige Idee, dann könne er ja mit Frau Eichner, Pitbull und Pinki meine Wohnung weiter leer räumen. Ich würde dabei ja sowieso nur stören, weil ich mich nie von irgendwelchen Sachen trennen könnte. Warum stellen sie eigentlich nicht alles gleich auf den Sperrmüll? Das würde vieles einfacher machen.

Um eins bin ich zu Hause. Habe gar nicht an Marius gedacht. Belüge mich selbst.

Schatz, vergiss ihn doch einfach.

24

Am nächsten Tag renne ich zum Bahnhof und kaufe mir das »Happy Weekend«. Unsere Anzeige ist tatsächlich drin. Als Info-Hotline haben wir Pitbulls Nummer angegeben. Ich rufe ihn sofort an, um zu wissen, ob schon jemand Infos wollte, aber es ist ständig besetzt. Schließlich rufe ich auf seinem Handy an, nach Ewigkeiten nimmt er ab und brüllt: »Wer auch immer das ist, leg auf und lass mich in Ruhe, hier ist die Kacke am Dampfen!« Dann bemerkt er, dass ich es bin, und schreit: »Caro, du glaubst nicht, was hier los ist! Seit acht Uhr klingelt das Telefon ununterbrochen. Komm sofort her und mach Telefondienst!« Ich kann natürlich nicht, weil ich in die Redaktion muss, mache ihm aber den Vorschlag, Ruth oder Iris einzusetzen. Das findet er gut.

Im Sender sitze ich den ganzen Tag auf glühenden Kohlen, traue mich aber nicht, bei Pitbull anzurufen. Nicht auszudenken, wenn nur ein paar Leute angerufen haben und dann niemand mehr. Aber um 16 Uhr ruft er mich an und hat eine heisere Stimme. Im Hintergrund höre ich Ruth sprechen, auf Wiederhören sagen und dann wieder sagen »Endstation, hallo!«. O Mist. Ich habe vergessen, den Namen in dem Text zu ändern. Das haben wir jetzt davon. Bestimmt rufen alle nur an, um sich über den Namen zu beschweren. Wie furchtbar.
»Caro,« krächzt Pitbull. »Ich hab 'ne Strichliste gemacht ab 10 Uhr. Und es haben bist jetzt exakt eintausendsiebenhundertdreiundzwanzig Leute angerufen, die Informationen wollten. Ja, gibt es denn so was?«
Ich bin fassungslos. »Was wollten die denn alle wissen?«, frage ich.
»Ich drehe durch, wenn ich das jetzt alles noch mal erzählen muss. Kannst du nicht einfach herkommen, bitte. Die Lola ist auch schon ganz aggressiv, weil sie noch nichts zu fressen bekommen hat. Kannst du vom ›Tierreich Weber‹ bitte ein paar Mäuse mitbringen?«
Auch das noch. Gut. Es ist nun mal die Natur der Dinge, fressen und gefressen werden, aber dass ich jetzt noch lebende Mäuse kaufen muss, die sich freuen, aus ihrem engen Gefängnis herauszukommen,

und auf ein besseres Dasein hoffen, um dann von einer Boa constrictor gefressen zu werden, das ist doch ein bisschen viel verlangt. Aber weil ich ja nicht nein sagen kann, sage ich ja und gehe nach Redaktionsschluss die Mäuse kaufen. Vier Stück würden erst mal reichen, sagt Pitbull.

Die Verkäuferin im Tierreich Weber schaut mich böse an, als ich weiße Mäuse verlange.
Ich will mich erst rechtfertigen, weiß aber nicht wie, deswegen lasse ich es. Die Mäuse werden in eine Pappschachtel gesteckt, die ich auf den Beifahrersitz stelle. An einer roten Ampel merke ich, dass sich eine Maus befreit haben muss, denn sie krabbelt gerade unter meine Bluse. Ich bin vor Entsetzen gelähmt und fange laut an zu schreien. Die Ampel wird grün, aber ich schreie einfach weiter und bin noch nicht mal in der Lage, die Maus einfach mit der Hand aus meiner Bluse zu holen. Hinter mir fangen die anderen Autofahrer an zu hupen. Ich kann nichts tun außer schreien, während die Maus fröhlich an mir hoch- und runterkrabbelt. Es gibt nichts Ekligeres, als Viecher unter dem Pullover zu haben. Das ist mir nur einmal mit einer Wespe passiert, die mich dann, als ich sie totschlagen wollte, natürlich gestochen hat. Seitdem habe ich eine Paranoia, was Tiere unter Kleidungsstücken betrifft. Zum Glück läuft die Maus wieder raus, aber erst, nachdem sie mir auf den Oberarm gepinkelt hat, und ich fange sie mit Todesverachtung ein. Die anderen Mäuse toben rasend in ihrem Pappkarton herum, und ich fahre über die zwischenzeitlich wieder rote Ampel mit der Maus in der Hand. Es ist ein bisschen schwierig zu schalten, aber das ist egal.
Pitbull erwartet mich schon sehnsüchtig. Die Lola sprengt nämlich schon fast das Terrarium. Sie ist sehr böse und möchte bestimmt lieber mich anstelle der Mäuse fressen. Der tolle Herr Dunkel würde jetzt sagen: »An Frau Schatz hätte eine Boa constrictor ihr Leben lang zu fressen.«

Nun will ich aber erst mal alles ganz genau erzählt bekommen. Erwartungsvoll setze ich mich hin. Das Telefon hört nicht auf zu klingeln und Ruth ist schon ziemlich fertig mit den Nerven.

»Also«, beginnt Pitbull. »An dieser Stelle möchte ich erst noch einmal betonen, dass das die genialste Idee war, die ich jemals hatte! Gleich morgen werde ich beim ›Guinness-Buch der Rekorde‹ anrufen und dann komme ich als der Mensch in das Buch, der an einem Tag die meisten Anrufe bekommen hat!«

»Moment mal!« Ich bin sauer. »Das war unsere Idee, nicht deine alleine. Nun mach aber mal ’nen Punkt!«

Pitbull winkt ab. »Dann war es eben unsere Idee«, sagt er beleidigt.

»Aber ich hatte heute die ganze Arbeit!«

»Ich auch!«, krächzt Ruth im Hintergrund.

»Also«, beginnt Pitbull erneut. »Zweitausendeinhundertachtunddreißig Anrufe hatten wir insgesamt, den eben noch mitgezählt. Und alle Leute wollten Details wissen und eine Wegbeschreibung haben oder wollten wissen, welcher Dresscode vorgeschrieben ist und so weiter. Wir haben offensichtlich eine wirkliche Marktlücke entdeckt!«

Das gibt’s ja nicht. Über zweitausend Anrufe! Ich kann es gar nicht glauben.

»Morgen bespreche ich meinen Anrufbeantworter neu und laber da diese ganzen Infos drauf, dann sind die Leute zufrieden. Wir müssen jetzt aber wirklich in die Puschen kommen!« Das ist ja nichts Neues, dass er das sagt. Er tut immer so, als ob nur ER in die Puschen gekommen wäre und sonst noch niemand. »Am Wochenende fahrt ihr nach Bremen und holt den Kram. Der Pinki hat einen relativ großen Lieferwagen organisiert, den kann Tom fahren, du baust damit sowieso nur einen Unfall nach dem anderen, dann kommen deine restlichen Möbel hierher und dann haben wir wenigstens dich mit deiner Wohnung von der Backe!«

Ach, man will mich von der Backe haben. Ich werde böse. »Ich kann mich auch ausklinken«, sage ich. »Von mir aus macht doch euren Kram allein! Dann könnt ihr sehen, wo ihr bleibt.«

So wäre das ja nicht gemeint gewesen, beschwichtigt mich Pitbull. Aber ich müsste schon einsehen, dass ich zu einer Art Sorgenkind mutiert wäre die letzten Wochen. Nett, dass er das von mir denkt. Wichtigtuerisch holt er seinen Terminplaner hervor und blättert darin wie ein Ölbaron, der noch mal eben nachschauen muss, ob er einer seiner

Exfrauen schon den Unterhalt, natürlich einen siebenstelligen Millionenbetrag, auf ihr Konto in die Schweiz überwiesen hat. »Das wird ein Sommer«, ruft er. »Los, wir gehen essen.«

Weil das so ein Sommer wird, sage ich nicht nein. Und weil Pitbull mich einlädt, esse ich Pasta Mista und davor eine Tomatensuppe mit Sahnehaube und hinterher Tiramisu. Und weil man ja nichts umkommen lassen soll, esse ich alles auf, und weil Ruth ihr Tiramisu nicht will, auch ihres. Meine Oma wäre stolz auf mich gewesen. Meine Waage nicht, aber die befindet sich immer noch in meinem Keller. Ein guter Platz für eine Waage.

Am nächsten Tag ist in der Redaktion die Hölle los. Tausend Besprechungen und alle sind gereizt und motzen sich gegenseitig an. Mir wird ein paar Mal schwindlig. Der Kreislauf, der Kreislauf. Das habe ich manchmal, da zu niedrigen Blutdruck.
Mein Rechner stürzt dreimal hintereinander ab und ich bin kurz vorm Heulen, weil ich natürlich nichts abgespeichert habe. Ich speichere immer zu spät ab. Um es kurz zu machen, es geht mir beschissen und als ich nach der 16-Uhr-Sitzung aufstehe, kollabiere ich im Foyer. Das Nächste, was ich mitbekomme, sind Mengen von entsetzten Augenpaaren, die mich von oben anstarren, weil ich ja auf dem Boden liege. Irgendjemand ruft »Stabile Seitenlage«, und Zladko will meine Beine hochlegen wegen der Durchblutung, drückt sie aber so weit nach hinten, dass ich beinahe eine Rolle rückwärts mache. Bernd, der Redaktionsleiter, besteht darauf, mit mir ins Krankenhaus zu fahren. Also trinke ich ein Glas Wasser und fahre mit ihm los.

Nie, nie, nie wieder werde ich in ein Krankenhaus fahren, nachdem ich umgekippt bin. Nie wieder.
Wir verlaufen uns natürlich in diesem Riesenkomplex, fragen irgendwann irgendwelche Ärzte nach dem Weg und sitzen schließlich auf zwei Plastikstühlen vor einem Besprechungsraum, an dem steht »Nur nach Aufforderung eintreten«. Ein Weißkittel kommt schließlich aus dem Zimmer und bittet uns herein. Dann setzt er sich vor uns und sagt kein Wort. Bernd beginnt, die Zusammenhänge zu berichten, aber

der Arzt starrt mich die ganze Zeit nur an. Endlich spricht er. »Seit wann geht es Ihnen denn so schlecht?«, fragt er mich in dem Tonfall, den ein Sportarzt einem Profifußballer gegenüber anwendet, wenn er ihm mitteilen muss, dass er aus Versehen leider beide Beine amputiert bekommen hat, obwohl eigentlich nur eine Muskelzerrung behandelt werden sollte.

»Seit heute Morgen«, antworte ich mürrisch. »Aber jetzt geht es mir schon wieder besser!«

»Aber, aber!«, ruft der Arzt euphorisch. »ABER NATÜRLICH geht es Ihnen jetzt schon wieder besser! Ich habe doch nur gefragt!«

Dann folgen so komische Fragen nach meinen Familienverhältnissen und ob ich schon mal an Selbstmord gedacht habe.

Bernd sagt: »Aber sie ist doch nur umgekippt!«

»Natürlich ist sie nur umgekippt! Und es geht ihr prima! Ich *frage* doch auch nur, meine Liebe!«

Ich bekomme Angst und stoße Bernd unter dem Tisch mit dem Fuß an. Aber Bernd sitzt nur da und starrt den Arzt an.

Die Tür geht auf und ein weiterer Halbgott in Weiß betritt den Raum. Er sieht den anderen Halbgott mit hochgezogenen Augenbrauen an und dieser nickt. Wie konnte ich »Dr. Stefan Frank« oder die »Schwarzwaldklinik« jemals gut finden?

Halbgott Nummer eins blättert in einer Akte, die er aus einer Schublade holt. Der andere stellt sich hinter ihn. »Hmhmhm«, machen beide. Gleich nehme ich diesen Brieföffner, der da liegt und steche zu, gleich.

»Nun, meine Liebe …« Kunstpause. »Wir schlagen vor, dass Sie gleich mal hier bleiben, nur so ein paar Tage zur Kontrolle, und dann sehen wir weiter, nicht wahr.«

Mir reicht es. »Komm, Bernd, wir gehen«, sage ich böse und stehe auf. Bernd auch.

»Na, na, na, wer wird denn gleich so böse werden?«, ruft Halbgott 1 theatralisch. »Kommen Sie, setzen Sie sich, ich hole Ihnen ein Glas Wasser.«

In diesem Moment bemerke ich, dass die Tür von innen keine Klinke hat. Wir sind in einem Klapsmühlenbesprechungszimmer gelandet. Man hält uns oder besser gesagt mich für geisteskrank. Aber Moment

mal. Ist man geisteskrank, wenn man einen Kreislaufkollaps hatte?
»Hier muss eine Verwechslung vorliegen«, sage ich und bemühe mich, ruhig zu bleiben. Weil ich nämlich keine Lust habe, von zwei gepiercten Zivildienstleistenden in eine Zwangsjacke gesteckt und in eine Gummizelle gepfercht zu werden.
»Aber sicher liegt hier eine Verwechslung vor«, ruft Nummer 1 wieder eine Spur zu lieb und zu laut und drückt daraufhin einen Knopf.
»Hören Sie«, sagt Bernd. »Frau Schatz ist lediglich in der Redaktion umgekippt. Jetzt geht es ihr schon wieder viel besser. Ich glaube wirklich, Sie verwechseln hier etwas. Könnte ich bitte telefonieren?«
»Nein, das geht jetzt leider nicht mehr«, sagt Nummer 2 und lächelt uns an. »Wir werden Ihrer Kollegin eine Spritze geben und dann wird sie erst mal gaaaaanz lange schlafen.« Er zwinkert mir zu, als sei ich eine Drogenabhängige, der er zum Abendessen eine Extraportion Heroin versprochen hat.
Ich bekomme es mit der Angst zu tun. Was sollen wir denn jetzt nur machen?
»Gleich kommt ein Pfleger und dann bringen wir Sie erst mal auf Ihr Zimmer.«
Auf mein Zimmer? Bernd und ich starren uns verzweifelt an.
Vor der Tür ertönen plötzlich Schreie. Offenbar randaliert ein wirklich Geisteskranker (der, mit dem ich verwechselt wurde) herum, man hört Stühle fliegen und Leute »Nein, nicht!« oder »O Gott, so tut doch was!« brüllen. Im nächsten Moment fliegt die Tür auf und Pitbull steht im Raum. Dead or alive steht daneben und knurrt bedrohlich. Zum ersten Mal in meinem Leben bin ich froh, dass er so gefährlich aussieht.
»Raus hier, los!«, brüllt Pitbull. Die beiden Ärzte kommen auf uns zu, werden aber von Dead or alive daran gehindert, auch nur einen Schritt weiter zu gehen. Wie hat Pitbull es ihm nur beigebracht, dass er in den richtigen Situationen blutunterlaufene Augen hat?
Wir rennen wie verrückt (toller Wortwitz) aus dem Besprechungszimmer, von Dead eskortiert, der jeden Verfolger mit Schnappen nach rechts und links abwimmelt. Ich habe schreckliche Angst, dass irgendwelche Türen automatisch geschlossen werden, weil man irgendwelche Pförtner gewarnt hat, aber zum Glück passiert das nicht. Noch nie

in meinem Leben war ich so froh, ein Krankenhaus verlassen zu haben. Wir springen panisch in Bernds Auto und rasen davon.

Zehn Minuten später sitzen wir in einem Café. Ich bin fix und fertig. Aber erst mal möchte ich wissen, woher Pitbull überhaupt wusste, wo wir waren.
»Du deppe Schnecke hattest mal wieder die Tastatursperre an deinem Handy nicht an und irgendwie hat das Ding meine Nummer gewählt. Ich habe dieses ganze entsetzliche Gespräch mitgekriegt«, sagt Pitbull. »Die Ruth war auch ganz fertig. Ich wollte eigentlich noch den Pinki anrufen, aber das hätte zu lange gedauert.«
Er hat wohl nur noch schnell im Sender angerufen, um herauszufinden, in welchem Krankenhaus wir uns befinden, und ist dann mit einem Affenzahn und Dead auf dem Schoß auf seinem Motorrad losgerast.

Ein Glück. Sonst hätte ich vielleicht die nächsten Wochen mit Leuten verbringen müssen, die sich für Napoleon oder Prinzessin Diana halten. Oder mich für Klaus Störtebeker, den sie mal eben schnell köpfen müssen.
Bernd ist fix und fertig und bestellt sich einen Schnaps. Er, der sonst nie Alkohol trinkt. Das sei ja alles ganz schlimm gewesen, meint er. »Schrecklich, wenn sie dich dabehalten hätten!«
Wie süß, er macht sich ja wirklich Sorgen. »Du bist ja lieb«, sage ich gerührt.
Bernd nickt. »Eine Katastrophe wäre das gewesen. Stell dir vor, die ganze Arbeit, die dann liegen geblieben wäre!«
Aha.

25

Am Samstag fahren Tom und ich nach Bremen. Allein. Pitbull und Richard wohnen mittlerweile quasi in der Erichstraße, und Gero ordnet seine Unterlagen für die Einkommensteuererklärung. Und Ruth hat sich mittlerweile zu einer Art Chefsekretärin gemausert, sie sitzt Tag und Nacht in Pitbulls Wohnung, beantwortet am Telefon Fragen oder ruft irgendwelche Leute zurück. Abends wollen alle in meine Wohnung fahren und weiter umziehen. Soll mir recht sein.
Toms Freund, der Schreiner, heißt Eugen, wiegt ungefähr hundertfünfzig Kilo und besteht darauf, dass wir ihn Floh nennen. Er meint, dass dieser Name deswegen zu ihm passt, weil er nicht zu ihm passt. Wo sind noch normale Menschen, wo?
Floh zerrt uns in seine Werkstatt. Hilf Himmel. Ich bin baff. Die Streckbank sieht aus wie ein Originalteil aus dem 12. Jahrhundert, dann hat er ein Andreaskreuz gebastelt, das schwarz angemalt und mit Hunderten von kleinen Ringen bestückt ist. Ich frage, für was das gut sein soll.
»Na, für Langzeitbondage«, erklärt mir Tom. »Man nimmt ein sehr langes Seil und bindet es immer wieder durch die Ringe über den Körper. Zum Schluss wird es richtig festgezurrt und man kann sich gar nicht mehr bewegen. Das gibt einen sexuellen Kick.«
Ob sich die Leute aus der Zeit von Winnetou und Old Shatterhand auch so gefreut haben, wenn sie tagelang an einem Marterpfahl gestanden haben und sich mit den Käfern und anderem Getier, das ihnen in die Hose gekrochen ist, unterhielten?
Floh hat noch viele schöne andere Dinge gebastelt. Unter anderem eine Art Klettergerüst, an dem man aufgehängt und in die Höhe gezogen werden kann. Ich deute verwirrt auf ein paar komisch aussehende Schuhe und frage, ob die auch für uns sind.
Tom verdreht die Augen. »Natüüüüüürlich«, sagt er, »das sind Schuhe mit integrierten Metalldornen. Hier, schau, die ragen nach oben, also zum Fuß hin. Und wenn man sich darauf stellt, drückt das Körpergewicht die Füße in die Dornen. Das tut weh und gibt einen besonderen Kick.«

Wenn ich noch einmal den Ausdruck »besonderer Kick« höre, gibt es hier einen Totschlag im Affekt. Das ist dann für mich der besondere Kick.

Mit Mühe und Not bekommen wir alles in den gemieteten Kleintransporter und dann zwingt uns Floh, noch einen Kaffee mit ihm zu trinken. Ich frage, wie wir das jetzt mit der Bezahlung machen, aber er meint, er würde das dann schon mit dem Herrn Lehmann klären. Wer ist Herr Lehmann? Na, Ralf Lehmann. Endlich wird mir klar, dass er Pitbull meint. Pitbull heißt Ralf Lehmann? Wie spießig. Mir gefällt Pitbull Panther viel besser.

Eine Stunde später eiern Tom und ich mit dem ganzen Kram auf der Autobahn herum.

Und dann geraten wir in eine Verkehrskontrolle. Zwei böse aussehende Polizisten winken uns mit einer Kelle zu und drängen uns auf einen Parkplatz. Es stellt sich heraus, dass ein Supermarkt überfallen wurde und die Täter in einem Kleintransporter flüchten. Die Polizisten wollen, dass wir die hintere Tür öffnen. Ich versinke fast in den Boden. Gute Güte, ist das peinlich. Wir müssen alles ausräumen und werden gefragt, was das alles zu bedeuten hat.

»Es wird ja wohl noch erlaubt sein, eine Streckbank zu transportieren«, meint Tom. »Meine Freundin hat Probleme mit der Wirbelsäule, sie muss jeden Tag eine Stunde gestreckt werden.«

Der andere Polizist deutet auf die Dornenschuhe. »Haben Sie auch Probleme mit den Füßen?«, fragt er mich.

Ich nicke. »Äh, ja«, stammle ich. »Das regt die Durchblutung an und ist gut gegen Krampfadern.« (Seit wann hat man Krampfadern an der Fußsohle?)

Der Polizist nickt. »Eine gute Idee«, sagt er, »danke. Das muss ich meiner Frau erzählen. Sie hat so schreckliche gesundheitliche Probleme.«

Der andere Polizist schaut uns so an, als ob er Bescheid wüsste, sagt aber nichts. Jedenfalls dürfen wir weiterfahren. Das wäre es noch gewesen.

Pitbull, Richard, Tom und alle anderen warten in der Erichstraße. Pitbull wird immer mehr zum Wichtigtuer. Seit Wochen habe ich ihn

nicht mehr ohne seinen Terminplaner gesehen, in den er sich alles, alles, alles einträgt, weil *wir* ja sonst alles vergessen. Bestimmt trägt er sich auch ein, wann er das nächste Mal in der Nase popeln wird.
»In deiner Wohnung befinden sich jetzt nur noch einige sperrige Gegenstände«, klärt mich Richard auf. Sie sind mit meinem Auto hierher gefahren, es ist voll beladen mit Umzugskartons. Richard bleibt vor dem Wagen stehen und schaut mich plötzlich an.
»Was ist?«, frage ich verwirrt.
»O Gott, Caro!«

Ich werde nervös. Was ist denn? Hat er vielleicht heute seinen Zur-Frau-Umoperationstermin gehabt und ihn verpasst?
»Caro! Du hast BBS!«
Was ist BBS? Und woher will er wissen, dass ich BBS habe? Erkennt man BBS daran, dass man andere einfach nur anschaut? Hat sich mein Gesicht schon verformt? Sehe ich aus wie E.T.? Muss ich jetzt meine rechte Zeigefingerkuppe rot anmalen und traurig sagen »Nach Haus telefonieren«? Kommt dann die kleine Drew Barrymore angelaufen, sieht mich und sagt altklug: »Deformiertes Kind«?
»Du hast BBS und ich hab es nicht gemerkt!« Richard ist außer sich.
Ich bekomme schreckliche Angst.
»Das hast du mir noch nie gesagt, Carolin. BBS.«
Er dreht sich zu den anderen um und brüllt: »Wusstet ihr, dass Caro BBS hat?« Tom und Gero nicken. Pitbull auch.
Das wird ja immer schöner! Ich habe eine schlimme Krankheit und alle wussten davon und haben mir nichts gesagt?
»Wenn ihr gewusst habt, dass ich BBS habe, warum habt ihr es mir dann nicht erzählt?«, brülle ich böse. »Vielleicht hätte ich ja dann mal zum Arzt gehen können. Aber offensichtlich ist ja alles andere wichtiger!«
Woraufhin eine Zehntelsekunde später alle gekrümmt vor mir stehen und kreischen vor Lachen. Iris und Ruth laufen die Tränen herunter.
»Ach Caro«, sagt Ruth, von Lachkrämpfen geschüttelt. »BBS ist keine Krankheit. Das sind Autofelgen.«
Am besten, Sie lesen diesen Absatz gar nicht erst. Überspringen Sie ihn bitte rückwirkend.

Unglücklicherweise muss ich an diesem Abend dauernd an Marius denken. Weiß auch nicht, warum. Wie ich ihn hasse. Und ich werde nie, nie wieder Sex haben. Am besten bastle ich einen Clown aus meinem Vaginalbereich. Damit der Vaginalbereich was zu lachen hat.
Witzig, Caro, superwitzig.

Wir fahren alle erst in die Videothek und dann zu mir in die Wohnung, die bald keine mehr ist (Gott, ist das ungemütlich hier), und Gero kocht. Natürlich kalorienarm. Es gibt Kartoffelgratin in Lauch-Sahne-Soße und dazu Hackfleischbällchen. Ich liebe Hackfleischbällchen und ich liebe Kartoffelgratin. Ich liebe es aber auch, Größe 38 tragen zu können. Da das aber so schnell nicht möglich ist, entscheide ich mich für die Hackfleischbällchen und stopfe mich so damit voll, dass ich danach selbst wie eins aussehe.
Wir schauen »Message in a bottle«, diesen herrlichen Liebesfilm mit Kevin Costner, obwohl Pitbull in der Videothek lautstark dagegen protestiert hat. Wir konnten ihn damit besänftigen, dass wir ja auch »Alien 4« und »Matrix« ausleihen würden.
Bei mir ist es immer so, dass ich, egal, wie oft ich einen Film sehe, immer wieder heulen muss. Das Schlimme ist, dass ich, wenn ich den Film dann kenne, schon *vor* den entscheidenden Szenen anfangen muss zu heulen, was den anderen gegenüber natürlich unfair ist, denn dann wissen die ja, dass jetzt was Schreckliches kommt. Ich kann es aber leider nicht ändern.
Gott, diese Schlussszene. Kevin Costner ertrinkt im Meer, weil er andere Leute, die mit einem Boot gekentert sind, retten wollte (wäre Herr Dunkel auf dem Boot gewesen, hätte ich Kevin Costner nicht den Lebensretter spielen lassen). Und sie findet dann bei ihm diesen Brief an seine verstorbene Frau, in dem er schreibt, dass er nun ein neues Leben beginnt und dass er hofft, das sei ihr recht. Entsetzlich. Dann diese Musik. Diese Musik. Ich könnte wahnsinnig werden. Er hat sie geliebt, geliebt. Das wird mir nie passieren. Weil mich niemand liebt, außer Transvestiten, Schwulen und Leuten, denen ich im Vorbeilaufen Fünfhunderteuroscheine in die Hand drücke. Wenn ich Glück habe, wünschen sie mir dann noch einen guten Tag.

Relativ spät am Abend klingelt es an der Haustür. Da ich, wenn ich alleine bin, überhaupt nicht mehr aufmache, aus Angst, es könnte Marius sein, der mir wieder sagen will, dass es nicht das ist, wonach es aussieht, ignoriere ich das Klingeln einfach, bis Gero schließlich zur Tür geht. Es ist Mausi, die Naddel und Arabrab im Schlepptau hat und uns geilcoole Neuigkeiten mitteilen will. »O Mann, Caro, äääääääächt«, sabbelt sie los und benutzt ihren rechten Mittelfingernagel als Gabel, um sich ein Fleischbällchen zu nehmen.
»Du hast uns ja gar nicht erzählt, dass du voll extrem geil beim Radio arbeitest!!!«

Woher weiß sie das denn?
»Na, wir haben mal bei so einem Gewinnspiel mitgemacht und da so einen Besuch beim Sender gewonnen und das war heute. Da hing so ein geilcooles Bild von dir und da hab ich den einen mit der roten Nase und den langen Haaren gefragt: ›Is das äääääääächt Caro?‹, und er sagt: ›Ja, die arbeitet hier, woher kennsten du die?‹ Und du, Caro, der war ja total komplett baff, als ich gesagt hab, dass ich dich bei der Zoe kennen gelernt hab und wir schon zusammen beim ›Schorsch‹ waren und dass ich megamäßig bald bei dir in dem Swingerclub arbeite!«
Mir wird schwarz vor Augen. Zum Glück steht Pitbull neben mir und hält mich am Arm fest.
»Das … das hast du nicht wirklich gesagt, Mausi, oder?«, frage ich entsetzt.
»Eh, Mann, eh, was issen daran schlimm, einen Swingerclub zu haben, Caro?« Mausi glotzt mich groß an. Ich hasse sie. Sie muss sterben. Ich gehe drohend auf sie zu. Mausi weicht erschrocken zurück und hebt entschuldigend die Hände. Ihre Fingernägel berühren dabei die Decke. Gleich mache ich das Licht an und postiere Mausi so, dass sie in ein frei liegendes Stromkabel fasst, das traurig von der Decke hängt. Weil ich ja bald umziehe. In meinen Swingerclub. Nein, erst zu Pitbull. Oder zu Richard. Meine Nerven gehen mit mir durch und ich schreie: »Sag mal, Mausi, spinnst du oder was? Wie kannst du an meinem Arbeitsplatz erzählen, dass ich einen Swingerclub habe. Die wissen von nichts, von gar nichts, ich wollte das denen schonend beibringen, aber DANKE, dass du das für mich erledigt

hast. Wenn alles gut gelaufen ist, bin ich am Montag arbeitslos. Danke, Mausi, danke!«
Am liebsten würde ich ihr an die Gurgel gehen, habe aber Angst, dass ich mich in ihren Fingernägeln verheddere und wir dann enden wie Rothirsche, deren Geweihe sich während eines Kampfes auf ewig ineinander verkeilt haben und die dann zusammen sterben müssen, weil die Geweihe so unglücklich verheddert sind, dass sie noch nicht mal mehr äsen können.
Mausi verzieht das Gesicht weinerlich. »O Caro, o Caro«, sagt sie, »das hab ich doch nicht gewollt, dass du Ärger kriegst! Ääääääächt!«
Was soll ich jetzt nur tun, was?
»Was genau hast du denn erzählt?«, will Gero wissen.
»Na ja, alles!«, sagt Mausi, während Krokodilstränen über ihr Rouge laufen.
»Auch, was wir da alles so an Einrichtung haben?«, bohrt Gero nach.
»Na ja, alles!«, sagt Mausi wieder. Die mit Rouge vermischten Tränen tropfen auf ihr geilcooles Stretchtop. Es sieht aus, als ob sie blutet. Leider, leider sieht es nur so aus.

Ich muss mich setzen und atmen. Und was trinken. Wir bilden einen Krisenstab. Wenn mein Kollege Peter (nur er hat eine rote Nase und lange Haare und denkt, das sähe auch noch sexy aus) das weitererzählt, bevor ich es erzählt habe, muss ich mich warm anziehen. Jeder weiß, wie das zugeht im Job, weiß es einer, wissen es alle. Und Peter traue ich alles zu.
Pitbull schlägt vor, ihn einfach anzurufen. »Du musst jetzt mit offenen Karten spielen«, sagt er. »Ran an den Speck! Stell dich dem Feind!«
Nervös suche ich die Mitarbeiterliste. Zum Glück hat Frau Eichner sie nicht a) weggeworfen oder b) als Verpackung für mein Meißener Porzellan benutzt. Letzteres wäre eigentlich besser gewesen, dann hätte ich es wenigstens noch. Während ich Peters Nummer wähle, sitzen alle um mich herum und starren mich an.
»Sag mal, wer war das denn da heute?«, fragt mich Peter lechzend. »Was hat die denn alles erzählt? O Mann, ich hab Jo angerufen und alle anderen, wir können das alle gar nicht glauben!!! Jo meint, er will dich am Montag gleich sprechen!«

Das war's. Ich bin erledigt.
»Los, erzähl mal.« Peter will alles wissen. »Das ist ja der Hammer. Das haben wir ja alle schon gelesen mit dem Club, aber dass DU, also Caro, also Caro!!!«
Ich stammle was von »ja, wir reden dann Montag, schönes Wochenende« und lege mit zitternden Händen den Hörer auf. Dann fange ich an zu heulen. Mausi heult aus Solidarität mit.

Eine Stunde später. Ich habe mich nicht umgebracht, wir sind bei der zwölften Flasche Wein und mir ist alles egal. Solln se mich doch feuern, mirdochegal.
Iris meint, ich solle das alles nicht zu schwarz sehen. »Eine Lösung gibt es immer. Und schließlich ist es deine Privatsache, was du in deiner Freizeit machst.« Jaja, geht nicht gibt's nicht. Ich weiß.
Trotzdem. Ich weiß nicht, wie ich den Sonntag rumkriegen soll. Ich habe panische Angst davor, am Montag in den Sender zu gehen. Alle werden mich verachten. Ich weiß es. Ich weiß es jetzt schon.
Pitbull will mich in meinem desolaten Zustand nicht allein lassen und zwingt mich, bei ihm zu übernachten. Ich diskutiere gar nicht erst, sondern packe meine Sachen zusammen und trottle ihm irgendwann einfach hinterher.
Wir kommen ziemlich betrunken bei ihm an, und ich will einfach nur schlafen. Das geht aber nicht. Die Schlange ist nämlich weg. Lola muss irgendwie einen Weg aus dem Terrarium gefunden haben. Sofort steige ich auf einen Stuhl. Nicht auszudenken, wenn sie gleich pfeilschnell von irgendwo vorschießt und mein Bein essen will. Mit Schuh. Pitbull dreht durch. Er krempelt die ganze Wohnung um und greift sogar mit der Hand ganz tief in die Kloschüssel, um Lola eventuell aus der Kanalisation zu befreien. Ich habe Angst, dass er stattdessen eine Wasserratte hochziehen könnte.
»Mensch, Caro, jetzt tu doch was!«, schreit Pitbull.
»Ja, was soll ich denn machen?«, rufe ich zurück. Nein, ich steige nicht von diesem Stuhl. Wir rufen die Polizei an und melden eine Schlange als vermisst. Das ginge aber nicht so einfach, meint der Polizist, der Nachtdienst hat, die Schlange müsste wieder eingefangen werden, und

das so schnell wie möglich, sonst müsste er leider die halbe Stadt in Alarmbereitschaft versetzen.
»Wenn Sie meiner Lola was tun, können Sie was erleben!«, schreit Pitbull den Polizisten an. Ein lautstarker Streit beginnt, der zum Schluss so endet, dass Pitbull eine Anzeige wegen Beamtenbeleidigung an der Backe hat (»Das haben Sie jetzt davon, ich habe ein Aufzeichnungsgerät mitlaufen lassen und Ihren Namen habe ich auch, Herr Lehmann!«) und Reptilienspezialisten aus dem Frankfurter Zoo morgens um vier Uhr bei uns auftauchen und sinnlose Fragen stellen, zum Beispiel die, ob Lola gemeldet sei und ob Lola geimpft sei und ob Lola genug Zuwendung bekommt. »Im Augenblick bekommt sie keine!«, giftet Pitbull böse herum. Dann fangen die Leute an, einen Schlachtplan zu entwerfen, die Feuerwehr wird alarmiert und sämtliche Nachbarn, die in Pitbulls Haus wohnen, werden geweckt, damit man überall nachschauen kann, ob Lola irgendwo ist. Die Nachbarn sind verständlicherweise stinksauer, einer wirft mit Pantoffeln nach dem Feuerwehrmann und das Ende vom Lied ist, dass Lola immer noch nicht da ist.

Ich sage, dass ich jetzt ins Bett gehe. Mir wird das alles zu viel. Ich jedenfalls werde nicht den Sonntag damit verbringen, ganz Watzelborn nach einer verloren gegangenen Boa constrictor abzusuchen. Mich stört es auch gar nicht, dass sie weg ist.
Ist das herrlich, nur noch ein T-Shirt anzuhaben und sich zu strecken. Wunderbar. Gleich schlafe ich, gleich. Ich liebe das Gefühl, mitzubekommen, dass man einschläft.
Im nächsten Moment sitze ich kerzengerade im Bett und möchte schreien, kann es aber nicht, weil in den wichtigsten Momenten in meinem Leben grundsätzlich meine Stimmbänder versagen. Menschen, die mich entführen wollten, hätten ein leichtes Spiel mit mir.
Es ist Lola. Sie wickelt ihren zehn Meter langen Schlangenkörper in Sekundenschnelle um mich und postiert dann ihren Kopf direkt vor mein Gesicht. Ihre Augen glitzern. Ich komme mir vor wie Mogli im Dschungelbuch, der von der Schlange Kah bedroht wird.
Kann mal bitte jemand kommen und mir helfen? Draußen diskutieren die anderen lautstark. Lola scheint die Situation zu genießen. Ich glau-

be, sie lächelt mich an. Gleich wird sie ihren Kiefer ausklappen und anfangen, mich zu verschlingen. Ich werde im Senckenbergmuseum in Frankfurt enden; die obere Hälfte meines Körpers steckt in Lola, nur mein überdimensionaler Hintern ist hinter einer Glasscheibe zu bewundern. Bestimmt ist Herr Dunkel im Senckenbergmuseum dann Dauergast.

Eine Viertelstunde später liege ich in einem Krankenwagen, der mit Blaulicht durch die Straßen rast. Pitbull kam glücklicherweise ins Schlafzimmer und hat mich so vor dem sicheren Tod bewahrt.

Das Problem ist nur, dass Lola so gar nicht von mir wegwollte. Der Reptilienexperte wollte Lola töten, aber Pitbull meinte, dann würde er ihn auch töten, und fing an zu heulen und ist gleichzeitig mit Fäusten auf ihn losgegangen, woraufhin im Schlafzimmer ein kleines Handgemenge losging. Und ich, die ich fast keine Luft mehr bekam, saß von Lola gefesselt im Bett und fühlte mich fast wie die Frauen, die sich im Happy-Sun-Sonnenstudio eine Elektrodenwasserbehandlung gönnen. Irgendjemand kam schließlich auf die Idee, einen Krankenwagen zu rufen. Der Mann in der Notrufzentrale wollte keinen Wagen schicken, weil er nicht glaubte, dass eine Frau von einer Schlange gefesselt in einem Bett in der Schmidtstraße sitzt. Zum Glück konnte er überzeugt werden. Weder Arzt noch Sanitäter konnten Lola losbekommen und niemand wusste, wie hoch man ein Betäubungsmittel dosieren muss, das eine Schlange verabreicht bekommen soll. Ich wurde mit Lola auf eine Bahre gelegt und abtransportiert, dümmlich beglotzt von allen möglichen Leuten aus der Nachbarschaft.

Irgendjemand im Krankenhaus hatte auch mal eine Schlange und weiß, wie viel Betäubungsmittel man Boa constrictors geben kann, ohne dass sie sterben. Und zehn Minuten später bin ich frei. Das, was von meiner Haut zu sehen ist, sieht jetzt aus wie Schlangenhaut.

Es ist halb neun Uhr morgens, als ich völlig kaputt in Pitbulls Bett einschlafe. Pitbull sitzt vor Lolas Terrarium und starrt verzückt seine schlafende Schlange an. Die ist ja auch viel wichtiger als ich.

26

Ich verbringe den ganzen Sonntag damit, mir zu überlegen, wie ich die Swingerclubgeschichte Jo und den anderen erzähle. Ich könnte einfach sagen, dass ich da so reingerutscht wäre wie damals Christiane F. mit den Kindern vom Bahnhof Zoo.
Oder ich behaupte, dass die anderen mir wissentlich verschwiegen hätten, um was es eigentlich geht, und mich in der Annahme gelassen hätten, wir würden ein Therapiezentrum für frustrierte Mittdreißigerinnen mit Gewichtsproblemen aufmachen. Oder ich tue so, als ob ich übers Wochenende taubstumm geworden wäre. Ich kann es drehen und wenden, wie ich will, ich komme zu keinem einigermaßen logischen Schluss. Pitbull behauptet, ich würde mich viel zu verrückt machen, und bietet mir an, am Montag mitzukommen und alles zu erklären. Zur Not würde er auch alle Schuld auf sich nehmen. Das fehlt gerade noch. Nein, das muss ich schon alleine machen. So vergeht der Sonntag damit, dass ich auf Pitbulls Sofa sitze, mich deprimiert mit Chips und Macadamia-Nüssen voll stopfe und nichts meine Stimmung aufhellen kann. Schon gar nicht die Tatsache, dass sich innerhalb von einer Viertelstunde neue Speckringe wegen der Nüsse an meinen Hüften bilden. Wo doch Nüsse Energielieferanten sind und viele Vitamine haben und viele Sportler Nüsse essen. Ja. Sportler.

Montagmorgen, neun Uhr. Ich betrete das Funkhaus mit Wackelpudding in den Knien. Vor der Redaktion atme ich noch einmal tief durch und dann öffne ich die Glastür. Alle sind schon da, aber niemand sagt was. Es gibt zwei Möglichkeiten: a) ihnen ist es peinlich oder b) Jo hat allen gesagt, dass er zuerst mit mir allein sprechen möchte. Letzteres ist der Fall. Ich habe kaum meine Tasche abgestellt, da steht er vor mir und fragt, ob ich mal eben mit in sein Büro komme.
Gleich fange ich an zu heulen, gleich.
Jo schließt die Tür, setzt sich hin und schaut mich an. Dann sagt er: »Peter hat mir alles erzählt. Das ist ja eine großartige Idee, Caro. Erzähl mal!«

Mir fällt die Zugspitze vom Herzen. »Du bist also nicht sauer?«, frage ich.
»Blödsinn«, sagt Jo. »Das ist doch allein deine Sache, was du machst. Und ich glaube, dass das ein Riesenerfolg wird. Wie bist du nur auf die Idee gekommen?«
Endlich, endlich kann ich alles erzählen. Ist das ein gutes Gefühl. Und ich erzähle tatsächlich alles und lasse nichts aus.
»Ich habe Peter übrigens gesagt, dass ich es nicht gut finde, dass er es überall rumerzählt hat«, sagt Jo noch abschließend. »Und wenn du willst, können wir vor der Eröffnung in ›LUST voll‹ darüber berichten. Dann bist du offiziell Studiogast. Mensch, das wird ein Hammer. Watzelborn wird zu einem Mekka werden.« Er grinst. »Das ist ein gefundenes Fressen für die Presse. Was glaubst du, was da los sein wird.«

Ich bin so was von glücklich und verlasse strahlend sein Büro. Erst mal Kaffee. Ich gehe ins Großraumbüro, wo sich mittlerweile alle versammelt haben. Und als ich reinkomme, fangen alle an zu klatschen. Ist mir ein bisschen peinlich, aber die Freude überwiegt.
Gute Güte, am Freitag ist ja schon der Partyzug. Es ist aber so weit alles vorgeplant. Ich checke mit Henning noch mal alles durch; es sieht sehr gut aus. Das kriegen wir schon hin. Man muss einfach optimistisch sein.

Am Abend treffen wir uns in der Erichstraße und bestellen Pizza. Fast alles ist fertig. Pitbull hat das Clubschild schon anfertigen lassen. Er denkt ja wirklich an alles. Zwei Männer befestigen es gerade über dem Eingangsbereich. »Endstation« steht jetzt da. Also wirklich, ich könnte mich ohrfeigen dafür, dass ich das in der Anzeige nicht mehr geändert habe. Aber jetzt ist es zu spät. Ich hoffe nur, dass nicht regelmäßig Menschen hier aus fahrenden Bussen springen, weil sie denken, die Fahrt sei zu Ende. Obwohl – ist ja eh 'ne Sackgasse.
Ich berichte allen freudestrahlend von meinem Tag und alle freuen sich mit mir. Pitbull hat auch mit Mausi und den anderen Strasssteinchenträgerinnen schon alles klar gemacht. Sie würden stunden-

weise für uns arbeiten und Mausi wäre ja wirklich total begeistert, für sie ist das natürlich eine schöne Abwechslung neben ihrem Job als geilcoole Gelbwurstverkäuferin.
Habe im Übrigen den ganzen Tag nicht an Marius gedacht und werte dies als ein Zeichen der Trauerbewältigung. Wir setzen uns in den ehemaligen Schankraum und Tom zapft Bier. Heute war nämlich auch schon die Getränkefirma da und hat alles angeliefert. Und das muss natürlich gefeiert werden.
Die Tür geht auf, hoffentlich ist es der Pizzaservice. An einem solchen Tag darf man nicht ans Kalorienzählen denken. Dass auch sonst kein Tag vergeht, an dem ich nicht ans Kalorienzählen denke, ignoriere ich.

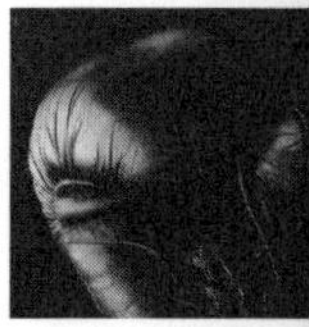

»Guten Tag«, sagt Iris. »Können wir Ihnen helfen?«
»Wir möchten zu Frau Schatz«, sagt eine Stimme. Ich drehe mich um. Vor mir stehen Marius und Susanne.
Susanne hat abgenommen, das sehe ich auf den ersten Blick. Sie sieht Scheiße aus in ihrem kurzen grauen Kleid (»Hach, das macht mich ganz verrückt, dass es von Chanel gar nichts mehr in dem Stil gab, da *musste* ich doch *tatsächlich* schoooooon wieder auf Givenchy zurückgreifen. Ach, das Leben ist schon schrecklich.«) und ihrer neuen Frisur. Was wollen die beiden hier? Ihre Verlobung feiern und uns fragen, ob sie Prozente kriegen? Wollen sie mich fragen, ob ich die Patentante von Marius junior werden möchte, der in acht Monaten auf die Welt kommt? Oder dachten sie einfach mal: »Wir gehen zu Caro, die ärgert sich bestimmt.« Es fehlt nur noch, dass Herr Dunkel hinter ihnen auftaucht und mein dämlich schauendes Gesicht für seine Zeitschriftenrubrik »Aufgefischt« fotografiert, unter dem Motto: »Quallen – niemand will sie, aber es gibt sie nun mal.«
»Raus!«, rufe ich drohend. Meine Stimme klingt fast so wie die von Bonnie aus »Bonnie und Clyde«, die in einer Bank gefährlich und wirkungsvoll ihr berühmtes »Hände hoch!« von sich gibt.
Die anderen sagen gar nichts, bis auf Gero. Der sagt wie immer in solchen Situationen: »O Gott, o Gott, o Gott.«
Ich möchte nichts, aber auch gar nichts hören. Weder ein »Es tut uns so Leid, aber du musst Verständnis haben« noch ein »Bitte lass uns doch alle trotzdem Freunde bleiben«.

Ich möchte einfach, dass diese beiden Menschen von diesem Ort verschwinden. Ich stehe auf.
»Caro!«, kreischt Susanne mit ihrer schrillen Stimme. »Wir müssen diese Situation unbedingt klären. Das geht so nicht mehr weiter!«
Ich kreische zurück: »Geht weg. Das hier ist mein Lokal! Und ich möchte nicht, dass ihr hier seid! Und ich möchte auch überhaupt nichts hören. Ihr Verräter! Ihr gemeinen Verräter!«
Ich wirble um den Tisch herum und würde Susanne am liebsten ihr geliftetes Gesicht zerkratzen. Marius kommt auf mich zu und packt mich an den Schultern, um mich daraufhin zu schütteln. Pitbull geht dazwischen und reißt ihn zurück, woraufhin Susanne an Pitbulls Lederjacke zerrt, was wiederum Iris und Ruth dazu animiert, Susanne an den Haaren zurückzureißen. Richard springt auf und ruft: »Nicht! Das gibt Kratzer auf dem Boden, der muss noch versiegelt werden!« und kniet zwischen uns, um mit einem Lappen Möbelpolitur auf dem Holz zu verteilen. Die Gläser kippen um und ein Stuhl und wir alle schreien durcheinander. Die Tür geht noch mal auf und Mausi kommt mit Zoe herein. »Was issen hier los?«, schreit Mausi. »Eh, Mann, eh, lass Caro los, sonst lernst du mich äääääääächt kennen!«, fährt sie Marius an. Sie wirft sich auf ihn und trommelt mit den Fäusten auf Marius' Rücken herum. Marius strauchelt nach hinten und stolpert über den umgekippten Stuhl, was zur Folge hat, dass wir alle schreiend auf den Dielenboden knallen.

»Scusi, signore, signorina, hat ier jemand besdellt Pizza?« Ein glücklich aussehender Italiener steht mit mehreren Kartons im Schankraum und blickt uns mit großen dunkelbraunen Augen an.
Richard drückt ihm Geld in die Hand und meint »Stimmt so.«
»Kann ich Moment nog bleiben und schauen zu?«, fragt der Pizzabote. »Isse wie bei uns in Sizilien. Fühle ich mich in Moment wie in Heimat.«

Zwanzig Minuten später haben wir es geschafft, Marius und Susanne rauszuschmeißen, ohne dass sie uns irgendwas erklären konnten. Susannes Kleid hat einen Riss und das Letzte, was ich von ihr höre, ist: »Das wirst du bezahlen, Caro! Das ist ein Versicherungsfall. So nicht.

So nicht.« Mir doch egal. Habe ja den Bündelbonus bei der Allianz. Marius sieht mich nicht mehr an. Hat wahrscheinlich ein schlechtes Gewissen. Recht so.
Mausi ist arg lädiert. An ihrer rechten Hand fehlen drei künstliche Nägel, die im Boden stecken. Wenn man sie aneinander binden würde, könnte eine Hausfrau daran die Wäsche ihrer achtköpfigen Familie aufhängen.
Mir zittern die Knie.
»Hier, erst mal ein Bier«, sagt Gero. Und Richard sagt: »Ich weiß ja nicht, ob das alles so richtig ist, was du da tust, Caro. Immer diese Handgemenge. Und der neue Fußboden. Und überhaupt, kannst du ihm nicht wenigstens mal zuhören? Vielleicht kann er ja wirklich alles erklären!«

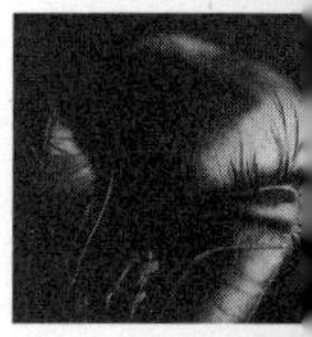

Nein. Das Thema ist für mich gegessen.
Mausi erzählt stolz, dass sie einen Selbstverteidigungskurs in der Volkshochschule gemacht hat. »Bei Chantal Döppler!«, ruft sie euphorisch. Ich kann mir allerdings schwer vorstellen, dass Chantal Döppler von irgendeinem Mann auf dieser Welt sexuell belästigt werden könnte. Sie sollte vielleicht besser einen Kursus im Ausdauertraining belegen, damit sie den Männern, die schreiend vor ihr davonlaufen, schneller folgen kann. Aber das ist nicht mein Bier.
Ich bin immer noch so fertig mit den Nerven, dass ich ans Pizzaessen gar nicht denken kann. Erst als Pitbull mich fragt, ob er meine kriegt, werde ich futterneidisch und schlinge das nährwertlose Zeug hastig in mich hinein. Worauf kommt es denn jetzt noch an? Wenn Marius und ich zusammen wären, ja, das wäre was anderes. Ich würde gern auf meine Figur achten und joggen und Rad fahren und skaten, auch wenn ich dabei anfangs hinfliegen würde. Ich wäre eine attraktive, sonnengebräunte, natürlich frisch aussehende Frau mit einem sportgestählten Körper wie die Frau in der Wrigley's-Spearmint-Werbung aus den späten siebziger Jahren.
Wie gesagt, wenn.

P

27

Bringe die Woche mehr schlecht als recht hinter mich. Außer dass Gero mich ins Kino einlädt, passiert nichts Weltbewegendes. Meine Wohnung ist so gut wie leer, ich halte mich kaum noch darin auf. Wenigstens war der Vermieter so kulant, mir nach einer Wohnungsbesichtigung vorzeitig anstandslos meine Kaution zurückzuzahlen. Mit Zinsen. Damit habe ich meinen überzogenen Dispokredit ausgeglichen. Ich werde dann bald zu Pitbull ziehen.

Endlich ist Freitag. Gute Güte, nur noch diesen Tag rumkriegen und dann ist Wochenende. Ich beschließe auf dem Weg zum Sender, heute mal früher Schluss zu machen, die Sonne scheint, es ist so schön draußen und vielleicht haben die anderen ja Lust, an den Main zu fahren und mit einem Tretboot herumzupaddeln.
Als ich gegen 9 die Redaktion betrete, wartet Henning schon giftig auf mich. Wir müssen sofort, sofort los, die Getränkemänner warten und die Chips werden angeliefert und was weiß ich noch alles. Wieso Getränke und Chips?
»Falls dein Hirn es verdrängt hat, ICH habe nicht vergessen, dass heute unser Partyzug fährt«, ranzt Henning mich an.
Ach, das hat mir gerade noch gefehlt.
Henning macht auf superwichtig und kommandiert alle herum. Ich trottle ihm hinterher. Ob ich an den Ablaufplan gedacht habe? Hab ich natürlich nicht. Was zur Folge hat, dass ich noch hektisch am Computer alles runterhacke, Henning im Nacken, der ständig auf die Uhr schaut und behauptet, der Zug würde letztendlich nicht fahren, nur weil ICH a) zu spät gekommen wäre, b) sowieso keine Lust hätte und c) noch nicht mal das Nötigste organisiert hätte. Er hat ja Recht. Aber sonst ist doch alles da.

Wir fahren in einem VW-Bus an ein Abstellgleis der Bahn auf der Mainzer Landstraße. Ich muss fahren, weil ich den Sender-Führerschein habe. Das ist auch so was. Bei uns reicht es nicht aus, einen regulären Führerschein zu haben, nein, man muss intern bei der Fahrbereitschaft noch einen machen, damit die sich davon überzeugen können, dass man nicht mutwillig Stoppschilder umfährt oder alten Frauen die Beine ab. Alle anderen waren bislang zu faul, diesen Führerschein zu machen, nur ich musste natürlich wieder dran glauben, was zur Folge hat, dass ich immer wie der letzte Depp VW-Busse oder Kombis mit Kollegen drin zu Außenterminen chauffieren darf. Denn nur wenn man den internen Führerschein hat, darf man andere Personen mitnehmen. Ganz toll.

Auf dem Gleis ist es total zugig. Die Cola-, Chips-, Sandwich-, Salzstangen-, Bier-, Sekt- und alle möglichen anderen Männer warten bereits genervt vor ihren überdimensionalen Lieferwagen und wollen endlich ausladen. Wir müssen aber noch auf Herrn Mustafa warten, der die Aufsicht hat und die Schlüssel für den Zug und der nicht kommt. Zum Glück hab ich seine Handynummer.

»Alo?«

»Hallo, hier spricht Carolin Schatz!«

»Isch hab nix gemagt!«, kreischt Herr Mustafa.

»Aber Herr Mustafa«, sage ich. »Natürlich haben Sie nichts gemacht. Sie sollen aber was machen, nämlich hierher …«

»Isch hab kein Schult!« Herrn Mustafas Stimme droht zu kippen.

»Herr Mustafa, ich bin Frau Schatz von Easy-Radio, wir warten hier am Zug auf Sie, damit Sie uns aufschl…«

»Isch hab wirklllllisch nix gemagt! Hab isch kein Schult an nix!«

Gleich wird mein Handy in tausend Einzelteile zerspringen. Vielleicht kann ich ja dann mit einem davon den Zug aufschließen.

Herr Mustafa schreit: »Geb isch Ihn mei Frau! Kann bezeug, dass isch hab nix gemagt!«

Die Frau kommt an den Apparat und brüllt: »Alo! Hat mein Mann kein Schuuuuult. Hat er nix gemagt!« Frau Mustafa legt daraufhin einfach auf.

Henning dreht total durch. Die Getränke-, Chips- und anderen Männer wollen wieder fahren, weil sie noch andere Termine haben. Ich versuche zu schlichten und schlage vor, bei der Bahnzentrale anzurufen. Das will Henning jetzt lieber machen, weil er befürchtet, dass auch dort ein Herr Mustafa drangehen wird, der nix gemagt und kein Schuuuuult hat und mich abwimmeln wird.

Der Herr Löffel von der Bahn erklärt Henning, dass Herrn Mustafas Sohn Gülhan immense Spielschulden gemacht hat und jetzt bei Herrn Mustafa zu Hause dauernd Leute anrufen, die ihn bedrohen, sollte er nicht zahlen. Er bittet um Verständnis für Herrn Mustafas Situation und verspricht, bei Herrn Mustafa anzurufen. Er ruft dann gleich zurück.
Wir warten. Drei Minuten später klingelt Hennings Handy. Es ist Herr Löffel, der behauptet, nichts gemacht zu haben und er hätte auch keine Schuld. An nichts.
Gleich breche ich zusammen, gleich.

Wir versuchen, zusammen mit den Getränkemännern die Zugtüren mit einem Vierkantschlüssel aufzuhebeln, was allerdings nicht von Erfolg gekrönt ist. Die Getränkemänner meinen dann irgendwann, sie müssten jetzt wirklich fahren, und laden kästenweise die Sachen auf den Bahnsteig. Die Chips- und Flipsmänner machen dasselbe. Und zehn Minuten später ist auch der Sandwichmann gefahren. Jedenfalls sind wir versorgt, falls uns hier keiner findet.
Wir versuchen mehrfach, die Pressestelle der Bahn anzurufen, aber niemand hebt ab, auch nicht, nachdem Henning die Rufnummerunterdrückung in seinem Handy aktiviert hat. Es ist zum Verzweifeln.
Ein unglücklich aussehender Mann in einer orangenen Latzhose fegt den Bahnsteig. Wir erklären ihm unsere Situation und er verspricht, Hilfe zu rufen, und zieht ein Walkie-Talkie in der Größe einer Kompaktanlage aus seiner Hosentasche.
»Maddock two, Maddock two, hier stehn Leude uffem Steisch, die sache, sie wollde mit em Zuch fahre um zwaa. Klär doch emal ab, ob da irschendwann emal jemand komme dud!«, brüllt er in die Stereoanlage.
»Hier Turtle one, alles roger!«, quakt jemand zurück, der hoffentlich in der Pressestelle der Bahn arbeitet, was ich aber nicht glaube.
Ein Hin- und Hergezackere beginnt. Keiner ist zuständig und niemand weiß etwas von unserem Zug. Zum Glück habe ich den Vertrag und alle möglichen anderen schriftlichen Bestätigungen dabei, Henning spricht über das Walkie-Talkie mit Turtle one und der behauptet,

der Mann, mit dem wir die Kooperation abgewickelt hätten, sei für drei Monate in Indien, um dort ehrenamtlich beim Bau eines Krankenhauses zu helfen, und er wüsste jetzt auch nicht. Ich hoffe, dass der Mann, mit dem wir die Kooperation getroffen haben, er heißt Schwindt, an Schwindsucht stirbt oder sich in dem Krankenhaus, das er baut, so verläuft, dass er nie wieder rausfindet.

Wir sind ratlos. Ich rufe Jo an. Der flippt fast aus. »Hab ich nicht gleich gesagt, dass du zu Hause bleiben sollst, Caro!«, motzt er mich an. »Dann hätten wir jetzt höchstwahrscheinlich keine Probleme.«
Ich bin mit den Nerven so runter, dass ich anfange zu heulen. Henning reißt mir das Telefon aus der Hand und schreit, dass Jo mich in Ruhe lassen soll, das sei ja wohl das Letzte, mich in dieser Situation jetzt noch so fertig zu machen. Jo quakt laut irgendwas zurück, Henning sagt: »Nein! Du rufst jetzt da an und organisierst, dass irgendjemand hierher kommt. Wir können unmöglich alles absagen, die Karten sind verkauft, wir stehen hier mit Tonnen von Getränken und Essen und der Zug MUSS fahren!« Jo antwortet irgendetwas und Henning sagt »Okay!« und legt auf.
Wir setzen uns auf eine Palette Chips. Henning meint, Jo würde jetzt alles regeln, wir sollten hier warten, Jo riefe dann gleich zurück. Dann geht er zu einer anderen Palette, reißt sie auf und holt eine Flasche Sekt. »Ich brauche jetzt was zu trinken, ist mir egal, dass es erst halb elf ist«, sagt er. »O Mann, hoffentlich kriegen wir das Ding gewuppt.«
Jo ruft kurze Zeit später an und meint, eine Putzfrau, die an irgendeiner Durchwahl drangegangen sei, habe ihm versprochen, in die Pressestelle zu gehen und jemand Kompetenten dazu zu bewegen, bei uns anzurufen. Hoffentlich hat sie kompetent nicht mit potent verwechselt. Sonst stehen gleich notgeile Schaffner oder Zugführer vor uns.
Irgendwann klingelt das Telefon und jemand meldet sich mit »Pressestelle, guten Tag!«, woraufhin ich vor Freude fast wieder anfange zu weinen. Der Mann (»Sagen Sie bitte Hermann zu mir!«) entschuldigt sich vielmals und natürlich kommt gleich eine ganze Truppe von Mitarbeitern vorbei, die uns helfen werden, das Desaster zu bereinigen.
Alles wird gut, alles, alles.

Tatsächlich kommen kurze Zeit später einige Männer, einer hat sogar einen Schlüssel dabei, der passt.
Als ich in den Zug steige und die Tanzwagen besichtige, falle ich fast in Ohnmacht. Offensichtlich war ein Kegelclub vor uns unterwegs, dem ziemlich schlecht war, es riecht nach allem Möglichen, jedenfalls nicht gut.
Ein Schlauchwagen wird geholt und die Tanzwagen von oben bis unten abgekärchert. Ich stehe so ungünstig, dass mich der Schlauchmann aus Versehen trifft, und werde einmal komplett mit 200 bar durch den einen Tanzwagen geschleudert. Nachdem wir dann alle Getränke in die dafür vorgesehenen Kühlschränke geladen haben und ich fast einen Bandscheibenvorfall habe, stellt ein dicker Bahnmann fest, dass der Zug keinen Strom hat, sprich die Getränke nicht gekühlt werden können. Das muss irgendwie an dem Sicherungskasten liegen, meint der Mann, der Wulf heißt und ständig ganz fürchterlich aufstoßen muss. Das wäre sein Magen, meint er, er könnte Tabletten schlucken, so viel er wollte, es nützte gar nichts. Er öffnet den überdimensionalen Sicherungskasten und greift mit seinen Fingern, von denen einer so groß ist wie eine Salatgurke, in die frei liegenden Stromkabel, was aber nicht schlimm wäre, meint er, denn es wäre ja kein Strom auf den Kabeln. Dann untersucht er alles mit einem Spannungsprüfer.

Und dann explodiert der Sicherungskasten. Es gibt einen Schlag, dass ich denke, mein Trommelfell platzt, und aus allen Ecken und Enden sprühen zischend Funken.
Wulf schreit: »Ach du Scheiße« und springt aus dem zischenden Wagen. Wir hinterher.
Und dann sagt Wulf: »Des gibt en stille Salon!«
Hat irgendjemand Nerven für mich?
»Wie meinen Sie das?«, fragt Henning.
Wulf ist außer sich. Sein ölverschmiertes Gesicht glänzt und er blitzt uns böse an. Sein Resthaar steht fast zu Berge.
»Ei, wie isch des mein? Isch mein des so, dass der Zuch kein Strom mehr hat jetzt, des mein isch!«
»Dann reparieren Sie doch bitte den Schaden!«, rufe ich verzweifelt.
»Hier gibt's nix mehr zu rebbariern!«, krakeelt Wulf und zieht eine

Mini-Stereoanlage von irgendwo hervor. »Hier Fraser seven, Fraser seven, Hobbit neun bitte kommen!«
»Hobbit neun für Fraser seven, alles roger?«
Ich ducke mich schnell, weil ich Angst habe, dass gleich Tom Cruise in einer MiG über mir herrauscht. Wie in »Top Gun«. Da hießen sie doch auch alle so. Iceman und Goose und Maverick. Oder so. Jedenfalls spielte da auch Meg Ryan mit. Mir ist alles egal, deshalb reiße ich Wulf das Sprechgerät aus der Hand und rufe einfach »Mayday«.
Der Spruch muss irgendwie in falsche Kanäle gekommen sein, denn es meldet sich jemand mit: »Hello, this is Roland Dunkel here, I heard your SOS, I am in the North Atlantic in my boat, may I help you? Where is your position?«
Ich starre das Funkgerät an, als würde es mich im nächsten Moment fressen.
»Hello, hello, give me an answer!«, brüllt Roland Dunkel from the boat irgendwo in the North Atlantic.
Wulf stößt so laut auf, dass man meinen könnte, eine Herde blökender Schafe würde auf dem Bahnsteig um Futter buhlen.
Da ich ja sowieso nichts, aber auch gar nichts mehr zu verlieren habe, brülle ich in das Funkgerät: »Hallo, Herr Dunkel! Hier ist die Frau mit dem FETTEN ARSCH!!!«, wobei ich mir sicher bin, dass er sowieso nicht weiß, wer ich bin, denn a) habe nicht nur ich einen fetten Arsch und b) ist diese katastrophale Pressereise nach Mallorca schon eine halbe Ewigkeit her.
Es knistert und rauscht in der Leitung, irgendjemand in the North Atlantic schreit: »Wo ist die Genua?«, und dann brüllt Roland Dunkel: »Frau Schatz aus Frankfurt? Sie sind in Seenot? Wo denn? Können wir etwas für Sie tun?«
Stünde er vor mir, würde ich ihm jetzt genüsslich die Augen auskratzen, da das aber leider nicht geht, kreische ich: »Nein, keine Sorge, Herr Dunkel! Wir stehen hier nur auf einem Bahnsteig! Und selbst wenn wir jetzt in Seenot wären, dann weiß ich ja, dass FETT OBEN SCHWIMMT!!!« Die letzten Worte krakeele ich geradezu.
Herr Dunkel brüllt irgendwelche Leute an: »Wir müssen kreuzen!« und dann mich: »Das stimmt, hahaha. Und sehr viel Fett schwimmt

sehr lange oben! Insofern brauchten Sie sich ja die nächsten Tage keine Sorgen zu machen!«

Klick. Verbindung beendet.

Henning und Wulf starren mich an, als wäre ich eine Außerirdische.

»Wer war das denn?«, fragt Henning.

»Jemand, den ich kenne«, sage ich böse.

Wulf schüttelt sein Walkie-Talkie und meint, das sei ja noch nie passiert. Nordatlantik. Ob ich noch mal Mayday rufen könnte? Vielleicht wäre ja dann jemand aus Australien dran oder so.

Herr Dunkel hat nun nicht gerade zu meiner guten Laune beigetragen, trotzdem müssen wir den Zug irgendwie zum Fahren bringen. Das ist aber nicht so einfach. Da müssten Techniker dran, meint Wulf. Dann sollen eben Techniker dran. Hauptsache, das Teil fährt um 14 Uhr 03 auf dem Frankfurter Hauptbahnhof ein. Alles andere ist egal. Jo ruft wieder an und meint, das wäre der schwarze Tag in der Radiogeschichte, wenn das jetzt alles nicht klappen würde. Wenn die Radiogeschichte bislang nur einen schwarzen Tag in ihrem Leben hatte, liege ich besser, ich nämlich habe seit geraumer Zeit nur noch schwarze Tage.

Wulf ruft über das Funkgerät irgendeinen Herrn Schneider an, der seines Zeichens Elektroingenieur ist und uns »ganz sicher, aber ganz, ganz sicher, haha, ich habe schon Flugzeuge in die Luft gebracht, da haben Sie noch in die Windeln gemacht, Frau Schatz« helfen kann.

Eine Viertelstunde später kommt der Herr Schneider. Er sieht aus wie ein Mann, der nebenberuflich auf Hochzeiten Hammondorgel spielt, sich »Mr. Melody« nennt und Eigelbflecken auf der Krawatte hat. Herr Schneider hat einen riesigen Werkzeugkasten und einen Lehrling dabei, der uns dümmlich angrinst und Henning fragt, ob »de Didschäj Poser auch ufflescht im Zuch«. Wenn das so weitergeht, wird weder DJ Poser noch irgendein anderer DJ auflegen im Zug.

Ich merke den Prosecco und habe einen leichten Anfall von Gleichgültigkeit. Und wenn schon und wenn? Dann bleib ich mit Henning und Wulf und dem Lehrling eben hier sitzen und trinke und esse.

Herr Schneider ist zuversichtlich und verspricht uns, die Kuh vom Eis

zu holen. Dann verschwindet er in den Tiefen des Sicherungskastens.
Der Lehrling, er heißt Gunnar, fragt uns unterdessen aus. Welche Promis so kommen und Techno wär geil und überhaupt, wie das so wär beim Radio. Jede Antwort von uns kommentiert er mit »voll extrem« oder »kultig«. Wenn er jetzt gleich noch »geilcool« oder »äääächt« sagt, werde ich ihm eigenhändig die Stimmbänder entfernen.
Wulf stößt unterdessen auf.
Jo ruft zum hundertsten Mal an und fragt, ob und wie es denn voranginge, in der Redaktion herrsche angespannte Stimmung, was ja Caros Schuld sei und so weiter.
Henning kann ihn einigermaßen beruhigen.
Eine Viertelstunde später steht fest, dass Herr Schneider die Kuh nicht vom Eis holen kann. Irgendetwas ist irreparabel, hat etwas mit dem Ohm'schen Gesetz zu tun, jedenfalls sind irgendwelche Kabel kaputt und nicht zu ersetzen, die Strom erzeugen. Aber der Zug könne trotzdem fahren, meint der Herr Schneider, dann eben ohne Musik. Was bei einem Partyzug, in dem vierzehn Stunden lang acht DJs Musik machen sollen, ja auch unheimlich sinnvoll ist.
In dem Moment ruft einer der gebuchten DJs auf meinem Handy an und meint, er stünde gerade vor seinem Kleiderschrank und wüsste nicht, ob er seine alten oder seine neuen goldenen Sneakers anziehen soll. Ich sinke auf einer Bank auf Gleis 12 zusammen und weine still vor mich hin. Es ist ein Trugschluss zu glauben, dass Nervenzusammenbrüche immer lautstark abgehen. Man kann auch leise verrückt werden. Meine Kontaktlinse (rechts) wird aus dem Auge geschwemmt und fällt auf die Banklehne. Mitten in ein reingeschnitztes Herz. In dem Herz steht: »Marius und Carolin forever.«
Und dann fange ich ganz laut an zu heulen. Lauter als Wulf jemals rülpsen kann.
Henning, überfordert mit der Situation, will mich trösten, aber mich kann niemand mehr trösten.
Der Zug, der Zug. Meine Idee, mein Baby. Und auf jedem Bahnsteig zwischen Marburg und Darmstadt, stehen unsere Hörer und freuen sich darauf, gleich vierzehn Stunden zu tanzen. Und die DJs, die wir trotzdem bezahlen müssen. Und Wulf, der mir hilflos über den Arm streichelt, und das Walkie-Talkie und überhaupt.

Henning telefoniert mit Jo. Jo kann es nicht fassen und meint, das würde morgen in allen Zeitungen stehen, dass wir zu doof seien, einen Zug zum Laufen zu bringen, das gebe ein Nachspiel bei der Bahn, die Verantwortlichen müssten sich stellen. Leider hat er aber nirgendwo irgendjemanden erreicht. Weil ja schon Wochenende ist. Aber der Zug dürfe auf gar keinen Fall ohne Musik und ohne Stromversorgung fahren, da würden wir uns ja lächerlich machen. Gott sei Dank ist er wenigstens hier einer Meinung mit uns.

Wir werden dann in dem Zug von einem Abstellgleis auf ein Wartungsgleis gezogen und sind ununterbrochen am Telefonieren. Auf den Bahnhöfen müssen ja Durchsagen gemacht werden, und im Sender muss eine Hotline eingerichtet werden für böse Hörer, die fragen wollen, was Sache ist. Es ist entsetzlich.
Irgendwann sind wir wieder bei unserem Dienstwagen und Henning hat die geniale Idee, noch mal zum beladenen Zug zurückzufahren und das Auto mit Getränken und Essen voll zu laden, um dann damit in den Sender zu fahren, wo laut Jo eine Trauerfeier für den ausgefallenen Zug stattfinden soll.
Ich bin leicht angeschickert und fahre zu schnell rückwärts an einen Abteilwagen heran, was zur Folge hat, dass eine ziemliche Beule im Dienstwagen ist. Zum Glück gibt es Versicherungen.
Die anderen empfangen uns im Sender, als seien wir ein Ehepaar, das gerade erfahren hat, dass es nur noch zwei Stunden zu leben hat, alle fassen uns mit Samthandschuhen an.
Dann rennen wir alle gemeinsam runter und laden das Auto aus. Die gebuchten DJs meinen, das wäre doch alles total lustig und sie würden jetzt hier auflegen, bei uns im Foyer. Und das tun sie dann auch.
Wir feiern bis morgens um 6 Uhr. Ich schlafe irgendwann auf einem verstellbaren Gesundheitssessel aus braunem Cord ein, den Ina von ihrer Oma geerbt und in die Musikredaktion gestellt hat. Alle schlafen im Sender, verteilt auf Tischen, unserem großen roten Sofa und zwei Klappbetten, die ich mal organisiert habe, falls jemand wegen Schneesturm abends nach seiner Sendung nicht mehr nach Hause fahren kann.

28

Der Frühmoderator ist natürlich todmüde, es gibt wohl nichts Schlimmeres, als aufzustehen, in diesem Falle vom Boden, und senden zu müssen, während alle anderen weiterpennen. Lediglich Zladko ist wach und macht Redaktion, schläft aber kurze Zeit später mit dem Kopf auf einer Tastatur wieder ein. Er sabbert.
Jo spendiert Frühstück, das wir auf einem großen Rollwagen aus der Kantine holen. Ich habe einen schrecklichen Kater, weil ich Caipirinha und Wein durcheinander getrunken habe und irgendwann auch Bier. Furchtbar. Alkohol soll ja Gehirnzellen abtöten. Irgendwann werde ich nur noch dümmlich grinsend in irgendeiner Ecke sitzen und lallen, weil ich zu nichts anderem mehr in der Lage bin. Außer eine Flasche zu halten. Allmächtiger, habe ich Kopfschmerzen. Und sie scheinen sich bei mir wohl zu fühlen, sie wollen gar nicht mehr weggehen.
Ich wanke irgendwann mittags zur Bahn und fahre nach Hause. Beziehungsweise in mein Restzuhause.
Am 19. Mai eröffnet der Club. Ach, ich weiß gar nicht, ob ich das alles noch will. Habe mal wieder Depressionsanfälle. Fühle mich schlecht. Mir geht es schlecht. Schlecht. Schlecht.
Mein Handy klingelt und Gelbwurstmausi ist dran und fragt, ob ich Lust hätte, was mit ihr und den anderen zu machen. Ja, sie wären alle bei Gero und Tom.
Ach ja? Ich verspüre einen Anflug von Eifersucht. Gero ist mein Freund. Meiner. Mausi soll nicht denken, dass sie ihn mir abtrünnig machen kann. Obwohl ich einen Kopf habe wie noch nie, sage ich, dass ich gleich zu Gero kommen werde. Nicht dass Mausi noch auf die Idee kommt, rumzuerzählen, dass Gero jetzt »ihr geilcooler Schwuchtelfreund« ist.

Natürlich erzähle ich zuallererst die entsetzliche Geschichte mit dem Zug. Alle lauschen mit offenen Mündern. Richard schlägt vor, zu den Gleisen zu fahren und beim Reparieren des Zuges zu helfen, da sei sicher eine Menge zu tun, aber nachdem ich ihm meinen berühmten

»Noch einen Ton und du bist tot«-Blick zugeworfen habe, ist er still und feilt sich weiter seine Fingernägel.

Pitbull macht sich Sorgen um mich. Die ganze Zeit streichelt er meinen Arm. »Ach Caro, ach Caro«, sagt er ununterbrochen. Und dann: »Ich weiß ja nicht, ob das eine so gute Idee ist, wenn du bei der Cluberöffnung dabei bist. Versteh mich jetzt nicht falsch, aber ich hab auch keine Lust, dass alles abbrennt oder wir einen Wasserrohrbruch haben oder eine Wand stürzt ein.« Jetzt fängt er schon genauso an wie Jo!

Aber Gero haut mit der Hand auf den Tisch und meint: »Nichts da. Das ist genauso Caros Projekt wie unser aller auch! Und wer weiß, ob du den Kredit bei der Bank bekommen hättest, wenn sie nicht dabei gewesen wäre!«

Pitbull wird böse. »Ach ja?«, pöbelt er Gero an. »Ich erinnere mich nur noch dunkel an diesen Tag. Dunkel!« Kann er bitte aufhören, dieses Wort zu sagen. »Wir können von Glück sagen, dass wir überhaupt in diese Bank hereingelassen worden sind! Ein *Mummenschanz* war das, wie ihr ausgesehen habt. In Brautkleidern und Halsbändern und mit einer Peitsche in der Hand.«

»Hör doch auf, hör doch auf«, sage ich leise.

»Aber du«, mosert Gero, »aber du. Mit deinem Hell's-Angels-Aufzug. Wahrscheinlich haben wir den Kredit nur bekommen, weil Herr Kamlade wie Schublade vor dir Todesangst hatte. Ganz sicher nur deswegen!«

»Angst?« An Pitbulls Hals bilden sich rote Flecken und eine Ader schwillt bedrohlich an. Wenn sie platzt, müssen wir einen Krankenwagen rufen. Vielleicht müssen wir aber auch einen rufen, wenn sie nicht platzt. Vielleicht sind wir alle aber auch einfach gleich tot.

»Angst! Vor mir?« Pitbull fängt hysterisch an zu lachen. »Sehe ich etwa so aus, als ob ich dem armen Herrn Schublade ein Messer an die Kehle setzen würde? Hier – siehst du meine Hände! Sehen diese Hände so aus, Gero? Ja, tun sie das?« Er fuchtelt Gero vor dem Gesicht herum.

Der weicht zurück. »Ja, so sehen sie aus«, giftet er. »Und außerdem sind das keine Hände, sondern Pfannen. Jeder Mensch, der dir eine Bitte abschlägt, muss doch vor dir Angst haben!!! Und außerdem heißt

Herr Schublade Kamlade, also Kamlade wie Schublade und nicht nur Schublade!«

»Jetzt reicht's aber!« Pitbull rennt auf Gero zu, der rennt weg. Ein wildes Gerangel um den Esstisch beginnt. Wir anderen stehen nur da und starren. Gero ist schneller als Pitbull und ruft böse: »Krieg mich doch, krieg mich doch!« und Pitbull eiert schnaubend zwischen Stühlen hinter ihm her. Irgendwann verfängt sich sein Fuß in einem Kabel, bei dem es sich unglücklicherweise um das Beleuchtungskabel für Geros heiß geliebtes Aquarium handelt, und Pitbulls Fuß reißt das Aquarium um. Eine Sekunde später ist das ganze Wohnzimmer mit hüpfenden Gold- und anderen Zierfischen erfüllt.

Geros Lieblingsgoldfisch heißt Bimbo und ist der größte von allen. Er hat ihn von einer Frau geschenkt bekommen, die nicht das richtige Händchen für Goldfische hatte, und Gero hat Bimbo in wochenlanger Arbeit hochgepäppelt. Er liebt diesen Goldfisch. Bimbo ist sein ganzer Stolz. Und jeder, der in seine Wohung kommt, muss sagen, wie toll Bimbo doch ist und wie lieb er aussieht, wenn er tagaus, tagein seine Runden im Wasser dreht. Gero wollte Bimbo auch beibringen, wie Flipper durch Reifen zu springen, aber Bimbos Intelligenz reichte wohl dafür nicht aus, was aber Geros Liebe zu ihm keinen Abbruch tut. Wer Bimbo nicht mag, ist auch Geros Freund nicht. Er redet auch jeden Tag mit ihm und vertraut ihm seine Sorgen an. Es ist rührend. Gero kniet auf allen vieren und sammelt die Fische ein.

»So!«, kommt es von Pitbull.

»Nein!«, kreischt Gero. Pitbulls rechter Lederstiefel, Grösse 49, befindet sich schräg über Bimbo, der hechelnd nach Luft schnappt.

»Tu das nicht!« Gero fängt gleich an zu heulen.

»Entschuldige dich!«, sagt Pitbull lauernd. »Sonst musst du fürs Abendessen nichts mehr einkaufen.«

»Das machst du nicht!« Gero springt nach vorn und Pitbulls Schuh senkt sich bedrohlich in Richtung Bimbo. »ENTSCHULDIGUNG!!!«, kreischt Gero verzweifelt. »ES TUT MIR LEID!«

Pitbull geht zurück und Gero hebt den zitternden Bimbo vom Boden auf und rennt ins Bad, um ihn erst mal ins Waschbecken zu legen, in das ich hektisch Wasser laufen lasse.

Kurze Zeit später hat Bimbo sich wieder erholt.
Gero rennt ins Wohnzimmer zurück. Er ist stinksauer auf Pitbull. Und Pitbull ist stinksauer auf Gero, lässt sich auf keinerlei Diskussionen mehr ein, sagt »Du kannst mich mal. Ich gehe jetzt« und geht tatsächlich.

Das hat uns gerade noch gefehlt, dass wir uns jetzt alle zerstreiten. Ich renne Pitbull hinterher, aber als ich unten an der Haustür ankomme, fährt er schon mit quietschenden Reifen auf seinem Motorrad davon. Ohne Dead or alive. Den hat er in Geros Wohnung vergessen, was zur Folge hat, dass wir rumdiskutieren, wer von uns jetzt mit ihm Gassi geht.
Gero ist außer sich. »Er hätte Bimbo einfach zertrampelt!«, meint er böse.
»So ein Quatsch. Du kennst doch Pitbull. Er war nur sauer auf dich, weil du dich über sein Outfit lustig gemacht hast«, versuche ich ihn zu beruhigen.
Mausi kommt vom Klo zurück und setzt sich hin. Sie redet gar nicht, was ich merkwürdig finde. Arabrab stößt sie an und fragt, was los wäre. »Gar nix. Ääääächt«, sagt Mausi mit zitternder Stimme. Die Arme, das Ganze hat sie wohl zu sehr mitgenommen.
Gero sagt zu Mausi: »Nun komm, ist doch alles wieder gut.«
Mausis Mund öffnet sich weit. So weit, dass ich erkennen kann, dass ihr die Mandeln operativ entfernt wurden. Dann fängt sie an zu heulen wie ein Kojote. Sie ist von Weinkrämpfen so geschüttelt, dass ihr Busen auf und ab wippt. Das wiederum sieht deshalb lustig aus, weil man annehmen könnte, dass die beiden Katzenbabys, die auf dem T-Shirt abgebildet sind, sich um den ebenfalls darauf befindlichen Wollknäuel balgen.
»Mausi, nun ist es aber gut!« Sie muss es ja nicht übertreiben. Schließlich ist niemand zu Schaden gekommen.
Mausis Gejaule ebbt ab und weicht gutturalen Lauten.
Gero sagt: »Also wirklich. Na ja, ich schau noch mal nach Bimbo!« und Mausi fängt wieder an zu kreischen.
Mir schwant Fürchterliches und ich renne ins Bad. Ich hatte Recht mit meiner Befürchtung. Mausi hat sich die Hände gewaschen und dabei

den Abflussstopfen geöffnet, woraufhin Bimbo in die unendliche Tiefe der Kanalisation entschwunden ist.
Gero kommt mir hinterher, sieht das Malheur und fängt laut an zu heulen, begleitet von Mausi. Gleich werde ich wahnsinnig, gleich.
Richard versucht, Bimbo mit einem Saugnapf ans Tageslicht zurückzubefördern, aber er ist verschwunden. Er hängt auch nicht mehr in dem Rohr, in dem sich das Wasser unter dem Waschbecken sammelt.
Bimbo ist weg.
Gero behauptet, sein Leben sei zerstört, nichts, aber auch nichts mehr würde jemals wieder gut werden, er trennt sich von Tom und versucht, bei Höbau-Müller anzurufen, um fristlos zu kündigen. Gott sei Dank hebt niemand ab, weil ja Wochenende ist.
Was ist denn das nur für ein Tag? Wird denn irgendwas irgendwann mal wieder besser?

Pitbull ruft an und ist fix und fertig mit den Nerven. Ihm tut das Ganze schrecklich Leid und er möchte Bimbo eine Extraportion Futter spendieren. Diese Aussage hat zur Folge, dass Gero am Telefon fast einen Nervenzusammenbruch bekommt. Ich übernehme den Hörer und erkläre Pitbull die Sachlage. Unterdessen beschäftigt sich Richard mit dem Aquarium, füllt Wasser hinein und die anderen Fische, die bis dahin in Schnaps- und Weingläsern ihr Dasein fristen mussten.

Eine Viertelstunde später klingelt Pitbull. Er schlägt Gero auf die Schulter, nennt ihn »mein guter Freund« und sagt dann: »Hier, schaut, was ich als Wiedergutmachung mitgebracht habe!« und hält eine Plastiktüte mit einem Fisch hoch, den er schnell noch vor Ladenschluss beim Tierreich Weber (ja, die mit den Mäusen) erstanden hat. Dann öffnet er die Tüte und lässt den Fisch zu den anderen ins Aquarium gleiten. Gero schreit: »Aaaah!« Zwei Sekunden später beginnt im Wasser ein Gemetzel und wiederum eine Sekunde später gibt es nur noch einen Fisch im Aquarium. Den, den Pitbull mitgebracht hat.
Er hat es gut gemeint, als er den Piranha kaufte.
Gero verfällt in ein Schweigen, das den ganzen Abend lang andauert. Er will nicht getröstet werden. Der Piranha rast im Aquarium herum und stößt permanent an die Scheiben. Ich vermute, dass er blind ist. Irgendwie tut er mir Leid und ich will ihm heimlich ein Choco-

Crossie zu fressen geben, verliere dabei aber fast meine rechte Hand, weil er pfeilschnell aus dem Wasser springt, um sich die Schokolade zu schnappen. Also doch nicht blind.

Jedenfalls macht Gero keine Versuche mehr, Pitbull tätlich anzugreifen.

Mausi und Arabrab wollen Scrabble spielen, was gar nicht so einfach ist, denn sie behaupten steif und fest, Wörter wie »reiflos« (»o Mann, eh, äääääächt, das is ’ne Frau, wo keinen Armreif hat!« oder »hosig« (»geilcool, das is jemand, wo ein Rock anhat, wo aber aussieht, als ob es Hosen sind, menno«) würden tatsächlich existieren.

Irgendwann legt Mausi das Wort »megakacke« und dann wird es mir wirklich zu blöd und ich frage, was das soll. Mausi stiert mich nur an und meint: »O Caro, das kennst du doch, das Wort, so fühlst du dich doch immer.«

Ich möchte dann mit dem Scrabble-Spiel aufhören.

Schlafe bei Gero, weil meine leere Wohnung mich deprimiert. Richard und Pitbull meinen, morgen würden wir den Rest rausräumen, der Sonntag sei ein guter Tag für so was.

»Ab morgen wohnst du dann erst mal bei mir«, sagt Pitbull. Und wenn die Eröffnungsphase und der ganze Presserummel rum sind, werden wir dann alle gemeinsam nach einer neuen Wohnung schauen. Alle wollen mir helfen, das gibt mir ein Stück weit das Gefühl, eine Familie zu haben. Wo ich doch sonst nichts habe. Außer Pech. Pech. Pech.

Am Sonntag fahren wir dann nach dem Frühstück zu mir. Allzu viel ist nicht mehr in der Wohnung. Am traurigsten finde ich die Wände, es sieht so verwohnt aus, wenn die Bilder nicht mehr hängen und nur noch helle Flecken zu sehen sind. Frau Eichner kommt und hilft und hat selbst gebackenen Kuchen dabei. »Ach Frau Carolin«, sagt sie, »des wird mer sooo fehle, dass Sie gor net mehr hier wohne dun, da bossiert jo gor nix mehr im Haus. Un wo soll isch denn jetzt sauber mache?« Richard blickt auf. »Bei mir«, sagt er freudig. »Naaaa, naaa«, meint Frau Eichner. »Des is mer zu dunkel in dere Wohnung von Ihne, un ma stolpert dauernd über Werkzeusch.« Wo sie Recht hat, hat sie

Recht. Ich mache ihr den Vorschlag, in unserem Club zu putzen. Das macht sie gern, sagt sie. Na also.
Richard hat sich im Übrigen jetzt verlobt, will uns seine Verlobte (oder seinen Verlobten? Wer weiß das schon?) allerdings erst am Cluberöffnungstag präsentieren. Es ist eine ganz große Liebe. Das freut mich für ihn. Nur die Hormone, die er nimmt, scheinen so gar nicht anzuschlagen, von einem Busen ist weit und breit nichts zu sehen.

Am späten Nachmittag schließe ich dann zum letzten Mal die Wohnungstür hinter mir und bin am Boden zerstört. Pitbull nimmt mich in den Arm und meint, dass alles wieder gut werden wird. Ich solle nur dran glauben. »Du hast doch uns alle«, sagt er und hat Recht. »Und wir beide machen jetzt eine WG auf.«

Als wir in die Schmidtstraße kommen, nachdem wir den Rest meiner Sachen, die ich nicht ganz dringend brauche, in den Keller der Erichstraße gekarrt haben, steht ein wunderschöner Blumenstrauß auf dem Tisch und ein gemaltes Schild: Willkommen daheim! Ich bin so gerührt, dass ich anfange zu heulen, was aber bei mir in den letzten Wochen ja nichts Besonderes mehr ist.

Zur Feier des Tages gehen wir alle in den Zoo. Also ich, Pitbull, Gero, Tom (die Trennung wurde aufgehoben), Naddel, Mausi, Arabrab, Richard und Pinki, der noch einen Freund mitbringt. Er heisst Little Joe, trägt einen Cowboyhut und erzählt jedem ungefragt, dass er es unmöglich findet, dass Bonanza eingestellt wurde und kaum mehr wiederholt wird im Fernsehen. Aber zum Glück hat er, Little Joe, alle, alle Folgen auf Video und wenn wir wollen, können wir einen Country-Abend bei ihm im Garten machen mit Barbecue und die Folgen dann anschauen. Gleich heute. Ich weiß nicht, ob ich jemals einen besseren Vorschlag gehört habe. Wir wollen uns das noch mal überlegen mit dem Barbecue. Das Wetter wäre aber ideal dafür, meint Little Joe, und er hätte sogar im Garten einen Galgen und einen texanischen Bullen, auf dem man reiten kann, wenn man einen Euro einwirft. Für den Bullen hat er extra einen überdachten Unterstand gebaut, eine Art Paddock, damit der Bulle nicht nass wird, wenn es regnet.

Ich werde nach dem Zoobesuch einfach behaupten, mir wäre schlecht oder ich hätte einen Sonnenstich und müsste unbedingt nach Hause. Beziehungsweise in mein Ersatzzuhause.

Die größte Attraktion des Frankfurter Zoos ist das Affenhaus. Stundenlang stehen Leute vor den Glaskästen und glotzen Orang-Utans an, die sich gegenseitig entlausen, oder fühlen sich mit Gorillas identisch, die an Ästen nagen oder ihre Babys stillen.
Wobei ich persönlich die Nilpferde interessanter finde. Wo sieht man schon so große Köpfe und so große Augen? Ich könnte Ewigkeiten vor diesen verdreckten Becken stehen bleiben. Obwohl ich mit Nilpferden ein äußerst unangenehmes Erlebnis verbinde. Als meine Schwester noch ganz klein war, bin ich mit ihr in den Opel-Zoo nach Kronberg gefahren und sie fand es ganz toll, diese Leckerlis, die man am Eingang kaufen konnte, an die Tiere zu verfüttern. Besonders an die Nilpferde. Ich wollte ihr damals zeigen, wie man das richtig macht, nahm sie auf den Arm und warf eine Hand voll Leckerlis ins Maul von Fritz. So hieß das eine Nilpferd. Dummerweise habe ich meine Handtasche, die lose an meinem Armgelenk hing, mit in das Maul von Fritz geworfen. Fritz fand das toll. Seine Augen wurden groß wie Frisbeescheiben, offenbar hatte er noch nie so viel Futter auf einmal bekommen. Das Maul jedenfalls klappte zu und meine Handtasche machte sich auf den Weg durch Fritzens Speiseröhre und verweilte dann noch einige Zeit in seinem Magen. Ein Zoowärter rief mich einige Tage später an und meinte, ich könne meine Tasche wiederhaben, Fritz hätte Stuhlgang gehabt. Ich hab drauf verzichtet, lediglich meine Schlüssel und mein Portemonnaie habe ich im Opel-Zoo wieder abgeholt. Das Leder war ein wenig von der Magensäure zersetzt. Irgendein Mann hat das damals gefilmt, und vor einiger Zeit habe ich mich auf RTL II gesehen in dieser Serie, wo Leuten Missgeschicke passieren, die zufällig gefilmt wurden. Meine Figur war damals deutlich besser, aber doof geguckt hab ich da auch schon.

Ich frage Pinki unauffällig, woher er Little Joe kennt. Es war bei einer Schlägerei vor irgendeiner Kneipe (was auch sonst) und er, Pinki, hätte böse eins auf die Nase gekriegt von irgendeinem Mafioso, der seine

Hilflosigkeit dann auch noch insofern ausgenutzt hätte, als dass er ihm sein Geld aus der Hosentasche gestohlen und damit weggelaufen wäre. Zum Glück kam da gerade Little Joe aus der Kneipe, der den Mafiosi kurzerhand mit seinem Lasso eingefangen hat. Seitdem sind die beiden dicke Freunde.

Ich fahre nach dem Zoo natürlich doch noch mit zu Little Joe. Sein Garten und das dazugehörige Blockhaus sehen aus wie die Shiloh-Ranch. Irgendwie erwartet man, dass im nächsten Moment Indianer aus den Büschen hervorspringen, die mit uns Blutsbrüderschaft schließen wollen. Auf einem überdimensionalen Grill bereitet Little Joe Spareribs zu. Es erinnert mich an den Film »Grüne Tomaten«, da haben die doch den Ehemann von der einen zerlegt und den Polizisten dann das gegrillte Fleisch essen lassen. Herrlicher Film. Aber nicht zu vergleichen mit »Giganten«, da kollabierte doch Liz Taylor, als man ihr als Willkommensessen Kalbshirn auf den Teller warf.

Little Joe holt eine Gitarre aus der Hütte und spielt John-Denver-Lieder. Mausi himmelt ihn an und findet seine Tätowierungen geilcool. Kurze Zeit später knutschen die beiden auf der Wiese herum und Little Joe nennt sie »meine Western-Lady«. Das ist ja nicht zum Aushalten.

29

Montag. Die Cluberöffnung rückt immer näher, die Handwerker sind fast fertig. Geschlossen begeben wir uns am Abend in die Erichstraße. Holladiho, es sieht brillant aus. Der Boden ist versiegelt und glänzt, und Pitbull führt uns stolz durch die einzelnen Räume. »Hier also der Barbereich, zum lockeren Kennenlernen, da hinten Sofas (natürlich mit Sitzbezügen aus abwaschbarem Leder) und hier hinten in der Ecke das Büfett. Da hab ich mit Feinkost Schmelzer eine gute Kooperation getroffen. Die geben uns 40 % Nachlass auf alle Speisen, dafür haben Herr Schmelzer und seine Frau hier freien Eintritt. Haha.« Wir trotten alle hinter ihm her und staunen. Es sieht ja wirklich supergut aus! Wer hätte das gedacht? Aber es geht noch weiter. Unten im hinteren Bereich ist ein ganz normales Zimmer, natürlich mit indirekter Beleuchtung und ganz vielen Matratzen. »Für die Leute, die einfach nur Gruppensex haben wollen«, klärt uns Pitbull auf. Direkt gegenüber ein Bad mit Duschen und WCs. Im ersten Stock das »römische Zimmer« mit vielen Ottomanen, ovalen Matratzen, die wie eine Etagere ineinander übergehen, und Baldachinen und weiß getünchten Säulen. Und selbstverständlich ganz vielen Spiegeln. Hier soll auch immer römische Musik laufen. Gedämpft natürlich. Das Zimmer gefällt mir persönlich wirklich gut, irgendwie romantisch. Herrlich, die Vorstellung, hier mit Marius allein … Stopp.

Dann kommt eine Überraschung, die Pitbull uns vorenthalten hat. Er hat das alleine mit den Handwerkern und dem Inneneinrichtungsmann ausgetüftelt. Mit geschwellter Brust öffnet er eine Tür und sagt: »Schaut, das ist die so genannte Hundehütte!« Eine Hundehütte? Tatsächlich, es ist eine Art Hütte in den Raum gebaut worden mit einem solch kleinen Eingang, dass man hineinkriechen muss. Und auch drinnen kann man nicht stehen. Überall in den Wänden der Hütte befinden sich Öffnungen, durch die man etwas stecken kann. Aha. Aber der Clou kommt noch, meint Pitbull. »Wir haben einen Geräuschmesser installiert, in der Hundehütte befinden sich rote Leuchten, die nach dem Geräuschpegel stärker werden. Los, geht alle rein!« Wir pferchen uns durch die enge Öffnung ins Innere. »Und jetzt müssen wir leise anfangen zu stöhnen und dann immer lauter werden.« Wir hocken also zu acht in diesem Ding und fangen an zu stöhnen. Dem Himmel sei Dank, dass uns dabei niemand beobachtet. Die Lampen fangen schwach an zu leuchten. »Jetzt durcheinander und lauter!« Pitbull kommandiert schon wieder, aber wir tun, was er sagt. Das sieht ja irre aus. Ein richtiges rotes Leuchtfeuerwerk ist über uns. Wir sind so begeistert, dass wir minutenlang alle ganz laut »öööõh, äääåh, hmmhmmm« machen. Echt eine gute Idee. Pitbull freut sich, dass wir uns freuen.

Dann gibt es noch einen Raum, in dem man Videos schauen kann, auch das hat Pitbull alles organisiert. Natürlich auch mit Spielwiese. »Alles in allem«, sagt Pitbull großkotzig, »haben hier ungefähr 100 Leute Platz. Also insgesamt. Das ist schon was! Und hier, schaut, ist der Whirlpool.« Er öffnet eine weitere Tür. Ein Riesenbecken mit ewig viel Platz. Was hat das wohl gekostet? »War ganz billig!« Pitbull errät meine Gedanken. »Das war ein Ausstellungsstück und hat Kratzer, die man aber so gar nicht sehen kann, weil es ja sowieso immer gedämpft ist vom Licht her hier.« Also, Pitbull ist wirklich ein Organisationstalent. Ich hoffe nur, dass wirklich alles gut läuft und wir diesen Kredit zurückzahlen können, weil wenn nicht, dann … weiß ich jetzt auch nicht.

»Jetzt kommt die Krönung! Kommt bitte mit in den Keller!« Ah. Es wird spannend. Mausi macht »Buhuuu, ui, ich hab Angst, hihi« und krallt sich an Little Joe fest, der heute sogar Sporen an seinen Cowboystiefeln trägt.

In dem alten Keller sind nur ein paar schwache Leuchten eingebaut, was Absicht ist, wie Pitbull uns erklärt. Außerdem gibt es schon auf der Kellertreppe Fackelhalter aus Eisen, die Fackeln müssen noch reingesteckt werden. Es ist so dunkel, dass ich fast die Treppe runterfliege. Die Fetischbereiche sind der absolute Hammer. Das Andreaskreuz, die Streckbank, alles an richtiger Stelle und alles perfekt platziert. Dann diese dicken Mauern, überall Ringe und Ketten und tausend Sachen an Zubehör. Sogar dieser schreckliche Sulky für Ponyspiele und die Hufschuhe stehen da. Ruth, die auch dabei ist, grinst und erzählt dann, dass sie das meiste hier gemacht hätte. Das wäre ihr

Einweihungsgeschenk. Sie ist so süß! Pitbull holt von irgendwo eine Fernbedienung her und kurz darauf ertönen gregorianische Gesänge. Das ist ja wirklich unheimlich. Ruth rasselt mit einer Kette. Huuh!
Auf der anderen Seite des Kellers befinden sich zwei weitere, ineinander übergehende Fetischräume, von denen der hintere abschließbar ist, »für Pärchen oder auch mehrere Leute, die allein spielen wollen«, erklärt Ruth. Denn nicht jeder in einem Swingerclub will Zuschauer haben. Aha. Warum gehen sie denn dann in einen Swingerclub, die Leute, die keine Zuschauer haben wollen?
Auch für Transvestiten ist alles da, was man sich vorstellen kann, BHs, Kleider, Schminke und so weiter, und für alle anderen Fetischisten auch. Ein bisschen Angst habe ich schon vor den Gasmasken, die traurig an der Wand hängen und uns anstarren. Und für Herrn Kamlade wie Schublade ist auch gesorgt.

Die Streckbank sieht wirklich furchterregend aus. Es knarzt und knarrt, wenn man an den Rädern dreht. Wäre Herr Dunkel jetzt hier, wüsste ich, was ich mit ihm machen würde! Aber vielleicht haben ihn ja bereits Piraten in the North Atlantic gekidnappt und er baumelt an irgendeinem Kohlefasermast und wird beim Wenden hin und her geschleudert.
Ich bin so begeistert, dass ich Pitbull um den Hals falle. Schließlich umarmen wir uns alle irgendwie und freuen uns, dass alles so toll aussieht. Und natürlich begießen wir unseren neuen Club oben im Empfangsbereich. Wir dürften auch kleckern, meint Richard, denn der Boden wäre ja jetzt versiegelt. Pitbull hält eine Rede, in der er sich bei allen der Reihe nach bedankt, die in irgendeiner Form an der »Endstation« beteiligt sind. Ich komme mir vor wie auf einer Hochzeit. Ein ganz besonderes Hoch geht auf mich, weil, wie er mit kippender Stimme zum Ausdruck bringt, ohne mich weder diese Idee noch dieser Club jemals entstanden wären. Alle klopfen auf den Tisch und ich bin vor Rührung gebeutelt.
Dann bestellen wir Sushi mit diversen Soßen, die so scharf sind, dass mir eine Kontaktlinse aus dem Auge springt, und Tom legt eine CD mit Schlagern auf. Wir singen zu Howard Carpendales »Spuren im Sand« und Johnny Hills »Ruf Teddybär 104« und finden unsere persönliche Erfüllung bei Vicky Leandros:

»Theo, wir fahrn nach Lodz
Theo, wir fahrn nach Lodz,
steh auf du altes Murmeltier,
bevor ich die Geduld verlier,
Theooooooooooooo, wir fahrn nach Lodz!«
Warum eigentlich ausgerechnet nach Lodz? Egal. Wir sind happy. Unser Club kann eröffnet werden!!!

Ich weiß gar nicht, wie ich die letzte Woche rumkriegen soll, aber es geht ja bekanntlich immer alles irgendwie. Ich habe einen Presseverteiler erstellt und allen möglichen Zeitungen und Fernsehmagazinen Infos zugeschickt, leider ohne Antwortbogen, insofern muss man einfach nur hoffen, dass am Abend des 19. Mai der eine oder andere Pressemensch erscheinen wird. Es gibt ja Essen und Getränke frei, so was lockt immer, kenn ich ja von mir.
Zum Glück habe ich in der Redaktion so viel zu tun, dass ich mir gar nicht so große Gedanken machen kann. Aber eine Restangst bleibt. Was ist, wenn wir an diesem Freitagabend da stehen und kein Mensch kommt? Iris meint, dass das Schwachsinn wäre, nicht umsonst hätten Tausende von Leuten angerufen und der nächste Swingerclub wäre über 50 Kilometer von Watzelborn entfernt.
Es ist eine Sensation, dass Pitbull sogar alles mit dem Gewerbeamt und der Stadtverwaltung und was weiß ich mit welchen Ämtern noch geregelt hat. Selbst der Bürgermeister erhofft sich touristischen Zuwachs und hat uns vorgeschlagen, so genannte Komplettpakete anzubieten, also quasi ein ganzes Wochenende mit Übernachtung in einem Watzelborner Hotel. Ich fand die Idee gar nicht so schlecht, aber dann stellte sich heraus, dass es in Watzelborn überhaupt kein Hotel gibt. Lediglich eine Pension haben wir hier, sie heißt »Zum Fuchstanz« und gehört der alten Frau Weber, die kaum mehr hört und abends den Rosenkranz betet. Über jedem Bett ist ein Kruzifix. Das wäre dann wohl doch nicht so das Gelbe vom Ei, da gebe ich dem Bürgermeister völlig Recht. Aber wer weiß, vielleicht boomt unser Club ja so, dass Watzelborn sich dann auch ein richtiges Hotel leisten kann. Jedenfalls kommen viele aus der Redaktion, das haben sie versprochen. Das ist ja schon mal was.

Am 19. Mai nehme ich mir frei und sitze morgens völlig übernächtigt, weil zu wenig Schlaf, mit Dead und Pitbull in der Küche. Letzterer meint, ich würde ihn ganz verrückt machen und er wäre froh, wenn nachher die anderen kämen, mit denen wir zum Brunchen verabredet sind. Wie kann man an einem solchen Tag nur ans Essen denken? Gegen halb elf kommen alle im Konvoi an und holen uns ab. Dann sitzen wir im Café »Alt-Neuhaus« und malen uns gegenseitig aus, wie schrecklich das alles sein wird und wie furchtbar und keiner kommt und alle machen sich lustig und wenn jemand kommt, dann nur, um uns pressemäßig in der Luft zu zerreißen. Am schlimmsten bin ich mit meinem Wahn, gefolgt von Mausi, Arabrab, Naddel und Gero, der immer noch alles einen Tick schlimmer macht und immer noch eine schlimmere Geschichte dazu erfindet. Gegen 12 Uhr bin ich mit meinen Nerven völlig runter. Schließlich haut Richard auf den Tisch. Ich erschrecke, weil ich so was von ihm nun mal gar nicht gewohnt bin.

»Wir nehmen uns jetzt zusammen, wir alle! Auch du, Caro! Es geht nicht, dass wir uns hier gegenseitig hochschaukeln. Wir haben die Sache zusammen angefangen und wir ziehn sie auch zusammen durch. Und selbst wenn heute Abend wider Erwarten gar niemand kommt, dann heißt das nicht, dass nie jemand kommt. Dann müssen wir einfach abwarten und Tee trinken. Rom wurde auch nicht an einem Tag erbaut!« Wie theatralisch. Pitbull gibt Richard Recht und sagt, wir sollten das alles jetzt ganz ruhig angehen.

Wir haben alle unsere Klamotten für abends dabei und fahren nach dem Brunch direkt in die Erichstraße, weil noch Getränke angeliefert werden und die Leute mit dem Büfett kommen, und überhaupt müssen wir noch mal durch jeden Raum gehen und schauen, dass alles in Ordnung ist.

Iris geht fachmännisch herum und hakt eine Checkliste ab. Es stellt sich heraus, dass wir die Kondome vergessen haben. Und genug Handtücher sind auch nicht da. Also fahre ich mit Tom noch mal weg und besorge beides. Es ist zwar ein komisches Gefühl, in einer Drogerie das komplette Kondomregal leer zu kaufen, aber ich merke, dass ich mit solchen Dingen immer lockerer umgehen kann. Außerdem ist die Kassiererin bestimmt sehr neidisch auf mich.

Die Getränke kommen und das Essen kommt, und irgendwann ist es 18 Uhr und wir ziehen uns um. Mausi natürlich in einem geilcoolen engen Kleid, auf dem sich vorne eine Konservendose befindet, auf der steht: Achtung, Frischfleisch. Irgendwie widersprüchlich. Aber egal.
Ich zwänge mich mit Mühe und Not in mein schwarzes kurzes Kleid. Moment mal: gar nicht mit Mühe und Not. Es passt mir wie angegossen. Das gibt's doch nicht. Verwirrt gehe ich zu Gero. »He, Schatz, du siehst ja klasse aus!«, sagt der und auch alle anderen meinen, das Kleid würde mir ja super stehen. »Du hast voll abgenommen, ääääächt, Caro«, sagt Mausi bewundernd. »Hat man gar nicht gesehen, weil du immer so Schlabberklamotten anhattest die letzte Zeit!« Also wenn das kein Grund zur Freude ist. Ein gutes Omen. Nach dem Motto: Jetzt kann gar nichts mehr schief gehen. Ich bin richtig beschwingt, aber ab Viertel vor sieben überwiegt wieder die Angst. Ich schaue hundertmal aus dem Fenster, ob schon irgendwelche Leute kommen, aber nichts. Nichts. »Mensch, Caro«, Ruth legt ihre Hand auf meine Schulter. »Niemand wird pünktlich um acht da sein. Das ist doch immer so, keiner will der Erste sein.« Stimmt ja. Gute Güte, Ruth sieht genial aus. Wie macht sie das nur, so eine tolle Figur zu haben? Sie trägt eine schwarze Lederkorsage und eine knallenge Lederhose und natürlich hohe Lederstiefel. Die dunklen Haare mit Gel zurück und knallrote Lippen. Aber das Beste sind ihre Handschuhe, die bis zum Oberarm gehen.
Little Joe, der auch da ist, weil Mausi ja da ist, schlägt vor, noch schnell den Bullen aus dem Garten zu holen, das würde vielleicht die anfangs angespannte Atmosphäre auflockern. Zum Glück sind alle dagegen. Das würde noch fehlen, dass alle von diesem Vieh wild durch die Gegend geschleudert werden und das Mobiliar zerstören.
Wir setzen uns alle an den großen Tisch und trinken Sekt. Ich schaue alle der Reihe nach an und dabei wird mir plötzlich warm ums Herz. Wie sie da alle sitzen. Richard, Gero, Tom, Pitbull, Pinki, Iris, Ruth, Naddel, Arabrab, Mausi und Little Joe. Ein paar von ihnen kenne ich nun wirklich noch nicht so lange, aber bei den meisten, die da sitzen, habe ich das Gefühl, wirkliche und wahrhaftige Freunde zu haben. Ein schönes Gefühl. Durch nichts zu ersetzen.

Um halb acht kommen drei Leute die Straße hoch. Mein Herz klopft bis zum Hals. Hurra, die ersten Gäste. Aufgeregt informiere ich die anderen und alle stehen wir wie die Deppen am Fenster neben der Eingangstür. Ein Trugschluss. Es stellt sich heraus, dass es sich um Zoe Hartenstein vom Happy-Sun-Sonnenstudio samt Ehemann handelt. Hinter ihnen hüpft Chantal Döppler her. Die brauche ich gerade noch!

Zoe freut sich riesig und umarmt uns alle. Ich zeige ihr alles und sie ist begeistert. Chantal Döppler hat ein Geschenk mitgebracht. Sie überreicht mir augenzwinkernd einen Ficus benjamini. »Hihi, immer schön pflegen, Sie wissen ja, warum!«, meint sie schelmisch. Ich verspreche ihr, dass der Ficus einen Ehrenplatz bekommt.

»Hier, Carolin, isch kann doch Gutscheine auslegen fürs Sonnenstudio, gell?«, fragt Zoe. »Und wenn jemand dann dursch dich zu mir kommt, kriegst du gute Prozente. Die Mega-Power-Sun hat neue Röhren, da musst du mal drunner!« Als ob ich jetzt keine anderen Sorgen hätte. Der Mann von Zoe ist ebenfalls begeistert und meint, dass hier Leute am Werk gewesen wären, die von der Sache was verstünden. Anerkennend läuft er mit uns von Raum zu Raum und klatscht seiner Frau zwischendurch auf den Po, was Zoe mit »höhöhö« kommentiert. »Wenn du nicht lieb bist, hol ich ein Stöckchen!«, sagt er zu ihr. Aha.

Die Watzelborner Kirchturmuhr schlägt achtmal. Und niemand kommt. Um Viertel nach acht möchte ich am liebsten heulend weglaufen. Es herrscht eine unglaublich angespannte Stimmung.

Um zwanzig nach acht habe ich das Gefühl, dass mein Deo versagt und mein Leben vorbei ist.

Um halb neun sagt Mausi, die am Fenster steht: »O Mann, eh, ihr glaubt das ääääächt nicht!«, woraufhin wir alle wie Idioten zu ihr springen.

Ich traue meinen Augen nicht. Nicht ein Auto kommt da an, nicht fünf, nicht zehn, nein, scharenweise kommen Kolonnen von Fahrzeugen die Watzelborner Hauptstraße entlanggefahren. Es sind nicht nur Pkws, sondern auch Übertragungswagen vom Fernsehen mit Antennen auf dem Dach. Innerhalb von einer Minute ist der gesamte Eingangsbereich vor der »Endstation« voll mit Menschen. »Geilcool!!!«, kreischt Mausi und stürmt mit Arabrab hinter den Tresen, dicht gefolgt von Naddel, die hektisch Gläser aus den Vitrinen zerrt.

Die nächste Stunde vergeht wie im Traum. Mikrophone werden uns unter die Nase gehalten, ich sage hundertmal dieselben Sätze und muss mich mit den anderen für Fotos ins richtige Licht stellen. In jedem Raum sind Fotografen und Fernsehkameras, der Empfangsbereich ist völlig überfüllt und der Sekt fließt in Strömen. Ich muss mich mit dem Watzelborner Bürgermeister fotografieren lassen. Ein ganz beliebtes Fotomodell ist natürlich Ruth in ihrer schwarzen Lederkluft. Sie scheint es zu genießen und posiert stundenlang lächelnd vor den Kameras. Mausi und die anderen stehen hinter der Theke, als hätten sie nie was anderes gemacht, und Little Joe verhandelt mit einem Redakteur von Kabel Eins darüber, Bonanza doch wieder ins Programm aufzunehmen. Daktari könnte dafür abgesetzt werden, wer braucht schon schielende Löwen? Dann kommt Herr Kamlade wie Schublade und freut sich sehr mit uns. Seine Frau hat er auch dabei. Beide verschwinden glücklich in den unteren Räumlichkeiten.

In einer stillen Minute kommt Pitbull mir aufs Klo hinterher. Er sagt gar nichts, sondern umarmt mich einfach nur. Und dann sehe ich, wie zwei Tränen seine Wangen runterlaufen. »He, was ist denn mit dir los?«, frage ich und wische sie ihm weg.
»Ach Caro, es ist so schön, so schön. Das haben wir beide gut gemacht, was?«, sagt er. Ich nicke. »Ich bin so froh, dass ich dich kennen gelernt habe, Caro. Durch dich hab ich das Gefühl, endlich wieder jemand zu sein. Du bist die Einzige seit langem, die an mich geglaubt hat!«
Also wirklich, jetzt muss ich doch tatsächlich auch heulen. Und so stehen wir beide da vor dem Klo, umarmen uns und flennen.
»Aber jetzt wird weitergefeiert, Schatz!«, ruft Pitbull dann, um die Situation zu entschärfen. »Auf ins Getümmel!«

Es ist wirklich nicht zu glauben. Ununterbrochen kommen neue Leute, Pärchen, Gruppen, Cliquen, die uns durch die Bank zu dieser genialen Idee gratulieren. Dann kommen meine Redaktionskollegen mit einer riesigen Torte und einem Rosenstrauß. Auf der Torte, die Jo und Zladko zu zweit tragen müssen, weil sie so schwer ist, steht: »Für den besten Schatz der Welt! Have good sex!« Grrrr. Aber egal. Heute Abend wird nicht an Marius gedacht, schon gar nicht an Susanne, nein, heute Abend bin ich der glücklichste Mensch auf der ganzen Erde. Gero kommt auf mich zu und ruft von weitem: »Ich bin der König der Weeeeeeeeeelt!«, so wie Leonardo di Caprio, als er auf dem Bug der Titanic steht, während unter ihm Delfine synchron aus dem Wasser springen. Irgendwann mitten im Getümmel steht ein strahlender Richard vor mir mit einem Mann, der eine Frau sein will und sich auch so angezogen hat. Seine/ihre überdimensionalen Brüste lassen ahnen, dass er/sie/es schon ziemlich lange ziemlich viele Hormone zu sich genommen hat. »Das ist Natascha«, sagt Richard. Ich begrüße Natascha und sage, dass ich mich sehr freue, sie kennen zu lernen. »Ich mich auch«, sagt Natascha. Ihre Stimme klingt wie die von Bruce Willis' Synchronsprecher. Aber Natascha wirkt sehr sympathisch. Und die Hauptsache ist doch, dass Richard glücklich ist. Ich hoffe nur, dass sie ihn nicht ausnutzt und ihn kostenlos ihr Einfamilienhaus von 1910 sanieren lässt.

Pitbull läuft tausendmal mit allen möglichen Leuten durch den ganzen Club und erklärt alles immer wieder von vorne. Scharenweise erkundigen sich die Leute nach den Öffnungszeiten und nach Mottofeten und überhaupt nach allem. Ich werde nicht müde, allen zu antworten. Ist das herr-lich! Tom ist die meiste Zeit unten und erklärt allen, die es wissen wollen, wie die ganzen Fetische funktionieren, ein Kameramann rennt den ganzen Abend mit einer Gasmaske herum und kippt irgendwann fast um, weil offensichtlich die Sauerstoffzufuhr nicht richtig reguliert war und er dummerweise nicht auf den »besonderen Kick« stand.
Gegen Mitternacht tanzen alle auf den Tischen, in jedem Raum wird gefeiert und alle sind in einer ausgelassenen, fröhlichen Stimmung. Der Bürgermeister hebt die Sperrstunde auf und gibt uns grünes Licht bis in den frühen Morgen.

Um zehn nach zwölf kommen tatsächlich noch mal neue Gäste. Ich sehe nur die Tür aufgehen und unterhalte mich weiter mit einem Programmbereichsleiter der ARD, der wissen will, wie ich auf die tolle Idee gekommen bin, und mehr als beschwipst ist und mich angeifert. Hach, heute wird geflirtet auf Teufel komm heraus! Hicks! Gebe zu, bin auch mehr als beschwipst.
»Da iss glaupich jemand für dich gekomm«, sagt der ARD-Mann und deutet hinter mich. Ich drehe mich um und mein Herz bleibt stehen. Vor mir stehen Susanne, Marius und Michael. Michael! Michael??? Was soll das? Ich versuche, schnell zwischen den dreien durchzulaufen, aber sie rücken enger zusammen, was eine Flucht unmöglich macht.
»So, Caro, jetzt hörst du endlich zu!«, sagt Marius böse. »Du kannst ja hier wohl schlecht eine Szene machen. Schau, dieser Kameramann schaut schon rüber!« Eine Frechheit. »Lass mich durch!«, zische ich wütend. Gero beobachtet das Ganze von weitem mit aufgerissenen Augen. Bestimmt sagt er gerade: »O Gott, o Gott, o Gott.«
Also gut. Ich verschränke die Arme. »Sag, was du zu sagen hast, und dann verschwinde!«
»Wenn ich kurz mal was dazu sagen könnte …«, mischt sich Michael ein.
»Was soll das? Kommt ihr zu dritt hierher, um mir zu sagen, dass du dich einvernehmlich von Susanne getrennt hast?«, fahre ich ihn an.
»Wie kommst du eigentlich darauf?«, fragt Susanne giftig. »Ich hätte dir alles schon längst erklärt, ich hab dir vor ein paar Tagen sogar einen Brief geschrieben, aber du wohnst ja noch nicht mal mehr da!«
Ups, hab vergessen, einen Nachsendeantrag zu stellen. Muss ich am Montag gleich machen.
»Carolin«, sagt Marius und streichelt meinen Arm. »Ich hab dich damals in dem Synchronstudio gesehen und war sofort verliebt in dich. Glaubst du im Ernst, ich könnte da 'ne andere anschauen?«
»Vielleicht habt ihr ja beim Vögeln die Augen zugemacht!«, versprühe ich weiter mein Gift. »Mir ist das auch mittlerweile total egal!«
»Caro!« Ich hasse es, wenn Susannes Stimme so hysterisch wird. Wird wohl die Menopause sein. Dünnes Weib, blödes. Einige Fernsehleute schauen schon interessiert zu uns rüber. »Caro! Ich habe Marius kurz vor unserem Treffen da auf der Straße das erste Mal gesehen«, sagt

Susanne. »Bitte. Hörst du zu, ja? Lässt du mich jetzt mal ausreden?«
Ich nicke gnädig. Je schneller es vorbei ist, umso besser. Den Abend haben sie mir jedenfalls jetzt schon verdorben. »Ich hatte nie was mit Marius, ich bin zu Marius gegangen, weil ich festgestellt habe, dass Michael regelmäßig zu einer Domina geht und mir nichts davon gesagt hat. Und meine Ehe war am Ende. Ich wusste nicht mehr, was ich tun sollte, versteh das doch. Ich war total verzweifelt. Deswegen war ich wohl auch so zickig die letzte Zeit. Aber mit dir war ja auch irgendwann nicht mehr richtig zu reden. Aber glaub mir doch, nur deswegen bin ich zu Marius gegangen!«

»Tolle Idee, man geht zu einem Callboy, wenn die Ehe nicht mehr funktioniert!«, keife ich. Die Fernsehleute stellen ihre Ohren auf.
»Wie kommst du eigentlich darauf, dass Marius ein Callboy ist?«, fragt Susanne. »Du hättest bloß mal ins Telefonbuch oder in die Gelben Seiten schauen müssen. Marius ist Psychotherapeut und Eheberater!!! Und falls du dich jetzt fragst, warum er noch synchronisiert, solltest du eigentlich am besten wissen, dass er eine sehr gute Stimme hat und das nebenbei noch manchmal macht. Aber hauptberuflich ist er Therapeut! So!«

Ich muss mich an dem Barhocker da festhalten.
»Du bist Therapeut?«, frage ich Marius fassungslos. Der nickt. »O Gott!« Mausi stellt mir ein Glas Sekt hin, das ich auf ex trinke. Das kann ja wohl nicht wahr sein. Nein. Nein.
»Und Marius hat unsere Ehe gerettet!«, ruft Michael euphorisch. »Wir haben alles wieder im Griff. Und Susanne hat jetzt auch ihre dominante Ader entdeckt. Das war bei ihr ähnlich wie bei mir, sie hatte schon lange drüber nachgedacht, aber nie dazu gestanden. Alles ist gut, Caro. Alles ist gut!«
Marius ist Therapeut. Ehe gerettet. Dominante Ader. Ich saudumme blöde Nuss. Ich völlig bescheuerte, kleinkarierte Ziege. Ich Depp. Ich, die ich immer von mir denke, wie unheimlich tolerant, großzügig und ich-verstehe-euch-alle-mäßig ich drauf bin.
Ich blicke hoch und schaue Marius an. Der sagt nur: »Dummköpfchen, weißt du eigentlich, wie viele schlaflose Nächte du mir bereitet

hast. Ich bin sogar nachts durch die Gegend gelaufen, weil ich nicht schlafen konnte, und hab mich an einem Abstellgleis auf eine Bank gesetzt und ein Herz für uns geschnitzt …«
In diesem Moment ist alles zu spät. Ich breche einfach nur in Tränen aus. Alles, alles aus den vergangenen Wochen kommt hoch. Da waren meine Heulereien zwischendurch ein Witz dagegen. Ich kann gar nicht mehr aufhören. Marius breitet die Arme aus und ich könnte sterben für seinen Geruch und presse meinen Kopf an seinen Hals. Wir merken gar nicht, dass alle Kameras schon seit geraumer Zeit auf uns gerichtet sind; erst als Marius mich im Kreis herumwirbelt und dabei fragt: »Willst du mit mir zusammenbleiben?« und ich nicke und vor Glück strampele beim Herumwirbeln, treffe ich aus Versehen einen Kabelträger, der daraufhin ohnmächtig zu Boden sinkt. Aber das ist mir egal. Er wird schon wieder zu sich kommen. Ich bin ja auch zu mir gekommen, eben gerade.

Es ist die Nacht der Nächte. Wir feiern bis morgens um sieben. Ich versöhne mich tränenreich mit Susanne. Bist und bleibst meine allerbeste Freundin, auf ewig.
Marius, Susanne und Michael trinken mit allen Brüderschaft und wir verabreden, dass wir uns alle abends bei Pitbull treffen, um die Fernsehbeiträge über die Eröffnung anzuschauen. Dann stehe ich mit Marius draußen. Es ist ein herrlicher Sommertag, noch ganz früh, so frisch und jungfräulich. Wir gehen nicht gleich nach Hause zu ihm, sondern laufen stundenlang durchs Watzelborner Wäldchen und Marius pflückt mir Moosröschen, was ich sehr romantisch finde. Ich verliere einen Schuh irgendwo im Unterholz und merke es noch nicht mal gleich, aber ich wäre nicht ich, wenn mir das nicht passieren würde. Wir lassen uns auf eine Wiese fallen und knutschen und mir sind die Grasflecken ganz egal. Wir reden davon, wie unsere Kinder heißen werden und wohin wir in den Urlaub fahren. Wir riechen aneinander und schauen uns dann minutenlang nur an. Wir reden stundenlang davon, wie doof ich war, und erzählen uns immer wieder, wie wir uns während dieser schrecklichen Wochen gefühlt haben. Ich fühle mich so gut und so stark, dass ich nie wieder dieses Gefühl missen möchte. Und ich fühle mich so geliebt. Marius. Marius. Marius. Geleebanane

hat er mich genannt. Außen zartbitter und wenn man draufbeißt, innen ganz süß. Gute Güte, auf so was muss man erst mal kommen.

»Was machen wir jetzt?«, rufe ich gegen Mittag. »Ich kann jetzt nicht schlafen! Ich habe das Gefühl, dass ich jetzt irgendwas tun muss, und ich hab das Gefühl, dass ich alles kann!«
»Hört, hört!«, ruft Marius. »Dann auf zu mir nach Hause. Du kannst ein Regal zusammenbauen, das schon seit Ewigkeiten dasteht. Ich komm damit nicht klar!«
Kein Problem. Wir laufen zu ihm und er gibt mir die Gebrauchsanweisung und einen Schraubenzieher.

»Nimm du Sraup in regt Hand und dann dreh link. Vorsigt mit Kabel und andere Strom. Wenn gesraupt, dann gud. Wenn nigt, dann du Fehler gemagt«, steht in der Gebrauchsanweisung.
Ich gebe es nach zehn Minuten auf. Man muss ja nicht alles können, wie wir wissen. Aber das, was wir können, können wir richtig. Und außerdem – wofür gibt's Richard?
Und dann lege ich den Schraubenzieher weg und lebe mein neues Leben.

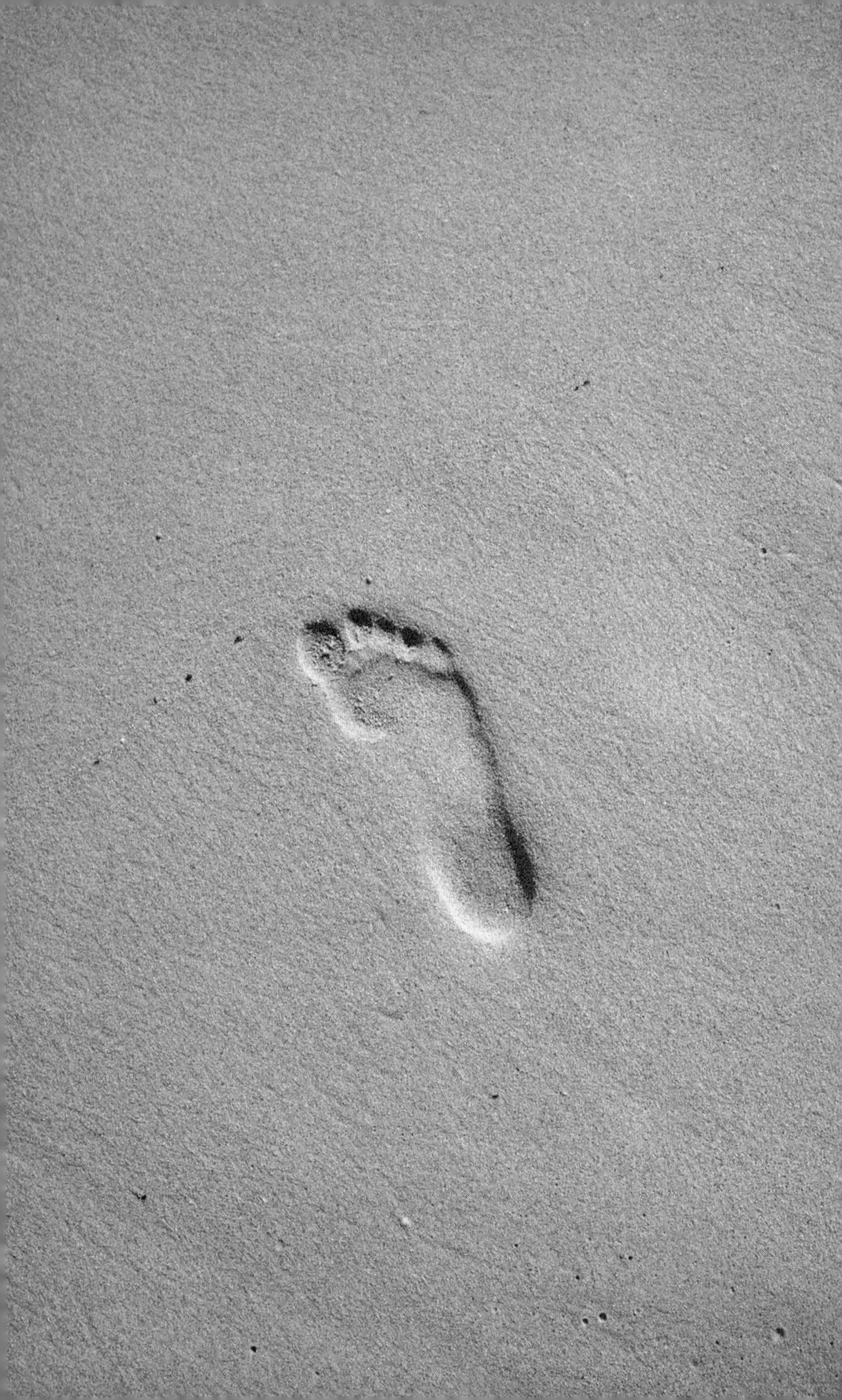

Mit Dank an die Boutique »Bizarre« und die »Ritze« in Hamburg.

Steffi von Wolff
Glitzerbarbie
Roman
Band 16077

Neue Abenteuer für Carolin Schatz: Ein Karibikurlaub endet mit Schiffbruch – und einem Angebot für eine eigene Talkshow. Caro überwindet Schlager singende Guerillakommandos, Säure spritzende Psycho-Frauen und wird berühmt. Doch ihre Freunde sind genervt und in ihre Beziehung mit Marius schlägt der Blitz ein. Caro schlägt zurück …

Ein Buch fürs Leben: Sie werden sich totlachen. Mit Daumenkino!

Fischer Taschenbuch Verlag

fi 16077 / 1